Gaby Hauptmann
Ein Liebhaber zuviel
ist noch zuwenig

Zu diesem Buch

Immer montags hat sie Zeit für Lars, den muskelbepackten Mann fürs Abenteuer. Und im Hamburger Nobelhotel *Ramses* genießt Anna ihren Seitensprung in vollen Zügen – genau wie das Pärchen im Zimmer über ihnen. Leidenschaft verbindet, denkt Anna und ruft kurzerhand oben an. Sie legt auf, als abgenommen wird, aber im selben Moment herrscht oben Totenstille. Und am nächsten Tag bringt die Zeitung eine unfaßbare Nachricht: Im *Ramses* wurde ein Mann tot aufgefunden, und zwar genau im Zimmer über Lars und Anna. In Anna beginnt es zu arbeiten – denn der angegebene Todeszeitpunkt ist falsch. Als dann obendrein ihr Ehemann Rainer, der scheinbar kreuzbrave Anwalt, mit dem Fall zu tun bekommt, bleibt ihr nichts anderes übrig, als heimlich auf eigene Faust zu recherchieren. Sie ahnt nicht, daß bereits andere Mächte am Werk sind…

Gaby Hauptmann, geboren 1957 in Trossingen, lebt als freie Journalistin, Filmemacherin und Autorin in Allensbach am Bodensee. Ihre Romane »Suche impotenten Mann fürs Leben« (1995), »Nur ein toter Mann ist ein guter Mann« (1996), »Die Lüge im Bett« (1997), »Eine Handvoll Männlichkeit« (1998) und »Die Meute der Erben« (1999) sind Bestseller und wurden in zahlreiche Sprachen übersetzt. Zuletzt erschien ihr Erzählungsband »Frauenhand auf Männerpo«.

Gaby Hauptmann

Ein Liebhaber zuviel ist noch zuwenig

Roman

Piper München Zürich

Von Gaby Hauptmann liegen in der Serie Piper außerdem vor:
Suche impotenten Mann fürs Leben (2152)
Nur ein toter Mann ist ein guter Mann (2246)
Die Lüge im Bett (2539)
Eine Handvoll Männlichkeit (2707)
Die Meute der Erben (2933)
Suche impotenten Mann fürs Leben/
Die Lüge im Bett (Doppelband; 2810)

Für Dich!

Originalausgabe
1. Auflage August 2000
5. Auflage Oktober 2000

Umschlag: Büro Hamburg
Umschlagabbildung: Tony Stone
Foto Umschlagrückseite: Herlinde Koelbl
Satz: Uwe Steffen, München
Druck und Bindung: Clausen & Bosse, Leck
Printed in Germany ISBN 3-492-23200-0

Das Hämmern war rhythmisch. Und brach dann ab. Anna horchte nach oben und warf Lars schließlich einen bedeutungsvollen Blick zu.

Er grinste. »Die treiben's!«

»Scheint so!«

Es blieb still.

»Schon vorbei?« Anna griff nach ihrem Sektglas und zog die Decke etwas höher.

»Nun ja«, Lars zuckte die Schulter, und es war ihm anzusehen, was er dachte: »Es ist eben nicht jeder so gut wie ich!«

Aber dann ließ sich das Quietschen durch die Zimmerdecke wieder hören.

»Rhythmuswechsel«, stellte Lars fest.

Anna stellte ihr Glas ab.

»Welche Zimmernummer haben wir eigentlich?«

»416 ... Wieso?«

Anna grinste. »Dann haben die da oben 516. Und treiben's am hellichten Nachmittag ...«

»... wir doch schließlich auch«, warf Lars ein und schaute sie schräg an. »Was hast du vor?«

Anna hatte nach dem Telefon gegriffen und wählte bereits. Augenblicklich war es über ihnen still. In dem Moment, als abgehoben wurde, legte Anna schnell auf. »Nicht zu fassen«, sagte sie zu Lars, »hebt mitten im Liebesspiel den Hörer ab. Den würde ich aus dem Bett werfen!«

»Du bist abscheulich. Wahrscheinlich hast du ihm das Liebesspiel seines Lebens geliefert!«

»Na, hör mal! Einer, der mittendrin zum Telefon greift, das kann's doch auch nicht sein!«

Sie schwiegen eine Weile und lauschten.

»Geht nichts mehr«, sagte Lars lapidar und langte nach der Flasche.

»Ehrlich?« Anna grinste ihn an und hielt ihm das Glas hin. Als er nicht sofort reagierte, hakte sie nach: »Bist du sicher?« Schließlich griff sie unter die Decke.

Bevor er sich breit auf das Kopfkissen sinken ließ, sagte er noch: »Sicherlich hat er geglaubt, seine Frau sei ihm auf die Schliche gekommen!«

»Oder sie dachte, ihr Mann!«

Sie schwieg kurz und schaute ihm direkt in die Augen. »Solange uns das nicht passiert«, sagte sie und setzte sich mit einer schnellen Drehung auf ihn.

Die Zeitung schwebte wie jeden Morgen vor ihr. Rainer hatte sich dahinter verschanzt und langte regelmäßig nach seiner Tasse Kaffee oder nach dem mit Honig bestrichenen Brötchen.

»Warst du nicht gestern in Hamburg?« fragte er.

»Ja, warum?« antwortete Anna und hob ungesehen eine Augenbraue.

»Schon wieder ein Mord passiert. In einem Hotel haben sie heute morgen eine Leiche gefunden.«

Anna schaute die Zeitung an. »So?« fragte sie.

»Ja, im *Ramses*. Nicht mal in den Nobelhäusern kann man mehr übernachten. Schlimm genug!«

»Gib mal her!« Anna streckte die Hand nach der Zeitung aus.

Rainer ließ sie sinken und schaute darüber hinweg. »Typisch! Bei Mord wachen Frauen auf. Blutrünstige Wesen, die ihr seid!«

»Red nicht! Gib her!«

Er protestierte noch kurz, ließ sich die Zeitung aber abnehmen. Anna suchte nach ihrer Lesebrille. In Zimmer 516 war heute morgen vom Personal eine Männerleiche entdeckt worden. Etwa Mitte Vierzig, völlig nackt, ohne Papiere. Erstochen. Vermutet wird ein Verbrechen in der Homosexuellenszene, möglicherweise durch einen Stricher.

Anna starrte auf die Zeitung und überlegte. Sie mußte sofort Lars anrufen. Das war ungeheuerlich. Sie hatte mit dem Typen noch telefoniert, und jetzt war er tot? Oder hatte sie mit dem Mörder telefoniert?

Und hörten sich die Bettgeräusche zweier Männer so an?

Anna wartete ungeduldig, bis Rainer aus dem Haus war. Das dauerte, denn sein Leben war eine einzige Zelebrierung. Sie versuchte, sich solange in der Küche abzulenken, aber sie sah jeden seiner Handgriffe bildlich vor sich. Es nervte sie mal mehr, mal weniger, jetzt hielt sie es kaum aus. Sie hörte die Mundddusche, sah ihn vor dem Schrank stehen und nach einer Krawatte greifen, sah, wie er sie langsam vor dem kleinen Spiegel band, geduldig hin und her rückte, bis sie akkurat saß, wie er in seinem kleinen Büro seine Aktentasche durchging, obwohl er sie bereits gestern abend geordnet hatte, wie er dann endlich herunterkam, ihr mit den Worten: »Mach mir keinen Unsinn« einen Kuß auf die Nasenspitze drückte, nach seinem Trenchcoat griff, den er tagein, tagaus trug, und schließlich das Haus verließ. Anna atmete auf, beobachtete durch das Fenster, wie er aus der Garage fuhr, während sie bereits wählte.

Lars meldete sich mit »hallo« und hielt sich bedeckt. Es war klar, daß Bettina noch in der Nähe war. »Ich habe im Moment keinerlei Unterlagen vor mir«, sagte er kühl, »ich rufe Sie später zurück!«

Anna schaute auf die Uhr, während sie die Spülmaschine in Gang setzte. Sie platzte fast vor Ungeduld. Sie war dreiunddreißig Jahre alt, hatte geheiratet, weil sie vor zehn Jahren geglaubt hatte, Rainer sei ihre große Liebe, und weil ihre Mutter gesagt hatte, ein Anwalt sei eine gute Partie, etwas fürs Leben. Rechtschaffen, angesehen, treu. Möglicherweise war er das auch. Aber er war noch etwas anderes: entsetzlich langweilig. Das hatte ihre Mutter zu erwähnen vergessen.

Und Anna hatte einen Ausweg gesucht und auf der Silvesterparty vor einem Jahr im Freundeskreis Lars gefunden. Den Mann fürs Abenteuer. Ständig unterwegs als Vertreter der Pharmaindustrie, mit dem Gesicht und dem Körper eines amerikanischen Baseballspielers. Herbe, kantige Züge mit stechend blauen Augen und sichtbar muskelbepackt. Sie versuchte sich in ihn zu verlieben, denn ihn nur fürs Bett zu wollen erschien ihr, das war eine Mitgift ihrer Erziehung, anstößig. Es gab bei der Geschichte jedoch zwei Schönheitsfehler: Rainer fand Lars auch gut und versuchte ihn ständig für eine Männerfreundschaft zu gewinnen, so kamen die beiden in den Freundeskreis, und – Lars war verheiratet. Das war eigentlich nicht weiter schlimm, denn so blieb das Gleichgewicht erhalten, bloß Bettina war ein fürchterliches Pflänzchen. Alleine kaum lebensfähig. Bis heute war es Anna ein Rätsel, wie sich Lars in sie hatte verlieben können.

Bereits halb zehn, gleich müßte sie auch aus dem Haus, und Lars hatte sich noch immer nicht gemeldet. Bettina sollte längst in ihrem Kulturamt sitzen. Endlich klingelte Annas Handy, und das Display verriet Lars' Nummer. »Na, endlich!« sagte sie, kaum daß sie seine Stimme hörte.

»Ging nicht eher!« Es klang abwehrend, der typische Ton in seiner Stimme, sobald er sich angegriffen fühlte. Anna beschloß, nicht weiter zu bohren, sondern lieber gleich zum Wesentlichen zu kommen.

»Hast du heute schon die Zeitung gelesen? Der Typ, den wir gestern im *Ramses* gehört ...«

»... gestört«, unterbrach er sie.

Anna achtete nicht darauf. »... gehört haben«, fuhr sie fort, »ist tot! Erstochen!«

»Und zwar ist er erstochen worden, nachdem er bereits tot war!« Lars' Stimme klang gleichgültig.

Anna hielt kurz inne. »Was ist denn das für ein Blödsinn?«

»Du solltest, wenn du schon liest, die Zeitung richtig lesen. Mutmaßlicher Todeszeitpunkt war gegen die Mittagszeit. Er wird aber noch obduziert.«

Anna schwieg. Er hatte recht. Demnach hätten sie einen Toten beim Beischlaf gestört.

»Aber das kann nicht sein«, sagte sie schließlich nachdenklich, um sich dann, heftiger werdend, zu wiederholen. »Das kann nicht sein! So ein Quatsch! Wir haben ihn doch noch gehört. Das war, wart mal, gegen vier Uhr!«

»Stimmt!«

»Das müssen wir melden!« Anna kratzte sich ihren Pickel am Nacken auf. Das tat sie immer, wenn sie aufgeregt oder nervös war. Ein Pickel ohne Chance auf Heilung.

Lars dachte nicht an eine Anzeige. »Und wie willst du erklären, was du in der Zeit in Zimmer 416 zu tun hattest, hm? Betten aufschütteln?«

Anna ließ von ihrem Pickel ab und betrachtete das Blut unter ihrem Fingernagel. Da hatte er natürlich recht. Es gab keinen Vorwand, unter dem sie ihre Neuigkeit hätte loswerden können. »Aber ist man nicht gesetzlich zu einer Aussage verpflichtet, wenn man dazu beitragen kann, einen solchen Fall aufzuklären?«

»Kannst ja Rainer fragen!«

»Sei nicht so sarkastisch!«

»Sei nicht so naiv!«

Anna verstummte. Es hatte keinen Sinn, sich mit Lars darüber zu unterhalten. Aber mit wem sonst?

Lars legte auf. Es fehlte noch, daß Anna aus purer Sensationslust ihre kleine Romanze auffliegen ließ. Das war das Ganze wahrlich nicht wert. Der Kerl war tot, was gab es da noch zu retten? Lars steckte sein Handy ein und griff nach seiner Reisetasche. Bettina ließ es sich nicht nehmen, sie vor seinen Reisen für ihn zu packen. Doch was er anfänglich als kleinen Liebesdienst einer fürsorglichen Ehefrau verstanden hatte, wurde ihm zusehends lästig. Es hatte den Nachteil, daß sie über alles informiert war, was er auf seinen Reisen so bei sich trug. Noch nicht einmal einen neuen Slip konnte er einstecken, ohne daß entsprechende Nachfragen kamen.

Er verschloß die Haustür des im englischen Landhausstil gehaltenen Einfamilienhauses hinter sich und öffnete lustlos die Garage. Irgendwie war es nicht mehr sein Leben, nicht sein Beruf, er war dreiundvierzig Jahre alt und hatte das unbehagliche Gefühl, daß alle Möglichkeiten an ihm vorbeizogen. Was nützte ihm das Haus, was das Auto, wenn er schon heute absehen konnte, daß sich in den nächsten zwanzig Jahren nichts mehr ändern würde? Einen anderen Wagen, irgendwann eine andere Anna, Bettina würde ihn weiterhin auf Vernissagen schleppen, die ihn langweilten, er würde schlau über moderne Kunst reden, obwohl er die blauen und grünen Kleckse bescheuert fand, er würde sich weiterhin seine Fußballabende verkneifen, weil Bettina Fußballer dem Proletariat zuordnete. Er würde sein Pils im Stehen trinken und Bettina am Freitag lieben. Und das große Abenteuer seines Daseins würde sich auf den Lottoschein am Samstag beschränken.

Er stieg in seinen Audi A8 und knallte die Tür hinter sich zu. Wie gern würde er einmal in einem Ferrari sitzen. Knallrot, auffallend, Blicke heischend. Keiner der Gynäkologen würde ihm noch ein Präparat abkaufen. Grau und unscheinbar, wie sie sich gaben, um nur nicht aufzufallen. Und man paßte sich an. Nur nicht auffallen. Auto brav in Anthrazit, Anzug in Grau, Schuhe schwarz wie die Aktentasche, edles Leder, aber nicht zu fein, verhaltenes Lächeln, zustimmende Mimik. Überzeugung durch Ausstrahlung. Graue Mäuse durch graue Ausstrahlung überzeugen. Er fuhr auf die Straße hinaus. Neubauviertel, Leben im Viereck, zwischen acht und achtzehn Uhr, Geborgenheit in der Illusion. Er gab Gas und sehnte sich nach Malibu. Strand, Sonne, Meer, einfach nur raus. Manchmal war er nicht weit davon entfernt, alles zu verkaufen, Bettina zu fragen und mit ihr oder ohne sie ein neues Leben zu beginnen. Schließlich hatte er nur eines, es gab kein Leben auf Probe.

Er schaltete das Radio ein. In den Nachrichten wurde der Tote im *Ramses* kurz erwähnt. Gleich darauf piepste sein Handy zweimal. Es war ihm klar, daß Anna nicht lokkerlassen würde. Er griff danach und las die Zeilen, die sie ihm als Kurznachricht geschickt hatte: »Die liegen mit ihren Ermittlungen doch völlig falsch. Zu blöd, daß wir das nicht richtigstellen können.« Lars fand das gar nicht blöd. Er hatte sich mit Anna, wie schon so oft, einen vergnügten Nachmittag gemacht, und damit hatte es sich. Nicht mehr und nicht weniger und sicherlich kein Grund, die Nase aus der Deckung zu strecken.

In den nächsten Tagen beobachtete Anna alles, was ihr mehr über den ominösen Todesfall hätte verraten können. Sie verfolgte die Nachrichten der Lokalsender und durchforstete die Tageszeitung nach kleinen Meldungen. Es lenkte sie ab, denn Lars war auf Geschäftsreise, und Rainer fragte sie jeden Abend so gründlich über ihren Tagesverlauf aus, daß sie den versteckten Vorwurf der Untätigkeit genau spürte. Mochte auch stimmen. Sie hatte im Verkauf einer Computerfirma gearbeitet und war aus Rationalisierungsgründen entlassen worden, obwohl sie kurz zuvor noch wegen besonders guter Eignung und Fähigkeiten von ein und derselben Firma zu Fortbildungslehrgängen geschickt worden war. Sie sollte eine Stufe höher klettern, hieß es damals, Verkaufsleiterin werden. Doch die neuen Herren, über Nacht inthronisiert, sahen nur die Zahlen, und demnach waren von dreihundertfünfzig Angestellten mindestens siebzig überflüssig. Sie, Anna Leicht, war von einer Sekunde auf die andere überflüssig. Und so fühlte sie sich dann auch. Dreiunddreißig, brünett, grauäugig mit durchschnittlicher Figur, üppigem Busen, kinderlos und überflüssig.

Für Lars war sie nicht überflüssig, das stand fest. Er gierte förmlich nach ihr. Rainer suchte derweil nach einer

Lösung für ihr Problem, das mit der Zeit anfing, gar keines mehr zu sein. Sie füllte ihre Stunden mit Aerobic und Shopping, besuchte ihre Freundinnen und dachte über Selbständigkeit nach. In welcher Form, wußte sie noch nicht, aber bislang bezog sie noch Arbeitslosengeld, und die Abfindung war nicht schlecht gewesen. Vielleicht mußte man das Ganze als Chance betrachten. Nur Rainers Sendungsbewußtsein störte sie bisweilen – die allabendlichen Schnipsel, die er ihr hinlegte. Keine Stellenanzeige, die nicht millimeterexakt ausgeschnitten auf ihrem Tischset neben dem Abendessen gelandet wäre. Anna las sie durch, versprach ihrem Mann, sich darum zu kümmern, und warf sie anschließend zerknüllt mit den Essensresten fort. Sie fühlte keine Schuld. Rainer verdiente nicht schlecht, und sie war schließlich nicht die einzige Arbeitslose in Deutschland, also kein ungewöhnlicher Schandfleck im Wirtschaftswunderland.

Sie vertrieb sich die Zeit mit Mutmaßungen und schrieb Lars eine SMS nach der anderen. Zwischendurch ermahnte sie ihn, alles zu löschen, weil sie Bettina nicht traute. Wer seinem Mann den Koffer packte, würde auch im Anzug nach Zetteln suchen oder in seiner elektronischen Datenbank herumschnüffeln. Lars lachte darüber. Bettina wisse noch nicht einmal, wie man ein Handy einschalte. Zudem könne sich Anna mit ihren SMS auch etwas zurückhalten und statt dessen lieber ein nächstes Treffen ersinnen. Das war natürlich auch eine Aufgabe, und Anna buchte umgehend im *Ramses*. Sie fragte sofort nach dem Zimmer 416 und bekam es auch wieder. Pure Neugierde, gestand sie sich dabei ein, und der heimliche Wunsch, am Tatort etwas zu erfahren.

Rainer war Anwalt geworden, weil er schon als Schüler den Beruf spannend fand. Sein Onkel hatte eine gutgehende Kanzlei und erzählte immer Geschichten, die jeden Krimi in den Schatten stellten. Rainer bewunderte ihn, mehr sogar als seinen eigenen Vater, der es nur bis zum Bankangestellten gebracht hatte und dessen Erlebnisse in der kleinen Filiale eher lau waren. Während des Studiums fand er die Materie nicht mehr ganz so spannend. Jura war trockener, als er gedacht hatte, er zog sich aber an der Aussicht hoch, später einmal bedeutende Fälle bearbeiten zu können und damit berühmt zu werden. Eine Art Bossi schwebte ihm vor, und er spezialisierte sich auf Strafrecht. Mit seinem Berufseintritt als vierter in einer Sozietät mußte er feststellen, daß mehr Ehescheidungen als Verbrechen anfielen. Familienrecht war nie sein Favorit gewesen, aber es brachte Geld. Also hörte er sich zigfach die gleichen Geschichten an. Sexuelle Untreue, Betrug, Lieblosigkeit, Gleichgültigkeit, Brutalität, und er wertete aus. Überlegte, welche Strategie für seinen Mandanten und gleichzeitig auch für seinen Geldbeutel die beste sei, und gab sein Bestes.

Aber wenn er, so wie heute, seinen Nachmittagskaffee trank und den Berg seiner Akten anschaute, dann überfiel ihn doch manchmal ein frustrierendes Gefühl. Es war nichts darunter, was ihn wirklich gefesselt hätte. Nichts, mit dem er einen kleinen Neffen hätte beeindrucken können, wenn er einen gehabt hätte. Es kam den Geschichten seines Onkels nicht einmal im entferntesten nah. Seine Berufsträume hatten sich nicht erfüllt, die Realität war völlig anders, langweilig und dröge. Ein Beruf zum Geldverdienen, mehr nicht. Manchmal beneidete er seine Frau, wie sie so selbstzufrieden ihren selbst auferlegten Terminen nachging, als ob sie von irgendeiner Bedeutung wären. Und im selben Augenblick ärgerte er sich darüber, denn sie verkörperte in ihrer Arbeitslosenwelt genau das, was ihm an manchen Mandanten so aufstieß: achselzuckende Gleichgültigkeit. Irgendeiner wird's schon richten. Bei Anna war's zweifellos er, bei anderen gegebenenfalls der Staat.

Rainer wollte eben nach der zuoberst liegenden Akte und dem Diktiergerät greifen, als aus der Gegensprechanlage eine »Frau Engesser« angekündigt wurde. Rainer stand schnell auf. Gudrun in der Kanzlei, das war außergewöhnlich. Er öffnete rasch die Tür, um sie möglichst schnell der Neugier der Sekretärinnen zu entziehen. Gudrun schwebte an ihm vorbei, einen Hauch von warmem Körperduft verströmend. Die Tür klappte hinter ihr ins Schloß. Sie sah gut aus, wie sie sich jetzt nach ihm umdrehte, das kurze schwarze Haar lässig nach hinten gestrichen, der knappe Lederrock schmiegte sich eng um ihren Hintern und ließ viel von ihren langen, schlanken Beinen sehen, die kurze Jeansjacke mit hochgestelltem Kragen stand offen.

»Ich wollte dich sehen«, sagte sie und zog ihn mit einer schnellen Bewegung an sich.

Rainer küßte sie hastig auf den Mund, während ihm tausend Dinge durch den Kopf schossen. »Meinst du, das ist passend hier?« fragte er sie und fuhr sich schnell mit dem Handrücken über den Mund in der Befürchtung, er könnte Lippenstiftspuren davontragen.

»So passend wie sonstwo«, antwortete sie und lächelte spöttisch.

»Ich hol dir schnell einen Kaffee!« Er benutzte die Tür als Fluchtweg aus der Situation.

Das war neu. Gudrun war noch nie in sein Refugium

eingedrungen. Er war sich nicht sicher, was er davon halten sollte.

Als er mit einer Tasse Kaffee zurückkam, saß sie bereits in seinem Ledersessel.

Er räusperte sich, aber sie reagierte nicht auf seine Sprachlosigkeit.

Statt dessen sagte sie fordernd: »Komm her!«, und er leistete ihr Folge, mit einer Mischung aus Unterwürfigkeit und Trotz. »Du bist gestern nicht gekommen!« warf sie ihm vor und senkte die Stimme. »Ich mag das nicht!«

»Tut mir leid«, Rainer fühlte das Kribbeln, das er immer spürte, wenn Gudrun in seiner Nähe war. »Ich kam hier nicht raus!«

»Wenn du hier nicht rauskommst, komme ich zu dir!« Es klang wie eine Drohung.

Rainer kniete vor ihr nieder und umfaßte ihren Schoß. Ihr Lederrock war etwas hochgerutscht, und er legte sein Gesicht zwischen ihre Beine. Er roch sie, ihr eigener Duft vermischt mit dem Leder ihres Rockes und dem des Sessels. Es verwirrte und erregte ihn zugleich.

In diesem Moment ging hinter ihm die Tür auf. Seine Sekretärin kam eiligen Schrittes herein, erfaßte die Situation, blieb unentschlossen stehen.

»Herr Leicht hat seine Kontaktlinsen verloren«, sagte Gudrun ohne Zögern. »Kein Grund, nicht wieder zu gehen!«

Rainer war blutrot angelaufen. Schlagartig war er ernüchtert. Er richtete sich auf, sah aber nur noch, wie seine langjährige Mitarbeiterin wortlos den Raum verließ. Das war vernichtend! Ausgerechnet sie, die ihm jahrelang die Treue gehalten hatte.

Zunächst sagte er nichts, stand auf und klopfte sich die Hosen ab.

»Besser hätte es nicht laufen können«, knurrte er und war selbst erstaunt über den aggressiven Unterton in seiner Stimme.

»Es scheint normal zu sein, daß man hier ein und aus geht, wie man will«, Gudrun erhob sich ohne größere Eile aus dem Sessel und strich sich den Lederrock glatt. Ein amüsierter Ausdruck lag auf ihrem Gesicht, und wenn Rainer sie nicht für völlig emotionslos gehalten hätte, hätte er auf den leichten Anflug einer Schadenfreude getippt.

Er warf Gudrun einen mißbilligenden Blick zu. »Mein Gott, ich habe einen Ruf zu verlieren!«

Sie lachte kurz auf. Ein kurzes, heiseres Bellen tief aus ihrer Kehle. »Das hättest du dir vorher überlegen müssen. Ein seriöser Anwalt braucht keine Domina.« Sie ging an ihm vorbei zur Tür, blieb dort stehen und drehte sich nach ihm um. »Oder doch? Vielleicht gerade?« Sie griff zur Türklinke. »Wir sehen uns«, sagte sie und war draußen.

Rainer ließ sich auf die Kante seines Schreibtisches sinken. Das zu erklären war unmöglich. Er konnte es ja selbst kaum verstehen.

Es war reiner Zufall gewesen, daß er an Gudrun geraten war und an ihrer dominanten Art Gefallen fand. Warum das so war, wußte er nicht. Er hätte diese Neigung auch niemals Anna beichten können. Beim Gedanken an sie wurde es ihm fast schlecht. Wie würde sie reagieren, wenn es aus irgendeinem Grund herauskäme? Wenn seine Sekretärin in Annas Gegenwart eine entsprechende Bemerkung fallen lassen würde?

Er drückte die Gegensprechanlage. »Frau Schenk, kommen Sie doch bitte mal herein!«

Sie kam, war blaß und blieb gleich an der Tür stehen. Eine Frau, wie man sie sich als Sekretärin nur wünschen konnte. Fähig, aufgeschlossen, anpackend. Aber davon war jetzt nichts zu spüren, sie wirkte nicht nur reserviert, sondern geradezu eisig.

»Es tut mir leid, daß ich so hereingeplatzt bin. Ich habe die Dame«, dieses Wort ging ihr spürbar schwer über die Lippen, »nicht kommen sehen, und im Terminkalender war sie nicht eingetragen.«

»Es ist nicht Ihre Schuld«, Rainer fuhr sich kurz durchs Haar. »Ich hätte mich nicht so gehenlassen dürfen. Sie ist eine alte Freundin, und heute ist der Todestag meines Vaters. Sie war damals dabei ...« Er machte eine Pause und ein schmerzbewegtes Gesicht.

Ingrid Schenk betrachtete ihn kurz, dann nickte sie andeutungsweise. »Das tut mir leid für Sie!«

»Danke!« Rainer drehte sich um. Länger hätte er ihr nicht in die Augen schauen können. Er blickte zu Boden und hörte, wie sie leise hinausging.

Lars genoß das Frühstück. Samstag war immer sein Tag. Da hatte er alles hinter sich und bereits wieder aufgetankt: Die Heimkehr am Freitag, wenn er auf einer längeren Route unterwegs gewesen war, das ausgiebige Abendessen, das Bettina meistens festlich gestaltete, und anschließend die Nacht mit ihr, nicht so heiß wie mit Anna, aber doch befriedigend. Samstag war der Tag, an dem es ihm gutging und er es sich gutgehen lassen konnte. Er lächelte Bettina zu, die ein Frühstücksei neben seinen Teller stellte, und griff zur Zeitung.

In diesem Moment hörte er das zweimalige Piepsen seines Handys, das Zeichen für eine eingegangene Kurznachricht. Und irgendwie wußte er noch, bevor er die Zeitung aufgeschlagen hatte, was er gleich lesen würde. Tatsächlich, sie hatten den mutmaßlichen Mörder des Hotelgastes gefaßt. Ein junger Stricher soll es gewesen sein. Und die Todeszeit war mit zwei Uhr nachmittags angegeben. Das stimmte nicht, und es gab wohl nur zwei Menschen, die das wußten. Das heißt, drei. Der Mörder wußte es auch.

Lars hätte jetzt lieber nach seinem Handy als nach dem Frühstücksei gegriffen, aber er traute sich das nicht. Bettina hatte sich ihm gegenüber hingesetzt, sie trug ein leicht durchsichtiges T-Shirt, hatte ihr mittellanges Haar offen und fühlte sich ganz offensichtlich gut. Sie strahlte förmlich.

»Hübsch siehst du aus«, Lars nickte ihr anerkennend zu.

»Danke!« Sie streckte ihren kleinen Busen etwas hervor, so daß sich die Brustwarzen unter dem leichten Stoff abzeichneten. »Es ist neu, und ich dachte, ich trage es mal Probe. Eigentlich habe ich vor, es bei dem nächsten Jazzabend – du ahnst ja nicht, wer kommt … – der Mann ist einfach eine Sensation!«

Lars verschluckte sich an seinem Eigelb.

»Was???« fragte er und griff nach der Serviette. *Er* war der Probelauf für einen *Jazzer*?

»Gefällt's dir wirklich?« fragte sie statt dessen und drehte sich ein wenig. Das Ding schmiegte sich wie eine zweite Haut an ihren Körper. Ganz ohne wäre weniger erotisch gewesen.

»Du willst doch nicht allen Ernstes diesen Fetzen in der Öffentlichkeit tragen, bist du noch zu retten? Das Ding bleibt schön zu Hause!«

»Was heißt hier Fetzen!« Bettina schaute ihn ungläubig an. »Das ist ein Designerteil! Runtergesetzt. Ein Schnäppchen, wenn du es genau wissen willst!«

»Will ich überhaupt nicht. So gehst du mir jedenfalls

nicht aus dem Haus! Jazzer! Ich hör wohl nicht recht! Was ist das überhaupt für ein Kerl?!«

Bettina hatte sich aufgerichtet. Drohhaltung hatte er das immer im stillen genannt.

»Nur weil du so ein Kunstbanause bist, hast du noch lange kein Recht, dich so aufzuspielen!« fuhr sie ihn an. »Dieser Jazzer ist kein *Kerl*, sondern ein international bekannter Musiker. Der Lothar Matthäus des Third Stream. Aber da du nicht weißt, was das ist, hat es auch keinen Sinn, mit dir darüber zu diskutieren!«

Lars schob sein geköpftes Ei von sich. Eben war doch noch alles so schön in Ordnung gewesen. »Und wenn er der wiederauferstandene Elvis Presley wäre oder James Dean. Mir egal. Du ziehst ...«, er spürte, wie seine Ader an der Stirn anschwoll. Gleich würde er übers Ziel hinausschießen. Er stockte kurz und sagte dann begütigend: »Du ziehst doch eine Jacke darüber, nicht wahr?«

Sie warf ihm einen Blick zu, als säße sie mit einem Orang-Utan am Tisch, der gerade noch des Kopfkratzens mächtig ist.

»Ein Dolce&Gabbana-Teil und dann eine Jacke darüber ziehen! Du ... hast sie wohl nicht mehr alle. Wozu sollte man sich dann so etwas überhaupt kaufen?«

»Hat mich vielleicht jemand gefragt?« Er stand ruckartig auf und warf die Serviette neben den Teller. »Toll! Da kommt man nach einer anstrengenden Woche nach Hause, freut sich auf ein geruhsames Wochenende und hat nur Streß!«

»Hatte ich etwa keine anstrengende Woche?« Sie blieb sitzen. Er warf ihr einen Blick zu, ihre Brustwarzen hatten sich deutlich zusammengezogen. Das machte ihn noch verrückter.

»Wenn du diesen Kerl anmachen willst, dann geh doch gleich nackt hin. Dann geht's schneller!«

»Du bist geschmacklos!« Sie sagte es langsam und prononciert, strich sich die Haare hinter die Ohren und griff seelenruhig nach der Tageszeitung.

Anna saß zur selben Zeit in ihrem Wohnzimmer am ungedeckten Frühstückstisch, hatte die Zeitung und das Handy vor sich liegen und fieberte vor Aufregung. Da hatten sie doch tatsächlich so einen kleinen Junkie geschnappt, der wahrscheinlich überhaupt nichts mit der Sache zu tun hatte.

Wirklich klar schien bisher nur die Identität der Leiche zu sein. Ein Geschäftsmann aus Frankfurt, siebenundvierzig Jahre alt, verheiratet, kein auffallender Lebenswandel, nichts, wodurch er schon einmal bei der Polizei aktenkundig geworden wäre. Anna versuchte sich diesen Mann vorzustellen, und sie rief sich immer wieder die Situation im Ramses vor Augen. Die rhythmischen, quietschenden Geräusche, ganz offensichtlich Sex, ihr Griff zum Telefon und die abrupt einsetzende Stille. Es brachte sie fast um, daß sie mit niemandem darüber reden konnte. Lars hatte bis jetzt noch nicht auf ihre SMS reagiert, und ihre Freundin kam auch nicht in Frage – sie war frisch verheiratet und hätte Annas Verhältnis sicherlich nicht gutgeheißen. Zumal sie oft bei ihnen zu Gast war und es sicherlich als Problem empfunden hätte, weiterhin zwanglos mit Rainer umzugehen.

Anna stand auf und ging in die Küche, um eine Kanne Kaffee aufzusetzen. Kaum hatte sie den gehäuften Kaffeelöffel in der Hand, piepste das Handy zweimal. Es war wie eine Erlösung. Sie lief schnell hin.

»Wird wohl so gewesen sein«, stand da. Und: »Nur ein bißchen früher. Irrtum der Pathologie.« Anna starrte darauf. Irrtum der Pathologie! Typisch. Er wollte schlicht seine Ruhe haben. Von wegen Pathologie! Da waren ganz andere Mächte am Werk, dessen war sie sich sicher. Sie begann eben, Lars einen entsprechenden Satz zu schreiben, als sie die Tür hinter sich klappen hörte. Dafür hatte Rainer einen Riecher, das mußte man ihm lassen. Kaum hatte sie das Handy in der Hand, stand er auch schon hinter ihr.

»Mit wem hast du es heute morgen denn schon wieder so wichtig?« wollte er wissen und nestelte an seinem Bademantel herum.

»Patricia wollte mit mir in die Stadt, ein Geschenk aussuchen.« Sie drehte sich nach ihm um und drückte gleichzeitig das Display weg. Nicht auszudenken, wenn er das Ding jemals in die Finger bekäme.

»Ich glaube, heute sind eher wir dran!« Er nahm ihr das Telefon aus der Hand, legte es auf den Tisch und suchte ihren Mund. »Was hältst du von ein bißchen Liebe und einem anschließenden Mittagessen beim Italiener?« Das bedeutete, daß sie heute aufs Frühstück verzichten mußte. Aber ihrem Kalorienhaushalt konnte das ja nur guttun.

Lars war schnell an der Rezeption des *Ramses* vorbeigegangen und drückte jetzt im Lift den Knopf für die vierte Etage. Er freute sich auf Anna. Nicht zuletzt deshalb, weil er noch immer eine Wut auf Bettina hatte. Es war ihm einfach unverständlich, wozu sie sich für einen fremden Kerl so anziehen mußte. Oder besser gesagt ausziehen. Aber je mehr er ihr nahegelegt hatte, etwas anderes anzuziehen, ihr zum Schluß sogar gedroht hatte, um so mehr versteifte sie sich darauf, in exakt diesem Pullover zu diesem Jazzabend zu gehen. Schlußendlich hatte sie ihn mit der Bemerkung, er solle sein blödes Machogehabe an einer anderen ausprobieren, einfach stehenlassen. »Da kannst du Gift drauf nehmen«, hatte er ihr nachgebrüllt und sofort Anna angerufen. Ihre höchst erfreuliche Nachricht war, daß das Zimmer für Montag nachmittag klar sei, und Lars hatte aufgeatmet. Es gab also doch auch noch unkomplizierte Frauen. Und er würde seinen Spaß haben. Durch den einen oder anderen Rachegedanken sogar noch angeheizt.

Den Rest des Wochenendes hatte er Bettina seinen Unwillen zu verstehen gegeben, worauf sie aber nicht reagierte. Eine Verhaltensweise, die ihn noch mehr anstachelte. So ging er jetzt, wie fast jeden Montag, den Gang entlang auf Zimmer 416 zu. Unter seinem Mantel drückte er eine Flasche Champagner an den Körper, die Kälte der Flasche spürte er durch das dünne Hemd hindurch. Es behagte ihm nicht ganz, daß Anna ausgerechnet dieses Zimmer ausgesucht hatte, aber vielleicht konnte er noch froh sein, daß es nicht das darüberliegende Zimmer war. Er klopfte kurz und trat ein.

Anna hatte schon im Bett gelegen, jetzt schälte sie sich unter ihrer Decke hervor und kam ihm entgegen. Sie war nackt, und es erregte ihn, wie sich ihre Brüste beim Gehen bewegten. Er liebte auch Bettinas kleinen Busen, aber das hier war einfach etwas anderes. Das fuhr ihm sofort in die Lenden. Sie öffnete seinen Mantel und schmiegte sich an ihn. Er hielt ihr die kalte Flasche an den Rücken.

»Oh!« Sie machte einen Satz zurück. »Mistkerl!« Lachend nahm sie ihm die Flasche ab und ging damit zum Bett.

Lars sah ihr nach und begann sich auszuziehen.

Anna stellte Gläser bereit und beobachtete ihn dabei. Der Samstagmorgen mit Rainer war auch schön gewesen.

Aber irgendwie etwas leidenschaftslos – wie ein Paar eben, das sich schon zehn Jahre lang kennt, eingespielt ist und jedes Detail im voraus kennt. Das hatte zwar etwas Beruhigendes, aber gleichzeitig war es auch reizlos.

Sie beobachtete, wie Lars sein Hemd auszog. Das war das beste Vorspiel für sie. Sein Körper war einfach makellos. Muskulös, aber nicht aufgepumpt. Einige Haare kringelten sich über seiner Brust und wuchsen von dort als schmaler Strich den Bauch hinunter. Sie mochte diese Stelle, seinen großen, runden Nabel, die weiche, warme Haut und die Gewißheit, gleich, wenn man dieser Spur folgte, auf sein Spielzeug zu stoßen. Sie grinste in sich hinein, denn genau das war er für sie. Ein großes, lustvolles Spielzeug. Der ganze Kerl. Er warf das Hemd über den nächsten Stuhl und öffnete den Gürtel seiner Hose. Anna entkorkte die Flasche. Es war der genußreichste Wochenbeginn, den sie sich vorstellen konnte. Schon aus diesem Grund war es eigentlich unmöglich, wieder einer geregelten Arbeit nachzugehen. Oder ob sie es einem Arbeitgeber gegenüber als regelmäßige Therapiestunde rechtfertigen konnte? Über die Krankenkasse abzurechnen?

Er hatte Schuhe und Socken ausgezogen, die Hose nebst Slip fallen lassen und kam auf sie zu. »Gefällt mir«, sagte sie und hielt ihm die Flasche hin. Er schenkte die Gläser halbvoll und küßte ihren Nacken. Es verursachte ihr eine Gänsehaut, alles an ihr stellte sich auf, sie lachte und hob das Glas.

»Weißt du noch? Letzte Woche?«

»Ähm«, er betrachtete sie und beschloß nicht weiter darauf einzugehen.

»Zu der Zeit lebte er noch, obwohl alle behaupten, er sei schon tot gewesen!«

Er stieß mit ihr an, nahm ihr das Glas aus den Händen und begann, an ihrem Busen zu knabbern.

»Ist doch 'ne irre Geschichte. Findest du nicht?«

Lars tat, als höre er nichts. Die Brustwarze reckte sich seiner Zunge entgegen, er spielte mit ihr und fand das weitaus interessanter als tote Liebhaber.

»Hab ich dir schon gesagt, daß ich mir überlege, eine Privatdetektei zu gründen? Das wäre doch ein toller Fall für den Anfang!«

»Was?« Lars ließ von ihr ab und blickte auf.

»Findest du nicht?«

»Ich ...«, er musterte sie kurz. Ihr Blick war träumerisch. Sie war überhaupt nicht bei der Sache. Es lag ihm auf der Zunge, etwas Entsprechendes zu sagen, denn schließlich hätten sie sich für Fragen einer Existenzgründung auch im Café treffen können. Aber eines glaubte er in den vergangenen Jahren über Frauen gelernt zu haben: Verständnis war gefragt, in welcher Situation auch immer – andernfalls konnte der Schuß nach hinten losgehen. »Ich weiß nicht«, beendete er seinen Satz in der Hoffnung, daß damit auch das Thema beendet sei. Sie griff nach ihrem Glas statt nach ihm und fuhr ihm mit der anderen Hand kurz durch die Haare.

»Meinst du nicht, es könnte eine Chance für mich sein? Schließlich weiß ich mehr als jeder andere!«

Lars seufzte und spürte, wie seine Erregung abklang. Das war ja heiter. Zu Hause Bettina, die herumzickte, und jetzt auch noch Anna, die Privatdetektivin spielte. Er ließ sich neben sie auf den Rücken sinken. »Du weißt nicht mehr als jeder andere. Nur das, was aus der Zeitung zu erfahren war. Und? Was bringt dir das?«

»Zumindest wissen wir, daß er hier oben«, sie deutete

zur Decke, »zwei Stunden später, als die Polizei glaubt, lebhaftesten Sex hatte.«

Richtig, zurück zum Thema, dachte Lars, warf ihr einen schnellen Seitenblick zu und brummelte etwas Unverständliches.

Anna schwieg eine Zeitlang. Dann richtete sie sich auf und deutete mit ihrem Zeigefinger auf seinen Penis, der sich zwischen den Haaren ein Schlafplätzchen gesucht hatte. »Was ist denn das?«

»Ja, entschuldige, es waren eben nicht gerade die erregendsten Themen ...«

Anna schüttelte den Kopf und glitt auf Augenkontakt herunter. »He, du!« Sie musterte ihn ausführlich und stippte ihn kurz mit ihrem Zeigefinger an. »Steh gefälligst auf, wenn ich mit dir rede!«

Der Appell zeigte keine Wirkung, und Lars stützte sich auf die Ellenbogen. »Passiert dir das öfter?« wollte er mit gerunzelter Stirn wissen.

»Ohh!« Anna warf sich mit ihrem ganzen Körper auf ihn und packte ihn bei den Handgelenken. »Das wollen wir doch mal sehen!«

»Ich bitte darum!«

Rainer saß zu dieser Zeit in seinem Büro und wußte nicht, wie er das Ganze bewerten sollte. Er hatte die Pflichtverteidigung dieses jungen Junkies übertragen bekommen, der angeblich genau vor einer Woche den Frankfurter Geschäftsmann im *Ramses* umgebracht haben sollte. Jetzt war er unsicher. Auf der einen Seite freute er sich, endlich mal wieder eine Strafsache auf dem Tisch zu haben, auf der anderen Seite hatte er ein ungutes Gefühl. Es handelte sich um einen reinen Indizienprozeß, denn der Junge beteuerte natürlich seine Unschuld. Zudem belastete ihn die Sache mit der Homosexuellen- und Stricherszene. Und um das Ganze noch zu toppen, auch noch eine Pflichtverteidigung. Das zahlte sich nicht einmal finanziell aus. Der Ärger schien vorprogrammiert.

Sowieso war es heute nicht sein Tag. Warum, wußte er eigentlich auch nicht. Es gelang ihm nichts, die Dinge entwickelten irgendwie eine Eigendynamik. Rainer schob es auf den Montag, aber gleichzeitig vermutete er, daß ihm auch die unvermutete Begegnung mit Gudrun noch in den Knochen steckte. Irgendwie hatte die Szene einen bedrohlichen Eindruck hinterlassen. Er sah seine sichere Basis gefährdet, und das war das letzte, was er wollte. Am späten Nachmittag beschloß er, ausnahmsweise früher zu gehen.

Rainer und Anna trafen gleichzeitig zu Hause ein. Anna stieg beschwingt aus ihrem Wagen, ein Lächeln auf den Lippen. Sie sah Rainer, wie er aus der Garage kam, und eine ungute Vorahnung beschlich sie. Irgendwas war nicht in Ordnung, das war schon aus der Ferne zu sehen. Ob er was wußte? Und weshalb kam er so früh aus dem Büro?

Sie lief ihm entgegen. »Na, mein Schatz – heute so früh? Ist was passiert?«

Er gab ihr einen flüchtigen Kuß. »Nein, nichts!« Seine Stimme klang abweisend, und er sah ihr dabei nicht in die Augen, sondern ging in Richtung Haustür.

Bei Anna schrillten alle Alarmsysteme. »Kann doch nicht nichts sein«, sagte sie, in ihrer großen Handtasche nach dem Haustürschlüssel kramend. »Irgendwas ist doch!«

»Es ist nichts!« Er schaute ihr bei ihren Bemühungen kurz zu und zog dann seinen eigenen Schlüssel aus der Manteltasche. »Nichts nervender, als Frauen bei ihrer Schlüsselsuche zuschauen zu müssen!«

»Es ist *doch* was!«

»Nein. Wenn ich's doch sage!« Er schloß auf, ging hinein, hängte seinen Trenchcoat ordentlich in der Garderobe auf einen Bügel.

Anna blieb unentschlossen hinter ihm stehen. Er wirkte anders als sonst. Verschlossen wie eine Auster.

»Soll ich uns einen Tee machen?«

»Nein. Ich geh in mein Zimmer, ich brauch nichts!«

Anna zog langsam ihre Jacke aus und hängte sie an einen freien Haken.

»Red doch darüber«, sagte sie dabei. »Wenn was ist, muß man darüber reden. Ich kann dir nicht helfen, wenn ich nicht weiß, was los ist. Also sag's!«

»Du brauchst mir nicht zu helfen. Laß mich einfach in Ruhe!«

Damit nahm er seine Aktentasche und ging die Treppe hinauf zu seinem Zimmer.

Anna schaute ihm nach. »Es hilft dir auch nichts, wenn du dich in deine Höhle verziehst!« rief sie ihm nach, bevor die Tür hinter ihm zufiel.

»Woher willst denn du das wissen«, hörte sie ihn noch sagen.

Völlig ratlos griff Anna zu ihrem Handy und ging damit in die Küche. Während sie mit der linken Hand nach dem Wasserkocher griff, um sich einen Tee aufzubrühen, schrieb sie mit der rechten eine Kurznachricht an Lars: »Bin völlig fertig. Glaube, Rainer ist uns auf die Spur gekommen. Küsse dich trotzdem – na, du weißt schon wo ...« Inzwischen kochte das Wasser, sie fingerte einen Teebeutel heraus, stellte sich einen Becher parat und drückte auf

»Senden«. Im selben Moment schoß ihr ein, daß es der falsche Name war. Sie hatte die Message in ihrer Zerstreutheit an Patricia geschickt und nicht an Lars, wie beabsichtigt. Anna legte das Handy aus der Hand. Da war jetzt nichts mehr zu retten. Verdammt! Das kam daher, daß Patricia in ihrem Namensregister direkt hinter Lars stand. Sie war zu schnell gewesen. Patricia würde aus allen Wolken fallen.

Anna überlegte, aber sie war zu aufgeregt, um einen klaren Gedanken fassen zu können. Ob sie Patricia sonstwas erzählen konnte, es als Witz deklarierte? Schließlich stand zumindest der Name von Lars nicht dabei. Aber konnte sie ihre beste Freundin anlügen? Eine studierte Psychologin zu allem Überfluß?

Das Handy piepste zweimal. Anna warf nur einen Blick darauf und goß sich jetzt erst einmal ihren Tee auf. Nur mit der Ruhe. Nichts überstürzen. Sie konnte sich schon denken, wer da so schnell reagiert hatte. Das Display gab ihr recht: Patricia. Sie drückte auf »Zeigen« und schielte mit einem Auge hin. »Anna!!?!!« stand da. Sonst nichts. Aber eigentlich reichte es schon. Anna!!?!! Bedeutete soviel wie: Du wirst doch nicht?! Bist du bescheuert?! Erzähl, was los ist!

Gleich darauf klingelte es. Anna seufzte und griff nach dem Handy. »Ja, ja, ja«, kam sie ihrer Freundin zuvor. »Ich weiß schon, was du sagen willst. Laß es!«

»Und was sagt Rainer?« fragte Patricia völlig gelassen.

»Er sitzt in seiner Höhle!«

»Denk ich mir!«

»Aber nicht deswegen!«

»Weswegen dann?«

»Keine Ahnung. Er spricht ja nicht mit mir! Erzählt nichts, der alte Sauertopf!«

»Laß ihn. Männer brauchen das zuweilen!«

»Und ich? Brauch ich nichts?«

»Hast du nicht schon was?«

Es blieb kurz still.

»Und mir hast du nichts davon erzählt, du Rabenfreundin! Per Zufall muß ich's rauskriegen ...«

Anna begann, in ihrem Becher herumzurühren.

»Hmmm«, sagte sie nach einer kurzen Denkpause, »besser *du* kriegst es per Zufall heraus als *er*. Das heißt ... wenn er nicht schon. Er verhält sich so seltsam!«

»Wer ist es denn?« Jetzt begann sich Patricias Stimme zu verändern, bekam einen höheren Klang. Sie war neugierig, das war Anna klar. Aber Lars als Liebhaber anzugeben war so einfallslos. Der Junge von nebenan, weil sich nichts Besseres bot. Ausgerechnet einen aus dem Freundeskreis, es war zu peinlich.

»Können wir das nicht demnächst mal ...?«

»Kommst du zu mir in den Kreis?«

Klar, ihre Selbsterfahrungsstunden. Immer am Montagnachmittag, wo sie seit Wochen regelmäßig teilnahm – wie Rainer glaubte. Es wäre sowieso nur eine Frage der Zeit gewesen, bis er Patricia mal nach ihren Fortschritten gefragt hätte.

»Du weißt doch ...«

»Klar, du bist unverbesserlich und weiß Gott schon selbsterfahren genug ...«

»Ich will das ja nicht abtun, Patricia, ich bin halt nicht der Typ ..., du kennst mich doch. Treffen wir uns lieber so.«

Derweil saß Rainer in seinem Zimmer an seinem Schreibtisch, hatte die Beine hochgelegt, hielt die Augen geschlossen und versuchte, sich über manches klarzuwerden. Er haßte es, wenn er sich selbst nicht kannte. Normalerweise war er klar durchstrukturiert, das Leben lief in geordneten Bahnen, nicht immer, aber doch zumindest fast. Es irritierte ihn, wenn sich Dinge veränderten. Zumal wenn er nur ein unbestimmtes Gefühl hatte und es keinen konkreten Anlaß gab, daß es tatsächlich so war. Er versuchte, herauszufinden, was in ihm bohrte. Gudruns Auftritt ärgerte ihn, die Pflichtverteidigung lag ihm auch im Magen – aber das waren die Dinge an der Oberfläche. Jetzt müßte er vielleicht ein bißchen kratzen, aber er war nicht der Typ, der tief in sich hineinhorchen konnte. Vielleicht wollte er sich selbst auch überhaupt nicht so gründlich kennenlernen.

Auf der anderen Seite ärgerte ihn dieser Zustand. Seine Psyche spielte ihm einen Streich, und er kam nicht damit zurecht. So blieb er sitzen und hoffte auf eine Eingebung.

Anna wartete auf Rainers Erscheinen und begann, nachdem er nach über einer Stunde noch immer nicht aufgetaucht war, sein Lieblingsessen vorzubereiten: selbstgemachte Rouladen mit Grünkohl. Das kostete Zeit und lenkte sie von ihrem schlechten Gewissen ab. Wenn er tatsächlich etwas wußte, warum verkroch er sich dann in seinem Zimmer, anstatt sie mit seinem Wissen zu konfrontieren? Sie haßte solche Spielchen, überhaupt jede Form von Ungewißheit. Es erinnerte sie an ihre Kindheit mit der immer wiederkehrenden blöden Drohung ihrer Mutter: »Warte nur, bis Papa nach Hause kommt!« Das hörte sich stets an, als käme die Inquisition ins Haus geschritten. Lieber hätte sie sich mit ihrer Mutter auf der Stelle gefetzt, anstatt auf einen Mann zu warten, der ihre Entwicklung sowieso nur am Rande mitbekommen hatte. Was wußte ihr

Vater schon von ihr. Er war kaum zu Hause, und wenn doch, dann wurde sie, als sie noch klein war, ins Bett geschickt. Später war es umgekehrt. Da war er schon im Bett, wenn sie nachts aus ihrer Lieblingsdiskothek den Weg ins Bett zurückfand.

Sie kämpfte mit den widerspenstigen Salatblättern, die sich einfach nicht bändigen ließen, und dachte nach. Genaugenommen hatten sie und ihr Vater nie wirklich miteinander gesprochen. Er hat sie nie nach ihrem Leben gefragt, nach ihren Wünschen, ihren Sehnsüchten, Gedanken, und sie wußte von ihm auch nichts. Dinge wurden ausgehandelt. Wann man zu Hause zu sein hatte, welcher Umgang gebilligt wurde, was man sich zum Geburtstag wünschte. Sie kannten Hobbys und Lieblingsspeisen des anderen.

Zumindest sie die von ihrem Vater.

Sie hackte sich durch den Salat und hätte im Moment jeden darunterlegen können. Sie fühlte sich von der Welt unverstanden. Vor allem von Rainer. Und Patricia. Welche Ahnung konnte eine Psychologin von der wirklichen Welt haben, zumal wenn sie frisch verliebt war? Und Lars war sowieso jenseits von Gut und Böse. Er betrog Bettina, ohne mit der Wimper zu zucken! Männer!

»Autsch!« Anna hatte sich in den Finger gehackt. Knapp unterhalb des Mittelknochens vom linken Zeigefinger klaffte eine Wunde. Es tat scheußlich weh, noch scheußlicher allerdings war der Anblick. Anna hielt den Finger unter fließendes Wasser und beobachtete, wie sich die Wunde von Fischfleischweiß in Rindfleischrot verfärbte. Dann rannte sie hoch zu Rainer und stieß seine Tür auf.

Er saß noch immer am Schreibtisch, die Füße auf der Tischplatte, und ließ sich treiben.

»Schau, was mir passiert ist!« Anna hielt ihm den Finger unter die Nase.

Rainer mußte sich erst sammeln, bevor er reagieren konnte. »Ich mag's nicht, wenn du so hereinstürzt!«

»Ich hätte mir fast den Finger abgehackt. Da, schau her! Nur wegen deinem Grünkohl!«

»Grünkohl? Wer will denn Grünkohl!«

»Was soll das denn heißen? Ich hab eine Wunde! Also tu gefälligst was und sitz hier nicht so rum!«

Rainer nahm die Beine vom Tisch und suchte nach seiner Brille, die er irgendwo abgelegt hatte.

Anna preßte ihren Finger auf die Wunde, denn jetzt begann das Blut wieder zu tropfen.

»Du blutest ja«, sagte Rainer und schaute erstaunt zu ihr auf.

»Nicht möglich!!!« Anna verzog den Mund. Rainer schien nicht unglücklich über die Situation. Das gab ihm Auftrieb, hier konnte er etwas tun.

»Geh ins Bad, halt den Finger unters Wasser, ich hol Verbandszeug. Wir müssen zum Arzt!«

Eine Stunde später waren sie bereits wieder auf der Rückfahrt vom Krankenhaus. Anna saß erleichtert auf dem Beifahrersitz. Sie hatte eine Tetanusspritze bekommen, der Hautlappen war mit wenigen Stichen angenäht worden. Es sehe wilder aus, als es sei, hatte der Arzt in der Notaufnahme gemeint. Sein fast abschätziger Tonfall bestärkte Anna in dem Eindruck, der Schnitt sei eine zu lächerliche Lappalie für einen wie ihn. Er sah nicht schlecht aus, ein junger Aufsteiger, aber seiner Karriere zuliebe würde sie sich ihren Finger auch beim nächsten Mal nicht ganz abhacken. Sie war versucht gewesen, ihm das zu sagen, biß sich aber im letzten Moment auf die Lippe. Möglicherweise hätte er diese Art von Humor nicht verstanden. Zu feinsinnig für einen Mann.

Jetzt fühlte sie sich in ihrem Beifahrersitz wohlig schläfrig, hatte ihre Hand mit dem verbundenen Finger in den Schoß gelegt und betrachtete Rainer von der Seite. Es war erstaunlich, daß sie zwei so unterschiedliche Männer zur gleichen Zeit lieben konnte. Rainer war feingliedrig, sein Gesicht oval, schmal, seine Hände langfingrig wie die eines Künstlers oder was man dafür hielt. Er war mit seinen 182 Zentimetern fast so groß wie Lars, wenn er auch nicht so wirkte. Er hatte dünnes, braunes Haar, das er durch regelmäßige Friseurbesuche auf Länge hielt und sorgsam scheitelte.

Eigentlich war er ja ein Spießer, dachte Anna, aber er hatte auch etwas sehr Verführerisches auf seine Art. Zumindest hatte sie das damals so empfunden, und auch heute blitzte es manchmal noch durch. Seinen braunen Augen war sie verfallen, bevor ihre Mutter ihr erklärt hatte, daß dies der Mann fürs Leben sei. Eigentlich war diese mütterliche Aussage nur lästig und provozierte Widerstand. Um ein Haar hätte sie ihn nur aus diesem Grund nicht genommen. Schließlich hatte sie es sich jedoch anders überlegt und zehn Kinder anvisiert, die sie alle bei Omi abzugeben gedachte.

Sie lächelte vor sich hin, während die Straßenlaternen Rainers Gesichtszüge abwechselnd in Licht und Schatten tauchten. Ihr Finger pochte ein bißchen, aber Anna fühlte sich wohl. Rainer hatte noch kein einziges Wort darüber verloren, was ihn so beschäftigte. Also hatte sich das Ganze erübrigt. Sie legte ihre Hand auf sein Bein, und er lächelte ihr zu.

»Kannst du dich an das Hotel *Ramses* erinnern?« fragte er plötzlich.

O mein Gott! Sie spürte, wie sie erstarrte.

»*Ramses*?« fragte sie gedämpft.

»Da ist ein Geschäftsmann umgebracht worden. Vor exakt einer Woche. Es stand in der Zeitung. Erinnerst du dich?«

Anna deutete ein Nicken an.

»Beschuldigt wird ein Junkie. Er soll den Geschäftsmann umgebracht haben, und mir wurde heute die Pflichtverteidigung übertragen.«

»O mein Gott!«

Ihr Ton hatte so erschrocken geklungen, daß Rainer impulsiv nach ihrer Hand griff, was einen Schmerzensschrei zur Folge hatte.

»Tut mir leid, tut mir leid, das wollte ich nicht!«

Anna hielt ihre Hand hoch und überlegte. Tausend Gedanken schossen ihr gleichzeitig durch den Kopf.

»War er's denn?«

»Keine Ahnung. Ich habe die Akte noch nicht. Kommt wahrscheinlich morgen.«

Anna warf ihm einen Blick zu. Da saß er nun, ihr Held. Verdammt dazu, im dunkeln zu stochern, wo sie ihm doch so leicht auf die Sprünge helfen könnte.

»Hast du den Kerl schon gesehen?«

»Natürlich nicht! Er sitzt in Untersuchungshaft und spaziert nicht so einfach bei mir herein. Ich werde ihn mir anschauen, sobald die Akte da ist.«

»Kann ich mit?«

Sie saß mittlerweile kerzengerade in ihrem Sitz. Das war ja ein Ding. Das mußte sie sofort Lars erzählen. Der Fall würde vor ihrer Nase verhandelt werden. Sie wußte zwar noch nicht so richtig, was sie mit dieser Situation anfangen konnte, aber spannend war es allemal. Und sie war fürchterlich neugierig. Und sie war sich sicher, daß an dieser Geschichte etwas faul war. Was Rainer nicht einmal ahnte. Aber wie konnte ein Rechtsanwalt so einem kleinen Kerl auch helfen, wenn er von nichts wußte?

»Was ist los? Hast du starke Schmerzen? Wir sind gleich daheim!«

Anna nickte ihm zu und ließ sich wieder etwas zurücksinken. Sie bogen in das Viertel ein, in dem sie wohnten, seitdem sie verheiratet waren: ein Haus, ein Baum, ein Sohn. Der Bausparvertrag hatte geholfen, das Bäumchen war dreimal eingegangen, und der Sohn dachte nicht daran zu erscheinen. Leider hatte das Geld damals nur für eine Garage gereicht und nicht für zwei. Oder Rainer hatte noch im stillen geglaubt, er könne mit dem Bau einer einzelnen Garage ein Zeichen setzen. Es hatte nur zur Folge, daß ihr eigener Wagen ständig auf der Straße parken mußte und fast immer beschädigt war. Mal tobte sich einer mit seinem Schlüssel am Lack aus, dann fehlten wieder Radkappen, zweimal war das Fenster eingeschlagen und das Radio geklaut worden.

Es war ein kleiner Sieg, als Anna irgendwann die gesammelten Rechnungen für Autoreparaturen auf seiner Serviette addierte und darunter schrieb: Der Preis einer Garage. Trotzdem war es weiterhin ihr Auto, das draußen stand.

Rainer drückte die Fernbedienung, und das Garagentor hob sich. »Ein schöner Wochenanfang war das heute«, sagte er ironisch.

»Wie man's nimmt«, erwiderte Anna, dachte an Lars, den Grünkohl und den Junkie. »Zumindest war's nicht langweilig!«

Rainer warf ihr den typischen Blick der arbeitenden Bevölkerung zu, leichtes Stirnrunzeln mit zusammengezogenen Lippen. Dann holte er laut Luft und sagte aus tiefster Seele: »Deine Sorgen möchte ich haben!«

Lieber nicht, dachte Anna. »Ich hab keine«, meinte sie statt dessen.

»Eben!«

Es klang selbstgefällig.

Lars hatte keine gute Woche hinter sich. Vor allem fand er es völlig überflüssig, daß dieser Tote von Zimmer 516 jetzt auch noch in sein Leben eingriff. Nicht nur, daß Rainer die Verteidigung übernommen hatte und Anna ihre Idee von einem Detektivbüro spann, nein, jetzt fing auch noch Bettina damit an. Und Patricia, diese Psychotante, setzte Rainer den Floh ins Ohr, ihn in diesem Fall beraten zu dürfen. Und dieses Weichei nahm auch noch an.

Lars war einigermaßen genervt, als sie sich alle am Freitag, wie sie es manchmal taten, beim Griechen trafen. Die vergangenen Tage waren nicht die erfolgreichsten gewesen, er hatte mehr Parkplätze gesucht als Ärzte getroffen und mehr Strafzettel kassiert als Aufträge geschrieben. Das drückte seine Stimmung, und er fand es auch nicht gerade toll, bei Zaziki und Gyros zwischen seiner Frau und seiner Geliebten zu sitzen, beobachtet von zwei wachsamen Frauenaugen und freundschaftlich auf die Schultern gehauen von dem Hintergangenen. Lars beschloß, nach dem Essen nicht mehr allzulange zu bleiben, aber Bettina hatte ganz offensichtlich andere Pläne.

»Es kann doch nicht sein, daß in diesem Staat jedes Unrecht an den Schwachen ausgemacht wird«, steigerte sie sich gerade in die letzte Runde. »Ist doch wieder typisch! Glaubt ihr etwa, daß es ein Junkie war?«

»Der Junge ist ja auch noch nicht schuldig gesprochen«, gab Patricia zu bedenken. »Warten wir's doch erst mal ab. Am Montag geht Rainer hin. Nicht wahr, Rainer?«

Lars warf ihr einen Blick zu. Er wußte von Anna, daß Patricia ihnen auf der Spur war und daß es demnächst ein »Frauengespräch« geben sollte. Er haßte solche Gespräche, die für einen Mann nichts Positives bringen konnten, und zudem hatte er das bohrende Gefühl, daß dieses Aufklärungsgespräch überhaupt nicht mehr nötig war, weil Patricia längst ahnte, wer sich hinter dem großen Unbekannten verbarg. Diese Situation behagte Lars ganz und gar nicht, und er fühlte sich einigermaßen unwohl in seiner Haut.

Ein Blick auf die Uhr zeigte, daß er den ersten Vorstoß in Richtung Heimat wagen konnte, aber während er noch überlegte, wie er Bettina diplomatisch überzeugen könnte, ging die Tür auf, und Patricias verspäteter Ehemann trat herein. Jetzt war alles zu spät, das war ihm klar. Bettina hätte es ihm als Absicht ausgelegt, wenn er jetzt gegangen wäre. Und das nur, weil er diesen Kerl vor längst vergessenen Zeiten etwas heftig auf den Tresen gesetzt hatte. Mit einem blauen Auge, zugegebenermaßen. Und die Theke war auch noch nicht abgeräumt gewesen. Es war ein sogenanntes Mißverständnis, das sie später auch unter Männern bereinigten – mit einem Saufabend auf Lars' Kosten. Trotzdem, ein schaler Nachgeschmack war geblieben, und es war ihm klar, daß sich Frank nichts Tolleres hätte wünschen können, als Rainer die Nachricht von seiner fremdgehenden Ehefrau zu hinterbringen.

Er blieb sitzen und rang sich ein Lächeln ab, während er Franks Händedruck erwiderte. »Du bist spät dran, Alter«, sagte er dazu. Bettina warf ihm einen mißbilligenden Blick zu, diese Art von Sprache war ihr zuwider.

»Ich war noch schnell bei meiner Geliebten, ha, ha«, sagte Frank scherzhaft, und alle lachten ausgiebig, während ihm Patricia mit dem Messer drohte. »Schon gut, ich bin ja schließlich glücklich verheiratet!« Er setzte sich neben sie, und sie küßten sich zur Begrüßung.

Lars beobachtete sie. Sie waren ein völlig harmonisches Paar. Irgendwie wirkten sie äußerlich sogar wie Geschwister. Ähnlich langgezogene Nasen, ähnliche Gesichtsform, sogar der tiefe Haaransatz schien auf die gleichen Gene hinzuweisen. Beide sahen auf ihre Weise gut aus, aber seine plötzliche Erkenntnis war schon verblüffend. Klarer Fall von Inzest, dachte er und mußte lachen.

Rainer schaute auf. »Wenn du zu lachen anfängst, wird's Zeit für 'ne Runde. Sechs Aquavit?«

»O nein, hör auf«, wehrte Frank ab. »Ich bin doch eben erst gekommen, hab noch überhaupt nichts im Magen!«

»Da mußt du durch, mein Lieber!« Rainer winkte der Bedienung. Und Lars gefiel die Vorstellung, daß Frank damit ein Problem haben könnte. Er hatte sich zwar damals bei Frank entschuldigt, aber bis heute war er sich nicht sicher, ob nicht doch etwas dran war. Bettina schwieg darüber und tat es als lächerlich ab, aber immerhin waren die beiden ehemalige Klassenkameraden und nach dem damaligen Fünfzehn-Jahre-Klassentreffen, kurz nach ihrer Hochzeit, bis zum Morgengrauen nicht mehr aufgetaucht. Das waren ihm der Zufälle zuviel, er hatte zwei und zwei zusammengezählt, und kurz danach saß Frank unsanft, aber effektvoll auf dem Tresen.

Lars konzentrierte sich wieder auf die Geschehnisse am Tisch. Bettina warb gerade für den kommenden Jazzabend, was ihm nicht behagte, denn er war sich sicher, daß sie in ihrem durchsichtigen Fummel hingehen würde. Um nicht wieder die Nerven zu verlieren, fragte er Patricia kurzerhand nach ihrem Bruder. Das war stets aufs neue ein wunderbarer Gesprächsstoff, denn so selbstbewußt und zielgerichtet Patricia war, so suchend und planlos war ihr kleiner Bruder. Lars' Lieblingsfrage war, ob sie wegen ihres Bruders Psychologin geworden sei oder ob er den Filou gäbe, weil er mit so einer großen Schwester geschlagen sei.

Aber heute hatte er damit keinen Erfolg. Patricia hatte eine Erfolgsmeldung: Ihr Bruder begann eine Lehre bei einem Friseur. Zumindest machte er gerade ein Praktikum.

»Sag mir bitte, wo, damit ich mich nie in diesen Laden verirre«, sagte Lars spontan, sah aber, daß der Einwurf allgemein nicht so gut ankam.

»Laß ihm doch eine Chance!« sagte Anna. Ausgerechnet Anna wies ihn zurecht. Es war wirklich nicht sein Tag.

»Ich möchte nur nicht mit grün- und pinkgestreiften Haaren herauskommen, das ist alles«, rechtfertigte er sich mit einem Achselzucken.

»Max läßt sich anscheinend ganz gut an«, erzählte Patricia unbeeindruckt. »Möglicherweise findet er ja jetzt seinen Weg.«

Seinen Weg finden, ein Satz, den Lars schon als Jugendlicher widerlich fand. Aber es war weder die richtige Zeit noch der passende Ort, um sich mit Patricia anzulegen.

»Und von den Drogen ist er ab?« konnte er sich dann doch nicht verkneifen zu sagen.

»Scheint so.« Bettina sah ihn von der Seite an.

Er spürte, daß sie kurz vor einer für ihn unvorteilhaften Bemerkung war. »Na, ist doch prima für Max«, lenkte er schnell ein. Und legte gleich darauf seine Hand auf Bettinas Knie. »Wollen wir nach Hause?«

Sie klemmte sich eine Haarsträhne hinters Ohr. »Ich nicht.«

Das war Kampfansage pur. Lars setzte ein Lächeln auf. Er war Skorpion, er würde sich später rächen. Keine Schlacht in der Öffentlichkeit. »Wie du meinst«, sagte er und bestellte sich noch ein Pils. Dann würde er sie hier eben alle unter den Tisch trinken.

Rainer hatte sich für vierzehn Uhr mit Patricia vor dem Gefängnis verabredet. Er hatte so nah wie möglich geparkt, denn es war wieder bitter kalt geworden. Der Winter zog nochmals um die Ecken und brachte eisigen Wind und aufwirbelnde Schneeflocken mit. Rainer klemmte sich den Aktenkoffer unter den Arm und schlug den Mantelkragen hoch. Er würde keine einzige Sekunde warten, sollte Patricia nicht pünktlich sein. Es war sowieso nicht die glücklichste Entscheidung gewesen, auf ihren Vorschlag einzugehen. Er benötigte keine Schützenhilfe, und Patricia war ihm schon immer etwas unheimlich gewesen. Wer wußte schon, was so eine Psychologin alles zu erkennen vermochte. Selbst wenn man sich bedeckt hielt. Oder möglicherweise gerade deshalb!

Er hoffte fast, daß sie sich verspäten würde, aber als er näher kam, sah er sie warten. Völlig entspannt stand sie da, in Jeans und einer kurzen schwarzen Lederjacke, als sei nicht Februar, sondern August.

»Na, da bist du ja«, sagte sie zur Begrüßung, was Rainer nicht nur einen schnellen Blick auf seine Armbanduhr werfen ließ, sondern ihn auch ärgerte. Schließlich war es immer noch *sein* Termin.

»Fünf vor zwei.« Er reichte ihr die Hand. »Just in time!«

Sie drückte ihm seine eine Spur zu fest und lachte offen. »Na, denn los. Bin schon gespannt auf den Burschen!«

Sie hatten sich gerade einen zusätzlichen Stuhl an den dunkelbraun furnierten Tisch gestellt, als die Tür geöffnet wurde und Steffen Schneider hereinkam. Er sah hager aus, fast ausgemergelt, und seine Gesichtszüge hatten etwas Asiatisches, was zu seinen superkurzen hellblonden Haaren höchst widersprüchlich wirkte.

»Tag«, sagte er und gleich darauf: »Ich war's nicht!« Damit blieb er an der Tür stehen.

Rainer ging auf ihn zu und stellte sich und Patricia vor.

Steffens ohnehin schmale Augen verengten sich zu einem Strich. »Mir egal, wen ihr hier alles auffahrt, es wird nichts daran ändern, daß ich's nicht war!«

»Es liegt ja ganz in unserer Absicht, das zu beweisen.« Rainer deutete zum Tisch. »Wollen wir uns nicht setzen?«

»Das ändert auch nichts!« Steffen blieb breitbeinig stehen.

»Es ist nur bequemer. Und wenn es Ihnen bisher noch niemand gesagt hat: Wir sind da, um Ihnen zu helfen, und nicht, um Sie anzuklagen. Setzt allerdings voraus, daß Sie uns helfen. Indem Sie uns beispielsweise sagen, woher Sie Herrn Eichmann kannten.«

»Eichmann?« fragte er erstaunt, und es klang echt.

»Der Geschäftsmann, der tot aufgefunden wurde.«

»Den kannte ich überhaupt nicht!«

»Aber seinen Namen werden Sie doch kennen.«

»Wurde mir gesagt. Hab ich wieder vergessen.«

Rainer ging zum Tisch, nahm die aufgeschlagene Akte und setzte sich auf die Tischkante. »Hier steht, daß Sie Harald Eichmann an der Rezeption des Hotels *Ramses* eine

Nachricht hinterlassen haben. Nur so ist die Polizei ja überhaupt auf Sie gekommen!«

Steffen verschränkte die Arme über seinem verwaschenen Sweatshirt und lehnte sich direkt neben der Tür gegen die Wand. »Mag sein.«

»*Mag sein* bringt uns aber nicht weiter ...« Rainer runzelte die Stirn. »Es muß doch einen Grund dafür gegeben haben, überhaupt eine Nachricht zu hinterlassen.«

»Das habe ich der Polizei schon gesagt!«

»Ich war nicht dabei. Vielleicht sagen Sie's einfach noch mal?«

Steffen winkelte sein linkes Bein an und stützte sich mit seinem Fuß an der weißgestrichenen Wand ab. »Ich kannte den Typ nicht. Ein Freund gab mir seinen Namen und die Adresse und sagte, ich sollte mich da melden. Das habe ich getan. Mehr nicht!«

»Und warum sollten Sie sich melden?«

Er zuckte die Achseln. »Was weiß ich. Irgendwas wird er schon gewollt haben!«

»Auf dem Zettel stand«, Rainer rückte sich die Brille zurecht und las vor: »Komme später noch mal vorbei. Falls es nicht paßt: 01 70 5 43 10 21. Steffen.« Er blickte auf. Steffen stand bewegungslos. »Den Zettel haben Sie kurz vor zwölf Uhr abgegeben, um vierzehn Uhr war Herr Eichmann bereits tot. Sie müssen doch zugeben, daß die Schlußfolgerung, Sie seien der Täter, für die Polizei nahelag.«

»Es hat ihm aber nicht gepaßt. Er hat mich angerufen.«

»Von seinem Hoteltelefon aus wurde nicht telefoniert.«

Steffen zuckte die Achseln. »Von wo aus er mich angerufen hat, weiß ich nicht. Aber er hat!«

Rainer legte die Akte wieder neben sich. »Und was hat er gesagt?«

»Daß es ihm nicht paßt. Ich soll mich später wieder melden.«

»Und er sagte nicht, wann? Und wozu?«

Steffen schwieg. Rainer überlegte. Ihm fiel nichts mehr ein, und er spürte Patricias Gegenwart in seinem Rücken. Was sie wohl darüber dachte? Er drehte sich nach ihr um. Sie hing relaxed in ihrem Stuhl, die Beine weit nach vorn geschoben, den Hintern auf der Stuhlkante. »Frag ihn doch mal, ob er überhaupt glaubt, daß der Täter aus seiner eigenen Szene stammt«, sagte sie leise.

»Wollte ich eben tun.«

Steffen hatte das Bein von der Wand genommen und ein Andenken in Form eines groben Sohlenmusters auf der hellen Fläche hinterlassen. Er schaute an Rainer vorbei zu Patricia.

»Keiner von den Jungs jedenfalls. Ich hab gehört, daß er nicht nur erstochen wurde, sondern auch ein bißchen an den Eiern gekratzt. So was tut nur 'ne Frau!«

Bis Rainer und Patricia aus der Vollzugsanstalt kamen, hatte Anna ihren zweiten Orgasmus hinter sich. Sie saß im Bett, hatte die Arme um die Beine geschlungen und schaute durch die geöffnete Tür Lars zu, der sich nach dem Duschen sorgfältig abtrocknete.

»Ich habe immer den Eindruck, ich rieche tagelang nach dir.«

»So?« Anna schnüffelte an ihrem Arm. »Das könnte meine Körperlotion sein.«

»Es wird mir noch mal den Hals brechen!« Er nahm das Badetuch an den äußersten Ecken und zog es sich in schneller Folge von links nach rechts und von rechts nach links über den Rücken.

»Du siehst aus wie ein Bär, der sich am Baum kratzt!« Anna legte ihr Kinn auf ihr Knie. »Und genauso schaust du auch!«

Lars warf sein Badetuch über den Badewannenrand und kam zu ihr. »Es macht mir halt Spaß. So wie mit dir. Höllischen Spaß eben!« Er stippte mit seinem Zeigefinger an ihre Nase. »Dafür ist einmal in der Woche fast zuwenig!«

Anna fuhr ihm durch die Haare. »Und zweimal ist zu teuer! Oder willst du im Wald …?«

Lars fischte nach seinem Slip, der neben seinen anderen Kleidungsstücken auf dem Boden neben dem Bett lag. »Im Sommer? Warum nicht?«

Anna spitzte die Lippen. »Dann liegst du aber unten, damit du's gleich weißt!«

»Schon klar!« Er lachte, drehte sich nochmals nach ihr um und fuhr mit den Fingerkuppen langsam ihr Schienbein hinauf. »Wenn du deiner lieben Freundin nicht alles ausplauderst, lege ich mich für dich hin, wo du willst. Selbst auf Reisig. Anderenfalls befürchte ich, daß uns«, er verharrte mit den Fingern auf ihrer Kniescheibe, »der Sommer verwehrt wird. Und daß es eine Katastrophe gibt!«

Anna legte ihre Hand auf seine. »Du willst doch nicht sagen, daß du denkst, Patricia würde alles ausplaudern? Das ist doch keine Tratschsuse!«

»Sie ist 'ne Frau!«

»Depp!« Sie wischte seine Hand von ihrem Knie. »Blödes Männergeschwätz! Auf Patricia kann ich mich verlassen! Sie hat noch nie was ausgeplaudert!«

Er krabbelte mit seinen Fingern wieder an ihr hoch. »Ach? Was gab's denn da Interessantes, was sie hätte ausplaudern können?«

Sie wischte ihn wieder weg. »Das würde dir so passen!

Männerstammtische sind nicht Frauensache! *Wir* tratschen *nicht*!«

Er beugte sich über ihre Kniescheibe und küßte sie. »Wir werden sehen, mein Schnuckelchen!«

Gudrun legte den Telefonhörer zurück. Sie war weiß im Gesicht und hatte das Gefühl einer Blutleere im ganzen Körper. Dieser Mensch war mehr, als sie ertragen konnte, bloß gab es kein Mittel gegen ihn. Alle Mittel, alle Asse hielt er in der Hand, preßte sie aus wie eine Zitrone.

Sie saß auf der weißen Ledercouch in ihrem gepflegten Appartement. Ein großes Wohnzimmer mit integrierter Küche und großen Fenstern, ein Schlafzimmer ganz aus Bambusmöbeln, ein Badezimmer, pflegeleicht in Weiß, und ihre Folterkammer, die eigentlich, im Vergleich zu anderen, keine richtige war. So wie Gudrun keine echte Domina war, zumindest nicht mehr.

Sie arbeitete als Sekretärin in der Stadtverwaltung, bezog ein ordentliches Gehalt zu ordentlichen Konditionen. Ein Job mit Weihnachts- und Urlaubsgeld und, wenn sie ein Kind gehabt hätte, mit Anrecht auf Mutterschutz, Kündigungsschutz und auf einen betriebsinternen Kindergartenplatz. Und irgendwann würde auch ganz automatisch die Rente kommen.

Der Haken waren ihre Vergangenheit und der Kerl, der seinerzeit eine goldene Nase mit ihr verdient hatte. Als er nach einem Totschlag in den Knast gewandert war, verließ sie blitzartig den Kiez, wechselte den Namen, schuf sich eine neue Identität und fand gleich darauf ihre neue Arbeitsstelle. Zuerst hatte sie Angst, dann fühlte sie sich allmählich sicher, und als er nach Jahren abends vor ihrer Tür stand und sie ohne weiteres geöffnet hatte, erkannte sie ihn nicht einmal mehr auf den ersten Blick. Er schloß sich mit ihr ein, zwang sie, sich bei ihrem Chef krank zu melden, und ließ sie erst nach einer Woche wieder gehen. Da zog sie mitten im Sommer langärmlige Rollkragenpullover und lange Hosen an, denn ins Gesicht hatte er sie wohlweislich nicht geschlagen. Und er wartete jeden Abend in ihrer Wohnung auf ihre pünktliche Rückkehr. Und dann schleppte er ihr wieder die ersten Freier an, denn er wollte Geld. Und er wußte, daß sie gut war. Immer, wenn sie aufzumucken drohte, legte er ihr die Fotos aus ihrem früheren Leben auf den Tisch und drohte, sie an die Stadtverwaltung zu schicken. Oder an jeden weiteren Arbeitsplatz, an dem sie sich bewerben würde. Sozusagen zusammen mit ihren Bewerbungsunterlagen.

Gudrun stand auf und ging in ihre freistehende Küche. Sie hatte, als sie vor vier Jahren ihr neues Leben begann, einen Kredit dafür aufgenommen und war stolz auf ihre Wohnung. Jetzt war das alles nur noch Ballast. Sie überlegte, einfach abzuhauen und in einem anderen Land noch mal neu anzufangen. Aber solange ihr Charly im Genick saß, wußte sie nicht, wie sie es anstellen sollte. Gudrun schenkte sich einen Whisky ein. Den brauchte sie immer, wenn er angerufen hatte. Er wollte Geld, und sie hatte keins. Rainer war nicht gekommen, die Kohle fehlte ihr ganz einfach. Sie hatte sich auf fünf Freier beschränkt, mehr brachte sie neben ihrer regulären Arbeit zeitlich nicht unter. Und mehr wollte sie auch nicht. Wobei dieser Typ noch einer von der anständigen Sorte war. Und Rechtsanwalt dazu. Vielleicht konnte sie ihn mal brauchen.

Charly saß in seinem Auto, einem durchgesessenen alten Chevy. Er war nicht mehr der Macker vom Kiez. Als er vor Ablauf seiner sieben Jahre wegen guter Führung entlassen worden war und hoch erhobenen Hauptes in sein altes Revier einspaziert war, wurde es ihm schmerzlich bewußt gemacht, daß seine Zeit abgelaufen war. Das tat vor allem deshalb weh, weil er sich nicht wehren konnte. Andere saßen jetzt am Drücker, Kerle ohne Skrupel. Das bedeutete, er mußte sich entweder mit den neuen Platzhirschen anlegen, wenn er selbst wieder etwas auf die Beine stellen wollte, oder er mußte alte Quellen auftun.

Charly dachte über sein Telefonat nach, das er eben mit Gudrun geführt hatte. Er war in der Szene abgeschrieben, und Gudrun hätte draufkommen müssen, wenn sie nur nachgedacht oder noch Verbindung zu ihren alten Spezis gehabt hätte. Aber anscheinend war sie wirklich auf einem anderen Trip. Auf der Suche nach Bräutigam und Einfamilienhaus. Er grinste, obwohl ihm nicht danach war. Er schuldete einem dieser Kerle noch über hunderttausend Mark. Und wenn Gudrun nicht mehr zog und die drei anderen, die er noch aus vergangenen Tagen aufgestöbert hatte, dann sah es ganz lau aus. Charly zog sich eine Zigarette heraus. Er würde Gudrun Beine machen. Wenn nötig mit Gewalt.

Anna wartete gespannt auf Rainers Rückkehr. Sie hatte schon versucht, ihn telefonisch über seinen und Patricias Besuch im Untersuchungsgefängnis auszufragen, aber er hatte abgeblockt. Das machte sie nur kribbeliger, zumal sie auch über ihrer Idee mit dem Detektivbüro brütete. Der Gedanke gefiel ihr zunehmend, und irgendwie könnte sie ihr Tätigkeitsfeld vielleicht sogar ausweiten. In Richtung Sicherheit und Personenschutz. Und durch ihren früheren Job hätte sie zumindest schon mal computertechnisch alles im Griff. Sie beschloß, mit Rainer darüber zu reden.

Sie bügelte, als sie ihn in die Garage fahren hörte. Das war ein echter Grund, mit der ungeliebten Arbeit aufzuhören. Beim Bügeln konnte man zwar wunderbar nachdenken, aber genaugenommen konnte man das an einem Kneipentisch bei einem Glas Wein auch.

Sie lief ihm entgegen. »Ich habe einen Auflauf im Ofen«, rief sie. »Bei dem Wetter, dachte ich mir, ist das genau das Richtige!«

Er nahm sie zur Begrüßung in die Arme. »Mmmhhh, du verwöhnst mich ja«, brummelte er in ihr Haar. »Willst du was?«

Sie lachte. Unbestritten tat ihr der Montag gut. Sie fühlte sich nach dem Nachmittag mit Lars immer zu allen Schandtaten bereit.

»Ja, dich!« sagte sie keck, obwohl sie gar nicht die Absicht hatte. Aber sie kannte Rainer gut genug: Überraschungsnummern waren nicht sein Ding. Er liebte es konservativ und gemütlich im Ehebett. Anna dachte, daß er für sich wahrscheinlich längst einen Plan zurechtgezimmert hatte, wie die Liebe abzulaufen habe. Und er hielt sich bereits seit zehn Jahren an seine eigene Vorgabe, warum sollte es heute abend anders sein. Die kleinen Ausnahmen, die er sich zwischendurch gestattete, hinterließen bei ihr anschließend immer den Eindruck, als schäme er sich dafür, etwas Abartiges verlangt zu haben.

Anna hatte sich damit abgefunden. Rainer hatte dafür andere Qualitäten, was sollte es also. Sie hatte ja Lars. Das Leben war perfekt.

Rainer stand neben ihr in der Küche, während sie den Auflauf aus dem Ofen nahm.

»Du siehst gut aus!« sagte er plötzlich.

»Ja, danke, ich glaube, er ist mir gelungen!«

»Ich spreche von dir! *Du* siehst gut aus!«

»Ja, danke. Der Auflauf nicht?«

Rainer schüttelte den Kopf, griff nach zwei dicken Topflappen, nahm ihr den Auflauf ab und trug ihn hinaus zum Eßtisch. »Heute scheint mich irgendwie keiner verstehen zu wollen.«

Anna kam ihm nach. »Erzähl von deinem Termin im Gefängnis, dann erzähle ich dir, daß ich vorhabe, ein Privatdetektivbüro zu gründen!«

»Was?« Ihm wäre fast die Auflaufform aus den Händen gerutscht. Das fehlte ihm noch. Eine Privatdetektivin im eigenen Haus. Da konnte er ihr gleich Gudruns Adresse nennen. Und den Preis dazu.

»Ist das nicht eine tolle Idee?« forschte sie nach seiner Bestätigung. »Ein Anwalt und eine Privatdetektivin, das ist doch ein unglaubliches Gespann!«

»Ja, unglaublich!« Er stellte die heiße Form auf den Untersetzer und ließ sich auf seinen Stuhl sinken. »Wie wär's denn mit einem branchentypischen Job? Irgendwas mit Computer oder so? Softwareberatung, Installation, Vernetzung, was weiß ich?«

Anna setzte sich ihm gegenüber hin. Ihre Augen funkelten vor Begeisterung. »Das ist ja das Gigantische! Ich kann meine Erfahrungen im Computerbereich einbringen. Den Innenbereich schmeiß ich mit links, wenn's soweit ist. Ab morgen informiere ich mich über den Rest!«

»Braucht man dazu keine Ausbildung?«

»Glaub nicht. Werde ich aber morgen in Erfahrung bringen!«

»Laß es besser. Das ist viel zu aufwendig und außerdem

viel zu gefährlich. Stell dir mal vor, irgend so ein fremdgehender Ehemann fühlt sich beschattet – der bringt dich womöglich noch um!«

»Ist doch amüsant. Aber keine Angst. Ich übe erst mal an dir. Das Beschatten, mein ich! Aber jetzt erzähl mir von deinem Termin im Gefängnis!«

Patricia erzählte Frank ebenfalls gerade von dem Besuch bei Steffen. Sie lagen miteinander auf der Couch, hatten eine Flasche Wein geöffnet und sich beim Italiener um die Ecke zwei Pizzen bestellt.

»Der Junge ist dreiundzwanzig«, erzählte sie. »Nur ein Jahr älter als mein Bruder. Aber er sieht so verbraucht, so kaputt aus. Du müßtest dir mal seine Augen anschauen! Ich würde mich zu gern allein mit ihm unterhalten!«

»Glaubst du, er hat was damit zu tun?«

»Ich weiß ja noch nicht mal, was dieser Eichmann für einer war. Hat er sich tatsächlich solche Jungs wie Steffen bestellt? Steffen ist nun wahrlich nicht der Knackarsch, den man sich für so einen Zweck vorstellt!«

»He!« Frank bohrte ihr den Zeigefinger in den Bauch. »Fremde Knackärsche hast du noch nicht einmal anzuschauen – ist das klar?«

»Es war ja keiner! Sag ich doch!« Sie lachte und wand sich, weil er den Druck in ihrem Bauchnabel verstärkte. »Komm, laß! Schenk lieber was ein und leg Geld parat. Gleich klingelt Pizzaman!«

»Jeden Abend Pizzaman wird auch langsam mühsam!«

»Dann schau zu, daß wir endlich mit der Küche zu Potte kommen. Eine ordentliche Küche gehört nun mal zu einem Haushalt!«

Frank setzte sich auf. »Wenn ich nicht die Befürchtung

hätte, daß ich dann immer darin stehen muß, hätte ich mich schon längst darum gekümmert!«

»Psychologie und Kochen«, Patricia hielt ihm ihr leeres Weinglas hin, »du weißt, das eine schließt das andere aus!«

»Sag ich doch! Mir kommt keine Küche ins Haus!«

»Na, dann«, Patricia wies auf die Umzugskartons, die sich noch überall stapelten, »dann such doch bitte mal das spezielle Pizzamesser, das ich aus *meinem* Haushalt mitgebracht habe. Dürfte etwa in dieser Richtung zu finden sein.«

Anna tüftelte an ihrer Idee herum, als das Telefon läutete. Rainer war eben aus dem Haus gegangen, und sie hatte sich daran gemacht, die Betten frisch zu beziehen. Das überkam sie immer am Dienstag, vielleicht die unbewußte Nestreinigung nach dem montäglichen Seitensprung. Anna ging zum Apparat und schaute auf das Display: eine Handynummer, aber sie kam ihr nicht bekannt vor. Sie schaute auf die Uhr, während sie abnahm. Kurz nach neun, für eine Plauderstunde unter Freundinnen noch zu früh.

Lautes Motorengeräusch und eine Stimme, die sie im Moment nicht zuordnen konnte. »Hey, Anna, was tust du gerade?«

»Sag ich dir, wenn ich weiß, wer dran ist!«

»Max!«

»Max? Und was tust du?«

»Ich wollte mit dir Kaffee trinken fahren.«

»Was? Ich verstehe dich kaum. Sitzt du auf einem Traktor oder was? Es ist so laut!«

Sie hörte ihn lachen, dann erstarb das Geräusch im Hintergrund, und gleich darauf klingelte es an ihrer Haustür.

»Bist du das jetzt?« fragte sie, das Handy immer noch am Ohr haltend.

»Ja, klar. Ich hol dich ab.«

Wieso und wohin, war ihr noch nicht plausibel. Sie kannte Max von Kindesbeinen an, schließlich war er Patricias kleiner Bruder und war ihnen von Patricias Eltern immer aufs Auge gedrückt worden, wenn sie sich mit Jungs treffen wollten. Er hatte vereitelt, was fünfjährige kleine Gören auch nur vereiteln können. Aber irgendwie war er inzwischen wie ein eigener Bruder, zumal sie keinen hatte. Patricia und sie hatten sich in der ersten Klasse des Gymnasiums kennengelernt, als Max als Nachkömmling geboren wurde. So wurde Anna unfreiwillig in die Kunst des Wickelns und Fütterns eingeweiht, und schließlich übte sie sich auch in der Fähigkeit, ungebetene Kleinkinder loszuwerden. Und zum Verdruß seiner Mutter und zur Freude seiner Schwester fand Max, kaum daß er die Schultüte im Arm hatte, wie all seine Geschlechtsgenossen Mädchen doof und somit als Begleitung indiskutabel. Patricia und Anna rieben sich die Hände und förderten seine genetisch verankerte Antipathie.

Anna öffnete die Tür. Zwischenzeitlich war ihr Max buchstäblich über den Kopf gewachsen. Er sah gut aus, dunkelhaarig mit markanten Gesichtszügen.

»Um diese Zeit? Bist du aus dem Bett gefallen, oder hat die Disko geschlossen?«

»Quatsch, ich hab 'nen Auftrag! Und wollte dich mitnehmen, das ist alles. Einen schönen Morgen mit meiner Halbschwester genießen, obwohl«, er grinste frech, »wir dazu ja eigentlich nicht aus dem Haus müßten ...«

»Du willst wohl ein paar hinter die Ohren! Komm rein!« Sie trat zur Seite, und jetzt erst fiel ihr das Auto auf, das vor dem Gartentor stand. »Was ist denn das?« fragte sie und schaute ihn ungläubig an.

»Der Grund, weshalb ich dich abhole. Ich hab doch jetzt eine Praktikantenstelle bei einem Friseur, und von einer Kundin habe ich den Auftrag, ihren Wagen durch die Waschstraße zu fahren, während sie erneuert wird. Und ich dachte, ich verbinde das mit einem kleinen Ausflug zu dir.«

»*Den* hat dir jemand mitgegeben?« Sie verrenkte sich fast ihre Augen, aber es bestand kein Zweifel: Es war ein Porsche.

»Warum nicht? Ich hab ja schließlich einen Führerschein!« Max klang beleidigt.

»Den hast du geklaut!«

»Jetzt ist aber gut!« Er zeigte ihr den Schlüssel. Tatsächlich, es war ein Porscheschlüssel. Das Wappen bewies es eindeutig. »Alles völlig legal! Also, was ist?«

Anna überlegte. Es zog kalt herein, und sie hatte nur ein T-Shirt an. »Hast du zwei Minuten Zeit? Ich muß mir nur schnell was anziehen!« Sie konnte nicht widerstehen. Es war einfach ihr Traumauto. Und wenn Max den Schlüssel hatte, war die Sache ja wohl in Ordnung.

Innerhalb kürzester Zeit war sie wieder unten im Wohnzimmer. Max hatte inzwischen ihren Geldbeutel geplündert. »Kannst du mir den Fuffi vielleicht borgen? Mir ist blöderweise gerade die Kohle ausgegangen!«

Anna nahm ihm ihren Geldbeutel ab und steckte ihn ein. »Porsche fahren und keine Kohle im Sack!«

»Es ist ein Turbo!«

»Noch schlimmer! Beherrscht du den überhaupt? Und ist es nicht glatt auf der Straße?«

»Der fährt sich wie jeder andere Turbo auch. Was hast du mit deinem Finger angestellt?«

»Bösen Jungs gedroht!«

Sie reckte ihren Finger hoch, aber bis auf eine rote Linie war kaum noch etwas zu sehen.

»Na, denn«, Max grinste und legte seinen Arm um ihre Schultern. »Komm!«

Der Wagen sah schon beeindruckend aus, wie er so silberglänzend und breitarschig auf ihrem Trottoir stand. Max öffnete ihr die Beifahrertür, und sie ließ sich in den Sitz gleiten.

»Wieviel kostet so was?« fragte sie Max, als er hinter dem Steuer Platz nahm.

»Ne Viertelmillion?« stellte er in den Raum. »Schau!« Er drückte das Handschuhfach in der Mittelkonsole auf. »Selbst die Fahrzeugpapiere sind da. Glaubst du mir jetzt?«

Anna gurtete sich an. »Es ist nur seltsam, daß er überhaupt nicht schmutzig ist. Wozu sollst du ihn also waschen lassen?«

»Porschefahrer sind halt Neurotiker. Weiß man doch!« Er steckte den Schlüssel ins Schloß und startete den Motor. »Hörst du das? Ist wie ein Orgasmus!«

»So ein Schwachsinn kann nur ein Mann sagen!«

Er legte den Gang ein. »Wie würdest du das bezeichnen, Fräulein Superschlau?«

»Als Sound. Im Notfall als Geräuschkulisse oder bösartig als Lärm. Aber Orgasmus? Du hast wahrscheinlich noch nie einen gehabt ...«

Er warf ihr einen schrägen Blick zu, während er losfuhr. »Karajan hat in seinem 911er niemals Musik gehört, weil, behauptete er, der Motor seine Musik sei!«

»Du willst mir jetzt aber nicht erklären, daß du plötzlich gebildet bist?«

»Ich wußte schon immer, daß Mädchen blöd sind!«

»Fahr und schau auf die Straße!« Anna lehnte sich zurück. Das fühlte sich gut an. Und das Armaturenbrett mit den runden, silbern hinterlegten Instrumenten und dem Navigationssystem war was fürs Auge. Sie konnte sich gar nicht sattsehen. Und satthören. Irgendwie hatte Max schon recht, das war was.

Er fuhr in Richtung Innenstadt. Durch Hamburg in einem silberfarbenen Turbo. Hoffentlich sah sie jemand. Rainer würde ihr das nicht glauben wollen.

»Zu welcher Waschstraße fahren wir denn?« fragte sie nach einer Weile.

Max zuckte die Schultern. »Mal sehen, was am Wege liegt!«

»Die wird dich doch nicht einfach ohne konkreten Auftrag losgeschickt haben. Sicherlich gibt's für so ein Auto auch eine bestimmte Waschstraße.«

»Möglich. Weiß ich nicht.« Er schaltete einen Gang herunter. »Außerdem hast du recht. Er ist überhaupt nicht schmutzig. Eigentlich Quatsch, ihn waschen zu lassen!«

Anna schaute zu ihm hinüber. Er grinste und gab Gas, um noch vor der auf Rot umspringenden Ampel über die Kreuzung zu kommen. Der Wagen schoß unvermittelt vorwärts, Anna weitete erschrocken die Augen.

»Das Ding hat Power. Weißt du was? Wir nehmen die Autobahn nach Lübeck. Da können wir ihn mal richtig laufen lassen. Wobei es eigentlich gescheiter wäre, gleich nach Italien zu fahren. Das wäre allerdings die entgegengesetzte Richtung, und wir hätten ewige Geschwindigkeitsbeschränkungen.«

Anna betrachtete ihn jetzt aufmerksamer. »Sag mal, ist mit dem Wagen tatsächlich alles in Ordnung? Es wird dir doch keiner einen Wagen für eine Viertelmillion anvertrauen, um mal eben eine Spritztour nach Lübeck oder Italien zu machen.«

Sie fuhren über den Jungfernstieg, bogen nach links ab, an der Binnenalster entlang und schließlich am Hotel *Atlantic* vorbei.

»Das wäre der richtige Rahmen für so ein Auto. Wollen wir da Kaffee trinken? Natürlich nur kurz, weil die Zeit zu schade ist, und auch nur, wenn du genug Kleingeld dabei hast, um den Genuß zu bezahlen.« Max tätschelte ihr Knie. »He, Anna! Was sagst du?«

Sie blieb kurz still. »Ich sage, daß da was nicht stimmt, und du sagst mir jetzt auch auf der Stelle, was es ist. Also, was ist es?«

»Ich weiß nicht, was du hast!«

In diesem Moment klingelte das Autotelefon, und auf dem kleinen Bildschirm, auf dem sie sich bisher als kleinen Pfeil im Straßengewühl sehen konnte, erschien im unteren Teil eine Nummer. Anna betrachtete die Knöpfe rund um den Bildschirm und fand einen mit einem Telefonzeichen. Sie drückte darauf.

»Hallo«, hörte sie aus dem Lautsprecher. »Hallo, Friederike, hörst du mich? Hallooo? Wo steckst du? Ich dachte, du seist beim Friseur. Warte, ich ruf noch mal an, die Verbindung ist zu schlecht.« Es knackte, und gleich darauf klingelte es wieder.

Anna ging nicht mehr dran, dafür warf sie einen Blick auf ihre Uhr. »Wir fahren jetzt bereits über eine halbe Stunde durch die Gegend. Max, du schuldest mir eine Erklärung!«

»So lange schon? Anna, weißt du was, ich fahre wirklich nach Italien. Und du gibst mir deine EC-Karte und die Geheimnummer, ich werde nicht mehr als fünfhundert Mark ziehen, das verspreche ich dir. Und in ein paar Tagen hast du die Kohle zurück. Meine Hand drauf!«

»Warst du deswegen vorhin an meinem Geldbeutel? Und der Fünfziger war nur Alibi? Meine Karten hab ich woanders, mein Freund. Und jetzt spuck's aus. Was spielst du für ein Spiel?«

Er hatte jetzt tatsächlich die südliche Route aus der Stadt hinaus eingeschlagen. »Sei nicht zickig. Es ist meine Chance. Du gibst mir die Karte, und ich laß dich am nächsten Taxistand raus! Das ist doch ein Wort!«

Anna setzte sich jetzt seitlich, mit dem Rücken zu ihrer Tür, um ihn besser beobachten zu können.

»Also wurde dir der Wagen nicht freiwillig gegeben. Bist du wahnsinnig? Wenn uns einer anhält, bin ich mit dran!«

»Ich sag ja, ich laß dich raus. Du gibst mir freiwillig deine ...«

»Freiwillig! Max! Das ist nicht nur eine Erpressung, das ist auch gleich noch eine Entführung!«

Sie dachte daran, einfach den Zündschlüssel umzudrehen, aber das Zündschloß saß links vom Lenkrad. Da kam sie nicht hin. Die Handbremse ziehen würde wahrscheinlich ebenfalls wenig bringen. Womöglich würde Max dann auch noch die Kontrolle über das Fahrzeug verlieren. Sie hatte keine Lust, an einer Hauswand zu kleben.

Max beschleunigte. Er war schon gut bei Hundert.

»Max, mach dich nicht unglücklich. Noch kannst du es vielleicht zurechtbiegen. Aber einen solchen Wagen zu klauen – damit kommst du doch nicht durch!«

»Solche Autos werden täglich geklaut. Nur wenn du mir deine Karte nicht gibst, muß ich mir was anderes einfallen lassen.«

Er warf ihr einen Blick zu, und seine Augen gefielen

ihr nicht. Sein Gesichtsausdruck hatte sich verdüstert. Der Sunnyboy, der er vor zwanzig Minuten noch gewesen war, hatte sich verwandelt.

»Selbst wenn ich sie dabeihätte, würde ich sie dir nicht geben. Ich mache mich doch nicht strafbar!«

»Du bist dabei! Das ist strafbar genug!«

Damit hatte er wahrscheinlich recht. Jetzt waren sie gleich auf der Autobahn. Irgend etwas mußte ihr einfallen, wollte sie nicht unfreiwillig in Italien oder hinter Gittern landen. Ein toller Berufsstart für eine Privatdetektivin.

»Sag mir wenigstens, wie du's angestellt hast. Schlüssel und Papiere, das ist ein Meisterstück, das muß man dir zugestehen!«

Der Anflug eines Lächelns huschte über sein Gesicht. Eitel war er schon immer gewesen, das wußte Anna. Möglicherweise konnte sie ihn so packen.

»Die Besitzerin hat mir den Schlüssel gegeben, damit ich einen Parkschein für sie ziehen und hinter die Windschutzscheibe legen sollte. Die Papiere lagen tatsächlich im Handschuhfach, und sie wird etwa drei Stunden in Arbeit sein. Totale Runderneuerung auf dem Kopf. Das dauert. Zeit genug für mich, um weit weg zu sein. Du mußt doch zugeben, es ist ein Wink des Schicksals!«

Gott! Anna lehnte sich zurück. Sie saß in einem geklauten Turbo. Vielleicht waren sie schon hinter ihnen her. An jeder Straßenkreuzung konnte ein Blaulicht auftauchen. Sie hielt die Luft an. Den Moment wollte sie nicht erleben. Grauenhafte Vorstellung: Frau eines Rechtsanwalts mit jungem Liebhaber in geklautem Porsche gefaßt. Rainer wäre hoch erfreut.

»Max, wer ist diese Frau? Friederike wer?«

Er zuckte die Achseln und hupte. »Hört sich doch gut an!«

»Laß das! Wenn uns jemand hört!« Die Straßen wurden breiter, jetzt hatten sie gleich freie Fahrt.

»Sie werden von uns hören, dessen kannst du dir sicher sein!« Er nickte ihr zu und beschleunigte erneut.

»Max, du bist viel zu schnell. Und die Straßen könnten glatt sein, vergiß das nicht. Italien! Weißt du, daß du da über die Alpen mußt? Hat der Wagen überhaupt Winterreifen drauf?«

Sie erkannte die kleine Unsicherheit in seiner Reaktion. Er schien nachzudenken. Vielleicht konnte sie ihn ja noch umstimmen.

»Ohne Winterreifen und ohne Sprit!« begann sie. »Was glaubst du, wie weit du kommst? Dazu noch gesucht! Am hellichten Tag! Jetzt hast du noch die Chance, den Wagen wieder hinzustellen. Vielleicht hat's noch keiner bemerkt!«

»Ich hab einen erheblichen Zeitvorsprung. Und du hast genug Geld für Sprit. Die großen Pässe sind meistens frei. Außerdem ist der Wagen schwer, der bleibt nicht so schnell hängen. Und ich habe Schlüssel und Papiere. Ich werde die erste große Chance meines Lebens nutzen, Anna, darauf kannst du wetten!«

Patricia saß zur selben Zeit in ihrem Arbeitszimmer und hörte einem Patienten zu. Die Geschichte kannte sie schon, der Mann erzählte jetzt schon zum drittenmal aufs Wort genau die gleiche Story, und ihre Gedanken schweiften ab. Es war interessant, was Steffen gesagt hatte. Er hielt es für unwahrscheinlich, daß Harald Eichmann von einem Mann getötet worden war. An den Eiern gekitzelt, hatte er gesagt, die Abrechnung einer Frau. War es wirklich so zu verstehen?

Sicherlich hatte Rainer den Obduktionsbericht in seinen Akten. Sie würde ihn darum bitten. Außerdem mußte doch irgend jemanden die Frage bewegt haben, welches Motiv der Junge gehabt hätte. Und wenn sie tatsächlich miteinander geschlafen haben sollten, müßte dies mit den heutigen Mitteln doch nachweisbar sein. Zudem stellte sich die Frage, was dieser Harald Eichmann eigentlich für einer war. Geschäftsmann und verheiratet. Das sagte überhaupt nichts. Was für ein Geschäftsmann? Welche Branche? Was tat er nebenher? War er beispielsweise politisch engagiert? Und seine Ehe. War er glücklich verheiratet? Getrennt? Hatte er Neigungen?

Patricia begann, sich Notizen zu machen. Ihr Patient saß ihr gegenüber in einem blauen Ohrensessel und redete wie ein Uhrwerk. Sie schaute ihm kurz zu, dann schrieb sie weiter. Eigentlich ging sie die ganze Geschichte ja nichts an, aber sie hatte das Gefühl, Rainer könne etwas Unterstützung gebrauchen. Er tat immer so selbstsicher, aber insgeheim war sie sich nicht sicher, ob er tatsächlich ein guter Anwalt war.

Sie blickte auf, weil ihr Patient plötzlich schwieg. Er war einer der Menschen, die zumachten, sich wie ein Fingerhandschuh nach innen stülpten, sich verkrochen wie eine Schnecke in ihr Haus. Er betrachtete sie aufmerksam.

»Was sagen Sie dazu?« wollte er von ihr wissen.

Patricia überlegte, an welcher Stelle seiner Geschichte er abgebrochen hatte.

»Ich laß es mir eben durch den Kopf gehen«, wich sie aus.

»Aber Sie haben sich doch Notizen gemacht!«

»Ja, eben.« Patricia nickte. »Ich denke mir, daß wir alles Schritt für Schritt aufarbeiten müssen.«

»Dann erzähle ich es Ihnen noch einmal!«

Rainer machte sich ebenfalls Gedanken über Steffen Schneider. Er hätte mehr aus ihm herausholen sollen, so blieb letztlich vieles ungeklärt. Rainer machte Patricias Gegenwart dafür verantwortlich. Unbewußt hatte er sich sicherlich gestört gefühlt. Es war kein großer Auftritt gewesen, das mußte er sich eingestehen. Und das gefiel ihm überhaupt nicht, zumal Patricia auch noch Annas Freundin war. Frauen erzählten sich alles gegenseitig. Wo Männer prahlten und an der Oberfläche blieben, gingen sie ins Detail, selbst wenn diese Betrachtung nicht besonders angenehm ausfiel. Der Gedanke, daß Anna eventuell ihre erotischen Geheimnisse vor Patricia ausbreiten könnte, behagte ihm keineswegs. Nicht, weil er sich da etwas vorzuwerfen hätte; was das anbelangte, gab es nichts Aufregendes. Aber vielleicht war es auch gerade das, was sie nicht zu wissen brauchte.

Er zog sich Steffen Schneiders Akte heran. Strenggenommen konnte dem Kerl nicht viel passieren. Sie hatten einen Mord, sie brauchten einen Verdächtigen, da kam Steffen wie gerufen. Für die Öffentlichkeit war der Fall schnell geklärt – und längst vergessen, wenn Steffen als unschuldig entlassen werden würde. Auf der anderen Seite konnte das Pendel auch in die andere Richtung ausschlagen. Ein Stricher war nun eben mal gesellschaftlich anrüchig. So einer hatte die Sympathien nicht gerade auf seiner Seite, wobei die Gesellschaft selten danach fragte, von wem diese Jungs eigentlich lebten. Nämlich doch genau von den feinen Herren ebendieser Gesellschaft. Und wer weiß, welchen Biedermann dieser Harald Eichmann nach außen hin abgegeben hatte.

Rainer dachte an Gudrun. Er war auch verletzlich geworden. Sie würde ihn bei ihren Spielchen nicht gerade umbringen, aber seitdem er sie kannte, war er Sklave seines Triebes geworden. Eines Triebes, den er vor dieser Begegnung noch nicht einmal gekannt, vielleicht geahnt, aber nicht ausgelebt hatte.

Er schlug die Akte Schneider auf, blätterte einige Seiten um und griff nach dem Telefonhörer. Er fühlte sich schuldig, und wie immer, wenn er deswegen Gewissensbisse hatte, rief er Anna an. Es war für ihn wie eine Absolution, wenn sie ihm etwas Nettes sagte.

Er ließ es durchklingeln, aber es meldete sich niemand. Er schaute auf die Uhr. Fast halb elf. Hatte sie einen Termin? Erkundigte sie sich womöglich nach den Voraussetzungen, um Privatdetektivin zu werden? Er hätte ihr schon gestern sagen können, daß Detektiv keine geschützte Berufsbezeichnung ist und sie sich sofort ein entsprechendes Schild an die Tür nageln könnte. Aber er hoffte noch immer, sie davon abzubringen. Vielleicht sollte er entsprechende Verordnungen und nachzuweisende Lizenzen erfinden, schnell drucken lassen und ihr heute abend präsentieren. Zusätzlich mit den voraussichtlichen Kosten einer entsprechenden Ausbildung. Er überlegte. 20 000 Mark dürften sie vielleicht abschrecken. Oder vielleicht eher 25 000. Die Lizenz mußte auch etwas kosten. Und die Räume, also Miete und Nebenkosten, und Büroeinrichtung einschließlich aller technischen Geräte. Das würde eine runde Summe werden.

Er schaute auf seinen Terminkalender und schob die Akte beiseite. Er hatte eine Stunde Ruhe vor dem nächsten Mandanten, das sollte für einen Entwurf reichen.

Anna fühlte sich in dem Wagen völlig hilflos und war vor lauter Zorn den Tränen nahe.

Max ließ sich keine Sekunde lang beirren. »Ich hatte gehofft, du würdest cooler sein. Ich hätte dich schon vor dem *Atlantic* raussetzen können, dann hätte ich viel Zeit gespart und du Ärger. Aber du wolltest ja nicht!«

»Ich hatte keine Ahnung, worauf das hinausläuft! Wie denn auch? Kann ich Gedanken lesen?«

»Stimmt. Ich verwechsle dich immer mit Patricia. Die hätte es nach fünf Minuten gewußt!«

Sie waren längst auf der Autobahn. Anna hatte versucht, Max die Folgen aufzuzeigen. Vor allem strafrechtlich. Aber auch persönlich. Ein erneuter Schlag für seine Familie.

»Recht so!« hatte er geantwortet. Sein Vater war Chefarzt an einer kleinen Privatklinik für Schönheitschirurgie und rechnete sich zur Hamburger Society. Und Max fand alles, was mit dieser selbsternannten Elite zu tun hatte, widerlich. »Zwanghaftes Getue«, stempelte er ab, was sein Vater als »gesellschaftliche Pflicht« bezeichnete.

So kam sie nicht weiter, das erkannte Anna. Außerdem war ihr eigentlich schon vorher klar gewesen, daß Max alles Freude macht, was seinen Vater vor den Kopf stößt. Womöglich hoffte er sogar, gefaßt zu werden und als raffinierter Porscheklauer in die Zeitung zu kommen. Aber das brachte sie natürlich in eine schwierige Lage. Ob freiwillig oder nicht, sie saß neben ihm. Etwas anderes zu beweisen dürfte schwerfallen, schließlich hatte er sie nicht mit Gewalt in den Wagen gezerrt. Ihre Lage war idiotisch.

Sie überlegte. Es gab keinen einzigen Grund zur Rücksicht. Sollte er doch in sein Unglück rennen, sie mußte irgendwie ihren Kopf retten.

»Ich mach dir ’nen Vorschlag«, sagte sie nach einer Weile.

»Na endlich!« Er schenkte ihr ein strahlendes Lächeln und tätschelte das dunkelblaue Lederlenkrad. »Ich wußte, du würdest ein Einsehen mit uns haben!«

»Hab ich nicht. Ich hab ein Einsehen mit mir!« Sie waren nicht mehr allzu weit von Hannover entfernt. Es war recht schnell gegangen, obwohl sich Max jetzt ziemlich genau an das Tempolimit hielt.

»Schieß los!«

Anna öffnete einen kleinen Reißverschluß an ihrem Geldbeutel und zog ihre EC-Karte heraus. »Da ist sie«, sagte sie dazu bedeutungsvoll.

»Sehr schön. Ich wußte doch, auf dich ist Verlaß!«

Anna überging die Bemerkung, sie schaute ihn an. »Du läßt mich am Bahnhof in Hannover heraus. Ich hole am nächsten Geldautomaten Geld. Wenn sich der Automat stur stellt, gehen nur vierhundert, wenn du Glück hast, kann ich mehr ziehen. Aber immerhin. Wenn du nicht wie ein Irrer fährst, dürften vierhundert reichen. Und ich kaufe mir von meinem Restgeld eine Fahrkarte und fahre nach Hamburg zurück. Und du vergißt, daß du mich heute gesehen hast!«

»Nach Hannover reinzufahren ist ein riesiger Zeitverlust. Und zudem auch noch gefährlich. Wer weiß, was die in Hamburg bereits angezettelt haben. Und was tust du, sobald ich um die Ecke bin?«

»Du traust mir nicht? Das ist ja noch schöner! Von mir aus kannst du mit der Karre bis nach Honolulu fahren. Und die Kohle gebe ich dir als zinsfreies Darlehen. Kannst wenigstens danke sagen!«

»Danke!«

Sie verkniff sich einen weiteren Kommentar, lehnte sich in ihren Sitz zurück und sah hinaus. Max überholte gerade einen anderen Wagen, und Anna sah direkt in die Augen einer Frau, die am Steuer saß und sehnsüchtig zu ihnen hinüberblickte. Wenn du wüßtest, dachte sie. Was die von außen sah, waren ein superteurer Sportwagen, ein toller Kerl am Steuer und auf dem Beifahrersitz eine Frau, die scheinbar auf Rosen gebettet war und alles hatte, was Spaß machte.

»Wenn's nach deinem Vater ginge, würdest du selbst so ein Ding fahren und müßtest keines klauen!« sagte sie und schaute wieder nach vorn auf die Fahrbahn.

»Wenn's nach meinem Vater ginge, wäre ich ein spießiger Medizinstudent, hätte eine Freundin aus sogenanntem guten Haus, blond, langbeinig und am besten noch adelig, wäre versichert bis ins Jahr 2087 und stünde vor einer gähnend langweiligen Zukunft im Einfamilienhaus mit zwei Kindern und einem Golden Retriever. Angepaßt und phantasielos. Reicht doch, wenn er meine Schwester beeinflußt. Die kann sich jetzt an ihrem Frank austoben.«

»Tut sie. Aber vergiß trotzdem nicht, die Ausfahrt zu nehmen. Und weißt du überhaupt, was du mit dem Auto tanken mußt?«

»Was wohl. Diesel!«

Patricia wollte eben in die Mittagspause gehen, als der Anruf kam. Anna klärte sie schnell darüber auf, was vorgefallen war. Sie hatte Max vierhundert Mark gegeben, und er war mit aufheulendem Motor davongeschossen. Ihr erster Griff danach ging zu ihrem Handy.

»Das darf doch wohl nicht wahr sein!« Patricia wanderte durch ihr Therapiezimmer. »Ich glaub's einfach nicht. So ein Idiot, das gibt doch nur Ärger!«

Anna lief derweil zur Fahrplantafel und suchte die nächstbeste Abfahrtszeit. »Ich habe auf ihn eingeredet wie auf einen sturen Esel. Er will das durchziehen, komme, was da wolle!«

»Und sich in Italien auf den nächsten Marktplatz stellen und ›Ich habe einen Porsche zu verkaufen‹ schreien? Wie stellt er sich das denn vor? Hat er da Kontakte? Hat er was gesagt? Und hast du 'ne Ahnung, wer der Besitzer ist?«

Anna registrierte, daß der nächste Zug in zwanzig Minuten fahren würde, und machte sich auf den Weg zum Fahrkartenschalter. »Eine Friederike. Es kam ein Anruf auf dem Autotelefon, und die nannte diesen Namen.«

Patricia ließ sich in den Ohrensessel fallen, in dem vor kurzem noch ihr Patient gesessen hatte. Sie schwieg.

»Patricia?« fragte Anna endlich. »Bist du noch dran?«

»Friederike? Im silbernen Porsche Turbo?« Sie war wieder still.

»Jetzt sag schon«, drängte Anna ungeduldig. »Weißt du, wer das ist?«

»Wenn meine Vermutung zutrifft, ist Max geliefert!« Sie war wieder kurz still. »Du lieber Himmel!«

»Patricia!«

»Friederike Leuthental ist die Frau von Siegmund Leuthental. Und der ist Oberstaatsanwalt!«

Anna verschlug es die Sprache.

»Und kann meinen Vater nicht leiden, weil er an seiner Frau angeblich mal was verbockt hat, oder so. Das ist das Schlimmste an der ganzen Geschichte. Diesmal also keine gütliche Übereinkunft im kleinen Kreis! Damit bringt er Vater wirklich um!«

Es war wieder still.

Patricia saß wie erschlagen in ihrem Sessel. »Dieser dämliche Idiot!« Dann sprang sie mit einem Satz auf. »Kriegt man ihn noch? Ich meine, wenn du dir jetzt einen Leihwagen nimmst, Anna, und ihm hinterherbretterst?«

Anna stellte sich an der Schlange vor dem Schalter an. »Aussichtslos. Wie soll ich denn einem Turbo nachkommen? Selbst wenn es hier einen Autoverleih gäbe und sie einen schnellen Wagen zur Verfügung hätten, bis ich endlich drin säße, wäre Max doch schon Gott weiß wo!«

Patricia lief wieder kreuz und quer durch ihr Zimmer.

»Wir brauchen die Autotelefonnummer dieses Wagens. Ich ruf ihn an, das ist die einzige Möglichkeit. Ich muß ihn zum Umkehren bringen. Dann läßt sich vielleicht noch was retten!«

»Er kehrt nicht um. Er sieht es als seine große Chance. Und im übrigen kannst du ihm das auch über sein eigenes Handy sagen!«

Friederike Leuthental hatte sich nichts gedacht, als ihr Max den Schlüssel nicht gleich zurückbrachte. Es war hier immer so, daß die Wagen betreut wurden, bis die Kunden wieder gingen. Erst als sie an der Kasse stand und die Chefin die Schublade aufzog, in der die Autoschlüssel verwahrt wurden, stutzte sie. Der Schlüssel fehlte. Und erst jetzt fiel auch auf, daß der Praktikant fehlte.

»Er wird den Schlüssel doch nicht aus Versehen mitgenommen haben«, mutmaßte die Friseurin und sah sich um. Der Laden war zu groß, um jeden einzelnen im Blickfeld zu haben. »Ist er heute in unserer Filiale?« Sie drehte sich zur Wand und studierte den Plan. »Nein, er müßte hier sein.«

Ratlos schaute sie Friederike an, die an ihr vorbei den Sitz ihrer Haare im Spiegel kontrollierte.

Der neue Schnitt, ein etwas kürzerer Pagenschnitt, gefiel ihr sehr, die helleren Strähnchen waren gelungen, die goldene Tönung kam gut. Sie war kein bißchen beunruhigt.

»Kannte er denn die Schublade? Vielleicht hat er ihn woanders hingelegt.«

Die Chefin rief Verstärkung, und gemeinsam wurde nach dem Schlüssel gefahndet – der Tresen abgesucht, sämtliche Schubladen durchwühlt, selbst auf dem Boden hinter den Schränken nachgesehen. Hätte ja auch runterfallen können. Aber nirgends ein Schlüssel, und es hatte in der letzten Zeit auch keiner den Praktikanten gesehen. Schließlich riefen sie in der Filiale an. Aber auch dort war er nicht aufgetaucht.

»Zwar unangenehm, aber kein wirkliches Problem«, sagte Friederike schließlich und griff in ihre Handtasche. »Ich habe einen Ersatzschlüssel dabei. Ärgerlich ist nur, daß auch mein Hausschlüssel an dem anderen hängt. Nun gut, wenn ich mich beeile, treffe ich meine Haushaltshilfe noch an. Das heißt, ich werde sie aus dem Auto anrufen. Und Sie geben mir bitte umgehend Bescheid, wenn der Junge mit dem Schlüssel wieder auftaucht!«

Die Friseurin und ihre Angestellten atmeten auf. Das war ja noch einmal glimpflich abgegangen. Na, der würde etwas erleben, so ein Schussel!

Minuten später war Friederike Leuthental wieder da. »Sie können die Polizei rufen. Der Wagen ist weg!«

Anna saß im Zug und telefonierte mit Lars. Er war der erste, der ihr einfiel, noch vor Rainer.

»Hättest du bloß früher angerufen«, sagte er sofort, »ich bin auch gerade in Hannover! Und habe zwei Ausfälle. Wir hätten uns einen schönen Nachmittag machen können. Ich hab doch sowieso ein Hotel für die Nacht gebucht.«

»Denkst du auch mal an was anderes?«

»Sollte ich?«

»Dringend!«

Sie erzählte ihm kurz, was vorgefallen war, sorgsam darauf bedacht, daß es sonst keiner im Wagen mitbekam.

»Das ist ja ein Ding.« Lars mußte lachen. Vor allem gefiel ihm, daß Patricia jetzt garantiert nicht darüber nachdenken könnte, mit wem es ihre beste Freundin trieb.

»Wie kannst du da bloß lachen! Das ist hochdramatisch! Wenn sie ihn schnappen, sitzt er!«

»Ich könnte ihm einen Rechtsanwalt empfehlen!« Er lachte noch immer.

»Du bist idiotisch!« Anna war beleidigt. Sie fand ihn völlig daneben.

»Sorry, aber der Kerl ist noch so grün hinter den Ohren, dem tun zwei Jahre Bau überhaupt nichts!«

»Du redest wie«, sie senkte ihre Stimme, »ein Nazi. Irgend so ein Rechtsaußendummschwätzer. Er ist immerhin Patricias Bruder!«

»Weiß ich. Und seines Vaters Sohn. Weiß ich auch. Den kenne ich übrigens bestens, ein arrogantes Arschloch, behandelt die ganze Welt von oben herab, als sei er der liebe Gott, vor allem Vertreter. Flog aber immer schön mit, wenn unsere Produkte auf Kreta, in Berlin oder in Rio vorgestellt wurden. Mit Gattin, versteht sich.«

»Okay, okay!« Anna hatte keine Lust, sich länger mit Lars darüber zu unterhalten. Sie brach das Gespräch kurzerhand ab und rief Rainer an. Endlich ein Abenteuer, das sie ihrem Mann auch erzählen konnte.

Max fühlte sich toll. 420 PS unter dem Hintern und einen riesigen Spaß vor sich. Er würde den Wagen in Italien mühelos verscherbeln, daran bestand kein Zweifel. Sollte die Polizei ihn früher schnappen, würde sich sein Alter schon etwas einfallen lassen. Die Schlagzeile wäre ihm zu deftig, wobei es auch nicht unkomisch wäre, als Porschedieb in der Zeitung zu stehen. Bei nächster Gelegenheit mußte er sich den beiliegenden Fahrzeugschein einmal genauer anschauen. Name und Anschrift hatte er bisher nur flüchtig überlesen. Möglicherweise ließ sich auch noch etwas aus dem Haustürschlüssel machen, der am Anhänger hing. Wer ein solches Auto fuhr, hatte sicherlich auch Bares oder Schmuck zu Hause herumliegen. Max grinste, gab Gas und drehte die Musik lauter. Als sein Handy klingelte, warf er einen schnellen Blick auf das Display. Seine Schwester Patricia. Also hatte Anna sie bereits informiert. Er dachte nicht daran, sich schwesterlich maßregeln zu lassen. Er würde das hier ganz für sich selbst genießen, ohne jede weitere Diskussion.

Dann mußte er an seinen Freund denken. Steffen hätte er jetzt gern dabei gehabt. Blöde Sache mit diesem Mordfall. Steffen war's jedenfalls nicht, da war er sich sicher. Bei dieser Nummer ging es um Kokain und nicht um Sex, und den Auftrag dazu hatte Steffen auch noch von ihm. Aber konnte er das aussagen, ohne sich selbst reinzureiten? Es würde sich auch ohne sein Zutun als harmlos aufklären, dessen war er sich sicher.

Rainer fand es etwas heavy, was sich in letzter Zeit so um ihn herum abspielte. Er hatte sich für den frühen Nachmittag bei Gudrun angemeldet, aber jetzt kam ihm Anna mit ihrer Entführungsgeschichte dazwischen und hielt ihn mit ihrem ewigen Telefonat in der Kanzlei fest. Sie schilderte ihm ihr Erlebnis in jeder Einzelheit. Zunächst hörte er geduldig zu, dann fiel ihm irgendwann ihre Mobilfunkrechnung ein, die derzeit er zu bezahlen hatte, und er unterbrach sie mit der Behauptung, ein Mandant stünde in der Tür. Anna verabschiedete sich sofort, und Rainer rief Gudrun an, um abzusagen. Es war ihm nicht mehr danach. Außerdem wollte er in Ruhe nachdenken. Was Max anging, war ihm diese ganze Geschichte egal. Er war und blieb ein Tunichtgut, hatte immer nur Blödsinn im Kopf und schien nie erwachsen zu werden. Und das auch noch auf Kosten anderer Leute. Was ihm aber nicht gefiel, war die Tatsache, daß ausgerechnet Friederike Leuthental die Eigentümerin des Porsches war. Und daß der Fall durch die Freundschaft mit Patricia fast automatisch auf seinen Tisch wandern würde, sobald die Polizei diesen Idioten von Max schnappen würde.

Rainer war klar, daß sich Siegmund Leuthental da sicher genüßlich hineinknien würde, und zwar mit seiner ganzen Macht als Oberstaatsanwalt – schon, um Max' Vater eins auszuwischen.

Das war keine Schlacht, die ihm Spaß machte. Rainer konnte es sich jetzt schon ausmalen: hinter sich Anna und Patricia, die ihn antrieben, Erfolge sehen wollten und die Verhandlung nach Hause verlagern würden, und vor sich einen das Messer wetzenden Oberstaatsanwalt. Na, fein. Hoffentlich schnappten sie Max nicht, dann war er diese Sorge schon mal los.

Rainer schaute zur Uhr. Fünf. Er rief Anna an. »Anna, mir ist noch ein Termin dazwischengekommen, es wird jetzt doch später. Wenn sie ihn erwischen, werden wir es früh genug erfahren. Machen können wir so lange sowieso nichts!« Dann widerrief er bei Gudrun seine Absage. Wenn ihm jetzt etwas guttun konnte, dann war es Gudrun!

Gudrun war erleichtert. Sie hatte sich abgehetzt, um aus dem Büro rechtzeitig nach Hause zu kommen, schnell den alltäglichen Kleinkram erledigt, und sie stand gerade unter der Dusche, als seine Absage kam. Das war eine Katastrophe. Charly hatte ihr gedroht und ihr gestern abend zum erstenmal ein kleines weißes Kuvert auf den Tisch gelegt.

»Wenn du es schaffst, daß er damit anfängt, kannst du dir ein wunderbares kleines Taschengeld nebenher verdienen. Befiehl ihm einfach, seinen Rüssel da reinzuhängen!«

Er lachte, und Gudrun schaute ihn an. »Du hast auch schon bessere Tage gesehen, Karl Lönitz. Deine Haare sind zu lang, dein Gesicht schwammig, deine Allüren unausstehlich!« Sie zeigte auf das Kuvert. »Was ist das?«

»Kokain!«

Gudrun schüttelte entschieden den Kopf. »Ich will dieses Zeug nicht im Haus haben! Nimm's wieder mit! Und zwar schnell!«

Er griff nach ihrem Gesicht, spannte es in seine rechte Pranke. Seine unmittelbare Nähe war ihr widerlich. Sie schaute ihm direkt in die Augen. Er drückte zu. Es tat höllisch weh. Sie griff mit beiden Händen nach seinem Unterarm und versuchte seine Hand wegzureißen. Er drückte fester, schließlich traten ihr Tränen in die Augen. Jetzt ließ er los.

»Paß auf, was du sagst«, drohte er. »Es gibt keinen Grund für dich, sich so aufzuspielen. Aber es gibt Gründe genug, zu tun, was ich dir sage.« Er bohrte seinen Zeigefinger zwischen ihre Brüste.

Gudrun trat einen Schritt zurück. »Schon gut, Charly,

beruhige dich.« Aus Erfahrung wußte sie, daß aggressive Männer wie wütende Hunde zu behandeln waren. Keine schnellen Bewegungen, beruhigend, leise Stimme, keinen direkten Blickkontakt.

Charly nickte. »Dann ist ja gut! Wenn der Kerl morgen kommt, nimm ihm nicht unter fünfhundert ab, und bring ihn auf den Trichter.«

Sie hatte dann das Kuvert liegen lassen und nicht angerührt, auch als Charly bereits weg war. Es hatte die ganze Nacht auf dem Tisch gelegen und lag jetzt noch da. Gudrun stand davor und starrte es an. Rainers Absage beschäftigte sie. Wenn er unzuverlässig wurde, mußte sie sich einen anderen suchen. Der Gedanke gefiel ihr nicht, denn mit Rainer hatte sie einen äußerst einfachen Kunden. Er brauchte die Streckbank und Schläge, sie kanzelte ihn ab, spielte die Herrin in langen Lederstiefeln und mit Peitsche, und wenn er schließlich gekommen war, wollte er davon nichts mehr wissen. Er bezahlte, sah sie kaum noch an und war wieder draußen. Einfacher ging's kaum.

Sie trocknete sich ab und überlegte, was sie tun sollte, als das Telefon erneut klingelte und er wieder zusagte. Gudrun nickte zufrieden und begann sich umzuziehen. Während sie ihr schwarzes Lederbustier schnürte und den Busen so hochdrückte , daß er übermächtig wirkte, überlegte sie, in welcher Situation sie ihm Kokain anbieten könnte. Da er nicht der Typ war, der nachher noch ein Glas Whisky oder sonst etwas trinken wollte, gab es kaum eine Gelegenheit. Angeschnallt auf der Bank? Völliger Blödsinn. Sie konnte Charly höchstens sagen, daß sie es versucht, er aber abgelehnt hätte. Damit hätte sie dann auch für alle Zukunft das Zeug vom Hals. So hoffte sie wenigstens.

Lars war, nachdem sein Tag in Hannover so unbefriedigend gelaufen war, auf dem Weg nach Hause. Sein Job nervte ihn zunehmend. Schade, daß es mit Anna nicht geklappt hatte. Die Treffen taten ihm gut, gaben ihm so etwas wie ein Erfolgserlebnis, obwohl er natürlich genau wußte, daß Anna sich so oder so einen Typen gekrallt hätte. Letztlich war er noch nicht einmal ihr richtiger Liebhaber, eher ihre Ersatzbefriedigung. Aber solche Gedanken mochte er nicht ausweiten, schon gar nicht, wenn der Beruf ihm im Nacken saß.

Er bog in sein Wohnviertel ein und schaute gleichzeitig auf die Uhr. Es war kurz nach fünf, Bettina mußte aus dem Amt schon zurück sein. Er hatte sie nicht informiert, eigentlich wollte er heute in Hannover schlafen und morgen nach Bremen weiterfahren. Aber es war ihm nicht nach einem einsamen Hotelzimmer, und eine kleine Überraschung konnte der Liebe nur guttun.

Lars stellte seinen Wagen in die Garage und schloß die Haustür auf. Bettina kam ihm bereits im Flur entgegen.

»Na, das ist ja ein Ding«, sagte sie zur Begrüßung und sah ihn von unten bis oben an. »Ist was schiefgelaufen?«

»Muß immer gleich was schieflaufen, wenn man mal früher von der Arbeit kommt?« Er hätte sich eine leidenschaftlichere, freudigere Begrüßung gewünscht.

»Ich mein ja nur!« Sie reckte sich etwas, um ihm einen Kuß zu geben. Lars schloß sie in die Arme. So fühlte sich das schon besser an. Sie sah überhaupt gut aus in ihrer Jeans und dem schmal geschnittenen, leichten Pullover. Ihr Gesicht war erhitzt, ganz ohne Make-up, die Haare wild. Das gefiel ihm, sie sah aus wie nach ihrem Freitagnachtsex. Er begann ihre Wirbelsäule zu streicheln, da fiel sein Blick geradeaus ins Wohnzimmer.

»Mistest du gerade aus?« Der ganze Eßtisch, immerhin fast drei Meter lang, war mit Papier und Büchern bedeckt.

»Nein, ich betreibe eine Studie. Ich arbeite. Oder studiere. Wie du willst!«

»Was?« Er schob sie rückwärts in Richtung Wohnzimmer. »Studie? Für das Kulturamt?«

»Nein, ich arbeite an einem Projekt für die Uni.« Sie schaute ihn schräg an und versuchte sich in holländischem Tonfall: »Überraschung!«

Lars versuchte sich zu sammeln. »Überraschung?« wiederholte er. »Ein Projekt? Davon weiß ich ja gar nichts!«

Sie winkte ab. »Interessiert dich Soziologie? Nein, eben. Wozu sollte ich dich also damit langweilen?«

Lars war perplex. Da tat seine Frau Dinge, von denen er keine Ahnung hatte. »Aber erzählen könntest du es doch«, er griff wahllos nach einem Buch. »Bei dem Ausmaß«, er wies mit dem Buch in einer knappen Handbewegung über die anderen hinweg, »scheint es ja doch über ein einfaches Projekt hinauszugehen. Sieht eher nach Nebenbeschäftigung aus!«

Sie nahm ihm das Buch ab und begann, den Tisch aufzuräumen. Er schaute ihr zu. »Worum geht's denn in deinen Studien? Oder in deinen Forschungen? Oder sonstwas.«

Sie drehte sich zu ihm um. »Über menschliches Verhalten. Warum du dich zum Beispiel aufregst, wenn ich einen etwas durchsichtigen Pullover zu einem Konzert tragen will!«

»Oh!« Er stöhnte. »Geht das schon wieder los!« Bettina trug den Stapel Unterlagen nach oben in ihr kleines Arbeitszimmer. Lars ließ sich am leergeräumten Tisch in einen Stuhl fallen. Er schaute auf die großen, dunklen Fenster, in denen sich das Wohnzimmer spiegelte, erfaßte aber nichts. Soziologie. Menschen in der Gesellschaft. Was gab es da zu forschen. Sie lebten, sie veränderten sich, sie verhielten sich auf irgendeine Weise. Die einen so, die anderen so. Konnte so etwas wichtig sein?

Er hörte sie wieder herunterkommen. »Vertust du damit nicht deine Zeit? Wäre Sport nicht gesünder?« Er sah sie im Spiegelbild des Fensters.

Sie blieb wie angewurzelt auf der letzten Treppenstufe stehen. »Was soll denn das schon wieder heißen? Gefällt dir meine Figur nicht mehr, oder was?«

»Quatsch! Das habe ich doch überhaupt nicht gesagt. Und auch nicht gemeint!«

Sie durchquerte den Raum und setzte sich ihm gegenüber hin. »Die Sprache zwischen Männern und Frauen ist übrigens auch etwas, über das geforscht wird. Wir verstehen uns nicht!«

Lars rollte die Augen. »Ich verstehe dich sehr gut. Du willst einen durchsichtigen Fetzen tragen, weil du einen fremden Jazzmusiker aufgeilen willst, bitte schön. Habe ich sehr wohl verstanden, war von dir klar ausgedrückt. Und ich hätte jetzt gern ein Bier. Ich denke, du verstehst mich auch!«

Sie stand mit einem Ruck auf. »Du bist geschmacklos! Hol dir dein Bier gefälligst selber!«

Rainer fühlte sich, wenn er bei Gudrun war, immer seltsam erleichtert. Irgend etwas fiel von ihm ab, er konnte es nicht ergründen, und eigentlich wollte er sich auch nicht zu genau damit beschäftigen. Aber Gudrun war eine attraktive Frau, das stand außer Frage. Nicht nur, wenn sie über ihm stand, sondern auch außerhalb ihres Arbeitsbereichs, wie er in seiner Kanzlei sehen konnte. Trotzdem, er hoffte, sie niemals mehr außerhalb ihrer eigenen vier Wände anzutreffen. Geschäft war Geschäft, so betrachtete er das und kein Stück anders. Sie bekam Geld, und er wurde etwas los, sowohl körperlich als auch psychisch. Das war ein fairer Deal, nicht mehr und nicht weniger.

Als er jetzt zu Hause die Tür aufschloß, hatte er Gudrun bereits vergessen. Er freute sich auf einen gemütlichen Abend mit Anna. Rainer hängte seinen Trenchcoat ordentlich auf und hörte Anna in der Küche hantieren. Das bedeutete Gutes. Er lächelte vor sich hin und wickelte den Blumenstrauß aus, den er ihr auf dem Heimweg noch gekauft hatte. Ein erster Frühlingsbote Ende Februar, zwanzig gelbe Tulpen.

Anna fiel ihm um den Hals, und es freute ihn, daß sie sich freute.

»Na, was Neues?« wollte er wissen und hoffte, daß nicht. Vielleicht war Max ja sonstwo mit dem Wagen gelandet. Gern auch unter dem Wasserspiegel.

»Patricia hat angerufen, er reagiert nicht auf ihre Anrufe mit dem Handy. Auch auf keine SMS. Nichts! Sie hat sogar über die Vermittlung die Autotelefonnummer von Friederike Leuthental erfragt, aber da geht nur noch die Mailbox ran ...«

Alles in allem gute Nachrichten. Rainer nickte und holte eine Vase. Anna schnitt die Blumen an und nahm ein beigefügtes Tütchen, um Blumenfrisch zuzugeben. Rainer schaute ihr erst gedankenlos zu, dann registrierte er, was er da sah. Ein ähnliches Tütchen, nur ganz in Weiß, hatte er vorhin auf Gudruns Tisch liegen sehen. Es war ihm aufgefallen, weil Gudrun nie irgend etwas herumliegen hatte. Die ganze Wohnung wirkte immer eher wie ein Ausstellungsraum. Aber jetzt hatte er die Situation wieder ganz deutlich vor Augen. Sie wischte dieses Tütchen mit der Handkante etwas zur Seite, während er ihr seine Geldscheine auf den Tisch blätterte.

»Hast du jemals Kokain genommen?« hatte sie ihn dabei eher beiläufig gefragt.

»Nein«, hatte er geantwortet, ohne sich etwas dabei zu denken.

»Möchtest du probieren?«

»Nein, wirklich nicht!« Und damit war er gegangen.

Hatte sie tatsächlich auf ihrem Wohnzimmertisch Kokain liegen? Wenn ja, dann war das eine brandheiße Sache. Sie konnte auffliegen und somit auch er. Rainer wurde es mulmig. Wenn das so war, mußte er seine Besuche bei Gudrun unterbinden. Welch entsetzlicher Gedanke!

»Schatz, ist dir nicht wohl? Du machst ja ein ganz entgeistertes Gesicht! Du schwitzt ja!«

Tatsächlich, ihm war der Schweiß ausgebrochen. Er nahm etwas Küchenpapier, rieb sich die Stirn und versuchte wieder ein normales Gesicht zu machen. »Übrigens«, sagte er und versuchte, die Gedanken an Gudrun abzuschütteln, »ich habe dir ein paar Formulare mitgebracht. So ganz einfach ist es nicht mit deiner Detektivarbeit. Die Ausbildung kostet ganz schön viel Zeit und Geld, und noch mehr Geld brauchst du anschließend, um dir ein Büro mit allem technischen Schnickschnack einzurichten.«

Anna öffnete ungerührt einen der Töpfe und rührte darin herum.

»Was gibt's denn?« Rainer schnupperte.

»Etwas für meine Linie«, sie grinste ihn an. »Gulasch und Spätzle! Nicht handgeschabt wie bei Mama, aber immerhin!«

Sie fischte mit dem Kochlöffel Spätzle aus dem heißen Wasser und schwenkte sie zum Abkühlen hin und her.

Er tätschelte ihr leicht den Hintern. »Du kannst es dir leisten, im Gegensatz zu mir!«

»Woran liegt es eigentlich, daß Frauen es nicht leiden können, wenn man ihnen den Hintern tätschelt?« wollte Anna von ihm wissen und testete die Temperatur der Teigröllchen mit ihrem Finger.

Rainer strich sich überlegend durch die Haare. »Könnte sexuelle Gründe haben.«

»Aha, und welche?«

»Sie interpretieren es vielleicht als plumpe Anmache«, er schaute sie achselzuckend an.

»War's das?«

»Was?«

»Eine plumpe Anmache?« Sie pickte sich die Spätzle vom Holzlöffel und steckte sie sich in den Mund.

»Jetzt? Vor dem Essen?« Es klang erschrocken.

Anna grinste und hielt ihm die übrigen Spätzle in Augenhöhe hin. »Dann laß das!«

»Was?« Er schnappte mit dem Mund danach.

»Die Tätschelei!«

Friederike Leuthental hatte zunächst die Polizei und dann, nach einer Stunde Hoffnung, der Wagen könnte um die nächste Kurve wieder auftauchen, auch ihren Mann verständigt. »Auch recht«, sagte er. »War sowieso eine Zitrone. Was der für teures Geld in der Werkstatt stand. Der Dieb kann sich freuen, weit kommt er nicht!«

»Das ist doch glatt gelogen!« Friederike kannte die Abneigung ihres Mannes gegen ihr Auto. Er hätte sie lieber in einem Mercedes gesehen. Ein Porsche erschien ihm zu machohaft, zumal ein Turbo. Das ließ seiner Meinung nach Rückschlüsse auf ihre Beziehung zu, und diese Vorstellung paßte ihm nicht.

»Er ist gut versichert«, sagte er, und Friederike konnte durch das Telefon hören, daß ihm der Gedanke gefiel, »und von dem Geld kaufst du dir einen anständigen SLK!«

»Vielleicht kommt er ja wieder!« Sie mochte ihr Auto und sah nicht ein, dem Schicksal schon jetzt Folge zu leisten. Als er mit »träum weiter« reagierte, zog sie ihr As aus dem Ärmel und konnte sich dabei ein Lächeln nicht verkneifen. »Immerhin weiß die Polizei ja schon, wer dieser Praktikant war.«

»Na?« Es war eine Aufforderung, der Friederike nur zu gern nachkam.

»Der Sohn vom Wilkens. Ist das nicht zum Schreien komisch?«

Es war kurz still.

»Zum Schreien ja. Aber komisch?«

Seine Stimme hatte sich, ganz wie sie es erwartet hatte, verändert. Jetzt klang sie gepreßt. Friederike stand in ihrem großen Schlafzimmer am Fenster und schaute auf die Elbe hinab. Dabei sah sie das Gesicht ihres Mannes genau vor sich. Seine Denkerstirn, schon recht hoch angesetzt, würde sich jetzt in Falten legen, seine grauen Augen wurden stechend, gleich würde er eine Entscheidung fällen.

»Der Wagen muß wieder her!« sagte er barsch. »Jetzt werde ich dem Herrn mal zeigen, wer von uns beiden der Meister ist!«

»Das ist doch völlig übertrieben, Siegmund! Ein kleiner Kunstfehler. Kaum der Rede wert!«

»Darum geht's nicht! Das ist eine reine Sache zwischen ihm und mir, eine Männersache! Das verstehst du nicht!«

Friederike drehte sich zu seinem Foto um, das gerahmt auf ihrem Nachttisch stand. »Ich glaube, ich will's auch gar nicht verstehen«, sagte sie dabei in die Muschel und legte gleich darauf auf.

»Aber ich krieg meinen Wagen wieder!« Sie grinste, während sie seiner Fotografie zunickte. »Was seid ihr nur für Kindsköpfe!«

Patricia hatte Anna am Mittwoch morgen schon früh angerufen und um ein Treffen um die Mittagszeit gebeten. Das war Anna recht, sie wollte sich dringend mit ihr über ihren Besuch bei Steffen Schneider unterhalten. Sie hatten sich für ein Café entschieden, das nicht weit von Patricias Arbeitsplatz entfernt lag. Als Anna kam, war Patricia schon da. Sie wirkte angespannt und übernächtigt.

»Tut mir leid«, begann Anna, sie habe keinen Parkplatz gefunden, aber Patricia winkte ab. »Schon gut, wir haben Zeit genug! Ich habe dir auch einen Cappuccino bestellt, ist's recht?«

Anna nickte und hängte ihre Jacke über die Stuhllehne. »Dann schieß mal los«, sagte sie, während sie sich setzte.

Patricia seufzte. »Nichts, dieser verdammte Kerl ist mit diesem Wagen tatsächlich wie vom Erdboden verschwunden. Man soll's kaum glauben.« Sie holte tief Luft und verzog ihr Gesicht. »Mein Vater ist jedenfalls total aus dem Häuschen. Und er gibt, wie immer in solchen Situationen, meiner Mutter die Schuld. Sie hätte keinen richtigen Mann aus ihm gemacht, was für ein Blödsinn! Und sie verteidigt sich auch noch!«

»Was soll sie auch tun?«

»Jedenfalls nicht klein beigeben. Es macht mich wahnsinnig!«

Sie gestikulierte aufgebracht und hätte dabei der Kellnerin fast das Tablett aus der Hand geschlagen. »Oh, Entschuldigung!« Patricia machte für ihre Tasse Platz, dann stützte sie daneben ihren Kopf auf.

»Mein Vater ist ein Tyrann der schlimmsten Sorte«, wetterte sie los. »Aber nur, weil man ihn läßt, verstehst du? Und das Schlimme ist, daß er damit durchkommt. Alle um ihn herum ducken sich, geben ihm recht, schauen zu ihm auf! Der müßte mal so richtig eins auf den Deez bekommen!«

»Worauf?« Anna blickte hoch.

»Deez. Sagte meine Omi immer, ist, glaube ich, schwäbisch. Heißt Kopf.« Patricia fing an, die geschlagene Milch unter ihren Kaffee zu rühren.

Anna lachte. »Max bräuchte wohl als allererstes eines auf den Deez, findest du nicht?«

»Max?« Patricia schüttelte den Kopf. »Der steckt doch noch in den Kinderschuhen!«

»Dafür wirkte er auf seinem Fahrersitz allerdings recht kaltblütig«, sagte Anna.

»Das täuscht«, winkte Patricia mit müdem Blick ab. »Er ist ein kleiner Junge auf der Suche nach dem großen Glück!« Sie seufzte. »Auf diese Art wird er es leider nur nicht finden!«

Anna ließ es sich durch den Kopf gehen. Sie bezweifelte, daß er sich als kleiner Junge fühlte. Sie glaubte vielmehr, daß er um jeden Preis im großen Kreis mitspielen wollte. Er war auf dem besten Weg, ein echter Verbrecher zu werden. Aber sie wollte das Thema nicht vertiefen. »Erzähl mir doch mal was über euer Treffen mit Steffen Schneider«, lenkte sie ab. Das war auch eigentlich das, was sie wirklich interessierte.

»Steffen Schneider?« Patricia horchte auf. Dann warf sie ihr einen schelmischen Seitenblick zu. »Wolltest du mir nicht etwas über deinen aktuellen Liebhaber erzählen?«

»Wie?« fragte Anna.

»Nun, ich zitiere: Bin völlig fertig. Glaube, Rainer ist uns auf die Spur gekommen. Küsse dich trotzdem – na, du weißt schon, wo ...«

»Ach, das!« Anna überlegte. Stimmt, sie hatten ja ein Frauengespräch ausgemacht, das hatte sie im Trubel der Ereignisse schon wieder vergessen, und jetzt war ihr das Ganze eher unangenehm. »Hast du das auswendig gelernt?« versuchte sie abzulenken. »Es klang wortgetreu ...«

Patricia grinste. »Manche Dinge prägen sich sogar mir ein. Vor allem: ›Na, du weißt schon, wo.‹ Wo denn?«

»Hmmm!« Anna nahm einen Schluck aus ihrer Tasse. Offensichtlich würde sie nicht darum herumkommen.

»Und wenn dort, wie's klingt, dann stellt sich die Frage, bei wem? Wer kommt denn in den Genuß solcher Streicheleinheiten?«

Anna schaute sie über den Rand ihrer Tasse an und sagte noch immer kein Wort.

»Lars?«

Die Tasse landete scheppernd auf dem Unterteller. Patricia grinste noch immer.

»Wie kommst du drauf?« Anna holte tief Luft. Wenn Patricia es so ohne weiteres erriet, konnten es andere womöglich auch. Wie hatten sie sich verraten? Gestik? Mimik?

»Stimmt also!« Patricia sah zufrieden aus. »Dacht ich's mir. Die meisten Seitensprünge finden im Freundeskreis statt, ist einfacher, läßt sich besser handeln. Frank kam nicht in Frage, das würde ich spannen, blieben also im näheren Umfeld ein paar wenige, und der beste von allen ist

Lars.« Sie zog die Augenbrauen hoch. »So einfach ist das! Und – stimmt's?«

Anna nickte. »Und wie!« Sie lehnte sich etwas vor. »Eigentlich ist es gut, daß du es weißt, denn jetzt kann ich dir was über Harald Eichmann, die Leiche und Steffen Schneider, den mutmaßlichen Mörder, erzählen. Und somit was für Rainer, das ich ihm selbst nicht erzählen kann, wie du gleich feststellen wirst. Und dann erzähl du mir bitte was über euer Treffen mit Steffen!«

Patricia schaute sie schräg an. »Und du meinst, wir werden damit heute noch fertig?«

Charly hatte sich am Abend im *Culineo* verkrochen, einem Szenerestaurant mitten in St. Pauli mit guter Küche und bisweilen illustren Gästen. Er saß an einem kleinen Tisch in der Ecke, hatte sich eine gebratene Atlantikseezunge mit Petersilienkartoffeln bestellt und starrte durch die noch leeren Reihen zum Eingang. Es war eines jener Restaurants, die erst nach Mitternacht lebendig werden, neun Uhr war somit noch zu früh. Aber Charly fand, daß es Zeit für ein neues Konzept sei, und dazu gönnte er sich ein gutes Essen und ein Bier. Vielleicht fiel ihm dabei ja irgend etwas Schlagkräftiges ein. Möglicherweise käme er auch mit einem der Schreiberlinge ins Gespräch, die hier immer verkehrten. Vielleicht konnte er ihnen eine geile Geschichte verkaufen, mit sich als Hauptperson, und damit wieder ins Geschäft kommen.

Seine Seezunge kam und zudem ein kühles Pils. Der Fisch sah gut aus, groß genug für einen anständigen Magen, leicht angebräunt und saftig durch die zerlassene Butter, dazu die in Petersilie gewendeten kleinen Kartoffeln. Er legte sich die weiße Stoffserviette sorgsam auf den Schoß und griff bedächtig nach seinem Besteck. Genaugenommen hätte es ihm jetzt gutgehen können, trotzdem fühlte er sich nicht so richtig wohl. Ohne Menschen wirkte das Lokal mit den braunen Tischen und alten Stühlen schäbig. Eigentlich hätte er sich lieber an die Bar gestellt, dort standen einige Männer, tranken Bier und fanden sich gut. Er hätte etwas darum gegeben, sich auch wieder einmal so richtig gut zu finden. Früher war ihm das leichtergefallen. Da fühlte er sich durchgehend gut. Und wichtig. Und anerkannt.

Er löste das Fischfleisch von den Gräten, trank sein Bier und wartete auf einen Gedankenblitz. Da ging die Tür auf, und einer dieser Albaner kam herein, die früher keine Chance gehabt hätten und jetzt den Markt beherrschten. In seinem Gefolge vier Typen, denen er noch nicht einmal im Film begegnen wollte. Sie wurden mit großem Hallo begrüßt und vom Chef persönlich an einen Tisch geleitet. Charly musterte sie, und er vermerkte mit wachsendem Ärger, daß er ihnen anscheinend überhaupt nicht auffiel. Er fand keine Beachtung, so, als sei er nicht existent. Er aß verdrossen weiter und nahm jeden einzelnen von ihnen aufs Korn. Ihre Seidenhemden sahen aus wie gestylte Tischdecken, und die Jacketts hatten zuviel Silber am Revers, an den Manschetten und der Knopfleiste, dazu trugen sie dicke Golduhren und Goldketten. Es war auf einen Blick zu sehen: Die Jungs hatten zuviel Geld. Das verdarb Charly vollends den Appetit.

Sein Handy klingelte. Es war Lizzy, sein zweites Pferdchen neben Gudrun. Ihr Freier war nicht gekommen, hatte aber auch nicht abgesagt. Verdammt, das sah nach Wechsel aus! Hatte wohl etwas anderes aufgetrieben. Fragte sich nur, ob billiger oder besser. Oder beides.

Er wollte eben barsch werden, als ihm auffiel, daß sich die Augen vom großen Tisch auf ihn gerichtet hatten. »Ist gut, Baby«, sagte er laut, »nimm die fünf Riesen und besorg's ihm. In der Preisklasse fragt man nicht lang!«

Fünf Riesen, das würde den Typen da drüben zu denken geben. Das bedeutete entweder eine sensationell gute Alte oder ein leicht auszunehmender Idiot.

»Kennen wir den nicht?« hörte er den einen provokant sagen, während er der erstaunten Lizzy telefonisch zwei weitere unsinnige Anweisungen gab. Er schaute auf. Einer von ihnen, mit nach hinten gebürsteten, zum Schwänzchen gebundenen, eingegelten Haaren, hatte seinen Oberkörper in seine Richtung gedreht.

»Schuldet er Sahit nicht hundert Riesen?«

Charly nahm einen Schluck aus seinem Glas. Ganz soviel Aufmerksamkeit mußte dann doch nicht sein.

»Scheint gut zu verdienen. Wo bleiben denn die Mäuse?«

Die Situation wurde unangenehm. Charly blickte sich nach dem Chef um, der war damit beschäftigt, Champagner und Vorspeisen an den albanischen Tisch zu schaufeln, und schien an den weiteren Vorgängen nicht im mindesten interessiert.

»He, du!« Es war der Breiteste von ihnen, der bisher mit dem Rücken zu ihm gesessen hatte. Der Stuhl faßte seinen Körper kaum, und Charly war sich nicht sicher, ob er übergewichtig oder muskelbepackt war. Jetzt hatte er seinen Stiernacken umgedreht, und der kleine, fast kahlgeschorene Kopf mit den Knopfaugen, die sich jetzt an ihm festfraßen, erinnerte ihn an einen beißfreudigen kleinen Bullterrier. Trotzdem beschloß Charly, nicht zu reagieren.

»Hey! Ich sprech mit dir!« dröhnte der Riese. »Fünf Riesen für 'nen Fick, und unser Freund wartet auf seine Kohle, weil du behauptest, du hättest nichts? Pack mal deine Taschen aus!«

Charly räusperte sich. Es war vielleicht doch keine so gute Idee gewesen, ausgerechnet im *Culineo* auf einen Geistesblitz zu warten. Er pickte etwas Fisch auf, aber das Fleisch fiel ihm von der Gabel. Er spürte, wie die Atmosphäre sich verdichtete. Gleich würde sein Kopf rollen, den Kerlen war langweilig, und er war eine leichte Beute.

»Ich hab das Geld nicht«, sagte er schließlich in die bleierne Stille. »Keine Mark zuviel. Morgen vielleicht, wenn mich das Luder nicht beschissen hat. Fünf Riesen – wer glaubt denn so was!«

»Wir!« antwortete der Dicke und stellte seinen Fuß unter dem Tisch heraus in seine Richtung.

Was war seine Ehre wert? Sein Leben? Einen Krankenhausaufenthalt auf unbestimmte Zeit? Oder war eine Geste der Unterwerfung angebracht?

Er legte seine Gabel auf den Tellerrand. »Kein Grund zur Aufregung«, begann er, während sich sein Magen zusammenzog.

»Finden wir schon«, unterbrach ihn der fünfte am Tisch, ein hagerer Wicht mit einer seltsam hohen Stimme. Er bewegte sich kaum, und hätte Charly es nicht bereits gewußt, so hätte er instinktiv gespürt, daß dies der gefährlichste von allen war. Körperlich unterlegen macht doppelt unberechenbar.

Verdammt, warum war auch die Bude nur so leer. Und der Chef so beflissen bei der Arbeit!

»Macht halblang«, begann Charly nochmals und wußte sofort, daß dies der falsche Ansatz war. Sie sahen sich an, ihre Mundwinkel gingen nach unten. Der Kleine gab einen Augenwink, der Dicke stellte seinen zweiten Fuß neben den ersten. Gleich würde er den einseitigen Ringelpiez eröffnen. Charly schluckte. Er hatte keine Waffe dabei. Ein Fischmesser und eine Gabel, damit ließ sich kein Fight gewinnen. Aber er würde auch nicht kampflos untergehen. Als er seinen Stuhl nach hinten schob, flog die Tür auf. Ein dunkelhaariger Kerl in einer Bomberjacke stürmte herein, lief zu dem Tisch der Fünf, raunte etwas und gestikulierte aufgeregt. Heftiges Stimmengewirr setzte ein, schließlich stand der Kleine auf, die anderen vier folgten seinem Beispiel. »Bleib sitzen, wir sprechen uns noch«, bedeutete er Charly in seinem nasalen Singsang und zeigte mit dem Finger auf seinen Platz, gleich darauf waren sie weg.

Charly winkte dem Kellner. Er hatte mitnichten vor, sitzen zu bleiben. Nach dem Gegenteil stand ihm der Sinn, und zwar möglichst schnell. Der Chef war nicht mehr zu sehen, der Kellner hatte verstanden, er kam direkt mit der Rechnung. Offensichtlich hielt er auch nichts von unnötigem Kleinholz und den sich anschließenden Aufräumarbeiten. Charly atmete durch. Welchen Schutzengel er dabei hatte, wußte er nicht, aber er war dankbar und gab unverhältnismäßig viel Trinkgeld. Das machte wiederum den Kellner gesprächig. »Der Kleine hat einen Hausfrauenring«, sagte er leise, während er tat, als würde er das Geschirr zusammenräumen. »Nimm dich vor denen in acht!«

»Hausfrauenring?« staunte Charly und legte noch einen Zwanziger neben seinen Teller.

»Das bringt mindestens soviel wie ihre Spielhallen und mehr als das andere Gerümpel, das sie hier unterhalten. Aber es gibt seit neuestem Konkurrenz, da sind sie hinterher.« Er drehte sich um, ob ihn auch keiner beobachtete.

»Hausfrauen?« wiederholte Charly nochmals. »Hausfrauen?«

»Mann, lebst du hinterm Mond? Klar, kleine, niedliche Hausfrauen, die stinklangweilige Ehemänner haben und ein Abenteuer suchen, das auch was einbringt. Das beste Geschäft. Sauber und anonym. Niemand hat Interesse an Publicity.«

Charly atmete tief ein. Hausfrauen. Der Abend hatte sich gelohnt.

Anna hatte Rainer zwischenzeitlich dargelegt, daß es auch ohne Lizenz ging. Sie sei jetzt auf dem Weg, Privatdetektivin zu werden. Dieses Gespräch fand Rainer zum Abendessen besonders deshalb erbaulich, weil ihn schon am Nachmittag Patricia mit Beschlag belegt hatte. Sie kam auf einen freundschaftlichen Besuch vorbei, wie sie seiner Sekretärin aufgeräumt erklärte, wollte dann aber partout in seine Akten sehen. Ob denn nicht geklärt worden sei, welche Form von Geschlechtsverkehr dieser Harald Eichmann gehabt hätte, wollte sie von ihm wissen. Als ob er geneigt wäre, solche intimen Fragen mit der Freundin seiner Frau zu erörtern. Zumal er sich von ihr schon wieder ertappt fühlte, weil dazu tatsächlich nichts in seinen Akten stand. Die Obduktion bezog sich auf die Art des Todes, nicht jedoch auf den vorangegangenen Akt. Patricia ließ nicht lokker. Sie bezweifelte auch die Todeszeit, drängte darauf, im Hotel zu recherchieren. Irgend jemand hatte doch sicherlich etwas gesehen oder gehört, meinte sie. Man müßte eben mal richtig nachfragen. Zimmermädchen, Etagenkellner, Gäste. Ob in dieser Richtung schon etwas unternommen worden sei. Rainer war froh, als sich der verspätete, jedoch angemeldete Mandant doch noch einstellte. Endlich hatte er einen Grund, Patricia zum Gehen aufzufordern. Sie tat das mit einem Satz, der ihn bis unter die Haarwurzeln zum Glühen brachte. »Und ach übrigens, hab ich dir schon gesagt, daß ich«, sie blieb mit der Klinke in der Hand stehen und schaute sich nach ihm um, »Anna in ihren Aktivitäten unterstützen werde? Eine Detektivin und eine Psychologin, ich meine, da wird was draus.« Sie öffnete die Tür einen Spaltbreit. »Und daß du Anna mit deinen Lizenzvorschriften Unsinn erzählt hast, ist dir doch hoffentlich klar, Herr Anwalt ...«, sie hatte ihm noch einen spöttischen Handkuß zugeworfen und war verschwunden.

»Dafür, daß sie einen so mißratenen Bruder hat, riskiert sie eine ganz schön kesse Lippe«, sagte er jetzt zu Anna, während Anna ihm Salat in seinen tiefen Teller häufte.

»Findest du?« Sie warf ihm einen übertrieben unschuldigen Blick zu und füllte sich ebenfalls den Teller. Anna hatte nur schnell in der Küche gedeckt, denn sie war erst kurz vor Rainer nach Hause gekommen. Während Patricia nach ihrer gemeinsamen Mittagszeit zunächst in ihre Praxis zurück und von dort aus zu Rainer gegangen war, informierte sich Anna, wie sie Kontakt zu Steffen Schneider aufnehmen konnte. Sie wollte ihn mit Patricia zusammen im Untersuchungsgefängnis besuchen, allerdings ohne Rainer. Rainer war nur hinderlich. Er konnte zwar nichts für seine Wissenslücke um die Vorkommnisse an jenem Nachmittag, aber er konnte auch nicht aufgeklärt werden, deshalb mußte er ausscheiden. Anna befürchtete, daß eventuell ein Schreiben vom Anwalt vorliegen mußte, das dem Gericht ein Gespräch des Untersuchungshäftlings mit einer Psychologin empfahl. Das hätte bedeutet, daß Patricia oder sie in Rainers Kanzlei einige leere Briefbögen hätten klauen und den Antrag in seinem Namen hätten schreiben müssen. Schon wegen der Antwort ein völlig kompliziertes, wenig aussichtsreiches Unterfangen. Aber es ließ sich viel einfacher an. Sie brauchte nur eine ganz normale Anfrage auf eine Besuchserlaubnis zu stellen. Es bestand keine Verdunklungsgefahr, also gab es auch kein Problem. Jeder Untersuchungsgefangene durfte Besuch empfangen.

Anna hatte deshalb strahlend gute Laune. Sie erzählte Rainer alles mögliche und fing noch einmal von ihrer Detektei an.

»Die Geschichte mit dem Detektivbüro finde ich jedenfalls nicht schlecht. Mit einem Anwalt und einer Psychologin an der Seite?«

Rainers Gabel verharrte vor seinem Mund. »Und was fasziniert dich jetzt so dermaßen an diesem Steffen Schneider?«

»Mein Unrechtsbewußtsein!« Anna überlegte. »Ich spüre, daß da was nicht stimmt!«

»Aha!«

»Und außerdem fällt mir der Fall doch quasi vor die Füße. Durch dich habe ich doch Zugang!«

»Du hast keinen Auftrag und eigentlich auch keinen Grund. Es ist vertane Zeit!«

»Dann sieh's einfach als Übungsaufgabe für zukünftige Fälle!« Sie lächelte ihm zu. »Einen Mordfall bekommst du ja nun auch nicht alle Tage auf den Tisch.«

»Und wenn wir schon dabei sind – ein ordentliches Stück Fleisch hätte ich am Abend um einiges lieber auf dem Tisch als dieses Kaninchenfutter!«

Charly war von einer gewissen Euphorie gepackt worden. Die halbe Nacht lang hatte er hin und her überlegt, wie er an Hausfrauen geraten könnte, wie der Kellner sie beschrieben hatte. Daß er da extreme Vorsicht walten lassen mußte, war ihm klar. Es galt tatsächlich diejenigen herauszupicken, die zu solchen Spielchen bereit waren, das Gros der Frauen würde ihn wahrscheinlich zerfleischen, sollte er mit einem solch gewagten Ansinnen kommen. Eine Anzeige aufzugeben war gefährlich, die würde wahrscheinlich auch von diesem Albaner gelesen werden, und dessen Bekanntschaft wollte er nicht vertiefen. Das heißt, überlegte er, wahrscheinlich lasen solche Typen überhaupt keine Tageszeitung. Und über Chiffre konnte ihm eigentlich nichts passieren. Zumindest nicht direkt.

Charly saß in seinem Stammcafé und schlürfte seinen morgendlichen Milchkaffee. Versuchsweise sollte er vielleicht mal in ein paar Zeitungen schauen, möglicherweise hatten ein paar willige Frauen schon selbst Inserate aufgegeben, dann konnte er sich die Anzeige sparen. Er stand auf und nahm sich die *Morgenpost*, die von einem Holzbügel gehalten neben anderen Zeitungen hing. Bevor er zu den Inseraten blätterte, blieb sein Blick an einer anderen Seite hängen. »Zuhälterkrieg erneut ausgebrochen« stand da in dicken Lettern. Und daneben ein Foto, das einen Mann zeigte, wie er auf eine Trage gelegt wurde. Dahinter wartete ein Unfallwagen. Charly hielt das Bild etwas von sich weg. Wenn ihn nicht alles täuschte, war es einer der Typen von gestern. Er war sich fast sicher. Die nach hinten gelegten Haare, der Anzug, die Figur. Alles paßte. Charly las die Bildunterschrift: *Nach einer heftigen Schießerei verletzt: Polizei und Krankenwagen mußten gestern anrücken, nachdem zwei rivalisierende Banden aufeinander losgegangen waren.*

Charly überflog den Text, es schien tatsächlich unmittelbar nach seinem Zusammenstoß mit diesen Kerlen geknallt zu haben. Deshalb auch der überhastete Aufbruch am Tisch und der Bombenjackenträger, der es so ungeheuer eilig hatte. Charly lehnte sich zurück. Das konnte Gutes bedeuten. Wenn sich diese Kerle gegenseitig abknallten, gab es an der Spitze wieder Platz. Es konnte aber auch heißen, daß eine noch stärkere Gegenpartei in das Revier eingedrungen war und er, sollten sich die Neuen durchsetzen, überhaupt keinen Fuß mehr auf den Boden bringen konnte.

Es blieb ihm anscheinend wirklich nur die Chance, versteckt zu agieren. Er blätterte weiter bis zur Anzeigenseite und studierte sie. Nichts, was in die von ihm gesuchte Richtung lief. Er bat die Bedienung um Kuli und Zettel und kritzelte einige Entwürfe. Am Samstag, rechnete er sich aus, würde eine solche Anzeige die beste Wirkung erzielen.

Unterdessen saß Max in Neapel am Hafen und musterte die Schiffe. Er suchte nach einem alten abgewrackten Ding, das unter exotischer Flagge nach Nordafrika fuhr und teure Autos verlud. Bisher hatte er mit seiner Aktion wenig Erfolg gehabt. Sein erster Gedanke, sich an einen Marktplatz in Sichtweite zu dem Turbo zu setzen und abzuwarten, was auf ihn zukäme, war fehlgeschlagen. Es war kalt und stürmisch, kein Mensch setzte sich freiwillig auf einen öffentlichen Platz. Dann fuhr er herum und suchte versteckte Werkstätten, die keinen bestimmten Automarken zuzuordnen waren. Aber er verbrauchte nur unendlich viel Sprit und gab es schließlich auf. Schon auf der Herfahrt hatte er viermal tanken müssen, sein Geld ging ihm aus. Es war zum Verrücktwerden: 250 000 Mark unter dem Hintern und nichts zum Beißen und eiskalte Ledersitze zum Schlafen. Er hatte noch nicht einmal mehr Geld für einen heißen Kaffee. Der Wagen begann ihm auf die Nerven zu gehen. Wenn sich nicht bald etwas tat, mußte er auf Raubzug gehen. Aber eigentlich war er nicht der Typ, der älteren Damen die Handtasche entriß. Wie aber kam man sonst schnell zu Geld? An der Straßenecke die Hand aufhalten? Tankstellen überfallen? Ladenkasse knacken, in Privathäuser einbrechen? Er hatte sich die Aktion wesentlich leichter vorgestellt.

So fuhr er, zum wiederholten Male, immer ein Auge auf der Tankuhr, deren stetig sinkender Zeiger ihn das Fürchten lehrte, langsam den Hafen ab. Ein rostiger Kahn ließ ihn anhalten. Allerdings versperrten hohe Container die Sicht auf die Ladevorgänge, aber ein Kran, der sich hin und her bewegte, verriet, daß da irgendwas im Gange war. Max zog seine dicke Jacke vom Rücksitz und stieg aus. Möglicherweise fand er ja hier einen Anhaltspunkt, der ihn weiterbrachte. Er schloß den Wagen ab und lief zu den Containern. Es war stürmisch, und die naßkalte Luft kroch ihm die Hosenbeine hoch. Max schloß den Reißverschluß seiner Jacke und hielt sich den hochgeschlagenen Kragen eng zu. Italien – *dolce vita*, phh, dachte er dabei. Er hatte fürs erste die Nase voll vom sonnigen Süden.

Die Container standen so dicht, daß kein Durchkommen war. Max lief weiter, zum Kai hin. Irgendwo würde er schon ein Schlupfloch finden, zumal er jetzt davon überzeugt war, auf der richtigen Spur zu sein. Seine Laune besserte sich. Mit etwas Glück würde er den Wagen gleich los sein. Er überlegte sich bereits, welchen Preis er ansetzen sollte. Die Summe mußte noch verhandelbar sein. Der Wagen war nach den Daten im Fahrzeugschein noch kein Jahr alt, hatte jetzt mit diesen Überführungskilometern gerade mal 10 000 Kilometer auf dem Tacho. Max hatte keine

Erfahrung mit gestohlenen Fahrzeugen, aber 200 000 Mark war er sicherlich noch wert. Er spürte, wie sein Pulsschlag sich beschleunigte, zwischen Kaimauer und dem letzten Container war Platz genug – er hatte die erhoffte Lücke entdeckt. Max tastetet sich langsam zwischen den Containern vorwärts. Er drückte sich seitlich an ihnen entlang, bis er freie Sicht auf das Schiff hatte. Es war tatsächlich ein übler Pott, und Max zweifelte keine Sekunde daran, daß er ähnlich verrottet war wie die Container.

Sie waren wirklich beim Verladen. Er sah eine Menge Männer in Arbeitskleidung, die verschiedene kleinere Container für den Kran fertig machten. Aber er sah keine Autos – es sei denn, die Wagen steckten in diesen rostigen Verpackungen. Außerdem nahm ihm eine Lagerhalle die weitere Sicht. Von dort wurden die Container herausgefahren. Max musterte die Leute genauer. Es waren durchweg fremdländisch aussehende Typen, soweit er es auf die Entfernung beurteilen konnte. Er tippte auf Südamerika und spähte nach der Flagge. Tatsächlich, Panama. Bingo. Wenn er jetzt noch jemanden fand, mit dem zu verhandeln war, konnte er sich mit dem nächsten Ticket nach Brasilien absetzen. Oder was *last minute* sonst so möglich war.

Er ging aus seiner Deckung heraus und trat auf den freien Platz zwischen den großen Containern hinter ihm und dem Schiff. Da hörte er einen Motor aufheulen. Er lauschte. Klang recht stark, röhrig. Wie ein Turbo. Es bestätigte ihn in der Annahme, daß er in den Hallen finden würde, was er suchte. Mit einem Lächeln auf den Lippen machte er sich auf den Weg.

Steffen Schneider war nicht erbaut, es war ihm anzusehen. »Was soll ich mit einer Psychologin?« fragte er abschätzig.

»Sehe ich aus, als bräuchte ich eine Seelenklempnerin? Ich brauche ein Alibi, das ist alles!«

In dem Besuchsraum der Vollzugsanstalt hatte er Patricia und Anna gegenüber Platz genommen und schaute sie gelangweilt an. Sein hellblondes Haar begann schwarz herauszuwachsen, und die Mischung machte seine asiatischen Gesichtszüge noch interessanter.

»Wir versuchen gerade einen Weg zu finden, wie wir Ihnen helfen können«, klärte ihn Patricia auf.

»Sie waren das letztemal doch schon dabei«, warf er ein. »Und? Hat's was gebracht?«

Die Besuchserlaubnis war überhaupt kein Problem gewesen. Anna hatte sie am Morgen beantragt und bekam sie schon für denselben Tag ausgestellt. »Private Gründe« führte sie an, und weiter wollte keiner etwas wissen.

»Wir arbeiten daran!« Patricia schlug die Beine übereinander. Sie trug hohe Stiefel zu einem kurzen, schwarzen Rock und einem weitmaschigen Pullover. Steffens Blick fiel ihr auf, so zog sie ihren Rock etwas hinunter.

»Stört mich nicht«, sagte er und verzog seinen Mund zu einem flüchtigen Lächeln, »von mir aus könnten Sie auch nackt auf dem Tisch tanzen.«

»Habe nicht die Absicht!«

Ihre Blicke trafen sich, er nickte leicht und fixierte dann Anna. »Und jetzt? Was soll das Aufgebot?«

»Sagen Sie uns doch mal, was Harald Eichmann wirklich von Ihnen wollte.«

Er zuckte die Schultern. »Aus welchem Grund sollte ich Ihnen das sagen? Sind Sie seine Witwe? Seine Exfreundin? Seine Tochter?«

Anna holte tief Atem. »Ich war zum Zeitpunkt seines angeblichen Todes im Hotelzimmer unter ihm und habe ihn zwei Stunden später noch recht lebendig durch die Decke gehört!«

»Ach!« Steffen beugte sich vor. »Is' ja 'n Ding! Haben Sie das der Polizei erzählt?«

Anna zog ihre Augenbrauen hoch. »Kann ich nicht. Genausowenig, wie Sie offenbar sagen können, was Sie tatsächlich dort wollten. Aber da wir wissen, was wir wissen, suchen wir einen Weg, um Ihnen zu helfen. Dazu müssen Sie uns aber helfen.«

»Tja.« Er schien zu überlegen. »Ist für zwei Ladys aus der Vorstadt vielleicht ein bißchen kompliziert.«

Anna rutschte auf ihrem Stuhl in eine bequemere Position. Sie trug Jeans und einen dicken dunkelblauen Rollkragenpullover und sah mit ihren zum Knoten hochgesteckten Haaren und dem ungeschminkten Gesicht wie eine Studentin aus.

»Wir sind keine Vorstadtladys«, sagte sie, und es war ihr ohne weiteres abzunehmen.

Steffen betrachtete sie eine Weile, dann beugte er sich etwas vor und senkte die Stimme. »Ich bekam den Tip von einem Freund, der ein bißchen nebenher dealt. Es ging um Koks und nicht um Sex. Aber das eine ist so gut wie das andere, was soll's also.« Er holte Luft und richtete sich auf. »Ich kenne diesen Eichmann überhaupt nicht, bin ja auch nicht an ihn rangekommen. Mein Pech ist ja nur, daß mein Zettel mit der angeblichen Todeszeit fast übereinstimmt. Und das ist schließlich auch, was sie mir unterstellen. Daß der Kerl mich gleich zurückgerufen und ich ihn umgelegt hätte. Schwachsinn!«

Anna nickte. »Kann der Kerl, von dem du die Adresse gekriegt hast, nicht helfen? Ein Alibi verschaffen oder so?« wollte sie wissen.

»Der wird sich hüten. Sein Vater ist ein ganz berühmter Chefarzt oder so, der wird einen Teufel tun, das groß an die Glocke zu hängen. Außerdem ist er mein Freund.«

Patricia und Anna schauten sich an.

»Es gibt ja viele Chefärzte in Hamburg«, Patricias Stimme vibrierte kaum wahrnehmbar. »Verraten Sie uns seinen Vornamen?«

Steffen schüttelte den Kopf. »Nein! Wozu?«

»Heißt er Max?«

Er sagte nichts mehr, sein Gesichtsausdruck erstarrte, dann schaute er sich um, als säße er beim KGB. Die Stille lastete drückend in dem karg möblierten, schmucklosen Raum.

»Es *ist* Max!« Patricia sagte es mit Nachdruck.

Steffen schwieg noch immer. Sein Blick hatte sich verdüstert.

Schließlich befürchtete Anna, daß er gleich gehen würde. »Max ist Patricias Bruder«, klärte sie ihn schnell auf.

Steffen blickte auf, reagierte aber nicht.

»Max hat gerade einen Porsche geklaut und sich damit abgesetzt. Vermutlich nach Italien.« Patricia sprach bewußt emotionslos, so behielt sie ihre Gefühle am besten unter Kontrolle. »Ich schätze, er wird Ihnen hier bald Gesellschaft leisten ...«

»Wird er nicht. Max ist schlau. Und Max hat Glück. Hat er immer gehabt!«

»Max hat einen Vater, der sich selbst aus jedem Skandal heraushalten will. Das ist das ganze Geheimnis.« Patricia schnaubte verächtlich. »Aber es wird nicht immer gelingen!«

Steffen kratzte sich in seinen borstigen zweifarbigen Haaren. »Wie auch immer. Zumindest hat er jemanden.«

»Sie sind auch nicht alleine«, Anna stand auf. »Sie haben uns. Und uns wird schon was einfallen!«

»Und die Gegenleistung?« Er stand ebenfalls auf.

Anna mußte lachen. »Schaun mer mal!«

Die schwere Tür hatte sich schon vor zehn Minuten hinter ihnen geschlossen, aber Patricia und Anna standen noch immer beieinander auf der Straße. Patricia zitterte trotz der dicken Daunenjacke und eher frühlingshaften Temperaturen. Sie hatte die Hände tief in den Taschen vergraben und die Beine überkreuzt.

»Max sitzt wahrscheinlich tiefer drin, als er selbst denkt«, sie zog die Stirn kraus. »Wenn er bloß mal erwachsen würde!«

»Männer werden nie erwachsen.«

»Ja, ja, ja!« Patricia schnitt Anna das Wort ab. »Ich weiß schon! Sie werden nie erwachsen, und sie brauchen zeitlebens ein Spielzeug!« Sie verzog das Gesicht. »So wie Lars dich!«

»Na, hör mal!«

Patricia winkte ab. »Schon recht. Ist auch nicht der Zeitpunkt, darüber zu sprechen.«

»Trotzdem, damit du's weißt. Er ist genauso *mein* Spielzeug! Er macht mir ganz einfach Spaß! Und wenn ich genau darüber nachdenke, könnte ich mir sogar noch einen zweiten halten! So was wie diesen Steffen. Jung, frisch, wild!«

Patricias Gesicht heiterte sich auf. »Hört, hört! Wäre das nicht einer zuviel?«

»Quatsch! Ein Liebhaber zuviel ist immer noch zuwenig!«

»Hmmm«, Patricia wechselte das Standbein. »Ich werde mal drüber nachdenken, wenn ich den Kopf dafür wieder frei habe. Trotzdem – wegen Bettina machst du dir keine Gedanken?«

»Bettina?« Anna schüttelte den Kopf. »Die hat ihre Kultur. Und außerdem kann sie mir doch dankbar sein, ich bringe völlig frischen Wind in ihre Beziehung. Möchte mal sehen, wie sich Lars am Freitag abend hochmotiviert auf sie stürzt!« Sie lachte.

»Möchtest du das wirklich?« Patricia zog ihren Autoschlüssel aus der Tasche.

Rainer glaubte, nicht richtig zu hören, als ihn Patricia anrief und ihm den Vorschlag machte, sie als Alibi für Steffen Schneider zu benennen.

»Was soll denn das?« wollte er wissen.

»Steffen Schneider ist der Freund von Max. Die beiden waren zu dem Zeitpunkt zusammen, und ich war mit dabei!«

Es war Freitag vormittag, und Rainer hatte einen Mandanten in seinem Büro sitzen. Er räusperte sich und versuchte zu begreifen, was Patricia ihm da verkaufen wollte. »Aber das ist doch eine glatte Lüge!«

»Wer sagt das?« hörte er Patricia herausfordernd antworten.

»Augenblick mal«, Rainer griff nach einigen Schriftsätzen, die vor ihm auf dem Schreibtisch lagen, und schob sie seinem Gegenüber hin. »Könnten Sie sich dies bitte im Vorzimmer anschauen? Ein vertraulicher, eiliger Fall. Ich komme gleich auf Sie zurück!«

Er wartete, bis er alleine war, dann stand er mit dem Telefon auf und ging ans Fenster. »Das ist doch Quatsch, Patricia. Warum willst du das tun? Und wer sagt dir, daß es nicht doch Steffen war?«

»Zu dem Zeitpunkt, als Harald Eichmann angeblich schon tot war, lebte er noch. Um sechzehn Uhr jedenfalls bumste er im Zimmer 516 mit irgend jemandem. Und zwar so laut, daß es im Zimmer unter ihm zu hören war. Aus irgendwelchen Gründen wurde hier ganz schnell ein Täter gesucht. Bloß – Steffen hatte Koks für ihn dabei und dachte nicht an Sex. Und kam auch gar nicht bis ins Hotelzimmer!«

Rainer schob die Gardinen auseinander, schaute auf die Straße und versuchte zu verstehen, was Patricia ihm da gesagt hatte.

»Mal langsam! Wer lag im Hotelzimmer unter ihm, der uns das, was du eben gesagt hast, bezeugen könnte? Und woher weißt du das?«

Es war kurz still.

»Patricia? Bist du noch dran?«

»Es ist etwas delikat und war reiner Zufall. Eine verheiratete Frau, die einen Geliebten hat, aber nicht genannt werden will.«

Rainer lachte ungläubig auf. »Das geht nicht. Eine Zeugin, die nicht genannt werden will? Blödsinn. Das hat keine Beweiskraft, das kannst du vergessen.«

»Ich bin's!«

»Du???«

Patricia mit einem Geliebten? Es war außerhalb seiner Vorstellungskraft.

»Das glaube ich nicht!« sagte er kurz entschlossen. »Und Frank?«

»Das hat nichts mit ihm zu tun!«

»Einen Geliebten zu haben soll nichts mit dem Ehemann zu tun haben? Was erzählst du mir da für einen Mist!«

»Ich mag jetzt nicht mit dir darüber diskutieren, Rainer. Nimm's, wie's ist, und mach was draus. Steffen war's nicht, um sechzehn Uhr lebte der Kerl noch. Wir haben ihn gehört, durch die Zimmerdecke hindurch. Dies nur zu deiner Information!«

Rainer drehte sich um und lehnte sich mit dem Rücken gegen das Fenster. Nur zu seiner Information. Sie sagte ihm so einfach, daß sie ihren Mann betrog. Als ob das nichts wäre. »Bei Frauen spielen immer Gefühle mit. Erzähl mir nicht, daß es dabei *nur* um Sex geht!« Er fand es einfach ungeheuerlich.

»Es geht nur um Sex, Rainer! Tu nicht so, als wärst du vom Mond!«

Die Art, wie sie das sagte, ließ ihn aufhorchen. Wußte sie etwas von seinem eigenen Nebenverhältnis? Patricia war ihm nach wie vor unheimlich, und dieses Geständnis verbesserte seine Einstellung zu ihr nicht gerade.

»Ich werde darüber nachdenken.«

»Tu das!«

»Weiß Anna davon?«

»Natürlich!«

»Natürlich!« Er hatte vergessen. Freundinnen hatten ja keine Geheimnisse voreinander. Welch Schreckgespenst für einen Mann.

»Ich melde mich«, verabschiedete er sich.

»In Ordnung!« In seinen Ohren klang es wie ein Befehl, er legte schnell auf.

Anna hatte Lars noch auf dem Rückweg von der Vollzugsanstalt nach Hause aus dem Auto heraus eine SMS geschickt. Sie wollte ihn diese Woche noch sehen. Gleichzeitig versuchte sie, sich selbst zu verstehen. Sie hatte Patricia gesagt, daß sie Lust auf den kleinen Steffen hätte, und gleich darauf ein starkes Verlangen gespürt. Allerdings nach Lars. Welche Rolle kam eigentlich noch ihrem Ehemann zu? »Muß dich diese Woche noch sehen«, hatte sie vor der einen roten Ampel in ihr Handy getippt und an der nächsten »very urgent« mit drei Ausrufezeichen und alles zusammen während der Fahrt an Lars abgesandt. Er meldete sich sofort. »Brennt's?« Mit einem Auge schielte sie auf ihren Vordermann, während sie: »Jaaaa!!!!« schrieb. Er schlug den Nachmittag vor, sechzehn Uhr. In einem kleinen Hotel am Stadtrand. Vertreterhotel, nichts Besonderes. Günstig, aber sauber. Anna war's recht.

Während Rainer seine Aktentasche schloß und über Patricia nachdachte, suchte Anna vor dem kleinen Hotel einen Parkplatz. Es war wirklich nicht ihr Geschmack, es sah eher wie ein Dorfgasthof aus, aber Lars' Wagen stand schon da, und sie beschloß, es zu nehmen, wie es kam. An der düsteren, mit dunklen Billigmöbeln ausgestatteten Rezeption war niemand zu sehen. Es lag aber ein Zettel dort: »Bin in Zimmer 12, Lars!« Eine milchige Glastür führte zu dem Gastraum, aus dem ein vielschichtiges Stimmengewirr drang, und eine schmale, mit dunklem Teppichboden ausgelegte Treppe führte nach oben. Es roch nach kaltem Fett, aber Anna ließ sich nicht beirren. Sie hatte Jeans und eine Daunenjacke an, sie paßte überall hin, selbst in eine Dorfbeize.

Fast mußte sie lachen. Das war tatsächlich ein anderer Rahmen als im *Ramses*, in dem keines ihrer Nachmittagstreffen unter zweihundertfünfzig Mark Zimmerpreis abging. Sie stand vor der Nummer 12, die goldene Zahl schief auf dem unechten Nußbaumdekor der Tür. Sie klopfte und kam sich vor wie die Hexe in *Hänsel und Gretel*. Gleich würde sie ihn auffressen.

»Die Tür ist offen!«

Anna trat ein, Lars lag bereits im Bett, bis zur Hüfte zugedeckt. Die Arme hatte er hinter dem Kopf verschränkt und beobachtete sie. Anna ging langsam auf das Bett zu und öffnete ihre Jacke. »Was willst du von mir?« fragte sie und streifte sich die Jacke langsam ab. »Meinen Geist?«

»Geist? Ganz sicher!« nickte er und grinste.

Sie öffnete den Reißverschluß ihrer Hose. »Oder nur meinen Körper?«

»Bestimmt nicht!«

»Ach nein? Dann kann ich ja wieder gehen!« Sie zog den Reißverschluß wieder hoch.

Mit einem Hechtsprung war er bei ihr und zog sie mit einem Ruck aufs Bett, sie fiel auf den Rücken, und er warf sich auf sie. »So??? Dann geh doch!«

»Ich krieg keine Luft mehr«, japste sie unter ihm. »Und außerdem kratzt dein Wollpullover!«

»Ich hab doch gar nichts an!« Er blickte an sich hinunter, Anna lag mit ihrer Nase zwischen seinen Brusthaaren. »Na, dann ...«, er lachte und begann, ihr die Jeans auszuziehen. »Dabei wasche ich meine Wollpullis doch immer mit extra weichem Haarshampoo!«

»Ach was!« Es klang nasal. »Du wäscht deine Pullis selbst?«

»Klar, unter der Dusche!«

»Klar, die hier!« Sie biß in seine Brusthaare hinein.

»Autsch! Hörst du wohl damit auf?!« Lars griff nach ihrem Kopf und zog Anna auf Augenhöhe herauf. »Kleines Biest! Und das nächste Mal ziehst du die Schuhe aus, bevor du zu mir ins Bett kommst, ist das klar?« Ihre Schnürstiefel waren jetzt ein unüberwindbares Hindernis für die engen Hosenbeine.

»Wenn du mir verrätst, wie du deine Wollpullis wäschst, ziehe ich die Stiefel selbst aus. Ist das ein Deal?«

»Ich steh unter der Dusche! Sag ich doch!«

»Mit einem Wollpulli unter der Dusche?«

»Sei doch nicht so schwerfällig! Hast du je einen Wollpullover im Handwaschbecken gewaschen? Na also. Wird naß, wird schwer, das Waschmittel geht nicht mehr raus. Ich stelle mich unter die Dusche, wasche mir die Haare, mit dem Rest wasche ich den Pullover, und anschließend dusche ich mich ab, fertig. Innerhalb von zehn Minuten ist der Wollpulli sauber. Kann man allerdings nur im Sommer machen! Hast du die Stiefel jetzt endlich aus?«

Anna lag neben ihm und krümmte sich vor Lachen. »Das habe ich ja noch nie gehört!«

Er drehte sie um und schnürte ihre Stiefel auf. »Muß man denn alles selber machen!«

Zu dieser Zeit saß Max in einem LKW. Er hatte die schrecklichste Nacht seines Lebens hinter sich, alles, was er nie erleben wollte. Zunächst hatte er sich den Lagerhallen möglichst unauffällig genähert. Er war noch nicht ganz bis zum Halleneingang vorgedrungen, aus dem eben wieder einige Container herausgerollt wurden, als er von einem Mann in einem langen, dunkelbraunen Ledermantel angesprochen wurde.

Er sprach italienisch, das hatte Max nicht bedacht. Er antwortete auf englisch. Der andere, er hatte dichtes schwarzes Haar und eine scharfgeschnittene römische Nase, musterte ihn. »What are you looking for?« wiederholte er auf englisch.

»Cars«, antwortete Max. Es gefiel ihm nicht, daß sich der Italiener ihm so ganz offensichtlich in den Weg gestellt hatte. Es hatte etwas Bedrohliches. Auch die Art, wie andere Männer in der Nähe stehengeblieben waren und sie beide beobachteten. »I'm looking for cars!« präzisierte er.

»Wir haben keine Autos«, antwortete der Mann auf deutsch.

Max atmete auf, so fiel die Verständigung schon leichter. »Ich habe einen Porsche, den ich verkaufen will«, sagte er hoffnungsvoll.

»Solche Geschäfte machen wir nicht«, der Mann verzog angewidert das Gesicht. »Wir verkaufen Baumaschinen!« Max versuchte, an ihm vorbei in eine der Lagerhallen zu schauen, es gelang ihm aber nicht. Und da dieser Mensch vor ihm dies auch so offensichtlich verhindern wollte, glaubte er ihm nicht.

»Wo kann ich einen Porsche verkaufen?« Vielleicht bekam er ja wenigstens einen Tip.

Der Italiener zuckte mit den Schultern. »Im Autohaus?« sagte er, und ein böses Lächeln umspielte seine dünnen Lippen. »Oder bei den Carabinieri?«

Max sagte nichts mehr. Er war hier unerwünscht, das war mehr als deutlich. Und er würde auch keinen Rat bekommen. Er drehte sich um. »Danke für die Auskunft«, sagte er im Weggehen. »War überaus freundlich«, setzte er hinzu.

Daß hier etwas nicht stimmte, war ihm klar, es war förmlich zu riechen. Möglicherweise hatte es etwas mit Autos zu tun. Möglicherweise aber auch nicht. Baumaschinen. Torpedos waren wahrscheinlicher, wenn schon. An den Containern drehte er sich noch mal um. Der Italiener, mit dem er gesprochen hatte, war nicht mehr zu sehen, an seiner Stelle stand jetzt ein dunkler, breitschultriger Typ in einer gepolsterten Lederjacke und schaute ihm nach. Max hob lässig die Hand zum Gruß, das mußte einfach sein, und ging an dem Container entlang, um zu dem freien Platz dahinter zu gelangen. Als er um die Ecke bog, blieb er stehen, dann sackte ihm sein Magen in die Kniekehle, der Platz war leer. Nichts, was daran erinnert hätte, daß hier vor zehn Minuten noch ein Porsche Turbo gestanden hatte. Max faßte sich instinktiv ans Herz, dann drehte er sich um die eigene Achse. War er auf dem falschen Platz gelandet? Stand der Wagen woanders? Nein, es gab keine andere Möglichkeit. Hier war er ausgestiegen! Er spürte einen heiligen Zorn aufsteigen, das war einfach die Höhe! Man hatte ihm seinen Porsche geklaut! Was für eine Frechheit! Scheiß Itaker!

Er lief zu der Stelle, an der er geparkt hatte, so als ob ihn das in irgendeiner Weise weiterbringen könnte. Erst als er etwas wie einen Reifenabrieb auf dem Asphalt erspäht hatte, gab er sich zufrieden – und geschlagen. Er hätte heulen mögen, die Enttäuschung schüttelte ihn durch und durch.

Max schaute auf seine Uhr. Es war später Donnerstagnachmittag. Es würde bald dunkel werden und noch eisiger, als es ohnehin schon war. Welch grauenhafte Vorstellung, ohne einen Pfennig und ohne Dach über dem Kopf die Nacht verbringen zu müssen. Am liebsten hätte er sich in Luft aufgelöst. Er ging langsam zu den Containern zurück und lehnte sich mit dem Rücken gegen sie. Hier war es zumindest windgeschützt. Jetzt mußte ihm etwas einfallen.

Er dachte nach. Trick siebzehn wäre natürlich, ihm hier auf dem Platz den Turbo zu stehlen und ihn hinter den Containern, gewissermaßen vor seinen Augen, in dieses Gammelschiff zu verladen. Da konnte sich dieser Wichser locker einen abgrinsen. Zu den Carabinieri, genau. Die sollte er gleich mal auf diese Schmalzlocken hetzen. Baumaschinen. Etwas Unglaubwürdigeres gab es ja wohl kaum. Ob solche Jungs überhaupt nicht kontrolliert wurden? Nach Behörde sah es hier jedenfalls nirgends aus.

Max vergrub seine Hände tief in den Taschen. Zumindest der Geldbeutel war noch da, wenn auch nichts mehr drin war außer seinem Ausweis und dem Führerschein, und der Autoschlüssel. Der Autoschlüssel war immerhin ein Trumpf.

Max überlegte. Es gab zwei Möglichkeiten! Entweder er spürte den Wagen wieder irgendwo auf und nahm ihn einfach mit, das würde ihm vielleicht in der Nähe dieser Lagerhallen gelingen, oder er setzte sich nach Deutschland ab und machte von dem Haustürschlüssel Gebrauch, der noch am Autoschlüssel hing. Den Namen und die Adresse hatte er sich eingeprägt. Der Name kam ihm bekannt vor, aber er konnte ihn nicht einordnen: Leuthental. Sicherlich hatte das etwas mit seinem Vater zu tun. Friederike Leuthental. Oder aus dem Showbiz? Im Endeffekt war es egal, sie hatte ihren Wagen nicht mehr, und er hatte ihn auch nicht mehr. Jetzt war er für immer weg. Bloß, sie war garantiert gut versichert, und er ging leer aus. Das Leben war ungerecht.

Max nahm sich vor, die Dämmerung abzuwarten und sich im Schutz der Dunkelheit von der Straßenseite her an die Hallen heranzumachen. Und sollte das nichts bringen, würde er sich eben um Friederike Leuthentals Wohnung kümmern. Das Schicksal hatte ihm diesen Schlüssel in die Finger gespielt, es mußte sich schließlich etwas dabei gedacht haben.

Aber alles lief gegen ihn. Und am Ende hatte Uwe ihn aufgelesen – ein bärenstarker, aber friedlicher Typ –, nachdem Max jämmerlich und halb erfroren in einer Hafenkneipe gelandet war. Vor der Halle hatte er ein blaues Auge verpaßt bekommen. Und dieses blaue Auge überzeugte ihn davon, daß sie hinter dem Eingang auf ihn gewartet hatten, weil der Turbo hinter ihnen in der Halle stand. Und wenn sie ihn nicht verscherbeln wollten, dann fuhr ihn der Ledermantelmacker ab heute wahrscheinlich selbst. Um sich weiter auf die Lauer zu legen, fehlte Max der Mut. Und das Geld. Und nicht zuletzt die passenden Temperaturen, denn jetzt sehnte er sich überhaupt nur noch nach einem: nach Wärme. Er zitterte am ganzen Körper, seine Finger drohten zu erfrieren, seine Füße waren Eisklumpen, die Ohren schmerzten, und die Augen brannten.

Max saß wohlig neben Uwe in dessen Truck, schaute durch die Windschutzscheibe nach vorn auf die Straße und freute sich wie ein Kind, daß Uwe ihn für lau nach Hause fahren würde. »Unterhaltung ist Bezahlung genug«, hatte er bloß gesagt.

»Hast du eigentlich ein schlechtes Gewissen?«

Lars griff über Anna hinweg zu seinen Zigaretten. Die beiden lagen gemeinsam auf der Seite, Anna hatte die Beine um ihn geschlungen.

»Wieso denn?« fragte Lars verständnislos.

»Nun, wegen Bettina vielleicht? Schließlich gehst du doch fremd!«

»Du etwa nicht?« Er steckte sich ein etwas zerknautschtes Exemplar seiner Camels in den Mund, zündete es an und nahm einen tiefen Zug.

»Nein, nicht wirklich!« Anna nahm ihm die Zigarette ab und zog ebenfalls daran.

»Was? Du nicht?« Er sah sie ungläubig an und fing

gleich darauf an zu lachen. »Toller Witz. Was machst du dann?«

»Nichts Wesentliches!« Sie gab ihm die Zigarette zurück.

»So? Du nennst mich ›nichts Wesentliches‹?«

»He!!« protestierte sie.

»Da soll man nicht herausrutschen, wenn man als ›nichts Wesentliches‹ bezeichnet wird. Du kannst ihn doch nicht so erniedrigen!«

Anna streckte sich aus. »Daß Männer von ihren Penissen immer reden müssen, als ob's die kleinen Brüder seien. Ich rede doch auch nicht von Susi und Lilly, wenn ich meine Brüste meine!«

Lars drehte sich ein wenig und begann, an ihrer Brustwarze zu knabbern. »Sind aber süß, die beiden. Und Susi und Lilly paßt, finde ich!«

Anna stöhnte auf und ließ sich zurückfallen. »Es ist wohl schon so. Männer sind Kindsköpfe!«

»Immer wieder gern!« Lars nickte und biß etwas herzhafter zu.

»Autsch!« Sie fuhr hoch und griff ihm ins Haar.

»Was soll das denn heißen? Wieso gehst du bei mir nicht fremd?« Er schaute zu ihr hoch. »Ich meine, hier, mit mir! Würde mich doch interessieren!«

»Rainer fehlt deswegen ja nichts. Es ist einfach eine andere Ebene. Und weil es ihn nicht betrifft, gehe ich auch nicht fremd!«

»Ah!« Lars ließ von ihrer Brustwarze ab. »Das nennt man weibliche Logik!«

»So!« Anna griff etwas stärker in sein Haar. »Dann erklär doch du mir mal, warum du Bettina gegenüber kein schlechtes Gewissen hast?«

»Ich hab's Rainer gegenüber. Männersolidarität. Schon mal was davon gehört?«

»Ja, im Geschichtsbuch vielleicht. Bei allen Kriegen haben sich die Männer vor lauter Solidarität immer totgeschossen!«

»Nein«, erklärte er, »du verstehst das nur nicht. Das ist wie bei einem Duell im Morgengrauen – es ist nicht persönlich gemeint, es ist eine Frage der Ehre!«

»Ehre? Das ist schlicht bescheuert!«

»Sei nicht so respektlos, das steht dir nicht!«

»Dir auch nicht!« Sie schaute an ihm runter. »Respektlos, wie er so vor mir daniederkniet. Hab ich's dir nicht schon einmal gesagt? Steh gefälligst auf, wenn ich mit dir rede!«

Rainer konnte sich über Patricias Geständnis kaum beruhigen. Mit welcher Selbstverständlichkeit sie das gesagt hatte, so als wäre überhaupt nichts dabei. Als er nach Hause kam, war Anna noch nicht da. Es war ihm ganz recht, so hatte er noch etwas Zeit für sich zum Nachdenken. Er ging in die Küche und öffnete den Kühlschrank. Auf den ersten Blick machte ihn nichts an, alles war in Frischhaltefolien verpackt, es sah nicht gerade appetitanregend aus, so griff er nach einer Flasche Bier und klappte den Kühlschrank wieder zu. Er setzte sich damit in den breiten Ledersessel vor den Fernseher, schaltete ihn ein und beschloß, diesen Abend so zu verbringen wie hunderttausend andere Männer auch. Beine hoch, Pantoffeln an, Bier in der Hand. Es war ein Kreuz mit den Frauen!

Was da vor ihm auf dem Bildschirm flimmerte, hatte er noch nie gesehen. Es kam ihm hoffnungslos überzeichnet vor, Beziehungskram par excellence. Trotzdem schaute er hin, während seine Gedanken abschweiften.

Gut, er hatte auch sein kleines Geheimnis. Aber das war ganz etwas anderes als einen Geliebten oder eine Geliebte zu haben, wie Patricia so offen zugab. Es wollte ihm einfach nicht in den Kopf. Da war Patricia frisch verheiratet, offensichtlich verliebt in ihren Frank und lag mit einem anderen Mann am hellichten Nachmittag in einem Hotelzimmer. Was fehlte den Frauen? Was brauchten sie?

Er dachte über Anna nach. Er war sich sicher, daß sie nicht fremdging. Wozu auch, sie schliefen regelmäßig miteinander, und es war eindeutig, daß es ihr letztendlich mehr gefiel als ihm. Da er seine Neigungen nicht ins Spiel bringen konnte, konzentrierte er sich dabei jedesmal voll auf sie und war darauf bedacht, all das zu machen, was er sich angelesen oder von anderen Frauen gehört hatte. Langes Vorspiel mit Zärtlichkeiten, zurückhaltendes Liebesspiel, nichts, was ihn zum Macho stempeln und die Frau demütigen könnte. Dazu gehörten auch einige Stellungen, die man besser bleiben ließ. Sie hatten angenehmen, sauberen Sex, und Anna kam jedesmal, da war er sich sicher. Er schenkte sich ein weiteres Glas ein. Zumindest hatte sie ihm noch nichts anderes gesagt. Vor seinen Augen flimmerte der Abspann des Films vorbei. »Verbotene Liebe«, na, das paßte ja zum Thema. Er schaute auf die Uhr. Achtzehn Uhr fünfundzwanzig. Ob das die richtige Anleitung für Jugendliche war?

Er hörte die Tür gehen. Aha, jetzt mußte er sich entscheiden, ob er mit ihr über Patricia reden würde oder nicht. Anna kam auf ihn zu, in Jeans und einem weiten Pullover, und sah aus wie ein junges Mädchen.

»Du strahlst ja förmlich«, sagte er, und sie bückte sich zu einem Kuß zu ihm hinunter.

»Mir geht's ja auch verdammt gut!« Sie lachte und setzte

sich auf seine Armlehne. »Ich werde geliebt, was will ich mehr!«

»Tja!« Rainer überlegte kurz und warf ihr einen Seitenblick zu. Ihre Augen funkelten, ihr Teint sah jugendlich frisch aus, sie war kaum geschminkt, sie wirkte tatsächlich wie eine rundherum glückliche Frau. Er legte seine Hand auf ihre. »Es macht mich glücklich, dich glücklich zu sehen«, sagte er, und sie schaute ihn versonnen an. »Ich verstehe nur nicht, warum manche Frauen anscheinend zwei Männer brauchen. Vielleicht kannst du mir da helfen?«

Ihr Gesichtsausdruck veränderte sich. »Wie meinst du das?« wollte sie wissen.

Er drehte sich etwas in seinem Sessel, um sie besser sehen zu können. »Deine Freundin Patricia, meine ich.«

»Patricia?« Sie verstand nicht, worauf er hinauswollte. »Was ist mit Patricia?«

»Nun, daß sie einen Freund hat, einen sogenannten Lover, schreckliches Wort, ist doch erschütternd.«

»Was hat sie???« Es war Anna herausgefahren, so überrascht war sie. Ihre Reaktion irritierte Rainer, sie spürte es deutlich, aber es war nicht mehr rückgängig zu machen.

»Ich dachte, du wüßtest es!« Er schaute sie an, und in seinem Blick las sie, daß sie jetzt irgendeine schlaue Erklärung abgeben mußte. Sie hatte nur keine griffbereit, sie wußte noch nicht einmal, in welche Richtung das Ganze lief.

»Wie kommst du darauf?« fragte sie vage.

»Sie hat es mir gesagt! Sie hat mir gesagt, daß sie einen Liebhaber hat, und sie hat mir gesagt, daß du es wüßtest.«

Anna zog es vor, nichts mehr zu sagen. Das war unsicheres Terrain. Was hatte Patricia da um Gottes willen erzählt, und weshalb hatte sie sie darüber nicht rechtzeitig informiert? Überhaupt – hatte Patricia möglicherweise über sie, Anna, gesprochen, und Rainer hatte es nur nicht kapiert? Stand ihr jetzt unversehens eine große Aussprache ins Haus?

Sie spürte, wie Rainer sie beobachtete.

»Ich rede nicht gern über Freundinnen«, versuchte sie sich aus der Affäre zu ziehen. »Ich denke, das ist deren Angelegenheit!«

»Schon!« Er nickte bestätigend. »Nur wenn deine Freundin mit ihrer Aussage in ein laufendes Verfahren eingreift, ist das eben mehr als nur ihre Angelegenheit. Dann wird es öffentlich.«

Anna dachte nach. Verdammt, was meinte er bloß?!

Eine Weile sagten beide nichts, schauten geistesabwesend in den Fernseher.

»Wozu braucht eine Frau einen zweiten Mann?« wollte Rainer noch mal von ihr wissen.

»Ich weiß es nicht, ich habe keinen zweiten«, beeilte sich Anna zu sagen.

»Aber irgendwas muß da doch sein. Ein Reiz? Oder hat so etwas andere Gründe? Körperlich?«

»Es muß passen! Eine Frau spürt, ob's paßt oder nicht. Und wenn's nicht paßt, kann sich ein Mann noch so sehr in allen Stellungen verrenken, es wird nicht klappen!«

Er schwieg. »Und wie merkt ein Mann, ob es für die Frau paßt oder nicht?« fragte er schließlich.

»Sie sollte es ihm sagen!« O Gott, dachte sie dabei, welch falsches Spiel!

»Hängt das von der Länge ab, wie immer behauptet wird? Größe?«

Sie ging von der Armlehne herunter, setzte sich ihm rittlings auf den Schoß und umschloß seinen Nacken mit ihren Armen. »Klar versuchen Frauen Männer zu trösten, daß es gar nicht schlimm sei, auf die Länge käme es nicht an. Stimmt natürlich nicht, ist wie das Trostpflästerchen fürs aufgeschlagene Knie. Natürlich muß er eine bestimmte Größe haben. Aber es muß auch kein Elefantenpenis sein, das finden nur Männer untereinander toll. Aber du brauchst dir keine Gedanken zu machen. Du bist gerade richtig!«

»Für dich? Ja?«

»Natürlich für mich! Oder meinst du, wir sprechen hier von einer anderen?« Sie zog ihn strafend am Ohr. »Letztendlich ist doch jede Frau anders gebaut und jeder Mann auch, und wenn man Glück hat, paßt es zusammen, so einfach ist das!«

»Hört sich einfach an, ja!«

»Und wenn die Chemie dann noch stimmt, man sich riechen kann, ist es doch perfekt!« Oh, Anna, Anna, sagte sie sich. Manches war eben doch nicht ganz so einfach. Rainer schaute ihr direkt in die Augen.

»Wozu braucht Patricia dann einen anderen Mann?«

Mit dieser Frage war sie schlichtweg überfragt.

Gott sei Dank klingelte ihr Handy, Anna war für die Unterbrechung dankbar. Rainer stöhnte kurz unwillig auf. »Muß das sein?«

»Sorry!« Anna löste sich von ihm und ging zu ihrer Handtasche, die sie neben der Tür hatte liegen lassen. Sie griff hinein und zog ihr Handy heraus, das aufgeregt blinkte. Die Nummer ihrer Mailbox wurde angezeigt, sie nahm das Gespräch an. Ein Anruf war verzeichnet worden, es war Patricia. »Anna, ich erreiche dich nicht, verdammt noch mal, und es ist wichtig. Ich hoffe, du hörst das Ding ab, bevor du nach Hause kommst. Ich habe Rainer zur Entlastung von Steffen deine Geschichte erzählt, den Liebhaber im *Ramses* allerdings auf meine Kappe genommen. Wundere dich also nicht. Irgendwie mußte ich Rainer ja davon überzeugen, daß die Polizeiakten nicht stimmen. Also, melde dich gleich mal, damit wir uns noch abstimmen können!«

Lars war bestens gelaunt nach Hause gekommen. Bettina hatte, wie immer am Freitag, den Tisch festlich gedeckt, es standen zwei Champagnergläser bereit und Weingläser, zudem die silbernen Platzteller. Also hatte sie sich besonders viel Mühe in der Küche gegeben, das Besteck wies auf mehrere Gänge hin. Im Hintergrund lief Jazzmusik, aber sie war so leise, daß sie ihn nicht weiter störte. Er nahm sein Feuerzeug und zündete die Kerzen an, die Bettina um einen Strauß champagnerfarbener langstieliger Rosen drapiert hatte. Er blieb stehen und betrachtete den Tisch. Es war schön, nach Hause zu kommen. Man konnte die Haustür hinter sich zumachen und alles vergessen, die Arbeit, die Ärzte, den Ärger – selbst Anna blieb draußen, es war eine andere Welt.

In der Küche hörte er Bettina werkeln. »Na, mein Engel«, sagte er und nahm sie in den Arm.

Sie spreizte ihre Hände, die in zwei dick wattierten Topfhandschuhen steckten, mit denen sie eben die Auflaufform aus dem Backofen ziehen wollte, und küßte ihn lachend. »Du duftest nach *Roma*«, sagte sie dabei leichthin.

Lars fuhr es heiß in die Glieder. Er hatte sich danach nicht gründlich genug geduscht, die Zeit war knapp, auch Anna hatte es eilig gehabt, nach Hause zu kommen.

»Hab ich's doch befürchtet, daß mir diese Parfümverkäuferin das Frauenparfüm aufgesprüht hat statt das für Männer!« Er schnupperte übertrieben an seinem Handgelenk. »Gut, daß es nur dir aufgefallen ist und keinem meiner Ärzte. Mit so was könnte man ja glatt als schwul abgestempelt werden!«

»*Du* warst in einer Parfümerie?« Sie hatte sich von ihm gelöst und den Backofen geöffnet. »Kaum zu glauben! Und das auch noch freiwillig?«

Sie bedachte ihn mit einem ironischen Grinsen. Ihre dunklen Haare fielen ihr dabei ins Gesicht, sie schüttelte sie mit einer energischen Bewegung weg. Er betrachtete sie, wie sie sich in ihrer verwaschenen Jeans und der edlen ärmellosen Bluse aus heller Rohseide bewegte. Schnell und präzise, jeder Handgriff saß. Er liebte diese Frau, ja, sie hatte etwas Geheimnisvolles an sich, etwas, das er nie verstehen würde. Und er wußte, daß sie bisweilen mit ihm spielte, ohne daß er das sofort bemerkte. Es dämmerte ihm immer später, wenn er wieder Dinge tat, die er eigentlich nicht wollte. Vielleicht hatte sie irgendeine Suggestivkraft, irgend etwas Übersinnliches an sich.

»Was also hast du, der Supermann, der auf Kernseife schwört, in einer Parfümerie zu suchen? Schon allein das Wort müßte dich umbringen!« Sie nahm die Fischsuppe von der Herdplatte und füllte sie in eine angewärmte Schüssel um.

Lars überlegte. »Ich habe heute morgen im ekelhaften Licht eines scheußlichen Spiegels einige erschreckende Hautveränderungen in meinem Gesicht feststellen müssen. Falten nennt ihr Frauen das ja wohl. Da dachte ich, ich laß mich mal beraten. Männer nehmen jetzt ja auch entsprechende Pflegeartikel, hört man!«

»Ei, ei, ei!« Sie schaute ihn an. »Männer gehen auch zum Schönheitschirurgen, stell dir vor!«

»Ich nicht!«

»Wart's ab!«

Das erschreckte ihn jetzt doch.

»Findest du etwa, daß ich es nötig hätte?«

Sie musterte ihn so sachlich, daß er instinktiv seine Wangen berührte.

»Noch nicht«, sagte sie und drückte ihm die Suppenschüssel in die Hände. »Sind die Flaschen schon offen?«

»Nein!« Lars machte zwei Schritte zur Tür hin, blieb aber nochmals stehen. »Das ist doch nicht dein Ernst, das mit dem Schönheitschirurgen?«

»Viele Männer, die feststellen, daß sie auf dem freien Markt nicht mehr so erfolgreich sind, lassen sich ihr Doppelkinn oder die Hamsterbacken absaugen, die Augenlider schneiden, Falten wegspritzen. Das sieht dynamischer aus, und Dynamik ist gefragt!«

»Willst du mir durch die Blume sagen, daß ich auf dem Markt nicht mehr gefragt bin? Ich bin gerade mal dreiundvierzig!«

»Ja, eben«, sagte die Stimme hinter ihm unerbittlich. »Du bist schon dreiundvierzig!«

Er trug die Schüssel ins Wohnzimmer, zündete die kleinen Teelichter unter dem Rechaud an und stellte die Schüssel darauf. Mmh, Fischsuppe, seine Lieblingssuppe. Es konnte ihn aber nicht beruhigen. Er ging in die Küche zurück, Bettina schnitt eben das Baguette auf.

»Geh ruhig«, sagte sie sofort, »ich komme gleich. Und kümmere dich bitte um die Flaschen!«

»Eines noch«, er nahm eine Flasche Champagner aus dem Kühlschrank. »Woher hast du deine ganzen Weisheiten?«

»Kam heute im Büro mit einem Chefarzt ins Gespräch. Er ist Schönheitschirurg und hat mir so manches erzählt!«

»Scheint mir auch so!« Er warf ihr einen schrägen Blick zu und entkorkte die Flasche mit einem leichten »Plop«.

»Was macht so ein Typ bei euch im Büro? Nennt ihr euch nicht Kulturamt?«

Sie legte das aufgeschnittene Baguette in einen Brotkorb, der aus silbernem Draht bestand, und ging an ihm vorbei. »Er macht eine Fotoausstellung. Menschen. Recht spannend!«

»Mhhh«, Lars ging hinter ihr her zum Tisch und schenkte die Gläser voll. »Menschen, aha!«

»Apropos«, Bettina setzte sich und griff nach dem Suppenschöpflöffel. »Ganz hoch im Kurs sind Penisverlängerungen. Er sagt, kaum eine Woche, ohne daß einer seinen Penis verlängert haben will. Selbst auf die Gefahr hin, später Schmerzen beim Sex zu haben. Da geht es vor allem um den Schein und meistens um die Kameraden, die einfach einen längeren haben. In Vereinen sehr ausgeprägt durchs gemeinsame Duschen ...«

Lars ließ sich fassungslos auf seinen Stuhl sinken. »Du willst mir jetzt aber nicht auch noch sagen, daß ich ...«

»Schätzchen ...« Bettina griff nach seinem Teller.

»Was hat er denn da überhaupt fotografiert, der Herr Chefarzt, an all diesen Menschen? Die Gesichter? Porträts? Oder was?«

»Gesichter?« Bettina schaute ihn an, als säße ihr Ötzi gegenüber. »Nein, Akte natürlich!«

»Aha, Akte natürlich! Da gehst du mir nicht hin!«

Am Montag lief Charly als erstes zu seinem Postfach. Er hielt es zwar für unwahrscheinlich, aber er war einfach zu neugierig. Seine Anzeige hatte er am Samstag in der Zeitung mehrfach mit Stolz gelesen. Die Formulierung war gut, zurückhaltend und doch verlockend. »Langeweile in der Ehe?« hatte er getitelt und darunter: »Nebenjob für attraktive Hausfrauen. Hundertprozentig diskret, gutsituierte Kunden, überdurchschnittliche Bezahlung. Chiffre.«

Drei Briefe lagen für ihn da. Das war gewaltig, die beste Idee seines Lebens. Er nahm sie, steckte sie in seine Manteltaschen und ging in sein Stammcafé. Ab morgen würde sich sein Leben ändern, dessen war er sich sicher. Er bestellte, ganz gegen seine Gewohnheit, nicht nur ein Croissant und einen Milchkaffee, sondern Frühstück Nr. 8, das beinhaltete ein reichhaltiges Eieromelett, frischen Orangensaft und ein Glas Sekt. Charly hatte sich gut angezogen, ein dunkelblaues Kaschmirsakko aus besseren Zeiten zu seiner neuesten Jeans und zu seinen besten Lederschuhen. Es war seine eigene kleine private Feier. Er würde die Ära Gudrun und ihre Kolleginnen ad acta legen können und endlich wieder richtig Kohle machen.

Charly aß ein belegtes Brötchen und das Omelett, trank den Saft und nahm ganz zum Schluß, einem geheimen Ritual gleich, den ersten Schluck Sekt. Er prostete sich und seiner Zukunft zu, dann erst zog er einen der Briefe heran, fuhr mit dem Zeigefinger in den Falz und riß ihn auf. Niedlich, das gefiel ihm. Das erste, was ihm in die Finger fiel, war das Foto einer üppigen Blondine. Sie hatte gleich gewußt, was gefragt war, und stellte sich entsprechend posierend nackt vor die Kamera. Möglicherweise hatte sogar ihr Mann das Bild geschossen, weil er auch auf mehr Kohle scharf war, aber das konnte ihm egal sein. Sie war Mitte Zwanzig, hatte blondierte Dauerwellen und einen großen Busen. Mehr brauchte er nicht, die Sache war gebongt. Charly grinste und nahm noch einen Schluck. Das Foto des zweiten Briefes war weniger attraktiv, aber auch hier wußte er, daß es genug Kunden gab. Sie war zu dick, die Brüste schwer und fast auf dem gewölbten Bauch aufliegend. Sie war ebenfalls noch keine Dreißig, wenn man ihren Angaben glauben konnte. Ihr Mann Gelegenheitsarbeiter und die ganze Familie offenbar von finanziellen Sorgen gebeutelt. Dem konnte er abhelfen. Charly grinste. Seine kleine Armee wuchs. Selbst wenn der dritte Brief überhaupt nichts mehr hergeben sollte, war es für den Anfang schon mal gut.

Er nahm noch einen Schluck und riß den dritten auf. Ein zusammengefaltetes Zeitungsblatt fiel ihm entgegen. Auch nicht schlecht, wahrscheinlich eine, die bereits ihre ersten Meriten gesammelt hatte, er nahm schnell noch einen Schluck und faltete das Blatt auseinander. Er drehte und wendete es, aber das verstand er nicht. Vorne war das Foto abgebildet, das er selbst schon gesehen hatte, der Zuhälterkrieg mit dem angeschossenen Albaner. Das kannte er schon, also drehte er den Ausschnitt um. Hinten war die ganze Sache aber völlig zusammenhanglos, es fand sich auch kein Sinn machendes Brustbild. Charly überlegte, dann fuhr er mit dem Zeigefinger durch die Innenseite des Kuverts. Ein dünner Zettel fiel heraus, den hatte er übersehen. Er faltete ihn auf. »Halt dich da raus, wenn du nicht enden willst wie der da. Hausfrauensex ist eine Nummer zu groß für dich!« Es war von Hand geschrieben worden, große, ausdrucksstarke Buchstaben. Sah nicht nach einem verklemmten Paranoiker aus, eher nach jemandem, der wußte, was er wollte. Ihn offensichtlich nicht.

Darunter war seine eigene Anzeige geklebt worden, mit einem schwarzen Trauerrahmen geschmückt und die beiden Wörter »attraktive« und »Hausfrauen« mit leuchtend gelbem Marker herausgehoben.

Das sah nicht nach einem Scherz aus. Aber konnten die Absender wissen, wer er war, oder war es von den Typen ein einfacher Schuß ins Blaue? Zwischen die Fronten eines Zuhälterkriegs wollte er nicht geraten, das war klar. Aber konnte er nicht am Rande ein bißchen mitmischen?

Er trank sein Glas in einem Zug aus und hob die Hand, um sich ein zweites zu bestellen. Die Entscheidung, die vor ihm lag, war zu schwerwiegend, als daß er auf einem Bein hätte stehen können. Er trank dieses Glas, im Anschluß ein Pils und schließlich noch zwei Whiskys, dann war er betrunken und blank. Charly fuhr in seine elende Zweizimmerwohnung am Rande von St. Pauli zurück, die überbezahlte Bude mit ihrem düsteren, nach Abfluß riechenden Bad, den verschimmelten Außenwänden und abfallenden Tapeten. Er ließ sich mit Sakko und Hose auf sein penibel sauber gemachtes Bett fallen, dessen alte Stahlfedern unter seinem Gewicht ächzten, und schlief auf der Stelle ein.

Max hatte sich in Frankfurt von Uwe verabschiedet. Uwe glaubte an seine Geschichte vom verlorenen Glück, weil er an jede Geschichte glaubte, in der Frauen schlecht wegkamen. Er hatte seine Angetraute vor zwei Jahren in flagranti mit seinem besten Freund erwischt, seitdem war sein Verhältnis zu Frauen von einer Mischung aus Feindseligkeit, Mißtrauen und unterdrückter Gier geprägt. Die Rückwand seiner Schlafkoje in seinem Truck hatte er mit Frauenfotos aus der *Praline* und dem *Playboy* dekoriert, aber sie dienten ihm ausschließlich als Wichsvorlage, wie er Max gleich erklärte. Ästhetik war ihm wurscht, geil mußten sie sein. Max hatte nicht die Absicht, ihn zu bekehren, aber er fragte ihn doch, was er mit seinem besten Freund, dem Verräter, nach diesem Intermezzo angestellt habe? Uwes Gesichtsausdruck zeigte ihm, daß dies nie eine Frage für ihn gewesen war. »Wenn sie ihn nicht gelassen hätte, hätte er nicht gekonnt«, war seine Meinung, und dabei blieb es. Mit seinem Freund war er noch heute zusammen.

Uwe ließ Max am Hauptbahnhof in Frankfurt aussteigen, und sein Mitgefühl mit seiner erbärmlichen Situation ging so weit, daß er ihm ungefragt hundert Mark und seine Adresse in die Hand drückte. »Ich weiß, du gibst es mir zurück«, sagte er dazu. Max hatte nicht die Absicht, steckte sich jedoch beides ein. Er überlegte, ob er überhaupt Geld für eine Zugfahrkarte ausgeben sollte. Es erschien ihm idiotisch, einen Verein wie die Bundesbahn zu subventionieren. Er beschloß, schwarzzufahren, allerdings nicht ganz bis Hamburg. Die Gefahr, irgendeinem unbedarften Polizisten in die Arme zu laufen, der dann die dicke Nummer mit ihm abzog, erschien ihm zu groß. Immerhin hatte er keine Ahnung, ob er zur Fahndung ausgeschrieben war oder nicht. Und er war auch nicht scharf darauf, das genauer herauszufinden. Was er wollte, war, sich unbehelligt in der Wohnung dieser Friederike Leuthental umzusehen. Das erschien ihm, nach der Pleite mit ihrem Wagen, nur gerecht.

So schaffte er es, mit Zug und Bus noch am selben Tag bis nach Hamburg zu kommen. Dort verkroch er sich in der Wohnung seines Freundes Steffen. Auf diese Idee würde niemand kommen, und er wußte, wo der Zweitschlüssel lag. Im Kühlschrank fand er verdorbene Wurst und alten Käse, aber im Küchenschrank stand eine Dose Ravioli. Uwe hatte ihn auf der Herfahrt zwar mitverköstigt, aber Max hatte sich zurückgehalten und zudem seit Frankfurt nichts mehr in den Magen bekommen. Der Hunger ließ ihn die Ravioli direkt kalt aus der Dose löffeln, dann machte er sich erneut auf die Suche. Hinter einem Vorhang im Flur, bei ungeputzten Schuhen und Schuhcreme, fand er, was er suchte, eine Flasche Rotwein. Steffen trank keinen Wein, deswegen war klar, daß er ihn ausquartiert hatte. Max ging in die kleine Küche zurück und zog alle Schubladen auf, bis er einen Korkenzieher fand, dann machte er sich erneut auf die Suche nach etwas Eßbarem. Eine weitere Dose Ravioli tauchte auf. Diesmal goß er den Inhalt in einen Topf, schenkte sich ein Glas Wein ein und ging in den kombinierten Wohn-Schlaf-Raum. Die Wohnung lag ganz oben in einem alten Haus, die Besitzer hatten ihren Dachstuhl ausgebaut und vermietet. So gab es in diesem großen Raum hauptsächlich Schrägen, und dicke Balken zogen sich bis in den Dachfirst. Es sah gemütlich aus, hatte nur den Nachteil, daß sich die Wohnung im Winter kaum heizen ließ. Die Wärme ging nach oben und von dort durch die schlecht isolierten Wände nach draußen, die wenigen Heizkörper waren so gut wie wirkungslos. Max stellte sein Essen auf den Tisch, stellte den Fernseher an und setzte sich in der Lederjacke auf einen der Stühle. Steffen hatte sich mit der Einrichtung nicht gerade viel Mühe gegeben. Was zum Leben nötig war, hatte er gekauft, auf Dekoration, wie Bilder oder Lampen, verzichtet. Das einzige, worauf er Wert gelegt hatte, war sein Bett. Es stand an der hohen Seitenwand unter einem großen Fenster, war wuchtig und ausladend und, darauf war Steffen besonders stolz, ein Wasserbett. Kuschelig warm hatte es Steffen immer gepriesen, zu jeder Jahreszeit die richtige Temperatur. Max aß seine Ravioli aus dem Topf und betrachtete es. Es sah zwar nicht gerade frisch bezogen aus, wirkte aber ungemein verlokkend. Er würde jetzt noch duschen und sich anschließend die Decke über die Ohren ziehen. Den Seinen gibt's der Herr im Schlaf, dachte er und grinste. Morgen würde er sich mal Friederike Leuthentals Adresse näher anschauen. Er hatte ein Dach über dem Kopf, ein warmes Bett vor sich, Eß- und Trinkbares in Reichweite, zudem stand im Carport Steffens alter Peugeot, die Schlüssel hingen neben der Tür. Wenn in der Kiste jetzt auch noch Sprit war, war die Sache geritzt.

Friederike Leuthental hatte ihren Wagen abgeschrieben. Es ärgerte sie, denn sie hatte bisher zu jedem ihrer Autos eine Beziehung aufgebaut. Sie mochte sie ganz einfach und suchte, wie bei einem Haustier, nach einem guten Platz, sobald sie sie verkaufen mußte. Daß dieser Wagen, ausgerechnet der silberne, den sie noch kaum gefahren hatte, ins Ungewisse verschwunden war, tat ihr weh. Entsprechend schlechtgelaunt machte sie sich mit dem Gedanken vertraut, demnächst einen neuen aussuchen zu müssen. Ihr Mann ritt darauf herum, daß sie sich zu einer anderen Marke bekennen sollte, aber sie tat es nicht. Schon deshalb nicht, weil er es so unbedingt wollte. Hier konnte sie sich durchsetzen, denn sie war finanziell nicht von ihm abhängig, Gott sei Dank. Ihr Großvater hatte als Kaufmann den Grundstock zu einem Vermögen gelegt, das ihr Vater gemehrt und ihr Mann nicht hätte durchbringen können, selbst wenn er gewollt hätte. Er wäre auch nicht der Typ dazu gewesen, das mußte sie sich eingestehen. Sie hatte geheiratet, wen ihr Vater für gut und richtig hielt, einen ehrbaren Mann aus ehrbarer Familie. Adel wäre nicht schlecht gewesen, denn Geld hatten sie selbst genug. Es ließ sich im heiratsfähigen Alter, ihr Vater setzte dies bei vierundzwanzig Jahren an, allerdings so schnell kein heiratswilliger Adliger aus altem Geschlecht für sie finden, so bekam Siegmund den Zuschlag. Das war jetzt über zwanzig Jahre her, und Friederike hatte keinen Grund, sich zu beklagen. Er war ein aufrichtiger Mann, ganz wie sein Beruf. Er ging unbescholten durchs Leben, hatte genug Humor, um lachen zu können, und genug beruflichen Erfolg, um angesehen zu sein. Alles in allem war die Wahl ihres Vaters nicht schlecht ausgefallen. Nüchtern betrachtet.

Aber Friederike haßte die gemeinsamen Urlaube mit ihm wie die Pest. Er spielte leidenschaftlich gern Golf, und so reisten sie die ganze Welt nach neuen Golfplätzen ab. Sie spielte auch, doch während sie des Spaßes und der Bewegung wegen golfte, nahm er es ernst. Geradezu verbissen ernst. Er konnte tagelang schlecht gelaunt sein, wenn er den Ball nicht traf. Oder nicht mehr fand. Oder wenn er sich im Sandbunker verbohrte oder im Teich unterging. Siegmund unterstellte diesem runden weißen Ding sofort eine höhnische Natur, und da dies aberwitzig klang, übertrug er die vermeintliche Schadenfreude des winzigen Widerlings auf Friederike. Am Anfang ihrer Ehe war sie darüber bestürzt gewesen und hatte alles versucht, um ihn wieder fröhlich zu stimmen. Sie vollführte wahre Affenreigen bis hin zum nächtlichen Bauchtanz, bis sie es eines Tages einfach ließ. Es fiel ihm nicht einmal auf, so sehr hatte er sich in die Materie verbissen.

Der nächste Streitpunkt war das Segeln. Für sie war Segeln wie Spazierengehen. Sie segelte, solange sie zurückdenken konnte, hatte wie all die anderen Vierjährigen in einem Opti angefangen und war über die Jahre hinweg durchaus regattatauglich geworden. Es war nichts Besonderes für sie, sie mußte weder über Wind noch über Segel oder die Konstellation zwischen beiden nachdenken. Sie wußte ganz einfach automatisch, was zu tun war. Das verübelte ihr Mann ihr, denn Segeln war seiner Meinung nach ein erklärter Männersport, und wann immer sie gemeinsam segelten, endete es damit, daß sie zum Schluß zu »Leinen« »Schnüre« oder zu »backbord« »links« sagte, nur damit er keinen Grund hatte, sie überheblich zu finden.

Es war mühsam, ihn über die Jahre hinweg immer den Größten sein zu lassen.

Und jetzt zeigte es sich wieder im Kampf um den Wagen. Ein Turbo war der Angriff auf seine Vormachtstellung innerhalb der Familie, was Quatsch war, denn die Familie bestand aus zwei Eheleuten, nicht mehr und nicht weniger. Kinder waren keine gekommen, und der wahre Streit zwischen Dr. Wilkens und ihrem Mann war nicht ihre schielende Brustwarze nach einer von Siegmund gewünschten Brustvergrößerung, sondern die Tatsache, daß Wilkens wußte, bei wem von beiden der wahre Grund für ihre traurige Kinderlosigkeit lag: Siegmunds Spermien waren zu lahm. Sie verharrten in Untätigkeit, kaum daß sie verschossen worden waren, und erschlafften ganz, sobald das Ziel, Friederikes Ei, in Sicht kam. Es waren zu wenige, und die wenigen waren auch noch zu faul. Alles, was nie ein Mensch hätte erfahren dürfen über den Oberstaatsanwalt Leuthental, hatte Dr. Wilkens in seinen Akten stehen.

Eigentlich war Siegmund vor ein paar Jahren zu ihm gekommen, weil er seine Frau sexuell attraktiver haben wollte. Er beharrte darauf, daß sich der Kindersegen mit der Zunahme des Geschlechtsverkehrs einstellen würde, und hatte Wilkens, der daran nicht glaubte, während einer Brustvoruntersuchung eher beiläufig, aber siegessicher einen Schuß seines weißen Goldes, wie er es zu dem Zeitpunkt noch nannte, zur Untersuchung überlassen. Wilkens gab die Probe an eine befreundete Spermatologin weiter, und das Urteil, noch vernichtender, da durch einen weiblichen Arzt ausgesprochen, wollte Siegmund nicht wahrhaben und wies es entrüstet von sich. Das war ganz eindeutig ein Irrtum, seine Frau war schuld, und das ließ er sich auch nicht nehmen. Sie war zu verspannt und wollte in Wahrheit gar keinen Sex. So hatte Friederike nach dieser Geschichte zwar einen großen, wenn auch asymmetrischen Busen, aber keinen Sexualpartner mehr. Siegmund verweigerte sich. Es war unter seiner Würde, mit einer Frau zu schlafen, die an lahmarschige Spermien glaubte. Noch dazu aus seinen ureigenen Hoden, welch eine Unterstellung!

Am Dienstag morgen fuhr Max ausgeruht, satt und voller Ideen mit Steffens Peugeot los. Er wußte in etwa, wo er Friederike Leuthentals Bleibe finden würde, die Adresse lag mit Blick auf die Elbe in der Nähe der Elbchaussee. Reiche Leute, keine Frage, er würde das soziale Unrecht etwas begradigen helfen. Er rasselte frohgelaunt mit dem Porscheschlüssel in seiner Tasche, da fiel ihm der Zettel mit Uwes Adresse wieder in die Hände. Gut, er gelobte, sollte sein Beutezug erfolgreich sein, Uwe ein kleines Dankeschön zukommen zu lassen. Vielleicht ein *Playboy*-Abo für ein Jahr oder einen Sechs-Volt-Minifernseher für seinen Truck. Sollte er kleinere, aber immer noch zufriedenstellende Beute machen, würde er ihm zumindest die hundert Mark zurückzahlen. Bei nix gab's nix.

Er war an der Hausnummer vorbeigefahren und mußte umkehren. Au, das war komplizierter als befürchtet. Eine Hauseinfahrt, das Grundstück von einer Mauer umgeben und durch Kameras geschützt. Sicherlich mit Sicherheitsanlage in und um das ganze Haus. Anzunehmen, daß sofort die Polizei da war, wenn er sich auch nur gegenüber dem Grundstück mit seinem rostigen Peugeot länger als fünf Minuten aufhielt. Das war überhaupt nicht witzig, ein einfacher Einbruch ließ sich so nicht realisieren. Was waren das überhaupt für Leute? So einen Aufwand sah man doch sonst nur bei Politikern. Irgendwie war ihm der Name von Anfang an bekannt vorgekommen. Er versuchte sich zu erinnern, aber er fand keinen Bezug. Aber er sah Friederike Leuthental noch vor sich, als sie ihm ihren Porscheschlüssel in die Hand drückte. Er hatte sie als äußerst attraktiv in Erinnerung, sie war eine nordische, hochgewachsene Schönheit, die allein durch ihre Erscheinung Aufmerksamkeit erregte. Sie hatte, trotz der hellen Haut und der blonden Haare, nichts Puppenhaftes an sich, sondern ihr Gesicht wirkte sportlich, mit hohen Wangenknochen, auffallend blauen Augen und einem energischen, eher kantigen Kinn. Ihre leichten Sommersprossen auf der Stirn und um die Nase herum waren ihm aufgefallen, sie gaben ihr etwas Keckes, Schulmädchenhaftes.

Er dachte über sie nach, während er die Straße herunterfuhr, und kam zu dem Schluß, daß sie irgendein Star sein mußte. Ganz so, wie er sich das von Anfang an gedacht hatte. Fernsehen, Kino oder Bühne, Schauspiel oder Gesang, er hatte keine Ahnung, aber etwas in dieser Art erschien ihm wahrscheinlich. Das bedeutete, daß sie viel Publicity genoß und wahrscheinlich im Rampenlicht stand. Nicht die besten Voraussetzungen, um sich an ihr in aller Stille zu bereichern, aber um so reizvoller. Er beschloß, nach Einbruch der Dunkelheit noch mal herzufahren und sich einen Platz zu suchen, von wo aus er am nächsten Tag das Haus ungesehen beobachten konnte.

Rainer saß in seinem Büro und versuchte, mit Patricias Informationen weiterzukommen. Es stimmt, die Obduktion war seltsamerweise nur im Hinblick auf die Todesursache durchgeführt worden, nicht aber auf das, was der Tote vorher noch getan hatte. Anhand eines Gentests hätte sich fraglos analysieren lassen, ob Steffen Schneider sein Sexualpartner gewesen war oder nicht. Auf der anderen Seite hätte er ihn auch aus anderen Gründen umbringen können, und zwar, nachdem Harald Eichmann Sex mit einer anderen Person gehabt hatte. Auch das war möglich, und in diesem Fall würde ein Gentest überhaupt nichts beweisen. Trotzdem, einiges war an diesem Fall seltsam. Daß die Todeszeit der Aussage von Patricia nach um zwei Stunden vorverlegt wurde. Und die Verletzung an den Hoden, mit einem scharfen Messer herbeigeführt. Kratzer, stand da. Was hatte es mit diesen sogenannten Kratzern auf sich? In seiner Akte fand sich dazu weder eine genauere Beschreibung noch ein Foto. Und irgendwie wurde er das Gefühl nicht los, daß die Untersuchung verschleppt wurde. Anfragen, die er stellte, wurden nicht nur zögerlich beantwortet, sondern unzureichend. Bisweilen hatte ihn schon der Verdacht beschlichen, daß er als Pflichtanwalt ausgewählt worden war, weil er durch die jahrelange Praxis inzwischen eher auf Familienrecht denn auf Strafrecht spezialisiert war, also unter »artfremd« einzuordnen. Die ermittelnde Staatsanwaltschaft schien jedenfalls nicht gerade bemüht, schnell Licht in die Sache zu bringen. So blieb ihm nur übrig, einen Beweisantrag an den zuständigen Untersuchungsrichter zu stellen. Vor allem erschien ihm eine erneute Obduktion nötig, und zwar im Hinblick auf die noch offenen Fragen.

Trotzdem war er vor Unruhe ganz kribbelig, denn er fand einfach keinen Weg, Patricias Aussage zu verwenden, wenn sie nicht namentlich genannt werden wollte. Er konnte höchstens die Todeszeit allgemein anzweifeln. Oder tatsächlich seine Frau, die zukünftige Privatdetektivin, losschicken, um das Hotelpersonal zu befragen. Der Gedanke heiterte ihn zunächst auf, doch im ganzen trat er auf der Stelle, und das machte ihn nervös. Schließlich stand er auf und ging hinaus, um sich einen Kaffee zu holen; damit setzte er sich hinter seinen Schreibtisch und hoffte in bezug auf Patricia und ihre Zeugenaussage auf eine Eingebung. Nach weiteren fünf Minuten griff er zum Telefon und rief Gudrun an, der Anrufbeantworter sprang an, das war ihm zu riskant. Er probierte es über ihre Handynummer. Auch hier die Mailbox, aber die löschte sich nach einer gewissen Zeit von selbst, das wußte er, deshalb bat er kurz um einen Rückruf.

Charly hatte beschlossen, sich zunächst einmal in der Szene besser umzuhören. Er hatte nicht die Absicht, blauäugig in den Tod zu laufen, das war die Sache nicht wert. Dann konnte er noch immer die Stadt wechseln. Frankfurt war auch nicht schlecht. Oder die Provinz. Es gab keinen Grund, sich auf eine einzige Stadt, auf einen einzigen Markt zu versteifen, wenn es einfacher ging.

Dieser Kellner im *Culineo* erschien ihm äußerst gut informiert. Irgendwie mußte er an diesen Kerl herankommen. Um die Mittagszeit ging er hin. Er hatte zwar keinen einzigen Geldschein mehr, aber für ein Bier am Tresen würde sein Kleingeld noch reichen. Und für eine hochtrabende Versprechung, falls sich der Kerl als lohnenswerte Quelle erweisen sollte.

Er hatte Glück, zwei Tische waren besetzt, der Tresen völlig leer, und er sah den Kellner, wie er eben an einem der Tische eine Bestellung aufnahm. Charly setzte sich auf einen der Barhocker und schaute geradeaus in sein eigenes Gesicht. Der Wandspiegel wurde zwar von vielen Flaschen verdeckt, aber er konnte trotzdem noch, ohne sich umdrehen zu müssen, erkennen, was hinter ihm vor sich ging. Charly beobachtete den Kellner und musterte zwischendurch sich selbst. »Schwammig« hatte Gudrun ihn genannt. Das hatte ihn getroffen, auch wenn er es nie zugeben würde. »Schwammig und zu lange Haare.« Er hatte sie nach hinten gekämmt, aber es stimmte schon. Entweder mußte er sie bald zu einem Zopf zusammenbinden, oder es war tatsächlich ein Friseurbesuch angesagt. Seine Koteletten wuchsen buschig und tendierten bereits von seiner rötlichblonden Haarfarbe ins Schmutziggraue, genau wie seine Schläfenhaare. Und sein Gesicht hatte wirklich an Konturen verloren, die Wangen zu weich, und das Kinn endete übergangslos am Kehlkopf. Ein Doppelkinn, Charly strich darüber. Da war nichts mehr zu machen, das würde auch eine radikale Abmagerungskur nicht mehr beheben. Alles in allem machte er nicht den aggressiven Eindruck eines Gangleaders, das mußte er sich eingestehen. Das Beste an ihm waren seine stechend blauen Augen, sie konnten tödlich kalt wirken, vor allem, wenn er die Augen noch etwas zusammenkniff. Er versuchte, ein grimmiges Gesicht zu machen. Aber seine gelebten Jahre waren nicht wegzureden, und die Augenlider begannen auch bereits zu hängen. Er hätte nie mit dem Boxen aufhören dürfen, damals wurde er noch respektiert, hatte nicht nur einen durchtrainierten Körper, sondern auch eine knallharte Rechte. Es war grausam, wenn der, der er jetzt war, über den, der er gewesen war, nachdachte. Es waren zwei verschiedene Leben, irgendwo hatte sich eine Weiche verstellt, und er war ins Nichts hinausgerast. Im Spiegel sah er den Kellner kommen.

Er schien ihn zu erkennen, denn er schenkte ihm ein kurzes Lächeln.

»Na, alles klar?« fragte er, und: »Ein Pils?«

Charly nickte.

»Ich habe am nächsten Tag in der Zeitung gesehen, was hier passiert ist«, begann er, während er dem Kerl beim Bierzapfen zuschaute. »Es ist tatsächlich ein Hausfrauenkrieg?«

Der Kellner schwieg und sah ihn durchdringend an. Dann sagte er nur: »Zumindest solltest du Sahit seine Schulden zurückbezahlen, das scheint mir sicher!« Er schloß den Zapfhahn und wartete, bis sich der Schaum gesetzt hatte.

»Ist dieser kleine Kerl von neulich tatsächlich der Anführer der Jungs?«

Der Kellner schaute sich kurz um. »Rifat? Ist nicht so ganz klar«, sagte er dann leise. »Anscheinend ist es ein ganzer Ring, mehrere Städte. Er hat wohl hier das Sagen, ist aber sicherlich nicht der Kopf der Organisation. Entschieden wird woanders.« Er senkte nochmals die Stimme. »Ich kenne dich, Charly, von früher. Auch wenn du mich nicht mehr kennst, ich war damals sechzehn. Meine Schwester hat bei dir angeschafft, und sie hat immer gesagt, du seist in Ordnung. Aber paß auf, die Zeiten haben sich geändert. Du warst lange weg. Es gibt hier zwei Organisationen. Die eine, in der Rifat und Sahit mitspielen, und eine neue, von der keiner so richtig weiß, wie sie funktioniert. Die Kerle sind nicht greifbar, schlagen aus dem Hinterhalt zu, arbeiten mit völlig anderen Mitteln. Die Dinge werden von oben gesteuert, einer sitzt in irgendeiner Schaltzentrale am Rechner und zieht die Fäden, aber bestimmt keiner, der sich hier blicken lassen würde. Das hier sind alles Strohmänner. Entschieden wird am Computer, nicht von Mann zu Mann, das kannst du mir glauben!« Er gab dem Pils noch einen Schuß Schaum. »Oder sieh's mal so. Was ihr damals gemacht habt, waren Cowboy-und-Indianer-Spiele im Vergleich zu *Star Wars*!«

»*Star Wars!*« Charly nickte langsam. Vielleicht war seine Gudrun doch nicht so schlecht.

Gudrun hatte noch vor Büroschluß ihre Mailbox abgehört. Rainer meldete sich unverhofft, das war gut. Mit etwas Glück blieb es ihr Geheimnis, dann konnte sie fünfhundert Mark für sich einstecken. Überhaupt fragte sie sich, ob sie Charly nicht kaltstellen konnte. Was hatte er eigentlich noch in ihrem Leben verloren? Sie war jetzt dreißig und kein junges Ding mehr, das sich so einfach einschüchtern ließ, zumindest nicht auf Dauer. Er hatte sie überrumpelt und durch Gewalt zum erneuten Anschaffen gezwungen, aber inzwischen hatte sie Zeit zum Überlegen gehabt, und sie fragte sich, warum sie nicht seinen Drohungen offensiv begegnen sollte. Wenn er Fotos ihres früheren Lebens an die Stadtverwaltung schicken wollte, zog das nur, wenn die von nichts wußten. Wenn sie aber dem Personalchef reinen Wein einschenkte, flog sie entweder gleich oder war akzeptiert. Sie hatte bisher gute Arbeit geleistet, war schnell und gründlich und, soweit sie es beurteilen konnte, auch beliebt. Es stand fünfzig zu fünfzig. Und im Notfall war ein Personalchef als Kunde noch immer besser, als einen Charly als Bulldoge vor der Wohnungstür zu haben.

Sie räumte ihren Schreibtisch auf und schaute auf die Uhr. Vier Uhr, das kam gerade hin. Rainer Leicht hatte sich für fünf angemeldet, es blieb genügend Zeit, sich vorzubereiten. Gudrun verabschiedete sich von ihrer Kollegin, die sich noch mit einem Brief duellierte, holte sich ihren Mantel aus der Garderobe und ging durch die langen Gänge hinaus ins Freie.

Es war frostig, aber die kalte Luft tat ihr gut. Sie atmete tief ein und spürte, daß sich etwas verändern würde. Irgend etwas kam auf sie zu, von dem sie noch nicht genau wußte, was es war. Aber sie war sich sicher, daß es in diesem Trott nicht weitergehen würde.

Rainer war kurz vor fünf gestartet, dabei hatte er immer das seltsame Gefühl, als wisse seine Sekretärin, Frau Schenk, genau, was er vorhatte. Er fragte sich schon, ob er, je nach Ziel, vielleicht einen anderen Gesichtsausdruck annahm. Sah er normal aus, wenn er nach Hause ging, und erwartungsvoll, wenn er zu Gudrun fuhr? Oder bewegte er sich anders, hastiger, wie jemand mit schlechtem Gewissen? Er wußte es nicht, es war ihm nur unangenehm, an solchen Tagen Frau Schenk zu begegnen.

Die meisten Dinge gründen in der Kindheit, diese Auffassung hatte er schon oft im Gerichtssaal gehört, immer dann, wenn der Täter für sich und seine Tat eine Entschuldigung brauchte. Es war leicht, alles, was ein erwachsener Mensch selbst beeinflussen konnte, auf die Eltern oder die Umstände zu schieben. Er wollte seine Neigung weder auf seine Mutter noch auf das soziale Umfeld seiner Kindheit und seiner Jugend schieben, trotzdem dachte er jetzt über die Vergangenheit nach, während er seinen Wagen öffnete und losfuhr. Seine Mutter war keine Domina, nein, weiß Gott nicht. Sie war zärtlich und mütterlich gewesen und ihrem Mann hoffnungslos unterlegen. War das der Grund? Möglicherweise konnte ein Psychotherapeut es herausfinden.

Rainer schüttelte den Kopf über sich selbst. Er brauchte keine Therapie, weder von Patricia noch von irgendeinem anderen. Wozu auch, es lief doch wunderbar. Er mußte Gudrun nur nochmals unmißverständlich klarmachen, daß ein weiterer Überfall in seiner Kanzlei alles aufs Spiel setzen würde.

Zwanzig Minuten später war er angekommen. Er suchte einen Parkplatz, zog seinen Mantel an, fühlte nach seiner Geldbörse und drückte mit einem erwartungsfrohen Lächeln auf den Lippen Gudruns Klingel.

Charly hatte sich den Nachmittag über in seiner Behausung verkrochen. Das Gespräch mit dem Kellner war zwar aufschlußreich gewesen, hatte ihn aber nicht weitergebracht. Im Gegenteil, es hatte ihn irgendwie verängstigt. Obwohl er nicht daran glaubte, daß sich eine solche Organisation ernsthaft mit einer so kleinen Konkurrenz wie ihm befassen würde. Auf der anderen Seite hatte er die erste Warnung ja bereits erhalten. Aber agierte eine so professionelle Bande tatsächlich mit so profanen Mitteln? Zeitungsausschnitt und handgeschriebenem Zettel? Hatte dieser Wicht, der Kellner, möglicherweise eigene Interessen? Überhaupt: der kleine Bruder eines seiner Mädchen. Er hatte blöderweise vergessen zu fragen, welche von den vielen es denn gewesen war. Er hatte ihm vieles erzählt, das ihn hätte abschrecken können. Oder sollen? Steckte mehr dahinter, als auf den ersten Blick zu erkennen war?

Charly wälzte sich auf seinem Bett hin und her. Aber es war nicht die Atmosphäre, um auf gerade Gedanken zu kommen. Schließlich setzte er sich auf und angelte nach seinen Schuhen. Draußen wurde es bereits wieder dunkel, grüne und rote Lichtbahnen fielen über seinen verschlissenen Teppichboden bis an die Wand. Er haßte die Lichtorgeln in seinen eigenen vier Wänden. Charly trat ans Fenster, um die Rolläden herunterzulassen.

Er schaute auf die zwei Spielhöllen auf der anderen Straßenseite. In seinem Gesicht spiegelten sich die bunten, sich rasend schnell ablösenden Farbfetzen wider. Er seufzte. Es war überhaupt alles ziemlich beschissen. Er hatte den Absprung verpaßt.

Die abgefahrenen Pflastersteine glänzten naß, einige Autos standen am Straßenrand. Charly beobachtete sie. Früher war das überlebenswichtig. Eine glimmende Zigarette im Wageninneren, und es war Vorsicht angesagt. Aber heute konnte er schauen, solange er wollte, es interessierte sich offensichtlich keiner mehr für ihn.

Charly schaute eine Weile, dann spürte er plötzlich seinen Magen. Er knurrte höllisch. Kein Wunder, außer diesem einen Pils hatte er heute noch nichts gesehen. Bloß, er hatte kein Geld mehr. Wenn er Glück hatte, war noch genug Sprit im Tank, sonst wurde die Situation völlig unerträglich. Er schaute auf seine Armbanduhr. Ihr Gold schimmerte falsch im rot-grünen Außenlicht. Er hatte sie für sechzig Mark einem Straßenhändler abgekauft, nachdem er seine echte Rolex versetzt hatte. Aber es war ohne Bedeutung, die eine wie die andere zeigte die Zeit, darauf kam's an. Mit etwas Mühe konnte er jetzt sechs Uhr entziffern. Er überlegte. Was war für ein Tag? Dienstag! Soweit er wußte, hatte Gudrun heute keinen Freier. Zumindest war ihm nichts bekannt. Er konnte ihr einen Überraschungsbesuch abstatten und dabei einen Blick in ihren Kühlschrank werfen. Er ging ins Badezimmer, um seine Haare in Form zu bringen. Er könnte auch zu einer der anderen, aber Gudrun hatte einfach den besten Geschmack. Zudem konnte sie sogar kochen. Er spürte, wie ihm das Wasser im Mund zusammenlief. Und vielleicht, wenn er es sich genau überlegte, konnte er sie auch zu einer Nummer überreden. Lang genug war's her.

Rainer zog sich gerade die Krawatte fest, als die Tür aufging und Charly im Türrahmen stand.

»Ach, wen haben wir denn da?« sagte er und warf Gudrun, die Rainers Jackett hielt, einen drohenden Blick zu.

Rainer sagte zunächst nichts, obwohl ihm die Situation mehr als mißfiel. Er hatte eben die ausgemachten fünfhundert Mark auf Gudruns Wohnzimmertisch geblättert und wäre in fünf Sekunden aus dem Haus gewesen.

Charly schmetterte die Tür hinter sich ins Schloß und stellte sich breitbeinig davor.

Rainer warf ihm einen kurzen Blick zu, griff nach seinem Jackett, zog es an und knöpfte es zu.

»Wer sind Sie überhaupt?« fragte er dann.

»Ha!« Charly verzog sein Gesicht. »Kleine Schwarzgeschäfte, was?«

Gudrun stellte sich neben Rainer. »Charly, du störst!«

»Charly, du störst?!?« Sein Gesicht lief rot an. »Dir ist wohl 'ne Sicherung durchgebrannt, was?!«

»Ich finde auch, daß Sie stören!« Rainers Gehirn arbeitete blitzschnell. Wie ließ sich so etwas friedlich regeln? Ihm fielen aber nur etliche Mandate wegen ausgeschlagener Zähne und gebrochener Rippen ein.

»Ach, das findet er auch, der Herr!« Charlys Ader auf der Stirn schwoll an. »War's wenigstens geil? Hat sie's gebracht?« Er senkte den Kopf wie ein Stier, während er Gudrun aus zusammengezogenen, stechenden Augen in ihrem Lederaufzug musterte.

»Das ist mir zu primitiv. Ich verabschiede mich jetzt und wäre Ihnen dankbar, wenn Sie die Tür freimachten!« Rainer hatte so bestimmt gesprochen, daß er es sich selbst nicht glaubte, und trat, ohne es eigentlich zu wollen, einen

Schritt vor. Er hörte Gudrun »Charly!« rufen, da dröhnte ihm auch schon der Kopf von einem ansatzlosen Faustschlag, und Rainer knallte auf den Boden. Während er noch mit sich selbst beschäftigt war, flog der Tisch neben ihm um. Gudrun war mit voller Wucht darauf gelandet und hatte ihn durch den Aufprall zum Kippen gebracht. Sie landete neben ihm auf dem Boden. Rainer versuchte, wieder auf die Beine zu kommen. Ein Schlag in die Nieren warf ihn erneut um. »Was soll denn das?« keuchte er, aber ein Fußtritt in den Magen raubte ihm den Atem. Er krümmte sich und sah neben sich Gudrun, die an ihren Haaren hochgerissen wurde und gleich darauf niedersackte.

Charly beugte sich über sie und schlug sie erneut. »Dir werde ich es zeigen, hinter meinem Rücken Geschäfte zu machen!« schrie er mit sich überschlagender Stimme. Rainer mußte ihn irgendwie stoppen, doch bevor er einen klaren Gedanken zur Gegenwehr entwickeln konnte, hatte er sich zu ihm umgedreht. »Kleines Komplott, was? Mich gibt's auch noch, du Arschloch, und ich habe hier was zu sagen!«

Er donnerte ihm die Faust ins Gesicht, daß Rainer das Gefühl hatte, die Nase sei ihm direkt ins Gehirn geschossen. Es schmerzte abartig, seine Augen tränten sofort, und was er, mit dem Gesicht auf dem Boden liegend, völlig verschwommen und verzerrt sah, war Blut auf dem hellen Teppich. Dahinter bewegte sich etwas. Rainer erkannte es zunächst nicht, aber es war etwas Schwarzes. Er starrte darauf, es veränderte die Form, bewegte sich, zerfloß in tausend Zacken und fand wieder zu seiner Form zurück. Er hatte so etwas schon einmal gesehen, aber es war ihm zu übel, als daß er überhaupt noch einen klaren Gedanken fassen konnte. Ein Kaleidoskop, fiel ihm ein, aus seiner Kindheit. Dann hörte er eine scharfe Stimme.

»Mach, daß du hier rauskommst, Karl Lönitz, oder, bei Gott, ich drücke ab!«

Er bemühte sich, den Kopf zu heben, aber es gelang ihm nicht. Die schwarzen Dinger neben ihm standen aufrecht, es dämmerte ihm, daß es Gudruns Lederstiefel waren, aber er begriff es nicht mehr. Da war noch etwas anderes, er versuchte es zu erfassen, kam aber gegen diese schwammigen, rauchgrauen Wände, die auf ihn zukamen, zurückwichen und doch immer näher kamen, nicht an. Rainer verlor das Bewußtsein.

Gudrun hatte sich im Badezimmer übergeben, sie sah schlimm aus. Weitaus größere Sorgen machte sie sich aber um Rainer. Sie hatte, kaum daß sie Charly mit der kleinen Pistole, die sie für solche und andere Fälle im Schaft ihres rechten Lederstiefels trug, vor die Tür getrieben hatte, den Notarzt mit Krankenwagen gerufen. Sie bettete Rainer in Seitenlage, klaubte die fünfhundert Mark vom Boden auf, die vom umstürzenden Tisch gefallen waren – Charly war wirklich alt geworden, früher wäre ihm das nicht passiert –, schloß die Folterkammer ab und zog sich schnell um. Dabei dachte sie sich eine passende Geschichte aus. Er war Anwalt, sie seine Mandantin, sie wurde verfolgt von ihrem gewalttätigen Exfreund, den sie sich rechtlich vom Halse halten wollte, weil es ihr anders nicht gelang. Beratungstermin und Hausbesuch des Anwalts, weil sie sich wegen des lauernden Exfreunds nicht mehr aus dem Haus traute, überschäumende Eifersucht bei ihm in völliger Verkennung der Situation. Das klang gut, sie mußte nur die Zeit bekommen, die Story auch Rainer zu verklickern, sobald er wieder zu Bewußtsein kam. *Wenn* er zu Bewußtsein kam. Sie musterte ihn, während sie auf das Martinshorn des Rettungswagens wartete. Er war eigentlich ein ganz netter Kerl, es wäre schade um ihn.

Anna saß zu Hause und wollte es nicht glauben, als der Anruf kam. *Ihr* Rainer nach einer Schlägerei bewußtlos im Krankenhaus? Mit einer schweren Gehirnerschütterung? Das war einfach unfaßbar! Wie kam ihr Rainer dazu, zusammengeschlagen zu werden? Er war doch der friedlichste Mensch weit und breit? Sie startete sofort. Fuhr vor lauter Aufregung an der Einfahrt des Krankenhauses vorbei und mußte umkehren. Sie hatte eine panische Angst vor Krankenhäusern. Dort roch es immer nach Unheilbarem, nach Schmerzen, Angst und Tod.

Das Aufnahmeformular, das ihr gleich nach ihrer Ankunft in die Hand gedrückt wurde, brachte sie fast um. Es fiel ihr überhaupt nichts mehr über Rainer ein. Noch nicht einmal sein Geburtsjahr. »Kann ich das nicht nachher machen?« fragte sie, bekam aber die Auskunft, daß sie im Moment sowieso nicht helfen könne. In ihren Ohren hörte sich das an, als sei bereits alles zu spät, vor allem sei sie selbst zu spät dran. »Können Sie mir sagen, wie schlimm es ist und was überhaupt passiert ist?« Die Schwester zuckte freundlich mit den Achseln. »Der behandelnde Arzt ist darüber informiert, daß Sie angekommen sind. Er wird Sie gleich darüber aufklären!«

Anna wanderte den Gang ruhelos auf und ab, beim siebzehnten Mal fiel ihr Patricia ein. Wenn überhaupt eine, dann konnte sie helfen. Sie suchte nach ihrem Handy. Gott sei Dank, diese Automatismen funktionierten augenscheinlich trotz Panik. Sie hatte es in ihre Tasche gesteckt.

Patricia war gerade auf dem Weg ins Fitneßstudio, drehte aber sofort um, als sie Annas Hilferuf vernahm. »Rühr dich nicht von der Stelle«, sagte sie, »ich bin gleich bei dir!«

Anna brachen vor Erleichterung die Tränen aus, obwohl damit noch überhaupt nichts gerettet war.

Charly tigerte in seiner Bude von der Küche zum Fenster und zurück und schlug sich immer wieder vors Hirn. Wie hatte ihm das nur passieren können, er war ja völlig ausgeflippt. Alles hatte er sich verdorben mit dieser idiotischen Gewaltaktion. Eigentlich mußte er Gudrun dankbar sein, daß sie ihn mit dieser lächerlichen Waffe gestoppt hatte. Womöglich hätte er beide totgeschlagen, dabei hatte sein Frust am wenigsten mit ihnen zu tun.

Er blieb am Fenster stehen und knallte seine Stirn gegen das Glas. Körperverletzung, verdammt, möglicherweise sogar schwere. Der Kerl am Boden hatte sich nicht mehr bewegt. Vielleicht hatte er markiert, um weiteren Schlägen zu entgehen, aber er war sich nicht sicher.

Charly verstand sich selbst nicht. Das Geld lag doch auf dem Tisch, er hätte es nur nehmen müssen. Nehmen und wieder gehen. Alles andere hätte er später mit Gudrun allein ausmachen können. Klar und deutlich, aber nicht mit Todesfolge. Verdammt! Er lief wieder los. Zudem hätte er wissen müssen, daß Gudrun eine Waffe trug. Alle Nutten hatten sie im Stiefel. Er war nicht nur unzurechnungsfähig geworden, sondern auch völlig verblödet.

Wenn dem Typ tatsächlich etwas passiert war, stand morgen die Polizei vor der Tür, dessen war er sich sicher. Wenn es ganz dumm lief, sogar heute schon. Er schaute auf seine Uhr. Kurz nach neun. Beim Fenster blieb er wieder stehen und schaute auf die Straße. Hier war ihm vor drei Stunden der Gedanke gekommen, daß er unbedingt an Gudruns Kühlschrank müsse. Er preßte seine erhitzte Stirn gegen das kühle Fensterglas. Diese Eingebung hatte sich tatsächlich gelohnt! Er hatte noch immer nichts im Magen, keine Mark in der Kralle und spätestens morgen eine Anzeige am Hals. Er war tatsächlich ein Sieger auf der ganzen Linie.

Der Arzt beruhigte Anna, er sähe zwar rein äußerlich etwas mitgenommen aus, aber die Computertomographie, die sie gleich nach seiner Einlieferung gemacht hätten, ließe keine Gehirnquetschung erkennen. Auch sei das Gehirn nicht so angeschwollen, daß man spätere Folgeschäden befürchten müsse. Er sei bewußtlos, und im Moment sorge man auf der Intensivstation dafür, daß seine Vitalfunktionen aufrechterhalten blieben. Das hieße, Atmung, Blutdruck, Kreislauf und Körpertemperatur würden ständig kontrolliert. Alles weitere könne man erst bei einer sich anschließenden neurologischen Untersuchung feststellen, das bedinge aber zunächst einmal, daß Rainer wieder aufwache. Das könne noch etwas dauern. Stunden, aber auch Tage.

An dieser Stelle schaute Anna hoch und unterbrach ihn. »Dann ist ja trotzdem noch alles offen«, sagte sie, fand aber kein Gehör.

Die Schläge in Nieren und Magen seien zwar schmerzhaft, fuhr der Arzt fort, und außerdem seien zwei Rippen gebrochen, aber keine davon hatte sich in die Lunge gebohrt, also Glück im Unglück. Die Nase ließe sich reparieren, aber wenn ihr Mann kein ausgesprochener Perfektionist war, würde er mit der kleinen Delle im Nasenbein leben können.

»Und was können wir jetzt tun?« fragte sie.

»Sie können nachher zu Ihrem Mann, aber zunächst sollten Sie mit der Polizei sprechen.« Er wies auf zwei Beamte, die eben den menschenleeren Gang entlang auf sie zukamen.

»Polizei?« Anna schaute ihn groß an.

»Nun, schließlich hat er sich ja nicht selbst verprügelt, nehme ich mal an. Die Frau an seiner Seite mußte immerhin auch verarztet werden, wie ich hörte, wenn auch nicht im Krankenhaus.«

»Die Frau an seiner Seite?« Annas Augen wurden noch größer.

»Na, das wird ja immer spannender«, Patricia runzelte die Stirn. »Das wirft dann doch einige Fragen auf!«

»Allerdings!« Anna nickte energisch. »Hoffentlich kann uns die Polizei die beantworten!«

Max hatte eine Stelle gefunden, die ihm geeignet schien, um ungesehen alles, was sich um Friederike Leuthentals Haus herum abspielte, im Blickfeld zu haben. Etwas seitlich versetzt zur Einfahrt, auf der anderen Straßenseite, stand eine kleine Baumgruppe mit einer Parkbank. Ein ausgefahrener kleiner Weg führte durch die Wiese dahinter. Vielleicht nutzten ihn der städtische Gärtner oder die Kids der etablierten Spießer für ihre Spielchen. Jedenfalls war er ideal, denn von Friederikes Ausfahrt aus war sein Wagen kaum zu sehen.

Er hatte sich eine Decke mitgenommen, eine Tafel Schokolade und eine Flasche Cola. Mehr gaben Steffens Vorräte nicht mehr her. Es wurde schnell kalt im Wagen, aber es war erträglich. Kein Vergleich zu den Nächten in Italien. Er zog sich die Decke über die Beine und suchte im Radio einen hörbaren Sender. Während er von einer Frequenz zur anderen weiterschaltete, überlegte er, was er eigentlich wollte. Häuser wie dieses hatten einen Tresor. Da kam er nicht ran. Frauen wie Friederike aber waren leichtsinnig. Sie hatten zuviel, um darauf aufpassen zu müssen. War ein Stück weg, gab es einen Grund, sich etwas Neues zu kaufen, mehr nicht. Für seine Auffassung sprach auch, daß sie ihm so ohne weiteres ihren Wagenschlüssel in die Hand gedrückt hatte. Selbst wenn das bei diesem Friseur stets so gehandhabt wurde, barg es doch ein Risiko. Eigentlich mußte er also nur abwarten, bis sie das Haus verließ. Tagsüber war möglicherweise eine Putzhilfe oder Haushaltshilfe da, abends kam vielleicht ihr Mann. Anzunehmen, daß sie einen hatte.

Das galt es eben auszukundschaften. Früher wäre es unkomplizierter gewesen, da hätte er einfach seine Schwester gefragt. Die kannte jeden, und von vielen hatte sie auch eine Karteikarte. Oder die Beziehungen, an Internes zu kommen. Jetzt war sein eigener Einsatz gefragt.

Er brach sich einen Riegel Schokolade ab und knabberte daran. Ärgerlich war, daß er sich überhaupt nicht um Steffen kümmern konnte. Er wußte nicht, wie die Sache weitergegangen war, was überhaupt lief. Er könnte Anna fragen, einfach anrufen. Er konnte ja so tun, als sei er noch in Italien oder schon sonnenverwöhnt in Brasilien oder auf den Malediven. Obwohl, funktionierte dort sein Netz überhaupt? Das war zu gefährlich, Italien mußte reichen. Bevor er es sich wieder anders überlegen konnte, nahm er sein Handy heraus und suchte nach der gespeicherten Anna, das war leicht, sie war dank ihres Anfangsbuchstabens an erster Stelle. So, jetzt! Er drückte und beobachtete den Wahlvorgang. Das Autoradio störte im Rhythmus der gewählten Nummern, dann hörte er ein Freizeichen. Etwas aufgeregt war er schon und fast erleichtert, als sich die Mailbox einschaltete. Er überlegte kurz, ob er auflegen sollte, aber da Anna in ihrer Anrufliste ihres Displays sowieso würde sehen können, daß er angerufen hatte, konnte er ebensogut sein Verschen gleich ablassen.

»Hey, Anna«, sagte er mit betont fröhlicher Stimme, »bin noch in dolce Italia, genieße, was es zu genießen gibt, und komme als reicher Mann wieder. Allerdings vielleicht erst in zwei Jahren, hahaha! Deine Kohle bekommst du, sobald ich einen Briefumschlag aufgetrieben habe, oder vielleicht doch besser später in Deutschland, denn wer weiß schon, ob Briefträger ehrlich sind.« Gleichzeitig fiel ihm ein, daß es eine gute Gelegenheit wäre, später behaupten zu können, die Post sei am Verschwinden des Briefumschlags schuld. »Oder vielleicht schicke ich es ja doch«, fügte er schnell hinzu. »Ich melde mich wieder, mach's gut, meine Süße, und grüße mein Schwesterlein!« Sie wird nicht gut auf ihn zu sprechen sein, nachdem er ihre Anrufe kein einziges Mal angenommen hatte. Aber Schwestern hatten so etwas Belehrendes, zumal ältere. Darauf konnte er in seiner Situation leicht verzichten.

Er steckte das Handy wieder in seine Jackentasche zurück und öffnete die Flasche Cola. Lahme Aktion hier. Wenn er Pech hatte, saß er nun die nächsten Abende so herum, bis ihn dann doch vielleicht ein abendlicher Jogger oder ein Gassi gehender Hund mit seinem Herrchen an der Leine aufstöberte.

Keiner der Sender im Radio behagte ihm. Er schaltete aus und suchte im Handschuhfach nach einer Kassette. Es war gähnend langweilig, er hätte sich etwas mitnehmen sollen. Ein Buch, eine Illustrierte, ein Kreuzworträtsel, irgendwas. Ein Gameboy wäre vielleicht noch in Frage gekommen, aber irgendwie fand er sich aus diesem Alter herausgewachsen. Als Playboy noch mit Gameboys zu spielen war kindisch. Er hatte keine Kassette gefunden, schaltete das Radio wieder ein und machte sich von neuem auf die Suche nach einem Sender.

In dem Moment sah er, wie sich das große Stahltor auf der anderen Seite bewegte. Es glitt zur Seite, ein dunkler BMW kam zum Vorschein. Konnte ein Leihwagen sein, Münchner Nummer. Er bog in seine Richtung ein, tatsächlich, die Fahrerin war blond und allein im Wagen. Es mußte sie sein. Das Tor glitt hinter ihr wieder zu. Verdammt, die Anlage ging über Funk. Es dürfte schwierig werden, da hineinzukommen. Er wartete, bis der BMW außer Sichtweite war, setzte seine kurze, schwarze Wollmütze auf, stellte den Kragen seiner Lederjacke hoch und stieg aus. Eine einzelne Straßenlaterne erhellte den Platz, aber es war trotzdem eher düster. Der Himmel drückte nach unten, es war unangenehm feuchtkalt, dafür war kein einziger Stern am Himmel. Jetzt mußte er nur noch herausfinden, ob jemand zu Hause war. Oder ob sie vielleicht einen großen Hund hatte, was ganz ungeschickt gewesen wäre.

Er drückte sich an die Hausmauer, außer Reichweite des kleinen Kameraauges, das bösartig schimmernd neben dem Eingang wachte, und schaute sich die Sache genauer an. In die hohe, weiße Mauer, die das Anwesen gegen die Straße abschirmte, war neben dem großen Tor auch eine Tür eingelassen. Die Kamera hing so hoch über der Haustürklingel, daß sie beide Eingänge überwachen konnte. Max blieb in Deckung, griff um die Ecke, klingelte und zog sofort die Hand zurück. Von der Seite aus konnte er das Rotlicht der Kamera sehen, das kurz aufleuchtete, aber es wurde vom Haus aus nicht nachgefragt, und Gebell war auch nicht zu hören. Perfekt. Er nahm Friederikes Haustürschlüssel und testete ihn. Wenn er Pech hatte, hatte sie sofort nach dem Verschwinden ihres Schlüssels sämtliche Schlösser auswechseln lassen. Aber er ging samtig weich hinein und ließ sich leicht drehen. Max grinste, öffnete und schlüpfte durch die Tür. Wenn es so weiterging, war es wirklich spielend leicht. Das Haus lag kastig vor ihm. Typische Hamburger Kaufmannsvilla aus dem letzten Jahrhundert mit einer Freitreppe, wuchtigen Säulen und großzügigen Fenstern. Max schaute sich um. Die Auffahrt führte bis zur Treppe, weiter hinten erkannte er Garagen, die im Stil des Hauses nachgebaut worden waren. Im Haus brannte noch hier und da Licht, als ob jemand für kurze Zeit das Haus verlassen hätte. Jetzt kam die große Frage, ob sie dafür die Alarmanlage eingeschaltet hatte oder nicht.

Er schlich die Treppen hoch zum Eingang. Die Tür war aus massivem Holz, weiß gestrichen, in der Mitte ein aus Reisig geflochtener, mit Winterobst dekorierter kleiner Kranz.

Niedlich, dachte Max und schloß langsam die Tür auf. Nichts. Kein Lärm, keine Sirene, kein Hund. Er verharrte trotzdem kurz, bevor er leise hineinschlüpfte und die Tür sofort wieder hinter sich zuzog. Er schaute sich um. Keine Kamera, möglicherweise ein Bewegungsmelder, aber auch der funktionierte nur, wenn er scharf gemacht war. Das hier war wirklich ein Spaziergang. Die Diele, ausladend groß, war mit einem riesigen echten Perserteppich bedeckt, die Wände in lachsfarbener Lackfarbe gestrichen, überall hingen Gemälde und standen moderne Skulpuren, sonst nichts. Einige Türen zu angrenzenden Zimmern standen offen, und eine breite Treppe nahm den hinteren Raum ein. Max schaute nach oben. Ein gigantischer Lüster hing von der Decke, die zahlreichen Glaskristalle funkelten und verbreiteten gedämpftes Licht. Es roch nicht nur, für Max stank es förmlich nach Geld.

Es mußte oben sein. Er würde es finden. Sicherlich bewohnte die Dame des Hauses einen eigenen Schlafzimmertrakt. Er konnte sich kaum vorstellen, daß sie sich in der steifen Atmosphäre dieses Hauses allabendlich lüstern auf ihren Gatten warf.

Er lief leise hoch. Der Horror wäre, wenn jetzt aus einem der oberen Räume ein Kind kommen würde. Er hätte zur Vorsicht doch vielleicht anrufen sollen, aber er befürchtete, daß seine Handynummer dann auf dem Display des Haustelefons stehen würde. Es war einfach zu riskant. Das Zeitalter der Elektronik hatte auch Nachteile, ohne Frage.

Die Türen oben waren alle geschlossen. Die Farbe der Wände hatte von Lachsfarben zu Zartgelb gewechselt, und jetzt hingen eindeutig Familienmitglieder an den Wänden. Vor Friederikes Bild blieb er kurz stehen. Sie war wirklich eine ausdrucksstarke Persönlichkeit. Eigentlich schade, daß sie sein Opfer war. Fast tat sie ihm leid, dann fiel ihm wieder ein, daß sie in ihrem ganzen Leben nie ein Opfer sein würde, es sei denn körperlich. Er tippte vor ihrem Bild zum Gruß kurz gegen seine Wollmütze und drückte die Tür daneben auf. Es schien ihm wahrscheinlich, daß sie ihr Bild neben den Eingang zu ihrem Reich gehängt hatte. Tatsächlich, ein großer, in hellem Grau gehaltener Raum empfing ihn. Die Farben empfand er als eher männlich, aber es war zweifellos ihr Zimmer. Er trat ein, drückte die Tür leise hinter sich ins Schloß und schaute sich um. Grau, Weiß und Blau herrschte vor. Die Einrichtung war eher spartanisch, der Raum lebte von den Farben, die sich im Bettüberwurf, in den Vorhängen und in den Gemälden an der Wand wiederholten. Die Frau mußte unverschämt viel Zeit für solche Spielereien besitzen. Normal war das nicht. Er ging durch den Raum hindurch. Den größten Platz in dem Zimmer nahm das Bett ein, und dem Bett gegenüber ließ ein zugezogener Vorhang auf ein großes Fenster schließen. Max blieb stehen, und sein Blick fiel auf ein Männerbild auf dem Nachttisch. Frauen, die ihre Männer im Rahmen neben sich stellten, war von vornherein zu mißtrauen. Entweder liebten sie ihre Partner, dann hatten sie sie im Bett, oder sie schufen sich ein Alibi, dann landete er hinter Glas auf dem Tischchen.

Max schaute in ein selbstgefälliges Männergesicht mittleren Alters. Die Haare waren eitel auf die Seite gekämmt, um die beginnende Stirnglatze zu vertuschen, der Kopf um eine Spur zu sehr nach oben gereckt, die Lippen zu schmal. Kein Wunder, daß er neben dem Bett stand, dort gehörte er auch hin. Max ging weiter. Die angrenzende Tür führte ins Badezimmer. Er hatte es sich gedacht. Eigenes Bett, eigenes Badezimmer, ob sie überhaupt noch wußte, wie ihr Gemahl aussah?

Das Bad war ebenfalls in Grau gehalten, nur eine Spur lichter. Hellgrauer Marmor, mit Blau durchsetzt. In der Ecke eine ausladende Badewanne, ein silberner Champagnerkühler auf einem Ständer, durch üppigen Farn zu purer Dekoration verkommen. Aber auf der anderen Seite fand er, was er suchte, ein offenes Regal, bestückt mit unendlich vielen dekorativen kleineren und größeren Schalen und Dosen. Eine Perlenkette quoll unter dem einen Deckel hervor, so voll schien die Dose zu sein, und auf einer blauen, ovalen Glasschale daneben lagen Geldscheine. Es waren fremdländische Währungen, Dollars, Lire, Francs, alles durcheinander. Er steckte sich alles in die Jackentaschen.

Auf dem Regal darüber lagen weitere Schmuckstücke, achtlos neben- und übereinander abgelegt. Es lag tatsächlich alles offen da. Mist, dachte er, er hatte noch nicht einmal eine Tüte dabei. Mit so vielen Ketten, Ringen und Uhren hatte er überhaupt nicht gerechnet. Das erste, was ihm ins Auge stach, war eine Cartier, die erkannte er wieder, weil seine Mutter sie auch trug. Allerdings nicht mit Diamanten besetzt wie diese hier. Er schätzte sie auf 30 000 Mark. Beim Rest schaute er nicht mehr so genau, er steckte alles in die ohnehin schon volle Dose und klemmte sie sich unter den Arm. Weihnachten käme dann zu Hause, falsch machen konnte er hier nichts, jetzt hieß es nur noch, schnell wegzukommen.

Max spürte es mehr, als daß er es hörte. Er wollte eben zügigen Schrittes am Bett vorbei, als er unsicher verharrte. Von irgendwoher kam eine Bugwelle auf ihn zu. Schleunigst schaute er sich um und flüchtete sich sicherheitshalber hinter den schweren graublauen Vorhang. Er dachte noch an seine Schuhspitzen, aber sie waren bedeckt. Als er hörte, wie die Tür aufging, hielt er den Atem an. Wenn jetzt der Vorhang noch zitterte, war alles vorbei.

Leichte Schritte kamen herein, und der Geruch eines Parfüms, das er vorher schon leicht wahrgenommen hatte, erfüllte den Raum. Er hörte sein eigenes Blut rauschen, und er kämpfte gegen den unerhörten Zwang an, dringend husten zu müssen, obwohl er sonst nie husten mußte. Es brachte ihn fast um, lange würde er das nicht aushalten. Er lauschte ihren Schritten, die hin und her gingen, und hörte ein leichtes Ziehen, das sich wie eine Schiebetür anhörte. Es mußte die Schranktür sein. Himmel, sie zog sich aus. Vor seinen Augen, und er konnte nichts sehen. Es wurde ihm heiß in seinem Lederblouson, heißer, als es ohnehin schon war, denn er stand mit seinem Hintern genau an dem Heizkörper. Die Haut unter der Jeans brannte bereits, aber er wagte es nicht, sich auch nur einen Millimeter nach vorn zu bewegen.

Max stand bereits mehrere Minuten unbeweglich, und der Schweiß perlte ihm über die Stirn. So mußte sich Folter anfühlen. Er büßte für alles in seinem Leben in simplen fünf Minuten. Sollte er jetzt sterben, kam er garantiert in den Himmel. In diesem Moment klingelte sein Handy los. Er stand und befürchtete, tatsächlich sterben zu müssen, sein Herz setzte aus.

Im Zimmer war es ruhig, dann hörte er eine dunkle Frauenstimme. »Nehmen Sie das Gespräch ruhig an.« Er hörte das Klappen einer Schublade und ein metallenes Geräusch. »Und dann kommen Sie da heraus.«

Max überlegte. Konnte er durch das Fenster in den Garten springen? Das Fenster war zu und er im ersten Stock. Keine Ahnung, wie es dort unten aussah. Sollte er hinter dem Vorhang hervor direkt angreifen, wie ein Panther gewissermaßen, ansatzlos?

»Ihr Handy klingelt«, hörte er die Stimme wieder. Tatsächlich, es klingelte noch immer. Er wand sich hinter dem Vorhang hervor.

Sie stand breitbeinig, aber mit nötigem Sicherheitsabstand vor ihm, in engen schwarzen Lederhosen und in einem cremefarbenen Unterhemd aus reiner Seide, wenn er sich nicht täuschte. Emma Peel, schoß es ihm durch den Kopf. In ihren auf ihn gerichteten ausgestreckten Händen lag eine Waffe, die unzweifelhaft auf ihn zielte. Ihr Gesicht wirkte konzentriert, aber nicht im mindesten erschrocken.

»Ach, wen haben wir denn da?« fragte sie und zog die eine Augenbraue hoch.

»Gaspistole?« frage er.

»Wenn Sie meine Schmuckdose abstellen, können Sie

endlich an Ihr Handy ran«, sagte sie und winkte kurz mit der Waffe.

Er stellte die Dose neben seine Füße. Aus der Position erwägte er kurz einen Angriff, aber sie schien es gespürt zu haben.

»Ganz ruhig. Es ist keine Gaspistole, ich habe einen Waffenschein. Und habe in meinem früheren Leben Bären geschossen. Das hilft mir bis heute!«

Daran zweifelte er keine Sekunde. Er richtete sich auf. In diesem Moment hörte es auf zu klingeln. Er warf ihr einen entschuldigenden Blick zu, aber sie reagierte nicht. Ihr Gesichtsausdruck gefiel ihm nicht, und er überlegte gerade, wie er die Situation in den Griff bekommen könnte, da begann diese elende Melodie von neuem zu spielen.

»Na?« Sie gab einen erneuten Wink mit ihrer Waffe, und Max zog schnell das Handy aus der Tasche, dabei flogen die eben noch hastig eingesteckten Geldscheine mit heraus und verstreuten sich auf dem hellgrauen Parkettboden. Ihre Miene blieb ungerührt. Max nahm ab.

»Max, endlich!« Anna war es. »Wo steckst du?«

»Ich bin in Italien, hab ich dir doch gesagt!«

Ein leichtes Stirnrunzeln bei Emma Peel.

»Lüg nicht, dein Provider sprach eben deutsch und nicht italienisch. Also, wo steckst du? In Hamburg?«

Er warf Friederike einen Blick zu. »Ja, in Hamburg!«

»Wo in Hamburg?«

»Bei … bei …«

»Na??« Sie winkte mit der Waffe.

»Bei Friederike Leuthental!«

Es war kurz still auf der andern Seite. »Leuthental? Bist du bescheuert?«

Er beantwortete die Frage nicht.

»Die, deren Auto du geklaut hast?«

»Genau!«

»Und? Wo ist sie?«

»Steht mir genau gegenüber.«

Friederike nickte.

»Mit einer Waffe in der Hand!«

»Pfff.« Es hörte sich an wie ein Ballon, dem eben die Luft ausging. »Und wieso?«

»Weil sie mich beim Einbruch in ihrem Schlafzimmer erwischt hat!«

Friederike nickte energisch.

Anna zögerte, dann sagte sie hektisch: »Ich bin im Krankenhaus, weil Rainer zusammengeschlagen wurde. Er ist seitdem bewußtlos. Kannst du kommen?«

»Rainer wurde zusammengeschlagen?« wiederholte er ungläubig.

»Feine Familie«, sagte Friederike.

»Das ist ihr Mann«, erklärte Max. »Schlimm?« fragte er Anna.

»Schlimm genug!«

»Bewußtlos«, sagte er zu Friederike. »Ein Anwalt, völlig unbescholten!«

»Ist es nicht entsetzlich, was heutzutage alles passiert?« Friederike schüttelte den Kopf. Sie senkte langsam die Waffe. »Ich fahr bei Ihnen mit. Ist schließlich mein Wagen!«

Er schluckte. »Ich habe ihn nicht mehr. Er wurde mir in Italien geklaut!«

»Das ist doch wohl nicht zu fassen!« Sie richtete die Waffe wieder in Augenhöhe auf ihn. »Ich liebe mein Auto!«

»Es tut mir leid!«

»Und mir erst!« Sie kniff die Augen zusammen. »Was bekommt man wohl, wenn man einen Einbrecher und Autodieb in flagranti in seinem Schlafzimmer erwischt und aus Notwehr erschießt?«

»Ärger!« Er sagte es so zerknirscht, daß Friederike unwillkürlich lachen mußte.

»Sagen Sie Ihrer Freundin da«, sie winkte mit der Waffe zum Handy, das er noch immer am Kopf hielt, »daß ich Sie fahren werde. Ich weiß zwar noch nicht, ob direkt zur Polizei, auf den Elbgrund oder ins Krankenhaus, aber losfahren können wir schon mal.«

»Meinen Sie das ehrlich?« Er kam einen weiteren Schritt aus dem Vorhang hervor.

»Mir ist nicht nach Scherzen zumute!«

»Ähm«, gab Max zustimmend von sich, »das kann ich verstehen. Hast du gehört, Anna? Ich komme!« Damit steckte er sein Handy ein.

»Ich sollte mir vorher vielleicht noch etwas anziehen«, sagte sie, entsicherte ihre Waffe, legte sie auf das Bett und griff nach ihrem Pullover, der ebenfalls dort lag.

Max schaute ihr regungslos zu und wartete ab. Aber sie schien weiter nichts gegen ihn im Schilde zu führen, und als sie ihn mit »na, denn los!« zum gemeinsamen Gehen aufforderte, war er fast versucht, sich zu bücken, um die Schmuckdose mitzunehmen.

Als sie eine halbe Stunde später im Krankenhaus eintrafen, konnte er gerade noch zur Seite springen. Zwei Polizisten kamen auf ihn zu, vor Schreck wurden ihm die Knie weich. Friederike hatte ihn tatsächlich vor dem Krankenhaus abgesetzt. Als er aussteigen wollte, hielt sie ihm die offene Hand hin. Max glaubte zuerst, sie wollte die Fahrt von ihm bezahlt haben, aber sie zog nur die Augenbrauen hoch. »Meine Schlüssel, bitte!«

»Ach, ja«, er kramte in seiner Jacke und gab sie ihr. »Entschuldigung«, sagte er dazu.

»Sie haben sich noch nicht vorgestellt, obwohl ich natürlich weiß, wer Sie sind, Max Wilkens. Lassen Sie sich nicht von meinem Mann erwischen, er bringt Sie um.«

»Danke, daß *Sie* es nicht getan haben!«

»Es ist mir nicht leichtgefallen!«

Er schaute sie an, ihr Gesicht schimmerte im Licht der Außenbeleuchtung. »Kann ich es irgendwie gutmachen?« fragte er. »Mich für alles revanchieren?«

Ein spöttischer Zug legte sich um ihre Mundwinkel. »Wollen Sie meinen Rasen mähen oder den Kater füttern?«

Er hielt ihr die Hand hin. »Lieber«, er stockte, »die Katze füttern!«

»Die Katze ist ein Kater«, sagte sie und schaute ihm direkt in die Augen, ergriff aber seine Hand nicht.

Er zog sie zurück und suchte in seiner Jacke nach einem Stift. »Ich lasse Ihnen meine Handynummer da«, sagte er. »Irgendwas fällt Ihnen vielleicht wirklich ein, wozu Sie mich brauchen könnten.« Er fand einen Kuli und schrieb die Nummer auf eine Zigarettenschachtel, die im Wagen lag.

»Meinen Sie?« sagte sie und sah ihm dabei zu.

»Ich würde mich freuen. Und ich klau auch nichts, Ehrenwort!«

»Das Ehrenwort eines Diebes«, sie schüttelte leicht den Kopf, nahm sich die Zigarettenschachtel, betrachtete die aufgekritzelte Nummer und zog sich eine Zigarette heraus. »Was würden Sie denn lieber fahren, einen silbergrauen oder einen dunkelblauen Porsche?«

»Ich?« Er schaute sie an. »Schwarz!«

»Na, dann halt schwarz. Machen Sie's gut, schalten Sie beim nächsten Einbruch Ihr Handy aus, lassen Sie sich geklaute Autos nicht wieder klauen – man glaubt ja, man hätte es mit einem Vollidioten zu tun –, und wünschen Sie dem Mann Ihrer Freundin gute Besserung!«

Er öffnete die Tür.

»Ist es Ihre richtige Freundin?«

»Wie?«

»Na, ist die Frau, deren Mann zusammengeschlagen wurde, Ihre richtige Freundin? Partnerin, wie immer Sie das nennen wollen?«

»Nein. Sie ist die Freundin meiner Schwester.«

»Ach so, na ja«, sagte sie. »Es hätte mich auch nicht gewundert, wenn es anders gewesen wäre.«

Max war den beiden Polizisten ausgewichen und hatte eine der Nachtschwestern gefragt. Schließlich landete er im Überwachungsraum. Rainer lag allein darin, die anderen Betten waren unbelegt. Anna hielt seine Hand fest und blickte auf, als Max eintrat. Er küßte sie zur Begrüßung auf die Stirn und betrachtete Rainer. Er erschrak, aber er versuchte, Anna das nicht zu zeigen. Rainer schlief, das eine Augenlid fest geschlossen, bei dem anderen hatte Max den Eindruck, es sei einen winzigen Spalt breit geöffnet. Vielleicht lag es aber auch an der unglaublichen Schwellung, die von der Nase ausging. Sein ganzes Gesicht wirkte entstellt.

»Er sieht nicht gerade gut aus«, sagte er vorsichtig zu Anna, die auf ihn selbst einen ziemlich mitgenommenen Eindruck machte.

»Der Arzt sagt, das wird wieder«, erwiderte sie und zog mit ihren Fingern feine Linien über Rainers Handrücken.

»Wie ist es denn passiert?« wollte Max wissen und sah

sich nach einem Stuhl um. Er fand einen Dreibeinhocker, den er heranzog.

»Zuerst bist du dran!« Anna ging vom Streicheln zum Tätscheln über. »Mir was von Italien und reicher Beute und Geld im Briefkuvert zu erzählen!« Jetzt sah sie bereits aus, als wäre sie kurz davor, Max an die Gurgel zu springen. »Garantiert hättest du nachher der Post den Diebstahl einer Geldsendung untergejubelt! Stimmt's?«

Es war heute nicht sein Tag. Er hielt sich bedeckt und zog es vor, gar nichts zu sagen.

»Und die Frau des Oberstaatsanwalts hat den Dieb ihres Porsches höchstpersönlich hierhergefahren, nachdem sie ihn beim Einbruch in ihrem Schlafzimmer erwischt hatte. Was Blöderes ist dir auch nicht eingefallen!«

»Oberstaatsanwalt?« Er merkte auf.

»Ja, natürlich. Oder meinst du, er sei der Friedhofsgärtner? Siegmund Leuthental ist der erklärte Feind eures Vaters, falls du das vergessen haben solltest!«

»Ach, deshalb sagte sie, ihr Mann würde mich umbringen!«

»Hat sie das? Recht hat sie. Nein, *er*! Recht hätte er! Wie kann man nur so … so«, sie quetschte Rainers Hand, merkte es und legte sie beiseite auf das glattgezogene Betttuch, »unglaublich bescheuert sein!«

»Na, erlaube mal! Beschimpfe ich dich unentwegt?« begann sich Max zu wehren. »Schließlich habe ich auch Gefühle!«

»Ja, bitte! Und welche?«

»Es war so, wie ich es sage! Die Frau ist eben … einfach anders!«

»Na, das scheint mir auch so!«

Sie legte sich Rainers Hand wieder in ihre Hände.

»Erzähl diesen Quatsch deiner Schwester, die kommt gleich vom Kaffeeautomaten zurück, da hast du vielleicht mehr Erfolg!«

Patricia stand auf dem Gang, einen Plastikbecher mit heißem Kaffee in den Händen, und war mit dem behandelnden Arzt ins Gespräch gekommen, der ursprünglich eigentlich nur den Gang überqueren wollte.

Sie unterhielten sich über Rainers Verletzungen, bis Patricia sagte: »Ich verstehe bloß nicht, wo das Ganze passiert ist. Auf der Straße, na ja. Aber in der Wohnung einer Frau, die keine von uns kennt? Ist das nicht seltsam?«

Er zog leicht die Stirn hoch, was seinem Blick etwas Abschätziges gab. »Nun, es ist nicht meine Aufgabe, mir darüber Gedanken zu machen«, begann er.

»Nein, ist es nicht«, bestätigte Patricia schnell.

»Aber«, fuhr er fort, »die Frau, bei der er war, wurde auch verletzt. Warum sollte jemand Mann und Frau verletzen, wenn nicht aus Eifersucht? Mal in der letzten Zeit Nachrichten gehört? Wie viele Ehemänner nicht nur ihre Frauen, sondern auch gleich noch ihre Kinder umbringen? Aus völlig unerheblichen Motiven? Gewalt ist Männern nun mal angeboren!«

»Ach!« Patricia schaute ihn an. Welche Abgründe wohl in ihm schlummern mochten?

»Er ist nicht der einzige verprügelte Mann, der hier liegt, das können Sie mir glauben«, sagte er und verschränkte die Arme. »Und Frauen gibt's auch jede Menge. Und seitdem am Kiez dieser Zuhälterkrieg ausgebrochen ist, mit steigender Tendenz!«

»Ich habe darüber gelesen«, Patricia nickte zustimmend und wechselte den Becher von einer Hand in die andere, weil der heiße Kaffee durch den dünnen Plastikmantel mörderisch an den Fingern brannte. »Wurde nicht gerade einer von ihnen angeschossen?«

Ihr Gegenüber nickte. »Der liegt auch hier. Es wird nicht der einzige bleiben, wenn es so weitergeht ...« Sein Piepser meldete sich. »Ich muß leider!« Er warf ihr einen bedauernden Blick zu, und Patricia nickte.

»Dann wünsche ich Ihnen eine ruhige Nacht«, sagte sie und sah ihm nach, wie er den Gang hinuntereilte.

Das wäre auch nicht ihr Beruf, dachte sie, während sie in Richtung des Überwachungszimmers ging.

Als sie eintrat, schauten ihr vier Augen gebannt entgegen. »Ach, Brüderlein«, sagte sie, während sie die Tür leise hinter sich schloß. »Welch angenehme Überraschung. Hat dich Frau Oberstaatsanwalt nicht direkt zur Polizei gefahren?«

Er stand auf, um Patricia einen Begrüßungskuß zu geben. »Sei nicht so sarkastisch«, sagte er dazu und nahm ihr den Kaffeebecher aus der Hand. »Dinge entwickeln halt mal eine Eigendynamik.« Er nahm einen tiefen Schluck und blinzelte ihr zu.

»Tja, in letzter Zeit wohl verstärkt!« Sie nahm ihm den Becher wieder ab. »Du hast die Laufbahn eines Diebes eingeschlagen, Rainer wird zusammengeschlagen, und dein Freund Steffen sitzt wegen Mordverdacht hinter Gittern. Wenn das keine Eigendyn ...«

»Woher weißt du das?« unterbrach er sie.

»Anna und ich versuchen, deinem Freund zu helfen, während du auf großer Fahrt bist. Das ist alles!«

Max ließ sich auf seinen Dreibeinhocker sinken und schaute Anna an. »Glaub ich ja überhaupt nicht. Wie kommt *ihr* denn an Steffen?«

Anna sah sich in der Zwickmühle. Sollte sie jetzt Patricias Version von ihrem Liebhaber aufrechterhalten oder Max von ihrem eigenen Verhältnis mit Lars erzählen? Einem unzurechnungsfähigen Kerl, der nur Flausen im Kopf hat?

»Rainer hat Steffens Verteidigung als Pflichtverteidigung übertragen bekommen«, faßte sie zusammen, »und im Zuge der Ermittlungen haben wir eben festgestellt, daß der Fall schleppend bis gar nicht behandelt wird, wenn du verstehst, was ich meine. Anscheinend hat niemand Interesse daran, die Sache richtig anzugehen. Noch nicht einmal«, sie schaute Patricia an, »die Ehefrau hat sich bisher gemeldet, fällt mir gerade ein.«

Patricia hatte sich auf ihren Stuhl gesetzt und trank langsam ihren Kaffee. »Keine Ahnung, ob es üblich ist, daß sich Ehefrauen ermordeter Fremdgänger beim Rechtsanwalt des mutmaßlichen Täters melden!«

»Eher nicht?« Anna hob fragend die Schultern.

»Eher nicht, schätz ich mal!«

»Beim Testamentsvollstrecker?« fragte Max unschuldig und erntete von zwei Seiten Boxhiebe. »Autsch«, sagte er und strich sich vorwurfsvoll die Oberarme. »Ich mein ja nur!«

»Brauchst du vielleicht die Adresse der Dame?« Anna schaute ihn finster an, während sie wieder anfing, Rainers Hand zu streicheln.

»Meinst du?« fragte er, rückte aber vorsichtshalber mit seinem Stuhl außer Reichweite.

Gudrun hatte sich, nachdem sie vom Notarzt behandelt worden war, einen Tee aufgebrüht und sich direkt ins Bett gelegt. Dort versuchte sie jetzt, sich über alles klar zu werden. Sollte sie bei ihrer Aussage morgen auf der Polizeiwache Charly in die Pfanne hauen? Dann mußte sie als Zeugin vor Gericht auftreten und ihr Kunde auch. Charly hätte sie dann erst mal los, das war der positive Aspekt bei der Geschichte. Aber mußte es dieser Weg sein? Er ginge in den Knast, wäre bald darauf wieder draußen und stünde wieder vor ihrer Tür. Und dann hätte er wirklich eine Rechnung offen. Wenn sie seine Identität nicht preisgab, stimmte aber auch die Geschichte mit dem eifersüchtigen Exfreund nicht mehr. Oder sollte sie ganz einfach einen anderen Namen angeben? Aber Rainer würde ihn so exakt beschreiben können, daß Charly möglicherweise identifiziert werden würde, zumal als mehrfach Aktenkundiger. Und damit stünde dann wiederum sie im Regen.

Sie konnte über die Geschichte nachdenken, solange sie wollte, sie wurde nicht besser. Sie drehte sich und stöhnte auf. Er hatte ordentlich zugeschlagen. Eigentlich hatte er tatsächlich eine Strafe verdient. Sie würde ihn für einige Zeit kaltstellen und in der Zwischenzeit ihren Personalchef über ihre Situation aufklären. Bis Charly wieder aus dem Knast herauskam, hatte sie entweder einen Job in einer anderen Stadt, oder sie war bei der Stadtverwaltung trotz ihrer Vergangenheit fest verankert.

Sie versuchte einzuschlafen, aber es gelang ihr nicht. Ihr ganzer Körper schmerzte, und die Haut um ihr Auge herum spannte. Sie tastete es ab, es war fürchterlich zugeschwollen. Schließlich stand sie auf, holte sich ein Schlafmittel und nahm auch gleich das Telefon mit zum Bett.

Gudrun rief im Krankenhaus an, um sich nach Rainer zu erkundigen. Sie wurde zweimal verbunden, und bevor sie sich's versah, hatte sie seine Ehefrau am Apparat. Das wollte sie überhaupt nicht, aber jetzt war es schon zu spät.

Anna war genauso überrascht wie sie. Die Nachtschwester hatte sie geholt, sie schräg gegenüber in das Schwesternzimmer geführt und ihr das Telefon in die Hand gedrückt. Zunächst dachte Anna noch, es sei wieder die Polizei, aber als sie »Engesser« hörte, wußte sie zunächst nicht, was sie mit diesem Namen anfangen sollte.

»Ich bin die Frau, die heute abend gemeinsam mit Ihrem Mann zusammengeschlagen wurde. Ich wollte mich nur nach ihm erkundigen und mich für das Vorgefallene entschuldigen!«

Tausend Fragen stürzten gleichzeitig auf Anna ein, aber sie beherrschte sich. Sie stand vor einem Schreibtisch mit kleinen und großen Zetteln und allen möglichen medizinischen Anweisungen, schaute darauf und versuchte, sich zu sammeln. »Dafür können Sie ja wohl nichts«, sagte sie schließlich. »Sie hat es ja wohl auch ziemlich böse erwischt, wie mir die Polizei sagte. Ich verstehe nur nicht, was mein Mann bei Ihnen tat!«

»Beantworten Sie mir kurz die Frage, wie es ihm geht? Ich fühle mich irgendwie verantwortlich.«

Das war klar. Frauen fühlten sich immer verantwortlich, egal was geschah, das Gefühl kannte Anna.

»Er sieht nicht gerade gut aus, und Sorge macht, daß er noch immer bewußtlos ist. Schädel-Hirn-Trauma, sagt der Arzt, und wir hoffen alle, daß er bald wieder zu sich kommt. Mehr können wir derzeit nicht für ihn tun. Und jetzt sind Sie dran!«

Gudrun erzählte ihr die Geschichte, die sie sich auch für die Polizei zurechtgelegt hatte. Anna hörte zu und fragte sich dabei, ob es, wie beim Hausarzt, auch die Berufsbezeichnung Hausanwalt gäbe.

»Wissen Sie«, sagte Anna zum Abschluß, »mein Mann

kann keiner Fliege was zuleide tun, er haßt jede Form von Gewalt. Vielleicht kann er Ihnen ja weiterhelfen, wenn er wieder gesund ist. Dieser Übeltäter wird ja sicherlich zur Rechenschaft gezogen werden, damit könnte mein Mann Sie ja gleich gegen ihn vertreten. Ich nehme an, er meldet sich wieder bei Ihnen!«

Anna legte rasch auf, um zu Rainer zurückzukommen, Gudrun schaute ihren Telefonhörer noch an. Frau Leicht wird ihrem Mann also sagen, daß er sich wieder bei ihr melden soll. Das Leben war irre.

Friederike Leuthental war eben zu Hause eingetroffen und wollte gerade in ihr Schlafzimmer gehen, um sich die Szene mit Max nochmals zu vergegenwärtigen, als sie das Einfahrtstor hörte. Sie blieb auf der Treppe stehen und ging in den Eingangsbereich zurück. Kurz danach schloß ihr Mann die Tür auf. Er sah sie und äußerte ein verwundertes: »Nanu?«

»Nanu, was?« fragte Friederike und ging auf ihn zu, um ihm den Mantel abzunehmen.

»Daß du da bist.« Er zog seinen dunkelblauen langen Mantel aus und gab ihn ihr. »Ist heute nicht dein«, er überlegte, »Irgendwasabend?«

»Der Donnerstag ist mein Italienischkursabend, mein Schatz. Heute ist Dienstag!«

»Dienstag!« Er nickte und reichte ihr auch noch seinen Schal. »Auch recht!«

Er warf einen kurzen Blick auf die Uhr. »Dann können wir ja noch einen Schlummertrunk miteinander nehmen, und du erzählst mir, was du dienstags immer so anstellst!«

»Gute Idee!« Friederike lächelte ihm zu und dachte, während sie mit Mantel und Schal zur Garderobe ging:

Einen Teufel werde ich tun. Klein-Max bleibt mein Geheimnis!

Charly hatte in der Nacht schlecht geschlafen, und als er am Mittwoch, viel zu früh am Morgen, aufwachte, war er sich sicher, daß er nicht auf die Polizei warten würde. Es war klar, daß Gudrun seinen Namen angegeben hatte, und so war es nur noch eine Frage der Zeit, bis sie ihn hier ausfindig machen würden. Er stand auf und packte seinen Koffer. Wohin er wollte, wußte er noch nicht so richtig, aber wenn der Koffer schon mal im Wagen lag, war er zumindest flexibel.

Er holte sich den größten Koffer, den er besaß, vom Schrank. Er war staubig und schäbig, aber es paßte fast alles hinein, was noch wert war, mitgenommen zu werden. Charly hatte die Tür schon hinter sich zugezogen, da fiel ihm noch das vierblättrige Kleeblatt ein, das ihm Lizzy vor einiger Zeit geschenkt hatte. Es würde verdursten, also schloß er wieder auf und nahm den kleinen Topf mit der winzigen Pflanze ebenfalls mit.

Während er unten auf der Straße seinen Wagen belud, machte er sich einen Plan zurecht. Er würde, bis auf Gudrun natürlich, bei seinen Mädchen vorbeifahren und hoffen, daß sie etwas auf der Kante hatten. Bei der Gelegenheit würde er sich kräftig aufplustern, damit sie nicht denken konnten, sie bräuchten nichts mehr zu tun. Anschließend konnte er zunächst einmal sein Fluchtauto volltanken und sich selbst ein Frühstück gönnen.

Anna hatte die Nacht im Krankenhaus verbracht und kam jetzt, kurz nach neun Uhr morgens, ziemlich gerädert nach Hause. Sie hatte sich auf der Fahrt beim Bäcker noch frische

Brötchen gekauft, aber als sie die Tüte nun vor sich auf dem Tisch liegen sah, fehlte ihr der Appetit. Statt dessen griff sie zum Handy und schilderte Lars, was passiert war. Lars wartete gerade ungeduldig in einer Arztpraxis darauf, daß der Arzt nach der nächsten Patientin einige Minuten Zeit für ihn hätte, und mochte kaum glauben, was er hörte.

»Ausgerechnet Rainer«, sagte er und schüttelte den Kopf. »Mir passiert so was nie! Dabei würde mir eine ordentliche Schlägerei mal wieder richtig Spaß machen. So Kerl gegen Kerl!« Er erntete einen mißbilligenden Blick der Arzthelferin, scherte sich aber nicht darum. »Gibt's eine Gefahrenzulage für Anwälte bei Hausbesuchen?« fragte er noch und war kurz davor, laut über seinen eigenen Witz zu lachen.

Annas Stimme bremste ihn jedoch. »Hast du auch Gefühle im Leib, du Kerl?« fragte sie abweisend.

»Sogar 'ne ganze Menge! Ich liebe meine Frau, ich mag dich, ich sorge mich um Rainer!« In diesem Moment ging die Tür auf, die Patientin kam heraus, und der Arzt gab ihm ein Zeichen. »Ich melde mich gleich wieder, die Arbeit winkt!«

Patricia hatte Max für die Nacht mit zu sich nach Hause genommen. Frank war auf einem Fortbildungslehrgang, so wies sie ihrem Bruder die Couch zum Schlafen zu und bat ihn, am Morgen das Haus nicht zu verlassen. »Schließlich läuft eine Diebstahlsanzeige gegen dich, alter Freund. Es scheint mir für den Moment besser, wenn du verschollen bleibst. Außer Mutter – sollen wir ihr sagen, daß du wieder heil und munter aufgetaucht bist? Sie macht sich Sorgen!«

Er zog sich bis auf T-Shirt und Slip aus und schlüpfte unter die bereitgelegte Decke. »Nur, wenn sie es für sich behalten kann«, sagte er und drehte Patricia den Rücken zu. »Übrigens«, er schaute sich nach ihr um, »wer richtet mir morgen früh das Frühstück?«

»Schätzungsweise du selbst!«

»In diesem Chaotenhaufen?« Er wies auf die Umzugskisten. »Wie soll ich denn da was finden?«

»Bist doch sonst so ein findiges Bürschchen, streng dich halt mal an!«

Als Max jetzt gegen zehn Uhr aufwachte, machte er sich gleich einmal auf die Suche. Patricia war schon weg, sie hatte ihm einen Zettel hinterlassen. »Kaffee ist noch in der Kanne und ansonsten: Fühl Dich wie zu Hause.« Das war ein stark hinkender Vergleich. Seine Mutter wäre in Ohnmacht gefallen, hätte sie diese Wohnungseinrichtung gesehen – wie lange waren die beiden jetzt schon verheiratet und lebten zusammen? –, und auch er fand es nicht gerade gemütlich. Dagegen war ja Steffens Wohnung noch lauschig. Er ging los, öffnete den einen oder anderen Umzugskarton, fand aber nur etliche Teller, Töpfe, Bücher und anderen Kram, womit er nichts anfangen konnte. Nicht, daß er seine Schwester hätte bestehlen wollen, aber rein informationshalber hätte er schon gern das eine oder andere Wertvolle entdeckt.

Schließlich ging er in die Küche oder zumindest in den Raum, der einmal eine Küche werden sollte. Hier stand ein provisorischer Küchentisch, darauf eine Kaffeemaschine, ein Toaster und ein weiterer Zettel. »Wenn Du jetzt genug herumgestöbert hast, kannst Du ja einen Kaffee trinken und anschließend duschen gehen. Übrigens: Es wird sich auch bei genauerer Durchsicht nichts Wertvolles finden lassen!«

Er legte den Zettel schnell wieder zurück. Was für eine Frechheit! Seine eigene Schwester!

Max nahm sich Kaffee, steckte einen Toast in den Apparat, schaute sich nach Milch und Butter um und fand sogar einen Teelöffel. Dann setzte er sich auf die Couch zurück und dachte nach. Patricia hatte natürlich recht, gegen ihn lief eine Anzeige. Völlig frei konnte er sich in Hamburg nicht bewegen. Noch nicht einmal Steffen besuchen. War es nicht ein Kreuz mit dem deutschen Rechtsstaat? Aber er brauchte Geld. Also mußte er zumindest ein bißchen dealen. Das bedeutete aber, daß er seine Verbindungsleute anrufen und sich auf den Straßen sehen lassen mußte. Ein heißes Eisen, so oder so.

Auf der anderen Seite, er war eine so kleine Nummer im deutschen Verbrecherwesen, es wäre purer Zufall, wenn ausgerechnet er einem Polizisten auffallen würde. Er hatte sich schon dazu entschlossen, sich anzuziehen und gegen Patricias Dekret die Wohnung zu verlassen, als sein Handy klingelte. Daß es überhaupt noch klingelte, grenzte an ein Wunder, er hatte schon ewig keine Rechnung mehr bezahlt. Wahrscheinlich steckte seine Mutter dahinter. Max schaute auf das Display. Keine Nummer war angegeben, auch kein Name, nur »Anruf«. Das konnte nun alles bedeuten. Ratsam wäre, das Gespräch nicht anzunehmen und anschließend die Mailbox abzuhören, aber Max war zu neugierig. Er drückte auf die grüne Taste.

»Ja?« meldete er sich vorsichtshalber namenlos.

»Max? Hier ist Friederike Leuthental. Erinnern Sie sich?«

Max mußte schlucken. Jetzt kam irgendein Bumerang.

»Ich erinnere mich sehr gut, guten Morgen, Frau Leuthental.«

»Guten Morgen, Herr Wilkens. Haben Sie heute schon was vor?«

Max überlegte. War es geschickt, gleich »nein« zu sagen? Klang irgendwie arbeitslos. »Darf ich zuerst noch in meinen Psion schauen?« fragte er.

Ihre Stimme klang amüsiert. »Tun Sie das. Sollte es allerdings länger dauern, bis Sie durch Ihre Termine durch sind, würde ich doch um einen Rückruf bitten.«

»Oh, nein, nein«, er tat, als hätte er einen Psion vor sich und sagte schließlich, nach mehrmaligen aussagekräftigen »mmhs« und »ahas«: »So, jetzt hab ich's! Ich bin jetzt bereits unterwegs zu zwei Terminen, aber ab sechzehn Uhr könnte ich es einrichten.« Er stutzte. »Worum geht's denn?«

»Befriedigung am Objekt!«

»Wie?« Jetzt verschluckte er sich tatsächlich.

»Sie sind das Objekt«, präzisierte sie.

»Ich bin doch kein Callboy!«

»Ach, nein?«

»Nein!« Das war ja unerhört!

»Schade. Aber sonst ist alles bei Ihnen in Ordnung?«

»Wie?!? Natürlich ist alles bei mir in Ordnung. Und nicht nur sonst. Auch dort!« Das wurde ja immer besser. Er setzte sich auf.

»Wo liegt dann das Problem? Wenn nicht physisch, dann vielleicht mental?«

Die Stimme klang süffisant, aber es fiel Max nicht auf.

»Ich habe überhaupt kein Problem, weder psychisch noch physisch oder wie auch immer geartet. Ich laß mich nur nicht kaufen!« In diesem Moment schaute er auf seine Kleidungsstücke, die er schon seit Tagen nicht mehr gewechselt hatte. Er mußte dringend in seine Wohnung. Zu verrückt. Gestern hätte er sich am liebsten hinter dem Vorhang heraus auf Friederike gestürzt, und jetzt, da sie es ihm freiwillig anbot, zierte er sich wie eine alte Jungfrau.

»Fünfhundert«, sagte sie. »Das reicht für eine neue Jeans, ein Hemd und Unterwäsche, wenn Sie sich nicht gerade designermäßig eindecken wollen.«

Max fühlte sich ertappt. Wahrscheinlich würde sie ihn vorher unter die Dusche stellen.

»Und wie?« fragte er und fühlte, wie ihm das Blut absackte. Du lieber Himmel, er wurde gekauft wie ein Stück Hammelbraten.

»Nehmen Sie sich ein Taxi, ich bezahle es, und seien Sie gegen halb fünf bei mir.«

Max nickte in den Hörer.

»Geht das klar?« hörte er ihre Stimme nochmals.

»Völlig!« sagte er. Sie hatte aufgelegt, und er ließ sein Handy langsam in den Schoß sinken. Ach du mein Schreck. Die Frau könnte seine Mutter sein. Sie sah zwar sehr attraktiv aus, aber mit einer um zwanzig Jahre älteren Frau war er noch nie zusammen gewesen. Wie sich das wohl anfühlte? Und was so eine erwartete? Vielleicht war sie doch nicht so ganz aus der Übung, wie er unterstellte, sondern hielt sich einen ganzen Harem voller Jungs wie ihn?

Geldsorgen jedenfalls hatte er für heute nicht mehr. Er konnte sich wieder getrost hinlegen und bis um drei Uhr schlafen, den Rest würde das Schicksal schon richten. Oder im Zweifel auch seine Natur. Max zog sich die Decke wieder über die Ohren und schlief prompt ein.

Für Charly war die Sonne an diesem Mittwochmorgen doch noch einmal aufgegangen. Seine Damen hatten ihm genug Geld zugesteckt, um die nächsten Tage über die Runden zu kommen, und bei Lizzy hatte er auf dem Wohnzimmertisch zufälligerweise noch etwas besonders Nettes gefunden, ein Abwerbungsschreiben dieses ominösen neuen Rings für Hausfrauensex. Das fand er klasse, denn zum erstenmal hatte er etwas in der Hand, an das er anknüpfen konnte: eine E-Mail-Adresse. Über »hausfrauen@t-online.de« sollte Lizzy sich melden, falls sie »Interesse an seriöser Kundschaft und frauenfreundlicher Abrechnung mit ordentlicher Bezahlung« hätte. Charly hatte sich in seinem Leben noch nie mit solchen Dingen beschäftigt, weder mit »frauenfreundlicher Abrechnung« noch mit »E-Mail« oder gar »Internet«, aber er hatte Lizzy das Schreiben siegessicher aus der Hand genommen und ihr gesagt, daß er sich darum kümmern werde. Dabei war er sich insgeheim noch nicht einmal sicher, ob sie das überhaupt wollte. Wahrscheinlich hatte sie die Adresse bereits eingegeben und konnte mit dem Computer weitaus besser umgehen als er. Was ja auch nicht weiter schwierig war.

Aber jetzt saß er erneut in seinem Lieblingscafé und gönnte sich ein Frühstück. Er würde mit diesen Typen Kontakt aufnehmen und seine Dienste anbieten. War doch ganz klar, wer Puppen laufen hatte, brauchte rechte Kerle im Hintergrund. Er war groß genug, um auf Freier im Notfall abschreckend zu wirken, und klein genug, um nicht in die Schußlinie zweier Gangs zu geraten. Geradezu perfekt. Aufgeräumt aß er Frühstück Nr. 8 und fragte beim Begleichen der Rechnung die Bedienung, wer in der Nähe wohl einen E-Mail-Anschluß haben könnte?

»Jeder«, sagte das Mädchen erstaunt und zuckte die Achseln.

»Das nützt mir nichts. Ich brauche jemanden, der für mich etwas schreiben und auch empfangen kann. Ich habe keinen Computer zu Hause – und auch keinen … solchen Anschluß!« Er schob ihr einen Zehnmarkschein hin. Gestern hätte er sich selbst noch gierig darauf gestürzt, heute schaute die kleine Rotznase den Schein an, als sei es Mäusefutter.

»Geh doch zu einem Internetcafé«, sagte sie mit einer Schnoddrigkeit, die ihn als absoluten Kretin auswies. Es nervte ihn tödlich, aber er beherrschte sich, denn erstens hatte er keine Ahnung, was ein Internetcafé sein sollte, und zweitens erschien es ihm viel zu kompliziert.

»Geht das nicht einfacher?« fragte er. Jetzt beiß schon an, beschwor er sie dabei, sonst muß ich es woanders versuchen.

Sie schaute mit einer hochgezogenen Augenbraue auf den Zehnmarkschein. »Schon. Aber mit der Kohle kommst du nicht weit!«

»Was muß man da denn so anlegen?«

»Für einen Fünfziger kann ich dir eine Nachricht übermitteln und wieder empfangen. Kriegst sie dann ausgedruckt.« Sie warf ihm einen weiteren überheblichen Blick zu, der sein Blut zum Kochen brachte. »Kann man lesen«, sagte sie noch.

»Du kommst wohl aus Berlin?« fragte er sie, mühsam beherrscht.

»Richtig!« Sie grinste. Mit ihren unregelmäßig kurzgeschnittenen Haaren hatte sie für Charly etwas von einem Staubwedel. Aber er sagte nichts, sondern zog fünfzig Mark aus dem Geldbeutel. »Okay, ich kriege ausgedruckt, was ich abschicke, und ausgedruckt, was zurückkommt. Das ist der Deal. Bescheiß mich nicht. Ich komm zwar nicht aus Berlin, aber aus dem Ring. Will heißen, ich kann zuschlagen!«

Sie grinste breiter, und jetzt war zu sehen, daß ihr ein Eckzahn fehlte. »Ist aber schon lang her, was?«

Ihr Kollege hinter dem Tresen rief nach ihr, und sie drehte sich um, bevor Charly eine Antwort parat hatte.

Gleich darauf kam sie mit einem weiteren Frühstück an seinem Tisch vorbei. Auf dem Rückweg blieb sie stehen und warf ihm erneut ein schiefes Lächeln zu. »Gib mir deinen Brief mit der Kohle, ich erledige das«, meinte sie. »Kannst dich auf mich verlassen. Mein Berliner Wort darauf!« Sie strich sich ihre lange weiße Schürze glatt und nickte ihm zu. »Brauchst du Papier und Stift?«

Kurz danach hatte Charly ein weißes DIN-A4-Papier und einen Stift vor sich liegen, außerdem einen Cappuccino. Jetzt mußte er denken.

Aber bereits bei der Anrede versagten ihm die Ideen. »Sehr geehrte …« ja, wer? Oder »Liebe …«, noch größerer Quatsch. Schließlich entschied er sich dafür, alle höflichen Floskeln beiseite zu lassen und gleich zur Sache zu kommen. Schließlich war er Charly. Und so schrieb er denn auch: »Hey, ich bin Charly. Lange genug am Kiez, um alle und alles zu kennen. Suche jetzt aber neues Betätigungsfeld und habe deshalb mit Interesse so einiges über Euch gehört. Gibt es eine Chance, da auf irgendeine Weise mitzuwirken? Bin stark genug, um den Damen beispielsweise den Rücken gegen unverschämte Freier zu stärken. Bitte Rückantwort an folgende E-Mail-Adresse …« Diesen Part konnte das Mädel einfügen. Er las es nochmals durch und war stolz auf sich. Vor allem der letzte Satz war gelungen. Wenn sie darauf nicht ansprangen, wußte er auch nicht. Er winkte die Kellnerin heran.

Sie las es kurz durch und warf ihm einen schrägen Blick zu. »Bei einer E-Mail ist die Adresse automatisch angegeben. Kannst dir das unten sparen! Morgen kannst du dir deinen Ausdruck abholen und vielleicht auch schon eine Antwort. Ich jage es nach Geschäftsschluß durch, das muß reichen!«

»Dein Ton paßt mir überhaupt nicht, Kleine, aber du hast Glück, daß ich dich brauche!«

»Auf gute Geschäfte, Alter, und reg dich ab. Ich heiße übrigens Susan!«

Anne hatte sich in ihrem Wohnzimmer auf die Liege gelegt, aber es hat ihr nichts gebracht, sie konnte nicht einschlafen. Sie machte sich Sorgen um Rainer, vor allem deshalb, weil sie sich fürchterlich unwissend vorkam. Lars hätte ihr vielleicht helfen können, sicherlich wußte er als Pharmavertreter über grundlegende medizinische Dinge Bescheid, aber entweder hatte er bei ihrem vorangegangenen Gespräch tatsächlich nicht verstanden, daß es ernst um Rainer stand, oder er war für solche Dinge nicht zu gebrauchen. Auch eine Erfahrung.

Schließlich stand sie auf und stöberte in Rainers Bibliothek herum, bis sie ein medizinisches Handbuch fand. Es fuhr ihr durch Mark und Bein. Eine schwere Gehirnerschütterung mit Hirnquetschung und Schwellung konnte zu allem möglichen führen, bis hin zu schweren psychischen Veränderungen. Und wenn er nicht mehr allein lebensfähig wäre? Waren sie für so einen Unglücksfall überhaupt versichert? Wovon sollten sie in Zukunft leben? Sie machte sich einen Tee und spürte, wie sie innerlich zitterte. Wenn er tatsächlich zum Pflegefall würde, wie ginge ihr Leben dann weiter? Zu Hause pflegen? Wie? Mit welchen finanziellen Mitteln? Oder in ein Heim? Wer würde das bezahlen? Sie würde wieder arbeiten müssen, das war klar. Aber als was? Sicherlich nicht als Privatdetektivin, das war nur Jux und Dollerei. Wo aber auf die Schnelle einen gut bezahlten Job herbekommen?

Was sollte sie jetzt am sinnvollsten tun? Ihren Versicherungsagenten anrufen. Wo fand sie seine Nummer? In Rainers Telefonbuch, und das lag wahrscheinlich in seinem Arbeitszimmer.

Sie lief die Treppen zu seinem Reich hinauf. Es lag ihr nicht, in seinen Dingen herumzustöbern, das erschien ihr auch nach zehn Jahren Ehe noch wie ein unberechtigtes Eindringen in seine Privatsphäre. Aber jetzt hatte sie keine andere Wahl. Sein Zimmer war akkurat aufgeräumt, sein Schreibtisch wohlgeordnet. Es erinnerte sie irgendwie an seinen perfekten Scheitel, den sie noch nie sonderlich an ihm gemocht hatte, auf den er aber auch nicht verzichten wollte. Jetzt hätte sie ihm gleich drei parallel nebeneinander gezogen, wenn er dafür nur wieder gesund aufwachen würde. Sie öffnete die Schublade seines Schreibtischs. Vielleicht half Beten, dachte sie dabei. Aber es war lausig, nur in Notlagen zu beten ... ihr Blick fiel auf ein Magazin, das obenauf lag. Das Titelbild schmückte eine Frau, in einer schwarzen, enganliegenden Hülle, schwarzen Stiefeln und Gesichtsmaske. Sie stand breitbeinig da, der Ausschnitt des hautengen Anzugs bis zum gepiercten Bauchnabel offen. Mit so etwas hatte Anna nicht gerechnet. Sie vergaß kurz, wonach sie eigentlich suchte, nahm das Magazin heraus und blätterte es kurz durch. Keine Frage, hier ging es ganz eindeutig um Sado-Maso. Lackleder und Latex, Peitschen und Nieten, Fesseln und Folterbänke. Kaum zu glauben, daß Rainer so etwas in seiner Schublade hatte. Sie würde ihn bei Gelegenheit danach fragen. Wenn er noch antworten konnte. Es schüttelte sie wieder, dann sah sie in der hinteren Ecke der Schublade sein ledergebundenes kleines Adreßbuch liegen. Das war ja wunderbar, sie war erleichtert, legte das Magazin zurück und nahm das abgegriffene Büchlein mit. Während sie die Treppe nach unten ging, blätterte sie es rasch durch und fand tatsächlich unter dem Buchstaben V, sortiert, wie Rainer war, ihre Versicherungen eingetragen. So, jetzt war sie schon mal einen Schritt weiter. Wie blöd, daß sie mit Rainer nie über solche Dinge gesprochen hatte. Aber wer kümmert sich schon gern um Versicherungen. Lebensversicherung, stand da. Brauchte er die schon? Versorgungswerk der Rechtsanwälte, schon der Begriff war grauenhaft. Versorgungswerk hörte sich direkt nach Rollstuhl an. Krankenversicherung, Autoversicherung, Hausratversicherung, verdammt! Einige Telefonnummern und darunter ein einziger Name: Ulla Resin. Eine Frau für alle Fälle? Na, dann. Sie wollte eben den Telefonhörer abnehmen, als es klingelte. Patricia war dran und erkundigte sich nach Rainer. Sie hatte das Krankenhaus gestern mit Max gegen zwei Uhr morgens verlassen, nachdem sie Patricia als letzten Liebesdienst noch einen Kaffee gebracht hatte.

»Ich habe hier einen Patienten nach dem anderen und kann mich überhaupt nicht konzentrieren, ständig geht mir Rainer im Kopf herum«, sagte sie. »Und weißt du was?«

»Nein«, antwortete Anna.

»Ich habe mich nach den Folgen einer solchen Gehirnerschütterung erkundigt.«

»Oh, nein!«

»Psychische Veränderungen können die Folge sein!«

»Ich weiß!«

»Weißt du auch, was mir eben ein Kollege erzählte? Daß er einen Patienten hat, der nach so einer Geschichte ...«, sie stockte. »Wie soll ich 's dir sagen?«

»Sag's einfach!«

»Ich sag's, wie er's mir gesagt hat«, Patricia räusperte

sich. »Daß der Typ vom normalen Ehemann zum tollsten Rammler wurde. Er sagte, der Kerl hat keinerlei Skrupel mehr.«

Anna fiel das Magazin mit der Lederfrau wieder ein. »Na, toll!«

»Hmmm!«

»Du willst sagen, dann kann ich Lars den Laufpaß geben? Darum geht's ja gar nicht!« Anna überlegte. »Aber einen rammelnden Ehemann will ich eigentlich auch nicht. Obwohl er ein bißchen mehr aus sich herausgehen könnte, das stimmt!«

»Hast du schon mal mit ihm darüber geredet?«

»Mit Rainer kannst du über so was nicht reden. Der würde überhaupt nicht verstehen, was du meinst, sondern sich nur noch überlegen, was er falsch macht. Am Schluß kann er überhaupt nicht mehr, ist auch nicht Sinn der Sache.«

»Aber vielleicht würde er sich ein bißchen mehr wünschen? Manche Ehepaare gehen auch fremd, weil sie sich gegenseitig nichts eingestehen und nachher genau das, was sie eigentlich beide wollen, in einer anderen Beziehung suchen. Was paradox ist. Würden sie darüber reden, würden sie es auch zu Hause finden.«

»Ja, ja, Frau Psychologin!«

»Ist ja schon gut. War nur so ein Gedanke. Hat das Krankenhaus schon angerufen?«

»Wie denn, du blockierst doch die Leitung!« Anna schaute auf die Uhr. »Ich glaube auch, daß ich gleich wieder hinfahre. Ich bin viel zu unruhig, um hier herumzusitzen!«

»Kann ich gut verstehen. Gib mir Bescheid, wenn sich was tut!«

»Wenn er sich heißhungrig aus dem Bett heraus auf mich stürzt?«

»Zwetschge!«

»Selber!«

Gudrun hatte zu dieser Morgenstunde ihre Zeugenaussage bei der Polizei bereits zu Protokoll gegeben, Charly als Verursacher genannt, aber selbst auf eine Anzeige wegen Körperverletzung verzichtet. Anschließend rief sie im Personalbüro der Stadtverwaltung an und ließ sich einen Termin geben. Es sei sehr dringend. Sie bekam ihn für zehn Uhr. Jetzt saß sie im Vorzimmer des Personalchefs und wartete. Sie hatte ihr zugeschwollenes und blaugrün verfärbtes Auge bewußt nicht mit deckendem Make-up überschminkt und die große Sonnenbrille, die sie auf der Straße getragen hatte, nach oben geschoben. Sollte er nur gleich sehen, was war, dann bekam er auch einen Eindruck, wovon sie redete.

Als sie hereingerufen wurde, war er tatsächlich sichtbar erschrocken. Ulrich Wechsler war ein hochgewachsener, schlanker Mann Anfang Fünfzig, im dezenten grauen Anzug mit roter Krawatte und rotem Einstecktuch. Seine dichten Haare waren kurzgeschnitten, verrieten aber dennoch einen Naturwellenansatz, den er offensichtlich zu unterbinden suchte. Er schaute sie fragend an.

»Es ist nicht so, daß unsere Arbeitnehmer den Grund ihrer Krankschreibung beweisen müssen«, sagte er, während er vorsichtig ihre Hand drückte.

Gudrun mußte lachen, obwohl ihre Rippen dabei barbarisch schmerzten.

»Es ist auch nicht so, daß ich Ihnen die anderen blauen Stellen zeigen will. Es ist nur so, daß ich mit Ihnen darüber sprechen möchte.«

Es war ihm anzusehen, daß ihm die Angelegenheit unangenehm war, aber er wies auf den Besucherstuhl und sagte: »Nehmen Sie doch bitte Platz«, während er sich hinter seinen Schreibtisch zurückzog.

»Ich bin keine Rolltreppe hinuntergefallen und auch nicht vom Fahrrad gestürzt«, begann sie mit einem leichten Lächeln auf den Lippen, »diese Flecken stammen von einer Faust. Einer männlichen Faust.«

Ulrich Wechsler saß angespannt auf seinem breiten Bürosessel und musterte sie. »Ganz schön brutal«, sagte er, und Gudrun wußte, daß er keine Domina, sondern ein breites Frauenherz brauchte.

»Es war Absicht, denn der Mann möchte mich erpressen. Da ich mich aber nicht erpressen lasse, bin ich jetzt hier.«

»Ja!« Der Mann ihr gegenüber nickte ergeben und wartete ab.

»Er drohte mir damit, Ihnen meine Vergangenheit auf den Tisch zu legen, falls er kein Geld mehr von mir bekommt. Ich denke, Männer, die von Frauen Geld haben wollen, sind keine Männer!«

»Völlig richtig!« Er nickte energisch.

Sie wußte, daß sie den richtigen Ton getroffen hatte. Wenn sie mit ihm fertig war, würde er Charly als Schmeißfliege betrachten. Er glaubte an Männerehre und Ritterlichkeit.

»Deswegen dachte ich, ich komme ihm zuvor und erzähle es Ihnen lieber selbst!«

Seine Haltung hatte sich geändert, jetzt lehnte er sich interessiert vor. »Das ist eine gute Einstellung.« Plötzlich hatte er einen gewinnenden Ausdruck in seinen Gesichtszügen. »Egal, was Sie mir erzählen, es wird unter uns bleiben«, sagte er mit beteuernder Gestik, »dessen können Sie versichert sein!«

Anna fuhr, nachdem sie ihrer Versicherungsvertreterin die Sachlage geschildert hatte, wieder los zum Krankenhaus. Die Aussicht, daß Rainer vielleicht erst in Tagen aufwachen könnte, erschreckte sie zutiefst. Obwohl sie nicht wirklich helfen konnte, hatte sie trotzdem das dringende Bedürfnis, bei ihm zu sein. Das Handy klingelte, als sie noch nicht allzuweit von zu Hause weg war. Eine Hamburger Nummer wurde angezeigt, sie hatte keine Ahnung, wer es sein könnte, und nahm das Gespräch an. Bettina war am Apparat.

»Lars hat mir eben erzählt, was passiert ist«, begann sie. »Das ist ja entsetzlich, kann ich irgendwie helfen?«

Lars ist ein Volltrottel, dachte Anna. Wie war Bettina zu verkaufen, daß sie zuerst Lars und nicht sie angerufen hatte?

»Er ist noch nicht bei Bewußtsein«, antwortete Anna automatisch und wartete auf die Frage einer mißtrauisch werdenden Ehefrau. Aber Bettina schien das nicht weiter aufgefallen zu sein, sie war halt doch ein Kulturpflänzchen, dachte Anna, atmete auf und erzählte Bettina die Geschichte, soweit sie sie selbst kannte.

»Kann man ihn besuchen?« wollte Bettina zum Schluß noch wissen, und Anna versprach, sich danach zu erkundigen.

»Soviel ich weiß, dürfen nur Angehörige auf die Intensivstation«, sagte sie, dann fiel ihr ein, daß Patricia und Max auch schon da waren. »Ich frage nach und ruf dich an«, versprach sie. Eigentlich hatte sie keine Lust, mit Bettina an Rainers Bett zu sitzen. Einen Moment lang stellte sie sich vor, Lars läge an Rainers Stelle, aber sie verscheuchte den Gedanken wieder. Obwohl es ihr, wenn sie ehrlich war, lieber gewesen wäre.

Gudrun verließ Ulrich Wechslers Büro mit einem recht guten Gefühl. Er hatte ihr völlige Rückendeckung garantiert und erklärt, daß er sich vor ihrem Erscheinen natürlich in ihrer Abteilung nach ihr erkundigt hätte und daß ihre Kollegen und ihr Abteilungsleiter nur Bestes über sie zu berichten wüßten.

Sie ging zu ihrem Wagen und überlegte, ob sie Rainer im Krankenhaus besuchen sollte. Durch ihren kleinen Sieg über Charly war sie so gut gelaunt, daß sie am liebsten eine Flasche Champagner gekauft und Rainer ans Bett gestellt hätte. Eigentlich war er schuld daran, daß plötzlich alles so gut lief. Charly würde, sobald er gefaßt war, wieder in den Knast wandern und konnte ihr nichts mehr anhaben. Seine Drohungen waren wirkungslos geworden, und körperliche Gewalt würde er sich nach diesem aktenkundigen Ausraster nicht mehr leisten können – vor allem brauchte sie sich keine mehr von ihm gefallen zu lassen. Sie hatte mit einemmal alle Trümpfe in der Hand. Und sollte sie überhaupt noch in ihrem Nebenjob weiterarbeiten, dann auf eigene Rechnung. »Prost, Charly«, sagte sie, während sie den Wagen startete. »Mein Leben beginnt, schau, wo du bleibst!«

Sie fuhr eine Weile in Richtung des Krankenhauses, dann überlegte sie es sich aber doch anders. Sicherlich saß seine Frau bei ihm, und es wäre unklug gewesen, sich aus der Deckung zu wagen, wenn es nicht erforderlich war. Statt dessen steuerte sie das nächste Feinkostgeschäft an. Sie würde heute abend eine Party ausrichten, ganz für sich allein, und dabei ungestört über die Zukunft nachdenken.

Max wurde Punkt drei wach. Er richtete sich auf, schaute sich um und brauchte eine Weile, bis er sich in Patricias Wohnzimmer zurechtgefunden hatte. Er hatte recht lebhaft von Italien geträumt und wähnte sich im Turbo sitzend, allerdings in einem engen Container, per Kran in den Bauch des rostigen Schiffes verladen. Mit dem Gefühl, keine Luft mehr zu bekommen, und der Panik, demnächst verdursten und verhungern zu müssen, war er aufgewacht. Irgendwie hatte er es im Schlaf fertiggebracht, das lose Rückenteil der Couch auf sich zu packen, das erklärte seine Angstzustände, aber er konnte diese dumpfe Furcht auch nicht abschütteln, nachdem er sich die Ursache bewußt gemacht hatte. Er hatte sich aufgesetzt, versuchte sich zu beruhigen und schaute an sich hinunter. Und da sollte er in einer Stunde einen hochbekommen und den fröhlichen Begatter spielen? Hatte er eigentlich noch alle Tassen im Schrank? Er klopfte das Rückenteil des Sofas an seinen Platz zurück und legte sich wieder hin, verschränkte die Arme unter seinem Kopf und starrte zur Decke. Er hatte es wahrlich nicht leicht. Vor wenigen Tagen, als er von Hamburg hinaus in Richtung Italien fuhr, hatte er Anna noch doziert, daß das seine große Chance sei und er sie nutzen werde. Komme, was da wolle. Und jetzt saß er, weil es anders gekommen war, auf dem Sprung zu einer Frau. Und auch noch zu der Frau des Oberstaatsanwalts, seines ärgsten Feindes. Rein beruflich gesehen.

Auf der anderen Seite, und der Gedanke brachte ihn schon wieder zum Grinsen, war Leuthental auch der ärgste Feind seines Vaters. Patricia hatte ihn an die Geschichte von damals erinnert. Es war geradezu unglaublich: Bald würde er sich live anschauen können, was sein Vater da eigentlich so Unentschuldbares verpfuscht hatte. Lappalie, hatte er immer dazu gesagt, aber sein Vater war ein Sprücheklopfer vor dem Herrn, wenn es um Kunstfehler ging. Immerhin könnte er ihm ein Brustbild von sich und Friederike schikken, vielleicht zum Geburtstag im April, ob ihn das wohl freuen würde?

Max fühlte sich schon wieder besser. Er stellte sich einen frischen Kaffee auf, beschloß, noch einen Toast zu essen, schließlich brauchte er Kraft, und stellte sich unter die Dusche.

Eine halbe Stunde später war er im Taxi quer durch Hamburg unterwegs an die Elbchaussee. Er war gespannt, was auf ihn zukommen würde. »Befriedigung am Objekt«, hatte sie gesagt. Das befremdete ihn nur deshalb, weil sie ihn als Objekt einstufte. Gemeinhin war es andersherum. Die Statuen in ihrer Eingangshalle fielen ihm ein. So ähnlich kam er sich auch vor. Vielleicht hätte er aber auch einfach mal am Gips kratzen sollen, womöglich steckten seine Vorgänger darunter? Wer wußte schon, was in solch hochherrschaftlichen Villen alles geschah? Er schaute auf das Taxameter. Schon über fünfzig Mark. Hätte er gestern seinen Wagen nicht stehen lassen, wäre so ein Aufwand nicht nötig gewesen. Auf der anderen Seite hatte er der Verlockung, von Friederike Leuthental höchstpersönlich zum Krankenhaus kutschiert zu werden, einfach nicht widerstehen können. Hoffentlich sprang die Kiste noch an, und hoffentlich war sie nicht abgeschleppt worden. Das fehlte noch. Steffen im Knast und dann auch noch sein Wagen weg. Er konnte ihn ja schlecht bei der Polizei abholen.

Max betrachtete die Häuser, die an ihm vorbeizogen, und dachte über Steffen nach. Der Junge hatte wirklich Pech. Nicht nur, daß er ihm nicht helfen konnte und womöglich seinen Wagen auf dem Gewissen hatte, nein, jetzt war auch noch sein Anwalt außer Gefecht. Bis sich diese Mühlen weiterdrehen würden, konnte er noch etliche Tage absitzen.

»Ein scheußlicher Tag heute«, begann der Taxifahrer, dem es offensichtlich langweilig war.

»Aber es ist nicht mehr so kalt«, antwortete Max aus Höflichkeit.

»Aber der Regen müßte auch nicht sein«, kam es zurück.

»Wie halt immer in Hamburg!«

»Jup!« Damit war sein Drang nach Unterhaltung gestillt, und er versank wieder in Schweigen, während Max die Zahlen auf dem Taxameter betrachtete. So, dafür bekäme er jetzt schon eine Tankfüllung, sie waren bei sechzig Mark.

Der Taxifahrer unterbrach Max' Gedanken. »Da wären wir!«

»Gut«, Max warf einen letzten Blick auf den Taxameter, »ich muß nur schnell klingeln, die Dame des Hauses bezahlt Ihre Rechnung.«

Beim Aussteigen drehte er sich nach dem schräg gegenüberliegenden kleinen Wäldchen um. Gott sei Dank, Steffens Wagen war noch da. Er klingelte, und gleich darauf öffnete Friederike selbst. Sie trug eine Jeans und einen lokkeren lachsfarbenen Pullover darüber und wirkte in ihrer Schlichtheit ungemein attraktiv. Sie lächelte ihm kurz zu, wobei ihre blauen Augen aufblitzten, und zog einen Hunderter aus ihrer Hosentasche. Während sie sich zum offenen Fenster des Taxifahrers hinunterbeugte, spürte Max eine unbestimmte Hemmung aufsteigen. Ihre Ausstrahlung faszinierte ihn, und er konnte sich nicht vorstellen, daß sie ihn tatsächlich fürs Bett gekauft hatte. Jeder Mann würde es ihr freiwillig anbieten, eher noch etwas drauflegen. Oder wollte sie ihn demütigen? Eine Art Bestrafung für seine Missetaten? Sie hatte sich zu ihm umgedreht und zog ihn leicht am Revers seiner Lederjacke.

»So, Max Wilkens, dann wollen wir mal!«

Sie ging ihm voraus, und er betrachtete sie von hinten. Sie hatte den Apfelhintern eines jungen Mädchens, zumal in dieser Jeans. Es war wirklich unglaublich, daß sie ungefähr doppelt so alt wie er selber war.

»Sind Sie bereit?« fragte sie über die Schulter, während sie über die Steintreppe zur Haustür hochging.

»Ich denke schon«, antwortete Max, fühlte sich aber zunehmend sonderbar. Einen kurzen Gedanken lang hoffte er, sie offenbare sich ihm jetzt als Hobbybildhauerin und habe ihn als Modell für eine neue Büste ausgesucht, aber sie schritt zielstrebig die Halle hindurch und die breite Treppe in den ersten Stock hinauf. Er beschloß aufzuholen, um nicht ganz so wie ein Lämmchen hinter ihr her zu traben, und nahm zwei Treppen auf einmal.

Sie warf ihm einen Blick zu. »Das mit meinem Wagen tut mir schon weh, das dürfen Sie mir glauben!«

»Mir auch!« sagte er wahrheitsgetreu. Es ärgerte ihn noch jetzt unsäglich, daß er zu blöd gewesen war, den Porsche zu Geld zu machen.

»Warum sagt mir mein Gefühl, daß wir nicht von derselben Sache reden?« Sie waren oben auf der Galerie, von der die Zimmer abgingen, und sie war stehengeblieben. Sie war nicht viel kleiner als er selbst, obwohl sie flache Schuhe trug. Er schätzte sie auf gut einen Meter achtzig.

»Hmm«, er konnte sich ein Grinsen nicht verkneifen. »Wenn's anders gelaufen wäre, könnte ich Sie wenigstens heute abend zum Essen einladen!«

»Ach? Verdient man als Praktikant in einem Friseurladen so gut?«

Max wußte genau, daß sie verstanden hatte, was er sagen wollte. Ihre Arroganz war bewußt, das war ihm klar.

»Kommt drauf an …«, antwortete er und zuckte vage mit den Achseln.

»Auf die Kundschaft«, sagte sie, und er las einen spöttischen Ausdruck in ihren Augen. »Und auf die Gelegenheit«, fügte sie hinzu.

»Richtig!« Er nickte. Sie standen sich gegenüber, jetzt wäre vielleicht der Zeitpunkt für eine Annäherung gekommen, dachte Max, aber sie schien keinen Wert darauf zu legen, sie nickte, wandte sich ab und ging zielstrebig auf ihre Tür zu. Es blieb ihm nichts anderes übrig, als schon wieder hinterherzulaufen.

Sie öffnete die Tür und ging vor ihm her in ihr Schlafzimmer. Er folgte ihr. Was immer er erwartet hatte, das nicht. In dem Zimmer war rein gar nichts passiert, keine zugezogenen Vorhänge, kein romantisches Kerzenlicht, kein Champagnerkühler, noch nicht einmal das Bett war aufgeschlagen. Wollte sie zum Schluß überhaupt nicht? Jetzt war er tatsächlich verunsichert. Worum ging's hier eigentlich?

Friederike ging vor ihm her, blieb im offenen Türrahmen zum Badezimmer stehen und wies hinein. »Dort steht die Ihnen schon wohlbekannte Schmuckdose, Finger weg, des weiteren ein frisches Badetuch und ein neuer Slip, beides für Sie gedacht. Ich habe schon geduscht.« Sie wartete, bis er an ihr vorbei hineingegangen war, und schloß die Tür hinter ihm.

Jetzt kam er sich doch ziemlich seltsam vor. Automatisch begann er sich auszuziehen, dann nahm er den dunkelgrauen Slip hoch. Größe 5, las er und fragte sich, woher sie das wußte. Aber wenigstens stand vorne »Boss« drauf. War nur zu hoffen, daß sie das auch nicht vergaß.

Er stellte sich unter die Dusche und seifte sich ein. Nie im Leben würde das funktionieren, das wußte er schon jetzt. Das war einfach nicht seine Atmosphäre. Hier, ausziehen und mach mal, wo kam man da denn hin!

Max duschte sich gründlich ab und hüllte sich in das Badetuch. Während er sich trockenrubbelte, dachte er über seine Situation nach. Es war bizarr! Und wozu überhaupt eine Unterhose? Wenn sie ihn haben wollte, dann doch sicherlich nackt. Er schaute an sich hinunter, ganz so imposant sah er aber noch nicht aus. Sicherlich war das Wasser zu kalt gewesen, Max griff nach dem Slip.

Na dann, in Gottes Namen, er öffnete die Tür.

Sie stand nackt am Fenster. Das haute ihn fast um. Einfach so, ohne vorheriges Anfassen, Schaulaufen oder sonst etwas. Sie war gertenschlank, leicht und nahtlos gebräunt und hatte, für ihre sportliche Statur, einen ungewöhnlich großen Busen.

Er räusperte sich. »Sie sehen toll aus«, sagte er und war sich gleichzeitig der Blödsinnigkeit der förmlichen Anrede bewußt.

»Du auch!« Ihr Blick glitt an ihm hinunter und blieb an dem Slip hängen. »Der war für nachher gedacht«, sagte sie sachlich. Er fühlte sich als Spießer ertappt und fragte sich, ob er ihn gleich herunterziehen sollte oder später. Aber so vor ihren Augen genierte er sich und ließ es bleiben.

Sie löste sich vom Fenster und kam auf ihn zu. »Du bist gut gebaut«, bewertete sie. Fehlte nur noch, daß sie »und deine fünfhundert Mark wert« hinzufügte, dachte er. Sie stand dicht vor ihm, und er spürte ihre Brustwarzen auf seiner Haut, nur ihre Brustwarzen, sonst nichts. Und als Friederike jetzt langsam an seinem Körper hinunterglitt, glitten sie in zwei Bahnen über seine Brust und seinen Bauch. Es verursachte ein kribbelndes, erregendes Gefühl. Er sah zu, wie Friederike seinen Slip nach unten wegzog und sein Glied in den Mund nahm. Er schloß die Augen und stand, breitbeinig, soweit es der behindernde Slip zuließ, vor ihr. Friederike reizte ihn, bis er Angst bekam, sich nicht mehr beherrschen zu können, dann nahm sie ihn an der Hand und führte ihn zum Fenster. Er hatte seinen »Boss« abgestreift und war ihr gefolgt. Auf der breiten Fensterbank ließ sie sich nieder und umfing ihn mit ihren Beinen. Während er langsam in sie eintauchte, spürte er den heißen Heizkörper an seinen Oberschenkeln. Gleicher Ort, nur anderes Spiel, er konnte es selbst nicht glauben. Aber sie dirigierte ihn mit ihren Händen an seinen Pobacken, und er ergab sich ihren Bewegungen, wurde schneller und schneller, flachte ab, ging weiter heraus und spielte, und als sie ihn schlußendlich förmlich in sich hineinstieß, kamen sie gleichzeitig. Sie krallte sich an ihm fest, und er glaubte bis in den Kopf hinein zu explodieren. Dann öffneten sie beide die Augen und schauten sich an. Keiner von beiden löste sich.

»Nicht schlecht für den Anfang«, sagte sie schließlich.

»Wie?«

Sie zupfte ihn leicht am Ohr, sortierte ihre Beine und ging an ihm vorbei ins Badezimmer. Er drehte sich um und schaute ihr nach. Das konnte er keinem erzählen, das würde ihm einfach keiner glauben! Er betrachtete das Bett. Kein Wunder, daß es nicht abgedeckt war. Sie hatte gar nicht vor, es zu benutzen. Noch nicht einmal das Foto ihres Ehegespons hatte sie umgedreht. Es stieß ihm auf, daß der Kerl aus seinem Bilderrahmen heraus zugeschaut hatte. Er hörte sie duschen, kurz danach stand sie, ein Badetuch um die Hüften geschlungen, vor ihm. »Das Badezimmer ist frei.« Max nickte und ging an ihr vorbei.

Als er sich anzog, spürte er in seiner Jeans eine leichte Veränderung. Er tastete nach, sie hatte ihm einen Fünfhundertmarkschein in die vordere Tasche gesteckt. Sein erster Impuls war, den Schein demonstrativ auf den Toilettendeckel zu legen, aber je länger er darüber nachdachte, um so mehr kam er zu dem Schluß, daß es Schlimmeres gab, als seinen Körper zu verkaufen. Zumal, wenn es auch noch Spaß machte. Er steckte sich seinen gebrauchten Slip ein und ging hinaus. Sie hatte, ebenfalls bereits angezogen, offensichtlich schon auf ihn gewartet.

»Na, dann«, sagte sie und ging ihm voraus zur Tür. Er wollte ihr schon hinterherkommen, als sie sich plötzlich umdrehte und »hinter den Vorhang, schnell« zischte. Er folgte instinktiv. Kaum war er versteckt, hörte er ein kurzes Klopfen und das Geräusch einer sich öffnenden Tür.

»Siegmund, welche Überraschung«, hörte er sie sagen. »Was machst du denn so früh zu Hause? Ist was passiert?«

»Nein, ich hatte irgendwie das Gefühl, ich müßte mal nach dir schauen!«

»Ach nein!«

Max hielt den Atem an. Ging das schon wieder los? Kam er von diesem Vorhang und vor allem von dieser vermaledeiten Heizung überhaupt nie mehr weg?

»Was hast du denn heute nachmittag gemacht?«

Hatte der Kerl Sensoren?

»Was reiche Ehefrauen für gewöhnlich so tun«, sagte sie, und ihrer Stimme war eine starke Süffisanz anzuhören. »Nichts!«

Max konnte sich ihr Gesicht förmlich vorstellen.

»Na, das beruhigt mich ja«, hörte er ihren Mann sagen. »Machst du uns einen Tee?«

»Aber immer doch, Schätzchen. Komm, aber ohne Zutaten, du weißt, dein Cholesterinspiegel ...« Max hörte, wie sich die Stimmen entfernten und die Tür zufiel.

Er befreite sich aus dem Vorhang und blieb unentschlossen am Fenster stehen. Das war auch klasse. Jetzt saß Siegmund Leuthental dort unten und ging womöglich die ganze Nacht nicht mehr aus dem Haus, und er saß hier oben und würde im Notfall die Nacht mit seiner Frau verbringen müssen. Max schaute hinaus. Es war nur gut, daß er gestern nicht gesprungen war. Er hätte sich in einem gläsernen Gewächshaus wiedergefunden. Jetzt blieb ihm tatsächlich nichts anderes übrig, als zu warten. Er legte sich aufs Bett und hoffte, daß er wach blieb. Er konnte sich Schöneres vorstellen, als von Siegmund Leuthental schlafend im Zimmer seiner Frau überrascht zu werden.

Anna saß am Bett ihres Mannes, hielt seine Hand und schaute ihm ins Gesicht. Sie studierte jedes Detail an ihm. Seine Augen waren noch immer geschlossen, aber sein Gesichtsausdruck war friedlich, so als träume er gerade etwas Schönes. Um die Augen hatten sich leichte Fältchen gebildet, und von seiner Nase, die allerdings noch kräftig geschwollen und verfärbt war, liefen zwei Riefen zu seinen Mundwinkeln. Er schien leicht zu lächeln, seine Lippen waren schön geschwungen, weich und ausgeprägt, aber nicht zu voll. Der Mund eines musischen Menschen. Sie zeichnete ihn mit der Fingerkuppe nach. Rainer war in der Zwischenzeit von der Schwester rasiert worden, nur gekämmt hatte sie ihn nicht. Sein akkurater Scheitel hatte sich in Wohlgefallen aufgelöst, die Haare standen wild durcheinander, und Anna fuhr mit ihrer Hand hindurch. Die Haare richteten sich auf, das veränderte seinen Typ sofort. Er sah nicht mehr bieder gekämmt, sondern frech aus, ganz so wie nach dem Duschen, wenn er sich den Kopf mit einem Handtuch trockenrieb. Es stand ihm viel besser, und Anna zupfte die Haare so in Form, wie sie es sich immer vorgestellt hatte und wie sich Rainer seit jeher geweigert hatte, sie zu tragen. Irgendwie war es nicht unangenehm, einmal bei allem, was man tat, auf keinerlei Widerstand zu stoßen und sich in Ruhe mit seinem Partner beschäftigen zu können. Sie dachte daran, was ihr der Arzt eben bei der Begrüßung erzählt hatte. Er schilderte den Fall eines Patienten, der nach siebzehn Jahren wieder aufgewacht war und völlig normal an sein vorangegangenes Leben anknüpfte, als hätte es die siebzehnjährige Dunkelphase nie gegeben. Anna war sich nur nicht sicher, ob dies tatsächlich ein Trost für sie war. Eher nicht.

Sie saß noch an Rainers Bett, als sich spätabends Max zu ihr gesellte. Friederike hatte ihn nach drei Stunden herauslassen können, weil ihr Mann noch ein Treffen mit seinen Golffreunden hatte. Max bedankte sich für die fünfhundert Mark, indem er ihr sagte, daß er sie mit diesen drei Stunden wahrlich verdient habe. Der Rest sei ihm allerdings eine Freude gewesen. Ganz meinerseits, hatte sie geantwortet und daß sie ihn wieder anrufen werde. Während er Steffens Wagen startete, überlegte er, ob er die Treffen mit Friederike unter »festes, regelmäßiges Einkommen« würde buchen können. Jedenfalls wollte er Anna schon mal einen Teil ihres unfreiwilligen Darlehens zurückzahlen. Er rief sie auf ihrem Handy an, erreichte aber nur die Mailbox; das ließ ihn vermuten, daß sie neben Rainer saß, wo Handys wegen der elektronischen Geräte verboten waren. Also beschloß er, direkt in die Klinik zu fahren.

Anna freute sich über seine Gesellschaft, aber als er ihr zweihundert Mark hinstreckte, reagierte sie abwehrend. »Wo hast du das denn so plötzlich her?« wollte sie wissen.

»Wadde hadde du de da?« äffte Max sie nach. »Es ist völlig sauberes Geld, ehrlich verdient! Kannst du unbesehen nehmen!«

»Behalt's mal«, sagte sie und drehte sich wieder Rainer zu. »Noch brauchen wir es nicht!«

»Was sagt denn der Arzt?« Max zog sich den Dreibeinhocker heran.

»Abwarten«, antwortete Anna. »Es gibt Hoffnung machende Beispiele von Patienten, die nach siebzehnjährigem Dämmerschlaf aufwachten und völlig normal waren!«

Max warf ihr einen ungläubigen Blick zu. »Das ist aber nicht dein Ernst!«

»Doch!«

»Und das soll Hoffnung machen?«

Sie zuckte die Schultern. »Keine Ahnung, wie Ärzte so was sehen ...«

»Kann ich dir sagen. Als ein Kollege meines Vaters zum Martinigansessen bei uns war, vor grauer Vorzeit, fragte er meine Mutter, ob das Leichenwasser aus der Gans denn schon abgeflossen sei ...«

Anna mußte lachen. »Das glaubst du doch selber nicht«, sagte sie und schüttelte den Kopf.

»Doch!«

Sie lachten beide herzhaft, doch dann hielt Anna plötzlich inne. »Rainer hat meine Hand gedrückt!« Sie schauten ihm beide ins Gesicht, aber es tat sich nichts.

»Bist du sicher?« wollte Max wissen.

Anna nahm seine Hand hoch, die sie die ganze Zeit über fest umschlossen hatte. »Ja, ganz sicher!«

Max stand auf. »Ich rufe den Arzt«, sagte er und verließ das Zimmer.

Anna streichelte Rainers Hand weiter. »Komm, Rainer, wach auf. Ich brauch dich, und ich liebe dich doch. Ohne dich will ich nicht sein, also laß mich nicht allein!« Während sie es sagte, kam sie sich vor wie beim Kinderreimdichten, aber sie fand, daß es einmal gesagt werden mußte. Sie liebte ihn wirklich.

Gleich darauf war der Arzt da.

»Na, dann wollen wir mal sehen«, sagte er, und Anna machte ihm Platz.

Lars saß allein an der Bar seines Hotels und trank ein Bier. Eine Frau neben ihm versuchte mit ihm ins Gespräch zu kommen, aber er hatte keine Lust. Die Geschichte mit Rainer bremste ihn schwer. Seitdem er wußte, daß seine Bewußtlosigkeit nicht auf die leichte Schulter zu nehmen war, sondern ernsthafte Folgen haben konnte, dachte er über sich und Anna nach. Würde sie ihn noch treffen wollen, wenn Rainer ernsthaft krank war? Er fragte sich, was er für Anna überhaupt empfand. Er wußte es selbst nicht, aber er wußte, daß er die Nachmittage mit ihr nicht aufgeben wollte. Das war purer Sex, ja, aber es war trotzdem nicht austauschbar. Anna war eben schon irgendwie besonders, und er konnte es sich nicht vorstellen, plötzlich ohne sie zu sein.

Dabei liebte er seine Frau. Er dachte an Bettina. Ja, er war sich sicher, daß er sie liebte. Oder war es nur die Gewohnheit einer Ehe, die Bequemlichkeit, die Dinge alle geregelt zu wissen, die er liebte? Er war sich unschlüssig und bestellte sich noch ein Pils.

Irgendwie mußte es doch möglich sein, seinen eigenen Gefühlen auf die Spur zu kommen. Er trank sein Glas leer und schob es dem Barkeeper hin. Zwei Frauen und ein Kerl, der sich selbst nicht kannte.

Er mußte es andersherum probieren. Wenn er nun mit Anna verheiratet wäre und Bettina zur Geliebten hätte? Das war absurd. So herum funktionierte die Geschichte nicht. Bettina war keine Geliebte, absolut nicht. Sie würde jeden Mann mit einem solchen Ansinnen aus dem Zimmer werfen, davon war er überzeugt. Zudem war sie auch nicht körperlich genug gepolt. Sie war ein Kopfmensch, kein Bauchmensch. Sie käme nie auf die Idee, sich Sex einfach so zu holen, nebenher, aus Heißhunger wie einen Big Mac.

Und Anna als Ehefrau? Er versuchte, sich in Rainers Lage zu versetzen. Nach Hause zu kommen und anstatt Bettina Anna vorzufinden. Irgendwie konnte er es sich nicht richtig vorstellen. Würde sie ihn gleich aufs Bärenfell ziehen? Oder bekäme er eine warme Mahlzeit wie bei Bettina? Aber wenn sie als Ehefrau so sexlüstern agieren würde, bräuchte sie schließlich keinen Liebhaber. Wer aber wäre ihr Liebhaber, wenn er mit ihr verheiratet wäre? Schlicht – brauchte eine Frau wie Anna ganz einfach einen zweiten Mann? Würde er ihr, als ständiger Partner, auch nicht genügen?

Er konnte die Dinge drehen und wenden, wie er wollte, er kam zu keinem sinnvollen Schluß. Nach dem dritten Pils beschloß er, in sein Zimmer zu gehen und sich einen Film anzuschauen. Im Notfall Pay-TV, denn von irgend etwas mußte er sich schließlich ablenken lassen.

Die Untersuchung hatte keine weiteren Erkenntnisse gebracht.

»Alle Vitalfunktionen sind normal«, diagnostizierte der Arzt anschließend, »ich kann keinerlei Veränderungen erkennen. Sollte er aufwachen, tut er das ohnehin ohne unser Zutun!« Damit ging er wieder.

»Viel schlauer sind wir jetzt nicht«, meinte Anna und schaute Max fragend an.

»Korrekt.« Er zuckte die Achseln. »Weißt du was? Ich hole uns einen Kaffee, das tut uns gut!«

Anna nickte und griff nach ihrer Tasche.

»Was tust du?«

»Du brauchst doch sicherlich Geld!«

»Untersteh dich! Für zwei Kaffee! Jetzt hör aber auf!«

Anna blinzelte ihm zu. »Okay, kleiner Bruder. Aber dann komme ich mit, etwas Bewegung kann nicht schaden!«

Sie gingen den langen Gang entlang bis zum Kaffeeautomaten.

»Und wenn er jetzt aufwacht?« fragte Max.

»Er wird damit warten, bis wir zurück sind«, antwortete Anna betont fröhlich, obwohl ihr anders zumute war.

»Wird er nicht. Männer machen solche Dinge immer gern allein mit sich aus!«

»Männer!« Anna sah ihn von der Seite mit hochgezogener Stirn an. »Wenn ich so was schon höre!«

»Ja, und? Sind wir etwa keine Männer?«

Sie standen vor den vielen Tasten des Kaffeeautomaten, und Anna suchte die richtige Kombination.

»Ich weiß nicht recht«, sagte sie dabei. »Ich weiß auch nicht so recht, was ihr unter dem Begriff überhaupt versteht. Wenn ein Mann so was sagt, hört sich das immer irgendwie selbstherrlich nach Freiheit, Kampf und Brüderlichkeit an. Dabei seid ihr doch eigentlich nur kleine Buben, die vom Wilden Westen träumen!«

»Was???«

»Winnetou und Konsorten – von mir aus auch Old Shatterhand!«

»Das ist ja eine bodenlose Frechheit!« warf sich Max neben ihr in die Brust. »Bezahl dir deinen Kaffee gefälligst selbst!«

»Hab ich's nicht gesagt?« Sie warf eine Münze in den Geldschlitz und drückte für sich einen Cappuccino. »Und du wählst jetzt sicherlich schwarz, ohne Zucker und dafür doppelt stark ...«, sagte sie, während sie zuschaute, wie der Plastikbecher durch eine Röhre unter die Kaffeedüse fiel und gleich darauf von einem gezielten hellbraunen Strahl gefüllt wurde.

»Wie aus dem Blechbecher am Lagerfeuer?« fragte Max lauernd.

»Woher du das so gut weißt?« Anna nahm ihren Becher und grinste ihn an.

»Mädchen sind doof!« sagte er und warf nun ebenfalls eine Münze ein.

»Was du nicht sagst!« Sie schaute ihm zu, wie er auf *Kaffee schwarz* drückte.

»Hast du das nicht früher schon immer gesagt?«

»Stimmt! Ich hatte nur zwischenzeitlich vergessen, wie recht ich damals hatte!«

Anna lachte. »Und das alles nur, weil du meinst, Rainer warte mit dem Aufwachen, bis er es männlich allein tun kann!«

»Du wirst schon sehen!«

»So blöd ist Rainer nicht, daß er sich an irgendeinen verschrobenen Männerkodex hält!«

Sie öffneten die Tür, und Rainer saß aufrecht im Bett und schaute sie an.

»Das gibt's doch nicht«, sagte Anna und hätte fast ihren Becher fallen lassen.

»Sag ich's nicht?« triumphierte Max.

»Was macht ihr denn hier?« fragte Rainer.

Rainer blieb noch einige Tage im Krankenhaus, allerdings nur noch zum Auskurieren seiner Prellungen. Es war, wie der Arzt vorausgesagt hatte, er war aufgewacht und wieder voll da. Ob er nach seiner Kopfverletzung zum rammelnden Ehemann mutiert war, konnte Anna so schnell nicht herausfinden, und fragen wollte sie ihn auch nicht. Sie gedachte, es auszuprobieren, sobald er wieder zu Hause sein würde, traf sich aber vorsichtshalber am Montag nochmals mit Lars. Max wartete in der Zeit vergeblich auf einen weiteren Anruf von Friederike Leuthental. Er fühlte etwas wie Sehnsucht, wollte es aber nicht zugeben. Er schob es auf seinen hormonellen Haushalt, der durcheinandergeraten war, in Wirklichkeit hatten sich aber die Szenen am Fenster in sein Gehirn eingebrannt, und er ertappte sich dabei, wie er davon träumte. Sein Geld ging schon fast wieder zur Neige, obwohl er sich entgegen Friederikes Vorschlag keine neuen Kleider angeschafft hatte. Er hatte sich ganz einfach wieder zurück in seine Wohnung gewagt, dort hing der Kleiderschrank schließlich voll. Dagegen war der Briefkasten unerwarteterweise leer, was ihn vermuten ließ, daß seine Mutter nach »dem Rechten gesehen« und seine Post mitgenommen hatte. So ging er davon aus, daß sie seine Rechnungen auch gleich bezahlen würde.

Am Mittwoch, eine Woche nachdem Rainer aus seiner Bewußtlosigkeit erwacht war, ging er erstmals wieder in die Kanzlei. Der Empfang war überaus herzlich, sie hatten einen fröhlichen Willkommensvers auf ein Spruchband gemalt und Blumen auf seinen Schreibtisch gestellt. Rainer war glücklich, wieder seinem gewohnten Leben nachgehen zu können. Seine Nase war zwar noch etwas geschwollen und in ihrer Form verändert, aber er konnte sich zumindest wieder im Spiegel betrachten, ohne in Angstschweiß auszubrechen. Sein Schreibtisch war übersät mit Genesungswünschen, er fragte sich, woher die Leute von seinem Unfall, wie er es nannte, überhaupt wissen konnten, und darunter befand sich auch eine kurze Notiz von Gudrun. »Wenn Sie wieder soweit hergestellt sind, melden Sie sich doch bitte mal.« Er fühlte sich noch längst nicht soweit hergestellt, als daß er sich mit Gudrun hätte treffen wollen, aber zumindest wollte er sich erkundigen, ob bei ihr alles in Ordnung war. Er schaute, assistiert von Frau Schenk, seine Post schnell durch und besprach das eine oder andere mit ihr, deutete ihr dann aber an, daß er gern noch einige Minuten allein sein würde.

Kaum war sie draußen, rief er Gudruns Privatnummer an, und als sie wider Erwarten abnahm, war er völlig erstaunt.

»Das hätte ich wirklich nicht erwartet«, begann er, »eigentlich bin ich davon ausgegangen, daß Sie um diese Zeit in der Firma sind. Aber um so besser, hier ist Rainer Leicht, und ich wollte nur wissen, wie es Ihnen geht.«

Gudrun fühlte sich wohl, sie hatte seit ihrem Geständnis im Personalbüro einen neuen Freund: Ulrich Wechsler. Er hatte sich noch am Abend, nachdem sie ihn in seinem Büro aufgesucht hatte, bei ihr gemeldet, um sich nach ihrem Befinden zu erkundigen. Gudrun hatte ihn spontan zu ihrer kleinen Party eingeladen, und nach dieser Nacht ging er nicht mehr. Gudrun konnte es selbst nicht verstehen, aber er war ganz offensichtlich der Mann, auf den sie gewartet hatte. Sie wußte es, während sie miteinander schliefen, und sie wußte es noch am nächsten Morgen, und das Gefühl hatte bisher nicht ab-, sondern zugenommen. Es war halt so. Und jetzt war sie dabei, ihre Folterkammer auszuräumen und ein weiteres Zimmer, Büro und Schrankzimmer, einzuräumen.

Sie erzählte Rainer von ihrem neuen Leben, auch davon, daß sie von Charly noch nichts gehört habe. Der Polizei sei er jedenfalls noch nicht in die Arme gelaufen. Und dann gab sie ihm noch die Adresse von Lizzy, einer Kollegin, die auch sehr gut sei und eben ihre Gerätschaften um Gudruns erweitert habe.

Als Rainer auflegte, war er sich nicht sicher, was er fühlte. Eine Spur von Erleichterung, aber auch Bedauern. Gudrun hatte ihm gutgetan, und er wußte nicht, ob Lizzy dem entsprechen könnte. Vielleicht war es aber auch ein Wink des Schicksals, seine masochistische Neigung ganz zu unterbinden. Er beschloß, die Dinge zunächst mal auf sich wirken zu lassen und eine Entscheidung später zu treffen. Und im Zweifel mußte er sich diese Lizzy sowieso erst einmal anschauen.

Charly hatte sich in dieser Woche wieder beruhigt. Anscheinend beschränkte sich die »Großfahndung« nach ihm auf eine Anzeige, die neben Tausenden anderer unterging. Kein einziger Polizist hatte sich bisher nach ihm umgedreht, noch nicht einmal die von der Davidswache. Allerdings mied er seine Wohnung, das war ihm dann doch zu gefährlich, dort konnte ihn jeder aufspüren. Er hatte sich in einer kleinen Pension eingemietet, sie war zwar noch etwas heruntergekommener als sein eigenes Reich, dafür gerade noch zu bezahlen. Bei Gudrun hatte er sich nicht mehr gemeldet, aber von Lizzy wußte er, daß Gudrun ihr Studio auflöste. Daß er an Gudrun nicht mehr herankam, mit diesem Gedanken hatte er sich abgefunden, und letztlich war es ihm auch egal, denn er fühlte sich stark im Aufwind.

Seine Verbindung mit dieser Computermaus aus seinem Stammcafé klappte. Das war die tollste Idee seines Lebens gewesen, fand er. Bereits am nächsten Morgen präsentierte die Bedienung ihm zum morgendlichen Milchkaffee eine ausgedruckte E-Mail.

»Im Prinzip habe ich etwas gegen alte, ausgediente Loddel vom Kiez«, stand da. Es schüttelte Charly, und er mußte es nochmals lesen, bevor er weiterlas. »Aber einer, der den Mädels dann und wann den Rücken freihält, ist brauchbar. Allerdings nur dann, wenn er seine Machoallüren ablegt. Bedeutet: die Mädels sind selbständig, du bekommst bei Bedarf zwanzig Prozent von ihnen, hast keine weiteren Ansprüche. Das sind im Normalfall hundert Mark pro Auftrag, einschließlich Fahrtkosten. Wirst vorher von ihnen angerufen, hältst dich im Hintergrund und gehst unaufgefordert wieder, wenn alles glatt verlaufen ist. Du bist unser Angestellter, um Klartext zu reden. Und auch nur, wenn du unserer Prüfungskommission zeigen konntest, daß du für den Fall der Fälle überhaupt was drauf hast! Ein Okay als Antwort reicht, dann kommen wir wieder auf dich zu.«

Charly hatte den Brief dreimal gelesen. Er war frech und eigentlich unter aller Sau. Wie konnten die Kerle ihr eigenes Geschlecht so verraten. Aber offenbar war diese Hausfrauengeschichte auf diese Art tatsächlich eine Goldgrube. Er hätte gern gewußt, welchen Prozentsatz die Organisation einbehielt. Trotzdem, er rechnete. Drei Aufträge am Tag, dazu noch seine eigenen Pferdchen, damit könnte er endlich wieder würdig leben. Er ließ Susan sofort ein »Okay« zurückschreiben und bestellte Frühstück Nr. 8. Die Dinge liefen an. Vor allem hatte er nicht vor, ewig den Mann hinter dem Vorhang zu geben. Er würde genau aufpassen, sich ihr Prinzip bis ins letzte Detail abschauen und bei Gelegenheit selbst in den Ring steigen. Seine Zeit würde wieder kommen, das spürte sein altes Boxerherz.

Es dauerte nicht lang, und er wurde für den kommenden Mittwochnachmittag auf einen alten Hinterhof bestellt. Zur Vorsicht steckte er sich seine Pistole ein, dazu ein Springmesser, und knetete seine Hände ausgiebig durch. Dabei war das sicherlich zuviel des Guten, denn schließlich wollten sie ja etwas von ihm, sagte er sich. Er war ihnen nicht gefährlich, er konnte ihnen höchstens nützlich sein. Trotzdem fuhr er mit gemischten Gefühlen los. Er kannte diesen Hof, er gehörte zu einer ehemaligen Fabrik, die jetzt langsam in sich zusammenfiel. Die Nutten fuhren mit ihren Freiern oft dorthin, es war ruhig, aber trotzdem um die Ecke.

Als er am Mittwoch Punkt vier Uhr eintraf, war außer ihm niemand zu sehen. Der Platz war übersät mit gebrauchten Gummis und Unkraut, das zwischen den geborstenen Betonplatten dem Tageslicht entgegenwucherte. Er blieb in seinem Wagen sitzen und schaute sich um. Das rote Backsteingebäude auf seiner linken Seite war teilweise in sich zusammengesackt, statt Fenstern gab es nur noch Höhlen. Der türlose Eingang war mit rot-weiß gestreiften Plastikbändern kreuz und quer verklebt worden, und überall standen große Schilder mit der Aufschrift »Betreten wegen Einsturzgefahr verboten«. Als ob das nicht jeder selbst sehen könnte, dachte Charly und schaute in den Rückspiegel. Aber auch hinter ihm tat sich nichts, das ganze Gebäude war wie ausgestorben. Er entspannte sich allmählich. Vielleicht kam auch überhaupt keiner. Möglicherweise beobachteten sie ihn aus der Ferne und testeten seine Nervenstärke. Also, bleib mal ruhig sitzen und schalte auf cool, dachte er sich und lehnte sich, für jedermann sichtbar, völlig relaxed in den Rücksitz.

Als plötzlich scharf auf ihn geschossen wurde, fuhr er hoch und warf sich quer über die beiden Vordersitze. Das Mündungsfeuer war aus der offenen Tür gekommen, die Kugeln pfiffen über sein Autodach hinweg, und Charly griff nach seiner Waffe. Raus aus dem Wagen oder starten und davonrasen?

Bevor er sich entscheiden konnte, hörte er eine durch einen Lautsprecher verzerrte Stimme. »Na, wo bist du denn, du Beschützer schwacher Mädchen?«

Es irritierte ihn, denn es war unverkennbar eine Frauenstimme. Langsam richtete er sich wieder auf und starrte zur Tür, ohne zuviel von seinem Kopf preiszugeben. Die bunten Absperrungsbänder zitterten, aber es war nichts zu erkennen.

»Du kannst aussteigen«, hörte er die Stimme wieder. Einen Teufel würde er tun, er war doch nicht lebensmüde.

»Karl Lönitz, komm raus!«

Scheiße! War er etwa der Polizei in die Fänge geraten? Woher sollten sie sonst wissen, wie er hieß? Er war ein gottverdammter Idiot gewesen. Ein blöder Trick der Bullen, und er, Charly, die Faust, tappte hinein. Einfach nicht zu fassen!

»Wird's bald? Wir warten!«

Wer »wir« war, war nicht zu sehen, Charly war auch nicht mehr scharf darauf, er überlegte nur noch, wie er hier weg kam. Er startete seinen Wagen und raste los. Eigentlich war er auf eine polizeiliche Straßensperre vor der Firmeneinfahrt gefaßt gewesen, aber so einen Aufwand war er ihnen augenscheinlich nicht wert. Als er über das beschädigte Kopfsteinpflaster der Einfahrt auf die öffentliche Straße hinausholperte und dort ordentlich Gas gab, sah er hinter sich einen schwarzen BMW auftauchen. Im Rückspiegel erkannte er die spiegelverkehrten Initialen: HH-R1111. Verdammt, das war die Gegenpartei. Das waren Rifats Leute. Hatten sie ihn ins offene Messer laufen lassen wollen? Er kannte sich überhaupt nicht mehr aus, sondern raste direkt zur Davidswache. Lieber von denen in eine Zelle gesteckt als von Rifats Gorillas durchsiebt.

Erst als er mit kreischenden Reifen zur Polizeiwache abbog, sah er, daß der schwarze BMW, ohne sich auch überhaupt nur im entferntesten um ihn zu kümmern, geradeaus weiterfuhr. Dafür schauten einige Polizisten auf, die eben in einen der Polizeiwagen steigen wollten. Wenn es jetzt ganz blöd kam, hatte er sich selbst geliefert, ohne daß es nötig gewesen wäre. Er ließ den Wagen ausrollen und tat, als ob er nach einem Parkplatz schaute. Sollten sie ruhig glauben, er hätte etwas Eiliges zu melden. Drohende Arbeit würde sie sicherlich davon abhalten, Genaueres erfahren zu wollen. Tatsächlich, sie riefen sich einige Kommentare zu, nahmen die Mützen ab und stiegen in ihre Wagen. Charly atmete auf. Er wartete, bis sie an ihm vorbeigefahren waren, dann schlich er sich davon, so gut es in seiner alten Mühle ging.

Er überlegte gerade, was er jetzt sinnvollerweise tun sollte, als sein Handy klingelte. Keine Nummer auf dem Display, nur »Anruf«. Das hörte er auch so und ging ran.

»Was sollte denn der überstürzte Aufbruch, Karl Lönitz? Ein paar Kugeln sind doch wirklich kein Grund, die Nerven zu verlieren. Und schon gar keiner, um sich derartig in die Flucht schlagen zu lassen. Kein gutes Omen für einen sogenannten Beschützer.«

Charly schluckte. Er fühlte sich durchleuchtet und überwacht.

»Woher kennen Sie meinen Namen?« fragte er.

»Tut das etwas zur Sache?«

Am liebsten hätte er mit »ja« geantwortet, aber er beherrschte sich. Diese Dinge würde er auch noch später herausfinden können. »Eigentlich nicht!«

»Dann kommen Sie zurück. Sie haben noch eine Chance. Wir warten noch zwanzig Minuten auf Sie, dann räumen wir das Feld und vergessen Ihre Anfrage.«

Charly überlegte. Er hatte falsch reagiert. Es war weder die Polizei noch die Gegenseite unter Rifat, sondern der blanke Zufall. Er hatte sich durch seine Phantasie ins Bockshorn jagen lassen, das wäre ihm vor ein paar Jahren nicht passiert.

»Ich komme!« sagte er bestimmt.

»Wir warten«, sagte die Stimme mit einem süffisanten Unterton. Eine Frauenstimme, die *ihm* etwas sagen wollte. Es war unsäglich! Sein Kiez verkam!

Charly fuhr direkt zum Firmengelände zurück, fünf Minuten später stand er an haargenau derselben Stelle wie zuvor, hatte den Wagen diesmal allerdings in Richtung Ausfahrt geparkt. Trotz allem: man lernte schließlich dazu.

Er wartete kurz, dann stieg er aus. Sie wollten ihm nicht ernsthaft ans Leder, das hätten sie vorhin schon gekonnt, sie wollten ihn testen, das konnten sie haben. Er ging direkt auf das Tor zu, hinter dem er die vorherigen Angreifer vermutete. Vor den Plastikbändern, die ihm den Eingang verwehrten, blieb er stehen, lauschte und versuchte, etwas im dahinterliegenden dunklen Innenraum zu erspähen. Es war jedoch weder etwas zu sehen noch zu hören, so drückte er schließlich die Plastikbänder hinunter und stieg darüber. Angespannt und auf alles gefaßt, blieb er wieder stehen, aber es geschah nichts. Er versuchte, sich an die Lichtverhältnisse zu gewöhnen, was schwierig war, weil die eine Seite durch das herabgestürzte Dach hell, die andere dafür stockdunkel war. Vor ihm lag jede Menge Geröll, alte verrostete Maschinen und ein Haufen Müll.

Er fragte sich, ob er sich nicht getäuscht hatte und sich mit dieser Aktion noch mehr zum Affen machte, als eine Stimme hinter ihm sagte: »Na, da ist unser Held ja!«

Er fuhr herum, die Fäuste zum Angriff geballt, es stand aber niemand hinter ihm. Nur die Bänder bewegten sich im Wind. Und ein Hauch von Parfüm lag in der Luft. Er stand wie angewurzelt. Das konnte schlechthin nicht sein, trogen ihn seine Sinne?

Er spürte von hinten etwas auf sich zukommen, drehte sich schnell wieder um und erschrak. Keine zwei Meter von ihm entfernt stand ein Bär von einem Mann, schwarz, schwarz gekleidet und dazu noch mit einer schwarzen Augenmaske. Er nahm die Fäuste hoch, und an der Art, wie er sich bewegte, war Charly klar, daß er einen durchtrainierten Boxer vor sich hatte. Allerdings einen, der noch voll im Training war und nicht wie er durchs Leben und sein Phlegma zugefettet.

»Laß uns mal kurz sehen, was du drauf hast, Charly …«, wieder diese Frauenstimme hinter ihm, aber diesmal schaute er sich nicht nach ihr um.

Der Kerl vor ihm tänzelte heran, Charly schwor, ab morgen wieder zu trainieren, aber ob ihm der gute Vorsatz in der aktuellen Situation helfen würde?

Charly hob ebenfalls die Fäuste, allerdings zunächst mal eher zur Abwehr. Mehrere Links-Rechts-Kombinationen prasselten auf ihn herunter, bis ihn ein Haken zum Aufwachen brachte. Jetzt schlug er zurück und registrierte zwei eigene Treffer, einen am Kopf seines Gegners und einen auf der Leber. Beim dritten nahm der Kerl die Fäuste hoch, verbeugte sich leicht und trat zurück. Charly dröhnte der Kopf, und er fühlte jeden einzelnen Schlag auf seinem Körper, aber die Stimme hinter ihm sagte: »Das reicht. Ist okay, Karl Lönitz. Du kannst für uns arbeiten, wie und wann, erfährst du über die dir bekannte Methode.« Er stand noch, ohne sich zu rühren, und beobachtete, wie sich sein Gegner in der Dunkelheit praktisch im Nichts auflöste. »Aber vergiß nicht, du arbeitest für die Mädchen und für uns. Nicht die Mädchen für dich!«

Du kannst mich mal, dachte Charly und wandte sich zum Gehen. Beim Hinausklettern entdeckte er, wo die Stimme herkam: aus einem kleinen schwarzen Lautsprecher, der innen am Türrahmen befestigt war. Nichts als Tricks, dachte er grimmig, und er roch wieder diesen Hauch von Parfüm.

Max haderte mit sich und seinem Schicksal. Irgendwie bekam er derzeit sein Leben nicht auf die Reihe. Steffen, seine Antriebsmaschine, fehlte ihm. Er hätte sich schon längst wieder Stoff besorgen können, aber es widerstrebte ihm. Steffen und er waren bisher ein tolles Team gewesen. Max organisierte, was gebraucht wurde, und Steffen bot es an. Manchmal auf Bestellung, wie bei Harald Eichmann, manchmal auch auf Verdacht und eigene Faust. Egal wie, es paßte meist, und sie teilten sich die Kohle. Es ließ sich leichtfüßig und gut leben, solange keiner von ihnen selbst richtig süchtig wurde, das war ihnen klar. Bloß jetzt hatte Max keinen Drive mehr. Bei den Großdealern hatte er sich seit seinem Ausflug nach Italien nicht mehr sehen lassen, und derzeit hätte er noch nicht einmal für einen Kleineinkauf Geld. Und wenn, so war er einfach nicht der Typ, der das Zeug unter die Leute brachte. Er war der Kopf, Steffen die Hand. Dafür lebte Steffen auch öfter mal von der Hand in den Mund, was Max zwischendurch mit Sorge betrachtete. Für seinen Geschmack warf Steffen zuviel Ecstasy ein. Trotzdem, ohne Steffen fühlte sich Max geschäftlich nur als halbe Portion.

Er saß in seiner Wohnung und konnte sich zu nichts aufraffen. Die Wohnung verkam, seine Klamotten sollten endlich einmal gewaschen werden, und er mußte sich dringend über einiges klar werden. Wurde er aber nicht. Er fühlte eine betäubende Apathie, die stärker und stärker Besitz von ihm ergriff. Er mußte sich sogar schon regelrecht aufraffen, um überhaupt noch das Nötigste für sein Leben einzukaufen. Die meiste Zeit lag er regungslos auf dem Sofa, starrte abwechselnd zur Decke oder zum Fernseher und tat sich unendlich leid.

Friederike hatte das kleine Abenteuer Spaß gemacht. Sie ahnte, daß ihr Mann etwas Ähnliches tat, aber er hatte natürlich durch seine Termine sehr viel mehr Möglichkeiten, kleine Seitensprünge, größere Affären oder ein tatsächliches Verhältnis zu vertuschen. Sie selbst hatte seit ihrer Brustvergrößerung und der daraufhin folgenden Abkehr von Siegmund kein Bedürfnis nach Sex gehabt. Es war einfach so, ihr Körper signalisierte ihr, daß ihr die platonische Beziehung, die sie mit Siegmund unterhielt, völlig ausreichte. Und nicht nur das, es war ihr sogar lieber so. Denn

Siegmund hatte seine Sexualität oft als Machtinstrument mißbraucht. Nach Auseinandersetzungen fand er stets, daß ein gemeinsamer Akt jede Spannung beseitige. In Friederike braute sich aber nach solchen Nächten eine Wut zusammen, die sie mit der Zeit nur noch mühsam unterdrücken konnte. Zuweilen erschien ihr ihr eigener Mann wie ein Monster, und sie ekelte sich vor seinen schwer atmenden, schweißbedeckten Sexualattacken.

Jetzt entdeckte sie plötzlich, daß ihr Körper sich wieder meldete. Plötzlich kamen da Dinge in Gang, die sie längst für begraben gehalten und mit denen sie nicht mehr gerechnet hatte. Und nicht nur das, sie fand verstärkt Gefallen an ihrer wiedererwachten Körperlichkeit. Sie fragte sich, ob es ebenfalls Machtmißbrauch gewesen sei, Max so demütigend zu behandeln, im gleichen Atemzug fragte sie sich aber auch, ob er es überhaupt so empfunden hatte oder ob er nicht, wie viele Männer, zur Wirklichkeitsverbesserung durch Realitätsferne und Selbstüberschätzung neigte.

Friederike hatte sich eine Woche lang Abstinenz verordnet. Sie wollte sich über sich selbst, ihre Gefühle und Absichten klar werden. Die Woche war um, sie war sich selbst noch immer nicht auf die Schliche gekommen. Kurz entschlossen rief sie im Porsche-Zentrum an und ließ sich einen 911er bereitstellen. Einen Vorführwagen, bitte, sagte sie, Schwarz in Schwarz.

Eine Stunde später wählte sie die Telefonnummer von Max.

Max hatte seit schieren Ewigkeiten seine Position auf dem Sofa nicht verändert. Er brütete vor sich hin, als das Handy klingelte. In dem Augenblick, da er Friederikes Nummer erkannte, richtete er sich sofort auf. »Ja?« fragte er atemlos.

»Falls es dir gerade langweilig sein sollte, lade ich dich zu einer Spazierfahrt ein.«

»Ich ...«, er fuhr sich über seine Bartstoppeln, »habe gerade noch zu tun, aber in einer Stunde? Wo soll's denn hingehen?« Er senkte seine Stimme verschwörerisch. »Italien?«

Sie lachte. »Dein Glück ist wirklich, daß die Versicherung die Regulierung des Schadens zugesagt hat!«

»Und was machen wir mit dem vielen Geld?« wollte er wissen, während er sich erhob, zum Kleiderschrank ging und mit der freien Hand nach einem frischen Hemd suchte.

»Buchen uns einen Flug nach Venedig. Und kaufen einen neuen Wagen!«

»Hört sich irgendwie klasse an!«

Sie lachte. Der Junge tat ihr gut. Und einen kleinen Liebesausflug in die Lagunenstadt konnte sie sich wirklich reizvoll vorstellen.

»Wo soll ich dich nachher abholen?« wollte sie wissen.

»Bei mir zu Hause!«

»Das traust du dich? Gegen dich läuft noch eine Anzeige wegen Autodiebstahls, vergiß das nicht!«

»Weiß ich, ich kann mich ja auch nicht frei bewegen. Kannst du diese dußlige Anzeige nicht zurücknehmen?« Er hatte ein Hemd herausgezogen, nur Unterwäsche fand er kein einziges Stück mehr.

»Wie sollte ich das der Versicherung und vor allem meinem Mann erklären? Das kannst du vergessen!«

»Und wenn man mich durch einen blöden Zufall bei einer Polizeikontrolle aus deinem Wagen zieht?« Er hielt einen Slip hoch, um ihn zu kontrollieren.

»Dann behaupte ich, du hättest mich zu dieser Fahrt gezwungen!«

»Schöne Aussichten!« Er ließ den Slip mit zwei Fingern auf den Wäscheberg zu seinen Füßen fallen.

»Mehr kann ich dir nicht bieten!« Ihre Stimme klang amüsiert. »Zumindest wäre es eine Schlagzeile für dich!«

»Stark! Und der direkte Weg in den Knast!«

Anna hatte Rainer an seinem ersten Tag in die Kanzlei fahren und später wieder abholen wollen, aber Rainer war dagegen. Er wünsche nicht wie ein Kleinkind bemuttert zu werden, hatte er ihr erklärt. Wenn sie ihm schon eine Freude machen wolle, dann mit einem schönen Abendessen.

So hatte sich Anna den Kopf zerbrochen und Kochbücher gewälzt. Am liebsten hätte sie ihm ein Fünf-Gänge-Haute-Cuisine-Menü hingezaubert, aber da sie sich schon beim Durchlesen überfordert fühlte, besann sie sich auf das, was sie konnte und von dem sie sicher wußte, daß er es liebte: Tafelspitz mit Bratkartoffeln. Vorweg einen gemischten Salat mit Kürbiskernen. Und als Dessert Vanilleeis mit heißen Himbeeren. Da konnte nichts schiefgehen, und das war in einer solchen Situation ja auch tröstlich.

Als Rainer kam, war sie gerade fertig, hatte den Tisch festlich gedeckt und sich umgezogen. »Na, wie war's im Büro?« fragte sie ihn im Flur, als ob es sich um einen völlig normalen Arbeitstag gehandelt hätte.

»Ich habe nur mal so durchgeschaut«, Rainer warf einen Blick auf seine Armbanduhr, »bin ja auch viel früher dran als sonst!« Er knöpfte seinen Trenchcoat auf und hängte ihn auf den Bügel. »Sie haben sich viel Mühe gegeben, mit Blumen, Karten und so!« Er lächelte ihr zu. »Du siehst toll aus! Kenn ich das Kleid schon?«

»Hab ich zu unserem Polterabend getragen. Erst zehn

Jahre her!« Sie wollte es nicht, aber solche Fragen brachten sie jedesmal zur Weißglut.

»Sieht wirklich noch gut aus«, sagte er, und sie hätte ihm dafür eine scheuern mögen.

»Ich hab's extra für unseren heutigen ersten Abend gekauft. Es ist nigelnagelneu!«

»Dachte ich es mir doch«, sagte er und ging an ihr vorbei ins Wohnzimmer. Lars hätte es ihr bereits im Flur vom Leib gerissen, denn sie fand, daß sie darin wirklich unverschämt sexy aussah. Es war ein schwarzes, sehr eng anliegend geschnittenes, knöchellanges Kleid. Der Ausschnitt und die Seite ließen sich aufhaken, was sie reichlich getan hatte, und gab so ein überaus großzügiges Dekolleté preis. Anscheinend war er nicht zum sexbesessenen Ehemann geworden, eher war das Gegenteil der Fall. So völlig ohne Beachtung hatte sie es sich nicht vorgestellt. Sicherlich würde zumindest der Preis Beachtung finden, wenn er ihn auf seinem Kreditkartenauszug entdeckte.

Sei froh, daß du ihn wieder hast, sagte sie sich und ging hinter ihm her ins Wohnzimmer.

»Schön hast du das gemacht!« Rainer war vor dem von Kerzenlicht erhellten Tisch stehengeblieben, und Anna spürte, wie sie sich schon wieder beherrschen mußte. In ihren Ohren hörte es sich so an, als ob sie so etwas sonst nie tun würde. Als ob sie das Abendessen normalerweise auf dem Fußboden kredenzte.

»Ja, danke«, sagte sie schnell. Anna, du bist gereizt, dachte sie, halt ein, es ist euer erster Abend.

»Setz dich doch schon mal«, bot sie ihm an. »Magst du ein Glas Prosecco vorweg?«

»Alkohol?« Er überlegte. »Darf ich das überhaupt?«

Was hatte sie nur für einen zahnlosen Tiger geheiratet!

»Wenn du es willst, wirst du schon dürfen«, sagte sie. »Oder hat der Arzt etwas anderes gesagt?«

Er setzte sich. »Kann mich nicht erinnern!«

»Na dann!« Sie ging in die Küche, um die Flasche zu holen, aber während sie ging, hörte sie plötzlich alle ihre inneren Alarmanlagen schrillen. »Kann mich nicht erinnern«, hatte er gesagt. Konnte er sich etwa auch nicht mehr an ihr Polterabendkleid erinnern und auch nicht mehr an den normalen Abendbrottisch?

Sie ging mit der Flasche zurück und beäugte ihn unauffällig. Sie stießen an, und Anna begann, den Salat zu servieren. Womit konnte sie sich Gewißheit verschaffen, ohne seinen Verdacht zu wecken?

»Was hat sich denn deine Sekretärin, deine Lieblingssekretärin, wie heißt sie doch schnell, heute im Büro für dich ausgedacht?« fragte sie.

»Ich habe keine Lieblingssekretärin. Sie sind alle gleich!« Er kaute, wischte sich den Mund ab und hob sein Glas. »Es ist schön, wieder zu Hause zu sein, meine liebe Anna!«

Meine liebe Anna, dachte sie. Wie sich das schon anhört. Sie stieß mit ihm an. »Ja, doch. Klar hast du eine, sagst du doch immer. Sie sei besonders gut, freundlich und diskret!«

Sag Frau Schenk, dachte sie dabei, dann ist alles in Butter. Sie nahmen beide einen großen Schluck, Anna gleich noch einen zweiten hinterher.

Er stellte sein Glas ab und schaute ihr in die Augen. »Nein, heute waren sie alle besonders nett«, beteuerte er arglos. »Wirklich, ohne Ausnahme!«

Anna kaute auf ihren Salatblättern, und irgendwie hatte sie das sichere Gefühl, daß sie keinen Tafelspitz mehr essen konnte. Ihr war so schon halb schlecht. Wenn er tatsächlich Teile seines Gedächtnisses verloren hatte, wie sollte er noch in seinem Beruf weiterarbeiten? Zumindest an seine Fälle mußte ein Anwalt sich doch erinnern können. Sie war den Tränen nahe. Trotzdem, sie mußte es noch einmal probieren.

»Patricia und Frank haben angerufen, sie wünschen uns einen schönen Abend!«

»Aha!« Er nickte erfreut. »Danke, das ist nett!«

Anna beobachtete seine Mimik. Sie war freundlich, aber unbeteiligt. Und seine Aussage machte noch längst nicht klar, ob er wußte, wer Patricia und Frank überhaupt waren. Sie mußte sich sammeln und ging in die Küche, um den Tafelspitz zu holen. Dabei fiel ihr Blick auf ihr Handy, das noch auf dem Küchentisch lag. Eine Kurznachricht war eingegangen. Sie schaute schnell von der Küchentür nach Rainer und drückte gleich darauf die Taste für eingegangene Meldungen.

»Montag klar?« stand da. Lars natürlich, so ein Idiot. Etwas anderes hatte er wohl nicht im Sinn, jetzt, da Rainer das Gedächtnis verloren hatte! Sie löschte die SMS, sie würde ihm später ausführlich antworten!

Anna richtete die Platte und ging damit zurück ins Wohnzimmer.

»Wow! Das sieht ja lecker aus!«

Anna empfand es direkt als Gefühlsausbruch im Vergleich zu seinen vorhergegangenen Reaktionen. »Soll ja auch ein Festessen sein!«

Sie brachte ihm eine Flasche Rotwein zum Entkorken und deckte die passenden Teller auf. Rainer drehte den Korkenzieher in den Flaschenhals und sah ihr zu. »Morgen koche ich mal«, sagte er schließlich.

Himmel, jetzt war er wirklich verrückt geworden. Nichts

hatte sie sich über all die Jahre sehnlicher gewünscht. Was hatte sie auf ihn eingeredet, sich mal am Haushalt aktiv zu beteiligen, von gemeinsamen Kochorgien und gemeinsamem Frühjahrsputz, Straßenkehrdienst und Bügelfreuden hatte sie ihm vorgeschwärmt, doch er wollte nie etwas davon wissen. Und jetzt das? Er wollte kochen?

»Wie kommt denn das?« wollte sie wissen und setzte sich vor ihren Teller.

»Ich möchte dich auch einmal verwöhnen!« sagte er und blinzelte ihr zu.

Da wäre ihr zum ersten etwas anderes eingefallen, und zum zweiten fragte sie sich ernsthaft, ob es unter den Verwöhnfaktor fallen konnte, wenn er zum allerersten Mal den Kochlöffel schwang. Wahrscheinlich war sie anschließend stundenlang mit Putzen beschäftigt.

»Ich räume anschließend auch wieder auf!«

»Bist du auf den Kopf gefallen?« rutschte ihr unüberlegt heraus, aber er lachte nur.

»Ich dachte mir, daß ich auch etwas tun könnte, wenn du dich beruflich wieder engagierst!« Sie schaute ihn schräg an. Was dachte er wohl, in welcher Sparte sie arbeitete? Als Kosmetikerin? Altenpflegerin? Betriebswirtin?

»Was macht denn deine Karriere als Privatdetektivin?« wollte er wissen und steckte sich einen Happen Fleisch in den Mund. »Im Fall Steffen Schneider tappen doch sicherlich noch alle im dunkeln!«

Max saß neben Friederike und sah ihr von der Seite aus zu, wie sie den Porsche durch Hamburg steuerte. Sie trug eine enggeschnittene cremefarbene Lederhose und einen passenden Pullover dazu, der sich um ihren Busen schmiegte. Er hatte ein gutes Gefühl neben ihr und fragte sich, ob er sie etwa vermißt habe und ob diese unbestimmte Sehnsucht für seine mehrtägige Lethargie verantwortlich war. War er jetzt etwa manisch-depressiv wegen einer Frau, die ihn einmal verführt hatte? Und überhaupt, verführt. Gekauft hatte sie ihn. Er betrachtete den Ring an ihrer rechten Hand. Ein schwerer Stein, er traute sich kaum, den Wert zu schätzen. Trotzdem, ihm hätte er sicherlich für mehrere Monate zum Leben gereicht.

»Wohin fahren wir eigentlich?« fragte er nach einer Weile.

»Nach Italien ist es mir zu weit und außerdem zu gefährlich. Dort klauen sie Autos!« sagte sie und warf ihm aus blauen Augen einen verschmitzten Blick zu. »Ich dachte eher an den Timmendorfer Strand!«

»Baden?« Er schaute hinaus. Es war sonnig, aber die Menschen auf den Straßen trugen dicke Wintersachen.

»Der Eispickel liegt hinten im Kofferraum!«

»Das, was man so röhren hört?« fragte er betont nach. Sollte sie bloß nicht glauben, daß er nicht wüßte, wo ein Carrera seinen Kofferraum hat.

»Richtig, denn vorn hat er keinen Platz. Da liegt die Leiche drin«, sagte sie.

»Au, spannend. Wer?«

»Mein Mann!« Es kam so bestimmt, daß er kurz schlukken mußte. War es das, wozu sie ihn brauchte? Wollte sie etwa ihren Mann abservieren, den alten Oberstaatsanwalt?

»Ein bißchen wenig Platz für ein solches Kaliber von Mann«, sagte er leichthin. Es sollte wie ein Scherz klingen.

»In Teilchen paßt er hinein!« Sie zuckte mit den Achseln. »Mit dem Kopf hatte ich etwas Mühe, aber er war schon immer extrem dickköpfig!« Sie lachte.

»Sollte ich nicht besser aussteigen?« fragte er, denn allmählich traute er ihr alles zu.

»Dort vorne überlasse ich dir den Porsche. Ich steige aus, und drei Minuten später ist die Polizei da. Sie findet dich mit einem weiteren geklauten Porsche und dazu noch mit einer Leiche. Und dann auch noch ausgerechnet mit *dieser* Leiche!«

Max rutschte etwas von ihr weg. »Bist du auch sicher, daß es dir gutgeht?«

»Mir schon! Dir gleich nicht mehr!« Sie schaute ihn an, und er entdeckte in ihren Augen eine Kälte, die ihm bisher nie aufgefallen war.

»Würdest du mich freundlicherweise rauslassen?« fragte er, denn jetzt wurde es ihm wirklich unheimlich.

»Ja, gleich! Sag ich doch!«

»Friederike, ich finde das nicht witzig!«

Sie bog in die nächste Straße ein und bog noch zweimal ab, schließlich endete die geteerte Straße vor einem großen Rundbogen, der Einfahrt zu einem kleinen Hotel. *Zur Moorleiche* stand auf einem schrägen Schild, und Friederike fuhr durch das enge Tor. »Sag ich's nicht?« grinste sie. »Ein Leichentreffen!«

»Du liebst es wohl makaber!« Der Wagen holperte unwillig über die mit Pflastersteinen ausgelegte enge Straße auf einen kreisförmigen Hof zu. Eine alte Pferdekutsche und einige ausgestochene Torfballen standen als düsterer Schmuck da. Max deutete darauf. »Sind da die Moorleichen drin?«

»Noch nicht«, Friederike blinzelte ihm zu.

»Eben war's noch dein Mann, jetzt bin's wohl ich?« Er war versucht, sie am Ohrläppchen zu ziehen, traute sich aber nicht. Die Geste erschien ihm zu vertraulich.

»Abwarten«, sagte sie und machte den Motor aus. »So, darf ich dich zu einer Moorleichenvesper einladen? Dazu gibt es Pils und Katenschnaps. Lust darauf?«

Eigentlich hatte er eher Lust auf sie, aber wer wußte schon, was sie weiter ausgeheckt hatte? Schließlich war dies hier ein Hotel, auch wenn es eher wie ein heruntergekommener Gutshof aussah.

Sie gingen durch eine verwitterte Eingangstür in einen düsteren Flur und von dort weiter in die ausgewiesene »Schenke«. Der Raum war groß und wirkte wie die früheren Rittersäle. Die eine Seitenwand wurde von einem mannshohen offenen Kamin fast ganz eingenommen, an der anderen stand eine Theke, dazwischen zwei lange Eßtafeln aus massivem Holz, umgeben von zahlreichen Stühlen unterschiedlichen Alters und unterschiedlicher Herkunft. Die Sprossenfenster waren zwar groß, aber trotzdem fiel kaum Licht herein, und an der Wand waren allerlei seltsame Gerätschaften aufgereiht. Dazwischen waren noch einige kleine Tische aufgestellt worden, die seltsam verloren wirkten. Das Kaminfeuer brannte, obwohl kein einziger Mensch zu sehen war.

»Seltsam!« Max stand neben Friederike und schaute sich um.

Sie lachte. »Ich war auch noch nie hier! Eine Freundin hat mir den Tip gegeben!« Sie sprühte vor guter Laune. »Sie hat sich hier so eine Art Liebesnest eingerichtet, aber ich glaube, so ganz mein Fall ist es nicht!«

Max war beruhigt. Wer wußte, wie die Betten dort oben aussahen, womöglich lag ein Skelett darunter.

»Zumindest hat sie einen originellen Geschmack«, sagte er und drehte sich nach Friederike um. »Bleiben oder gehen?«

Sie wies zu dem Kamin, in dessen Nähe ein kleiner Tisch stand. Er war gedeckt, und ein Reserviertkärtchen aus Messing stand darauf.

»Ich habe vorsichtshalber reserviert«, sagte Friederike und zuckte die Schulter. »Man kann ja nie wissen ...«

Max mußte lachen, ging voraus und rückte ihr den Stuhl zurecht. »Bitte sehr, Madame!« Sie setzten sich beide. Die Holzscheite knisterten und sprühten Funken, ansonsten war es still.

»Ich hab nicht gerade das Gefühl, als ob sich einer für uns interessiert«, bemerkte Max schließlich.

Friederike stand auf und ging zu ihm hinüber. Sie massierte seine Schultern, und er legte den Kopf zwischen ihre Brüste. Ihre Hände lösten sich, glitten tiefer zur Taille und tasteten sich schließlich zu seinem Schritt vor. Er spürte, wie er auf sie reagierte. Schließlich hielt er es nicht mehr aus und stand auf. Sie schaute ihm mit einem herausfordernden Blick in die Augen und zog ihren Pullover vor ihm aus. Sie trug keinen Büstenhalter, und er spürte, wie es ihm heiß wurde.

»Hier?!« fragte er leise.

Sie gab ihm keine Antwort, sondern öffnete seinen Gürtel. Hektisch begannen sich jetzt beide auszuziehen, Friederike warf ihre hellen Kleidungsstücke achtlos zu Boden, Max ebenfalls, und kurz danach landeten sie auf dem Wäscheberg. Friederike dirigierte ihn nach unten und nahm ihn sich so, wie sie es wollte und brauchte. Max war sich darüber klar, daß er zum erstenmal in seinem Leben ein purer Spielball war, und diese Gewißheit erregte ihn noch mehr als ihre fordernden Bewegungen, die ihn ohnehin schon bis zum äußersten reizten. Er öffnete die Augen und sah ihre Brüste vor sich schweben, griff danach und beobachtete dabei kurz ihr Gesicht. Darin spiegelten sich ihre Empfindungen und eine Leidenschaft, die verriet, daß sie absolut nichts für ihn tat. Alles, was sie tat, tat sie für sich selbst. Der offensichtliche Egoismus dieser Frau brachte ihn fast um den Verstand, und als sie ihrem Orgasmus entgegensteuerte, war er froh, sich auch endlich gehenlassen zu können. Sie streckte sich auf ihm aus, und sie blieben eine Weile eng umklammert liegen.

Schließlich hob sie ihren Kopf und schaute ihm ins Gesicht. »Mit dir macht es tatsächlich richtig Spaß!«

»Das hört sich an, als sei das neu für dich!«

Ein leichtes Lächeln huschte über ihr Gesicht, als sie nickte. »Du wirst lachen«, sagte sie, »das ist es. Es ist anders als …«, sie überlegte kurz, »früher.«

»Hattest du bisher keinen anderen Mann als deinen«, Max stockte, »Gatten?«

Jetzt grinste sie wirklich und schüttelte dabei den Kopf.

»Ich sag's ja«, seufzte er, »so was ist ein gravierender Fehler. Wie soll eine Frau vergleichen können, wenn sie lebenslang nur einen einzigen Lover hatte? Du wärst auch nie darauf gekommen, wie gut ich bin, wenn du immer nur mich und meine herausragende Qualität gehabt hättest!«

Sie boxte ihn und sang ihm »You're so vain …« ins Ohr.

»Na, hör mal«, protestierte er, »ich bin überhaupt nicht eingebildet!«

»… und außerdem fliegst du gerade raus!«

»Stimmt!«

Sie lachte und erhob sich langsam.

»Und zudem ist das hier eine seltsame Kneipe!«

Friederike stolzierte nackt zum Tresen und kam mit einer Flasche Rotwein und zwei Gläsern zurück. »Eine mit

Selbstbedienung eben!« Sie blinzelte ihm zu, und erst jetzt ging ihm ein Licht auf. Sie hatte das gesamte Lokal gemietet, für ein kleines Treffen am Nachmittag.

Während der nächsten Tage beobachtete Anna ihren Mann genau. Sie fand, daß er extreme Schwankungen hatte, manchmal kam er ihr unglaublich klar vor, aufmerksamer sogar als früher, und dann hatte sie wieder den Eindruck, daß er kaum wußte, wer sie war. Sie rief deswegen seinen Arzt an, und er beruhigte sie. Konzentrationsschwächen seien nach einem solchen Trauma normal. Das gebe sich, sie bräuchte eben Geduld und solle ihn unterstützen, so gut es ginge. Das machte sie, aber im Bett spielte sich auch mit der größtmöglichen Unterstützung überhaupt nichts ab. Sie hatte versucht, ihn am Samstag abend zu verführen, aber all ihre Künste versagten. »Ist nicht schlimm«, tröstete sie ihn, während sie sich zum Einschlafen in seinen Arm schmiegte, aber es schien ihn auch ohne ihren Trost nicht weiter zu belasten.

Am Sonntag morgen schrieb Anna in einer SMS an Lars, daß sie im *Ramses* das altbewährte Zimmer gebucht habe. Schließlich war es ihr gutes Recht, wenn nicht sogar ihre Pflicht, für ihren kranken Ehemann bei Laune zu bleiben. Für den Nachmittag hatte sie aus dem gleichen Grund zu einem kleinen Genesungsfest geladen. Da sie nicht gern kochte und für eine größere Meute schon zweimal nicht, gedachte sie Rainers Wiedergeburt mit Kaffee und Kuchen abzufeiern.

Patricia und Frank kamen als erste. Die beiden überreichten Rainer ein Präsent, über das er sich nach dem Auspacken jedoch nicht so recht freuen konnte. Es war ein Buch, das er unentschlossen in den Händen hin und her drehte, bis Anna es ihm abnahm. »Liebe, Laster, Leidenschaft«, las sie den Titel laut vor und wollte sich gemeinsam mit Patricia darüber totlachen, was bei Rainer noch weniger gut ankam.

»Seid ihr nicht zum Feiern gekommen?« fragte er, und die beiden Frauen verkrümelten sich lachend in die Küche.

»Und?« fragte Patricia, während sie Anna half, die verschiedenen Kuchen- und Tortenstücke auf eine Platte zu schaufeln.

Anna zuckte die Achseln. »Er wird jetzt ein Problem mit Frank haben, seitdem er weiß, daß du fremdgehst!«

Patricia half einer Sahnetorte mit dem Finger nach und schleckte sich anschließend genüßlich den Finger ab. »Das wäre nur dann problematisch, wenn er auf die Idee käme, Frank über meinen sogenannten Liebhaber aufzuklären!« Sie schauten sich an und mußten beide lachen.

»Was meinst du, was erst los wäre, wenn er wüßte, daß Lars dahintersteckt?«

»Dann hätte er gleich ein doppeltes Problem«, Anna hielt die Tortenschaufel unbeweglich in der Luft und lauschte. »Hat's nicht gerade geklingelt? Das werden Lars und Bettina sein!«

»Triffst du dich denn noch mit Lars?« wollte Patricia wissen.

»Morgen, ja!« Sie schob konzentriert einen Erdbeerkuchen auf die Platte und schaute gleich darauf Patricia in die Augen. »Oder wolltest du?«

Patricia grinste. »Danke für das Angebot, aber bislang bin ich noch überaus gut versorgt.« Sie blinzelte. »Ich greife bei Bedarf darauf zurück!«

Lars und Bettina standen bei Rainer und Frank, als die

beiden mit der Kuchenplatte und zwei Kaffeekannen ins Wohnzimmer zurückkamen.

»Kaffee und Kuchen«, sagte Bettina und küßte Anna zur Begrüßung auf die Wangen, »wie bei unseren Eltern. Hättest du uns nicht in eine Bar einladen können?«

Anna war erstaunt. »Dachte immer, du verabscheust so was!«

»Nein, im Gegenteil! Es wäre eine Gelegenheit gewesen, so was mal von innen kennenzulernen!« Bettina wandte sich von Anna ab und begrüßte Patricia.

Anna musterte sie dabei von hinten. Sie trug ein figurbetontes orangefarbenes Kleid und hatte sich ihre Haare hochgesteckt. »Bei dir ist wohl der Frühling ausgebrochen«, sagte Anna und tätschelte ihr dabei den Rücken. »Champagnerlaune, was?«

»Laß nur«, Lars drehte Anna an beiden Schultern zu sich herum und küßte sie links und rechts, »mir ist Kuchen sehr recht. Bin sowieso bargeschädigt!«

»Alter Hotelhocker!« Rainer nickte ihm zu und nahm das Geschenk vom Tisch, das Bettina für ihn dort abgelegt hat. Vitaminpillen, Energiepillen und ein Stärkungssaft kamen unter dem Geschenkpapier zum Vorschein. »Fehlt nur noch Viagra«, lachte Rainer und legte alles Anna in die Hände.

»Kein Bedarf«, sagte sie und ließ offen, ob sich das auf Rainer oder seine Potenz bezog.

»Denke ich auch«, bestätigte Lars und setzte sich an den Tisch. Er betrachtete die sieben Gedecke und wollte von Anna wissen, wer der geheimnisvolle Siebte sei.

»Ich habe noch Max eingeladen, bin aber nicht sicher, ob er kommt!«

»Apropos Max«, rührte sich jetzt Patricia, während sie

sich ebenfalls hinsetzte. »Was ist eigentlich mit Steffen Schneider?«

Rainer warf ihr einen Blick zu. »Ich habe einige Anfragen ans Gericht laufen, bezüglich Todesstunde und Sexualverkehr, die aber noch nicht beantwortet wurden!«

»Scheint doch jemand Interesse daran zu haben, ihm das Ganze in die Schuhe zu schieben«, warf Frank ein.

Bettina schaute hoch. »Steffen Schneider? Gibt's da was Neues?«

Anna schilderte ihr kurz Rainers jüngste Aktivitäten in dem Fall; sie hörte interessiert zu. »Du bist an diesem Krimi tatsächlich dran? Ich dachte immer, dein Fach seien Seitensprünge!«

Rainer räusperte sich, Bettina hob entschuldigend die Hände. »Du weißt schon, wie ich das meine. Ehekrach, Scheidung und über den Gartenzaun gewachsene Apfelbäume!«

Rainer blieb sachlich. »Es ist eine Pflichtverteidigung, ich habe mich nicht darum gerissen!«

»Und was ist das für ein Typ, dieser Steffen Schneider?« wollte Frank von Rainer wissen.

»Sicherlich hat er schon genug Dreck am Stecken, sonst käme er doch gar nicht in einen solchen Verdacht!« winkte Bettina ab.

»Was ist denn mit dir los?« Anna war ehrlich erstaunt. »Wo ist denn dein sozialer Touch?«

»Hier geht es doch um Mord, oder etwa nicht?«

»Ja, schon«, sagte Anna. »Aber es gibt da Zweifel!« Sie stockte. Der leichte Tritt unter dem Tisch gegen ihr Schienbein kam offensichtlich von Lars.

»Nun, erzähl doch mal, alter Junge«, wechselte er das Thema und drehte sich Rainer zu, »was da eigentlich mit dir und diesem Schläger los war. Was treibst du dich abends bei fremden Frauen herum? Konntest du das Anna ausreichend erklären?«

Rainer balancierte ein Stück Käsesahnetorte auf der Tortenschaufel. »Kein Problem«, sagte er und lud es sich sorgsam auf den Teller. »Anwälte lügen doch nicht!«

Max hatte keine Lust, sich bei Leichts über seine Abenteuer auszutauschen, schon gar nicht bei Kaffee und Kuchen. Zudem wußte er auch nicht, was er erzählen konnte und was nicht, und deshalb ließ er es lieber gleich bleiben. Er lag auf seinem Sofa und wartete auf einen Anruf. Friederike hatte ihm nach ihrem kurzen Ausflug ins Hotel *Zur Moorleiche* wiederum fünfhundert Mark in seine Jeanstasche gesteckt, und wieder hatte er mit sich gekämpft. Er wollte kein bezahlter Junge sein, das verbot ihm sein männlicher Stolz, auf der anderen Seite war es wunderbar leicht verdientes Geld, und da er zur Zeit keine anderen Einkünfte hatte, sah er es einfach als Freundschaftsdienst. Aber irgendwie konnte sein Leben so auch nicht weitergehen, das war ihm klar. Er sah nur keinen Weg, so blieb er auf dem Sofa liegen und fixierte sein Handy mit seinem Blick. Irgendwann mußte es ganz einfach klingeln und sie dran sein.

Charly hatte seine ersten Aufträge bekommen. Es war eine neue Erfahrung für ihn, denn die Frauen waren anders, als er sich das vorgestellt hatte. Sie wiesen ihn an, was er zu tun hatte, und erklärten ihm ohne Umschweife, wann er zu gehen hatte. Diese Frauen hatten mit dem Bild der beiden, die sich auf seine Anzeige gemeldet hatten, nichts zu tun. Sie schienen die Männer tatsächlich als Nebenjob zu betrachten, die einen, um ihr Bafög aufzubessern, die anderen, um als Ehefrau finanziell unabhängig zu bleiben. Abenteuerlust, wie er ursprünglich geglaubt hatte, schien bei diesen Frauen keine Rolle zu spielen, das Ganze war eine klare, nüchterne Abmachung. Gegen diesen Typus Frau kam er sich tatsächlich etwas antiquiert vor, und er beschloß, schnellstens zum Friseur zu gehen und sich anders einzukleiden. Anscheinend war er völlig hinterher.

Die Wohnungen, in die er bestellt wurde, waren modern, meist eher nüchtern, ganz anders als die mit Plüsch überladenen Zimmer, in denen er in diesem Milieu bisher verkehrt hatte. Die letzte in der Reihe seiner Auftraggeberinnen, mit der er am Sonntag abend zu tun hatte, gab ihm mit seinen verdienten hundert Mark auch den Rat, sich unauffälliger zu verhalten.

»Das hier ist ein Mietsblock«, sagte sie, »mit ganz normalen Mietern, und einer wie Sie fällt hier auf.« Er stand an den Türrahmen gelehnt und kam sich abgekanzelt vor wie ein kleiner Schuljunge, der mitten im Winter mit kurzen Hosen zum Unterricht erschienen war. »Warten Sie mal!« Sie ließ ihn stehen und ging an den Computer, der auf einem kleinen Glasschreibtisch vor dem Fenster stand. Er schaute ihr zu, wie sie ihn einschaltete und einige Male die Tastatur bediente. Schließlich begann der Drucker zu summen, und sie kam mit einem Blatt auf ihn zu. »Das sind meine Termine«, sagte sie. »Können Sie das einrichten?« Er warf einen Blick darauf. Fein säuberlich waren einige Daten aufgelistet, die entsprechenden Männernamen und kleine Bemerkungen dazu. »Ich schaue in meinen Planer«, sagte er, um nicht völlig blöd daneben zu stehen.

»Planer«, wiederholte sie und strich ihre kinnlangen braunen Haare zurück. »Ja, tun Sie das!« Sie drehte sich um, und damit war er entlassen. Er schaute sie noch mal an, bevor er die Tür hinter sich schloß. Eine Nutte in alten Jeans und weißem T-Shirt, dazu kaum geschminkt, irgendwie war das schon ein seltsamer Verein.

Punkt vier Uhr am Montag mittag schritt Lars durch die Hotelhalle des *Ramses*. Was die sich an der Rezeption wohl in der Zwischenzeit so über uns denken, überlegte er sich, während er auf den Lift wartete. Eigentlich sollten sie mal das Hotel wechseln, es war wirklich schon auffallend, daß sie es so regelmäßig als Stundenhotel mißbrauchten. Er beobachtete die Anzeigen der drei Lifte und versuchte herauszufinden, welcher wohl am ehesten in der Lobby sein würde, als sich eine blonde Frau neben ihn stellte. Er bemerkte sie eher aus den Augenwinkeln heraus. Sie war groß, schlank und blond. Beide gingen in dieselbe Liftkabine, und als Lars auf »4« drückte, lächelte sie ihm zu.

»Danke, da will ich auch hin!«

Sie trug Jeans und eine knielange braune Wildlederjacke, die offenstand. Sie hatte etwas an sich, das Lars gefiel, und er überlegte, wie er ein Gespräch anfangen könnte. »Da haben Sie sich nicht das beste Wetter für einen Besuch in Hamburg ausgesucht«, sagte er, während sie am zweiten Stockwerk vorbeifuhren.

»Ich wohne in Hamburg«, antwortete sie, und aus ihren blauen Augen las er so etwas wie Spott. »Ich schlafe nur manchmal im Hotel!«

»Ach!« Mehr fiel ihm dazu nicht ein. Die Tür öffnete sich, und von den vier Gängen, die von der Liftebene ausgingen, schlug sie zielsicher seinen eigenen ein. Sie gingen nebeneinander her.

»Und Sie?« fragte sie und lächelte ihn an.

»Ich wohne auch in Hamburg«, rutschte ihm heraus, obwohl er das überhaupt nicht verraten wollte.

»Wenn das kein Zufall ist!« Sie lachte und zog einen Zimmerschlüssel aus ihrer Tasche. »Zwei Hamburger in Hamburg!« Vor der Zimmernummer 414 blieb sie stehen. »Dann noch einen schönen Aufenthalt!«

Lars nickte ihr zu. »Ihnen auch«, und ging den Gang weiter hinunter. Nachdem er gehört hatte, daß sie im Zimmer verschwunden war, schlich er zu 416 zurück und klopfte leise.

»Komm doch«, hörte er, während er die Klinke nach unten drückte. Anna lag in der Badewanne, zwei Sektgläser auf dem Beckenrand. Sie schnippte ihm Wasser entgegen, als er hereinschaute. »Ich warte schon auf dich«, sagte sie und hob ein Glas. »Eine Woche kann brutal lang sein!«

»Finde ich auch«, sagte Lars und begann sich auszuziehen.

In der Badewanne hielten sie es nicht lange aus, dazu war es einfach zu eng. Schließlich wechselten sie ins Schlafzimmer hinüber und rollten sich übers Bett.

»Du bist ja noch ganz naß!« beschwerte sich Anna, richtete sich aber plötzlich auf. »Hör mal!« sagte sie und legte ihren Zeigefinger auf den Mund.

»Was ist?« Lars hob unwillig den Kopf.

»Das darf doch nicht ...«, Anna zog die Stirn kraus. »Hör doch! Genau das gleiche wie das letztemal!«

Tatsächlich, ein Bett quietschte im Rhythmus. Ganz offensichtlich war ein Pärchen tätig.

»Nicht schon wieder!« stöhnte Lars.

»Aber diesmal aus dem Nebenzimmer!« Anna deutete mit dem Zeigefinger auf die Wand und sprang aus dem Bett. »Hoffentlich gibt's wenigstens dieses Mal keine Leiche!«

»Jetzt mach aber halblang!« Lars beobachtete Anna, wie sie das Ohr an die Tapete preßte, dann mußte er lachen.

»Ha, das ist ja ein Ding!«

»Psst!!« Sie horchte weiter.

»Kommen Sie ins Bett zurück, Frau Detektivin. Die Dame von Zimmer 414 habe ich eben auf dem Flur getroffen, sah nicht gerade wie eine blutrünstige Mörderin aus!«

Anna rührte sich nicht. »Woher willst du wissen, wie eine Mörderin aussieht? Und überhaupt!« Sie drehte sich nach ihm um. »Hat nicht Steffen gesagt, nur eine Frau ritzt ihr Monogramm in die Eier ihres Opfers?«

Lars stand auf, ging zu Anna, nahm sie hoch und legte sie aufs Bett zurück. »Da kann es einem ja übel werden, wenn man dir zuhört!« Er legte sich auf sie und hielt ihre Handgelenke rechts und links neben ihrem Kopf fest. »Öffne doch mal deine Fäustchen, Schätzchen, nur so zur Vorsicht. Nicht daß du eine Rasierklinge spazierenträgst!«

Anna stöhnte unter seinem Gewicht und versuchte, ihn in die Brust zu beißen.

»Nicht doch!« Lars stützte ihren Kopf mit seiner Stirn ab. »Das könnte doch weh tun!«

Anna begann zu zappeln. »Laß mich sofort nach oben!«

Er lachte und ließ sie los. »Nichts lieber als das«, sagte er dazu und wälzte sich von ihr herunter.

Anna stürzte sich sofort auf ihn und hielt jetzt seine Handgelenke fest. »Sag mir, was das für eine Frau war!«

»Keine Ahnung«, meinte er und lauschte übertrieben. »Aber recht lebendig, wie's scheint!« Er riß seine Hand los und kniff sie leicht in ihren Hintern. »Zumindest sind sie da drüben schneller zur Sache gekommen als wir hier!«

»Ich zeig's dir gleich, du miserables Miststück«, fauchte

Anna. »Wahrscheinlich hat sie halt einen jüngeren Liebhaber, der noch was drauf hat!«

Charly hatte diese ausgedruckte E-Mail-Liste mit den Namen und Daten mit in seine Pension genommen und rätselte seitdem, was er damit anfangen könnte. Er mußte dringend einen Computerkurs machen, er war einfach völlig unerfahren in solchen Dingen. Sicherlich gab es doch einen Weg herauszufinden, wer hinter einer solchen E-Mail-Adresse steckte. Lizzy fiel ihm ein. Sie hatte einen Computer und war mit solchen Dingen ganz gut drauf. Er warf einen Blick auf die Uhr, es war halb fünf. Montag, da hatte sie, soviel er wußte, keinen Kunden. Und so oder so war es angebracht, sich mal wieder bei ihr und den anderen sehen zu lassen. Er fuhr gleich los mit dem erhebenden Gefühl, diesmal nicht total abgebrannt zu sein, sondern einige Hundertmarkscheine in der Tasche zu haben. Von unterwegs rief er sie an.

Sie war wenig begeistert. »Ich habe um fünf Uhr einen Kunden«, wehrte sie ab. »Das wird höllisch knapp.«

»Von dem weiß ich aber nichts«, Charly sah auf seine Uhr. »Wieso weiß ich nichts?« Sein Tonfall wurde lauernd.

»Weil ich es dir bisher nicht sagen konnte. Bist in deiner Wohnung ja nicht mehr erreichbar!«

»Das ist die blödeste Ausrede, die ich je gehört habe!« Charly spürte, wie sein Blut zu kochen anfing. »Schließlich hast du meine Handynummer!«

»Nützt mir nichts, wenn die mir ständig sagt, der Teilnehmer sei momentan nicht erreichbar.«

Charly wußte nichts darauf zu antworten. Und er wollte es sich mit Lizzy nicht verderben, sie war normalerweise easy im Umgang, ganz anders als Gudrun mit ihrem eigenen Kopf und Willen. »Ist schon okay, ich komm um sieben! Nicht daß du da auch was hast, von dem ich nichts weiß?«

»Weder Absicht noch Termine!«

Charly legte auf und fuhr über eine Seitenstraße zu Lizzys Wohnung. Sie hatte eine der Dachterrassenwohnungen in einem Komplex mit mehreren Hochhäusern. Er stellte seinen Wagen um die Ecke ab und ging langsam zum Eingang vor. Den Vogel wollte er sich anschauen, den Lizzy da außer der Reihe drannahm. Charly schaute auf seine Uhr, gleich fünf. Er fuhr mit dem Lift nach oben und stellte sich an die Tür zum Treppenhaus. Sobald der Kerl kam, würde er dahinter verschwinden und die Tür einen Spaltbreit offen lassen. Das war ein wunderbarer Beobachtungsplatz, er hatte es ganz am Anfang, als Lizzy nach seiner Entlassung aus dem Knast wieder für ihn anzuschaffen begonnen hatte, mehrfach ausprobiert.

Aber nach zwanzig Minuten glaubte er selbst nicht mehr daran. Er stand unentschlossen herum, schließlich ging er an ihre Tür und lauschte. Möglicherweise war der Kerl ja früher gekommen. Aber er hörte nichts durch das massive Holz. Nach weiteren zehn Minuten gab er es auf. Da war ganz offensichtlich etwas schiefgelaufen. Charly drückte auf den Liftknopf und wartete ab. Er würde um sieben Uhr wieder kommen und sich von Lizzy die Geschichte erzählen lassen. Er war jetzt schon gespannt.

Als der Lift hielt, riß er die Tür auf und stand Auge in Auge mit Rainer Leicht.

Rainer erkannte Charly sofort wieder. Er erschrak zu Tode, aber auch Charly war klar, wen er vor sich hatte.

»Ach nein, Sie schon wieder!« sagte er und hielt die Tür offen.

Rainer gab keine Antwort. Am Sonntag morgen, nach Annas erfolglosen Wiedererweckungsversuchen von Samstag nacht, hatte er Gudruns Tip befolgt, bei Lizzy angerufen und um einen Schnuppertermin gebeten. Er mußte wissen, ob diese Pleite an Anna oder ihm lag. Den Horror einer echten Impotenz bildlich vor sich, von seiner Phantasie zudem ständig ausgeschmückt, hatte er um einen möglichst schnellen Termin gebeten.

»Haben Sie noch nicht genug?« fragte Charly drohend.

Rainer versuchte, sich zu sammeln, aber die Angst lähmte ihn. Der Krankenhausaufenthalt steckte ihm noch zu sehr in den Knochen, und es hätte auch schlimmer ausgehen können, das wußte er.

»Was wollen Sie von mir?« Rainer versuchte, Charly abzulenken, während er gleichzeitig überlegte, wieso dieser Mensch ausgerechnet hier schon wieder auftauchte, während die Polizei behauptete, keine Ahnung zu haben, wo Karl Lönitz abgeblieben sei.

»Reiner Zufall«, sagte Charly, packte ihn am Kragen, zerrte ihn aus dem Lift und preßte ihn gegen die Rauhputzwand des Flurs. »Geben Sie mir Ihr Handy!«

Rainer starrte ihn an. »Ich hab keins!«

Charly hielt ihn mit einer Hand fest, während er ihn mit der anderen schnell abtastete. Er verpaßte ihm zur Warnung noch einen kleinen Fausthieb in den Magen und ging die zwei Schritte rückwärts zum Lift zurück. »Und Sie haben mich nicht gesehen, damit wir uns verstehen! Kommen Sie nicht auf die dumme Idee, der Polizei einen Wink zu geben. Selbst wenn sie mich schnappen würden, irgendwann wäre ich wieder draußen ...«

Er ließ den Satz in der Luft stehen, während er in den Aufzug trat und auf »Erdgeschoß« drückte. Als er sich in

Bewegung setzte, lehnte er sich an die Wand und atmete tief durch. Ausgerechnet diesem Kerl mußte er in die Arme laufen. Morgen mußte er wirklich sein Aussehen radikal verändern. Kurze Haare, schwarz gefärbt, und eine andere Aufmachung. Ganz sicher hatte dieser Affe nichts anderes im Sinn, als direkt die Polizei anzurufen und seine Begegnung mit ihm zu schildern.

Rainer stand neben der Tür zu Lizzys Apartment. Sein Magen schmerzte, und seine Knie schlotterten. Er überlegte, ob er überhaupt noch klingeln sollte. Aber Termin war Termin, und er war gewissenhaft, was solche Dinge anging, also drückte er schließlich auf die Klingel. Lizzy öffnete in ihrem Lederdreß, sie war stark geschminkt, und ihre langen schwarzen Haare fielen über ihren blanken Busen. Rainer stierte sie an, dann mußte er sich übergeben.

Es war halb sechs, als Lars und Anna aus ihrem Hotelzimmer kamen. Lars drängte ein wenig, weil Bettina heute pünktlich zu Hause sein würde, dagegen hatte Anna Zeit, weil ihr Rainer heute morgen von einem späteren Termin erzählt hatte. Aber Lars wurde stets sofort panisch, sobald er befürchten mußte, nach Bettina zu Hause einzutreffen und Erklärungen abgeben zu müssen. »Ich will und kann nicht lügen«, erklärte er Anna ein ums andere Mal. »Wenn ich gar nichts sagen muß, ist es mir am liebsten!«

»Wenn du es verschweigst, ist es auch nicht besser!« hielt Anna dagegen.

»Aber zumindest nicht gelogen!«

Anna hatte es aufgegeben, seine Logik verstehen zu wollen, und trat vor ihm auf den Hotelgang hinaus.

»Was machst denn du da?« hörte Lars sie sagen, aber da war es schon zu spät. Er war hinter ihr auf den Flur getreten und stand Max gegenüber, der ebenfalls gerade das Nachbarzimmer verließ. An der Seite dieser Unbekannten aus dem Lift.

Lars war zu überrascht, ihm fiel überhaupt nichts dazu ein. Blöder hätte es nicht laufen können. In flagranti erwischt, von Max Wilkens, dem nichtsnutzigen Bruder von Patricia, Sohn des hochgestochenen Chefarztes Dr. Wilkens. Klasse gelaufen.

Max hatte sich schneller gefaßt als er. »Da siehst du mal wieder ...«, sagte er und schüttelte den Kopf.

Friederike war neben ihm stehengeblieben und lächelte Lars und Anna zurückhaltend an. »Wir kennen uns schon«, sagte sie schließlich in Lars' Richtung.

»Tatsächlich?« staunte Max.

Lars sagte noch immer nichts.

Friederike verschränkte die Arme. »Anscheinend ist das hier eine etwas delikate Situation!«

»I wo«, beeilte sich Max zu sagen. »Das ist bloß die beste Freundin meiner Schwester, und das ist ein Freund aus ihrer Clique. Beide verheiratet, bloß nicht miteinander!«

Friederike zuckte nicht mit der Wimper. »Soll's geben!«

»Dann sind Sie Friederike Leuthental«, mutmaßte Anna und streckte ihr die Hand hin. »Ich mochte es nicht glauben, als Max mir kürzlich erzählte, Sie hätten ihn zu mir und meinem Mann ins Krankenhaus gefahren – aber jetzt ist es wohl offensichtlich!«

Friederike ergriff ihre Hand. »Ach, der zusammengeschlagene Gatte war *Ihr* Mann? Interessant!«

Anna nickte.

»Aber Sie waren nicht zufälligerweise der Täter?« Friederike warf Lars einen fragenden Blick zu.

Der kam langsam wieder zu sich. »Ich hätte keinen

Grund«, sagte er. »Die Dinge laufen gut, wie sie momentan laufen. Die Schläge hat er sich woanders eingefangen.«

Max küßte Anna zur Begrüßung und verpaßte Lars einen kameradschaftlichen Fausthieb auf den Oberarm. »Das nächstemal seid nicht so laut«, sagte er dazu. »Das grenzt ja schon an Ruhestörung!«

»Der Junge übertreibt mal wieder maßlos«, sagte Lars zu Friederike, streckte ihr nun ebenfalls die Hand hin und stellte sich ihr vor.

»Nun«, Friederike wies in Richtung Lift. »Wenn wir schon gemeinsam gekommen sind, können wir wohl auch gemeinsam gehen!«

Lars nickte ihr zustimmend zu. »Zumindest hat keiner Interesse daran, den anderen bloßzustellen!«

Wie auf Kommando schauten sie alle auf Max. Der hob abwehrend die Hände. »Ich nehme an, Patricia weiß es schon, und wem sollte ich es sonst erzählen?«

Lars runzelte die Stirn.

»Okay, okay! Keiner wird ein Sterbenswörtchen von mir erfahren!« Er warf Anna einen Blick zu und schüttelte den Kopf. »Aber irre ist es schon, das müßt ihr doch zugeben!«

Rainer saß bei Lizzy am Tisch und konnte es nicht fassen. Ihm war fürchterlich übel, eigentlich wollte er sterben. Irgendwie brach in letzter Zeit alles um ihn herum zusammen, und er fühlte sich wie in einem tiefen Loch, aus dem er sich nicht befreien konnte.

»Ist doch wirklich nicht so schlimm«, tröstete Lizzy ihn. Über ihr ausgeschnittenes Lederbustier hatte sie einen selbstgestrickten rosafarbenen Pullover gezogen.

»So etwas ist mir wirklich noch nie passiert!« Er hatte gleich darauf selbst nach Eimer und Putzlappen gegriffen, aber die Beseitigung des Schadens half ihm nicht über die Ursache hinweg.

»Dieser Kerl, Karl Lönitz«, Rainer massierte mit Zeige- und Mittelfinger seine Schläfen. »Das ist ja wie im Alptraum. Kennen Sie den?«

Lizzy schüttelte entschieden den Kopf. »Nie gehört! Wie sah er denn aus?«

Rainer gab eine perfekte Personenbeschreibung ab. Lizzy hörte ihm interessiert zu, zuckte aber mit den Schultern.

»So 'nem Kerl möchte ich überhaupt nicht begegnen. Schlimm genug, daß er hier herumstreicht!«

Rainer nickte und stand langsam auf. »Sie sollten die Polizei rufen!«

»Ganz sicher«, bestätigte Lizzy und zupfte an ihrem Pullover.

»Wegen unserer ...«, Rainer überlegte, »geschäftlichen Vereinbarung komme ich wieder auf Sie zu. Es war leider kein glücklicher Auftakt!«

Sie stand ebenfalls auf. »Ich seh's nicht als Omen!«

Er reichte ihr die Hand und wollte zur Tür, hielt aber nochmals inne. »Was bin ich Ihnen denn jetzt schuldig?« fragte er.

»Schauen Sie zu, daß Sie gut nach Hause kommen, und melden Sie sich wieder!« Sie brachte ihn bis zum Lift, und Rainer spürte, wie sein Magen von neuem zu revoltieren begann, als er in die Kabine stieg. Es war die pure Angst, am Ausgang von diesem Kerl erwartet zu werden.

Unten angekommen, öffnete er vorsichtig die Tür, gefaßt darauf, sie sofort wieder zuzuziehen und auf einen der Knöpfe zu drücken, aber er sah keinen einzigen Menschen. Vorsichtig ging er aus dem Lift, schlich sich aus dem Haus und flüchtete in sein Auto. Karl Lönitz hatte er zwar nirgends gesehen, aber er war sich sicher, daß er in der Nähe war und ihn beobachtete.

Rainers Herz raste, als er seinen Wagen startete. Er drückte sofort auf den Knopf für die Türverriegelung und schaute sogar hinter die Rücklehnen. Jeder Krimi fiel ihm ein, den er in den letzten Jahren gesehen hatte. Dann zwang er sich dazu, tief Luft zu holen, gleichmäßig ein- und auszuatmen und mit dem Wagen auf dem Parkstreifen stehenzubleiben, bis sein Puls sich langsam wieder beruhigt hatte.

Während er so in seinem Wagen saß und nachdachte, fielen ihm Parallelen auf. Und plötzlich wußte er auch, daß Lizzy ihn angelogen hatte. Klar wußte sie, wer Karl Lönitz war. Sicherlich war er ihr Zuhälter, wie er wohl auch der von Gudrun gewesen war. Hatte ihm nicht Gudrun den Tip gegeben, sich an Lizzy zu wenden? Klar, er war von der einen Lönitz-Braut zu der nächsten marschiert.

Jetzt wäre es einfach gewesen, ihn auflaufen zu lassen.

Rainer überlegte, ob es das wert war. Er wußte von Gudrun, was sie bei der Polizei über seinen Zusammenstoß mit Karl Lönitz ausgesagt hatte. Aber er wußte nicht, ob Gudrun in irgendeiner Form aktenkundig war. Bei einem Fall mochte das noch angehen. Die Geschichte, daß Gudrun einen Anwalt gegen ihren gewaltsamen Freund gebraucht und er sie deshalb in ihrer Wohnung besucht hatte, war plausibel. Doch was hatte er in Lizzys Apartmenthaus zu suchen, wenn nicht Lizzys Dienste? Es war ein heißes Eisen. Und er dachte an Lönitz' Drohung. Klar, Körperverletzung brachte einen mit einem Vorstrafenregister wie Karl Lönitz auf jeden Fall hinter Gitter – bloß, damit hatte der Kerl schon recht, wie lange? Und was geschah dann?

Er fuhr los und beschloß, Karl Lönitz und den ganzen

Kram zu vergessen. Aber als er dreißig Minuten später in seine Wohnstraße einbog, hatte er bereits einen neuen Plan. Er würde Gudrun anrufen und sie um eine Adresse bitten, bei der er von Karl Lönitz verschont bliebe. Einen Versuch war es wert, vor allem, weil Anna ganz offensichtlich noch nicht zu Hause war. Ihr Wagen parkte nicht wie sonst an der Straße, das traf sich gut. Er fuhr in die Garage, ging ins Haus, hängte seinen Trenchcoat in der Garderobe auf und holte sich sofort das Telefon.

Gudrun bedauerte, daß ihre gute Absicht so schiefgelaufen war, hatte aber auch Verständnis, daß Rainer von Karl ein für allemal die Nase voll hatte. »Kann ich Sie gleich zurückrufen?« fragte sie.

»Kein Problem«, erklärte Rainer. »Sie werden ja schließlich offiziell als Mandantin geführt.« Er lachte. »Zumindest in der Polizeiakte.«

Er legte auf und ging an den Kühlschrank, um sich ein Bier einzuschenken. Den Gedanken, mit seinen Spielereien aufzuhören, hatte er nach kurzen Überlegungen beiseite geschoben. Warum sollte er sich selbst Zwang antun, indem er sich etwas verkniff, das ihm guttat? Schließlich kam es allen zugute, wenn er zufrieden und ausgeglichen war.

Das Telefon klingelte, kaum daß sich der Schaum im Glas gesetzt hatte. Gudrun gab ihm eine Nummer, die er schnell mitschrieb.

»Aber das ist doch eine E-Mail-Adresse«, erstaunt setzte er den Kuli ab. »Was soll ich denn damit?«

»Das ist eine neue Organisation«, erklärte sie, »geht das meiste über Computer, mit solchen Typen wie mit Charly haben Sie dann nichts mehr zu tun!«

»Über Computer?« staunte Rainer. »Wie denn das?«

»Sie schreiben diese Adresse an, teilen Ihre Wünsche

mit und bekommen eine Auswahl mit Foto in der Anlage. Recht einfach eigentlich und fair.«

»Tja«, nickte Rainer. Ihm erschien das recht kompliziert. Er hatte in seinem Leben noch keine E-Mail geschrieben, und die Fachfrau an seiner Seite, Anna, konnte er schlecht darum bitten. Ebensowenig seine Frau Schenk in der Kanzlei. »Ich muß gestehen«, begann er zögerlich, »ich bin mit so was überfordert!«

»Soll ich es für Sie schreiben?«

»Das würden Sie für mich tun?«

»Ich denke fast, ich bin es Ihnen schuldig. Haben Sie einen Internet-Anschluß?«

Er schwieg.

»Eine E-Mail-Adresse?«

»Da bin ich sicher. Allerdings in der Kanzlei!«

»Gut!« Es war kurz still. »Können wir uns da gleich treffen?«

Rainer schaute auf seine Uhr. Es würde niemand mehr im Büro sein. »Ja, warum nicht!«

Lars hatte auf dem Nachhauseweg noch kurz einen großen Strauß Tulpen gekauft. Er mochte Abende wie diesen, wenn ihn auch der Gedanke an Max leicht beunruhigte. Dem Kerl war einfach nicht zu trauen, zudem brauchte er immer Geld, das machte ihn doppelt gefährlich. Er wunderte sich, daß sich eine Frau wie Friederike Leuthental einen solchen Jungspunt geholt und nicht nach etwas ordentlich Männlichem wie ihm umgeschaut hatte, aber Frauen waren eben unberechenbar.

Bettina war noch nicht da. So konnte er den Abend schon einmal gemütlich einläuten und sie mit einem: »Na, wo kommst du denn so spät her?« empfangen. Er stellte die

Blumen auf den Eßtisch, schaute in den Kühlschrank und beschloß, zwei Steaks zu braten. Fleisch war seine Spezialität, das hatte er von seinen Vorfahren, den Jägern, geerbt. Er grinste in sich hinein, denn Bettina wollte bei solchen Höhlenmenschen-Sprüchen, wie sie es nannte, jedesmal aus der Haut fahren. Es war schon seltsam, daß ausgerechnet sie beide, das Kulturpflänzchen, das der rüden Außenwelt gern entfloh, und der Sportsmann, der seinen Kerl am liebsten draußen stand, zusammengekommen waren. Aber vielleicht waren es gerade diese Gegensätze, die sie beide anzogen. Oder möglicherweise ergänzten sie sich auch einfach nur gut. Er zupfte und wusch den Salat, trocknete das Steak ab. Deckte nebenher den Tisch, entkorkte die Rotweinflasche, schenkte sich ein Glas ein und fühlte sich rundherum gut. Wenn er seinen idiotischen Job nicht hätte, wäre er der glücklichste Mann der Welt. Einmal im Lotto gewinnen oder von seiner Frau leben können. Aber beides war leider illusorisch. Er tippte nicht, und ihr Einkommen war mehr als überschaubar. Er legte sich eine CD nach seinem Geschmack auf und genoß seine Allmacht. Es war einfach göttlich, alle Sinfonien und Jazzsirenen beiseite wischen zu können und sich die Ohren mit »kulturlosem Zeug«, wie Bettina verächtlich sagen würde, volldröhnen zu können.

Aber als der Salat und die Steaks fertig waren und der CD die Musikstücke ausgingen, wurde er doch unruhig. Wo blieb sie eigentlich? Das war ja nun schon seltsam. Neun Uhr durch und keine Spur von seiner Frau. Sie wußte doch, daß er heute kommen würde, oder etwa nicht? Am Montag drehte er doch meist die kleine Runde – schon wegen seines Termins mit Anna. Zumindest benachrichtigen hätte sie ihn können.

Er setzte sich an den Tisch und schenkte sich noch mal ein. Wenn es so weiterging, trank er die Flasche noch allein aus. Die Hälfte hatte er schon. Er überlegte. Ob er in ihrem Amt anrufen sollte? Oder gab es heute eine Veranstaltung, von der er nichts wußte? Eine dieser unsäglichen Lesungen, nach denen sie mit den Autoren noch immer gute Miene zum schlechten Stück machen und einkehren mußte, oder eine dieser fürchterlichen Vernissagen?

Mit einem Schlag fiel ihm der Chefarzt ein. Diese Ausstellung mit den Akten. Oder war es dieser Jazzmensch? Für den sie dieses Nichts von Pullover anziehen wollte? Er glaubte sich aber dunkel zu erinnern, daß der Jazzabend wegen Krankheit verschoben worden war. Das ersparte ihm einen Ehekrach mit Machtbeweis.

Es war der Chefarzt! Natürlich! Zu blöd! Er lief zu ihrem Kleiderschrank ins Schlafzimmer. Sollte dieser unsägliche Pullover fehlen, würde er sofort losfahren. Seine Frau halbnackt in der Öffentlichkeit mit einem Kerl, der Menschen vom Kopf aus nach unten ablichtete – allein bei dem Gedanken wurde ihm schlecht. Ihr Kleiderschrank war knallvoll. Anscheinend setzte sie ihr gesamtes Einkommen in Klamotten um, er fand überhaupt nichts. Und alles herauszuziehen und auf das Bett zu werfen getraute er sich auch nicht. Egal, er würde es auch so herausbekommen. Lars stürmte ins Wohnzimmer zurück und holte sich die Tageszeitung.

Tatsächlich, er hatte recht. Unter »Veranstaltungen« fand er die Ausstellung »Akte – Gesichtslos im Wandel der Zeit«. Vernissage heute, neunzehn Uhr, in der Kulturhalle, begleitende Worte von bla bla bla, er schaute nicht mehr hin, sondern raste los. Das war ja der Gipfel. Ohne ihm ein einziges Wort zu sagen, hing sie bei einer so widerlichen

Vernissage mit einem Heini von Chefarzt herum. Er verfluchte, daß sie kein Handy hatte. So hätte er sie wenigstens zurückpfeifen können. Aber was Technik anging, war sie einfach ein hoffnungsloser Fall.

Rainer erkannte Gudrun kaum wieder. Sie war ungeschminkt, hatte ihre kurzen schwarzen Haare nach hinten gegelt und trug einen schwarzen Pullover zu schwarzen Jeans. »Sie sehen gut aus«, sagte er ehrlich, und sie lachte.

»Danke, mir geht es auch gut! In gewissem Sinne sind Sie daran schuld, deshalb werden wir jetzt auch gemeinsam eine tolle Nachfolgerin für Sie finden!«

Er schluckte. Die Situation war ja schon seltsam, aber er war ihr auch dankbar. Irgendwie hatte er bei ihr das vertrauensvolle Gefühl, daß sie wußte, was sie tat.

Sie schaltete den Computer ein und fragte Rainer nach seinen Wünschen.

»Wie?! Sind Sie denn schon drin?« fragte er erstaunt, was Gudrun zum Lachen brachte.

»Und ob! Jetzt werden wir ein Paßwort anlegen, damit nur Sie an Ihre Informationen heran können. Wäre wahrscheinlich weniger lustig, wenn die Dame vom letztenmal ...«

»Ach Gott, Frau Schenk!«

»Eben! Schließlich geht's hier nicht um verlorene Kontaktlinsen, sondern richtig zur Sache! Wie soll Ihr Paßwort denn heißen?«

Rainer schaute ihr über die Schulter. »Mein Spitzname war immer Schnuffi, das wissen aber nur meine allerältesten Freunde!«

Gudrun lachte erneut. »Süß! Schnuffi! Also, lieber Schnuffi, wie hätten Sie's denn gern?«

»Eigentlich hätte ich gern Sie wieder!« Es rutschte ihm heraus, aber es entsprach der Wahrheit.

»Mich gibt's nicht mehr, sorry, bin raus aus dem Sortiment, aber so etwas wie mich gibt's auf jeden Fall. Ich schreib's mal so auf, ich weiß ja, wie die Dinge liegen!«

Rainer saß auf der Kante des Schreibtisches und sah ihr zu. Das war schon verrückt. Er hatte sich in seinen schlimmsten Vorstellungen schon ausgemalt, daß er jetzt nachts über den Kiez marschieren und eine entsprechende Lady finden mußte. Oder über Anzeigen oder Schmierenblättchen, wie er eines in seiner Schreibtischschublade zu Hause liegen hatte. Dort hatte er versuchsweise mal die Anzeigen studiert, aber es war ihm einfach zu anonym und zu ungewiß. Hier war's klar. Gudrun würde das schon für ihn regeln.

»So«, sagte sie nach einer Weile. »Die wissen jetzt, was Sie suchen, und ich erkläre Ihnen jetzt, wie Sie an die Informationen herankommen werden. Also, passen Sie mal auf«, sie rückte einen zweiten Stuhl neben ihren. »Das hier ist ein Computer. Und ich schalte ihn jetzt mal aus, damit ich Ihnen das Handling Schritt für Schritt beibringen kann!«

Rainer warf einen Blick auf die Uhr. »Wird das lange brauchen?« Er dachte an Anna, sicherlich war sie jetzt schon zu Hause und machte sich Sorgen um ihn. Er sollte vielleicht doch noch schnell anrufen und ihr sagen, daß der Termin länger dauert.

Gudrun zuckte mit den Achseln. »Das hängt ganz allein von Ihnen ab. Wie im wirklichen Leben!«

Lars war zielstrebig zur Kunsthalle gefahren. Eigentlich hatte er zuviel Alkohol, um sich noch ans Steuer zu setzen, das war ihm klar, aber besondere Ereignisse erforderten besondere Maßnahmen. Er fand, daß jeder Polizeibeamte einsehen mußte, daß diese Aktion ganz zweifelsfrei notwendig war. Der Parkplatz war voll, das war etwas, das er an solchen Veranstaltungen auch haßte. Kein Platz für nichts. Zunächst nicht fürs Auto und dann nicht für den Menschen. Es graute ihm schon jetzt vor dem kunstbeflissenen Gewühle, aber noch schlimmer war die Vorstellung, Bettina könne sich da drin als gesichtsloser Akt im Wandel der Zeit präsentieren.

Aber so weit kam er erst einmal gar nicht, denn am Eingang wurde er bereits aufgehalten.

»Dürften wir Ihre Einladung sehen?« fragte eine junge Frau mit einem silbernen Stecker durch die Unterlippe.

»Wer sind denn Sie?« fragte er und betrachtete sie unwillig.

»Die Assistentin von Frau Reinhard. Und Sie?«

»Ihr Mann.« Er hielt ihr ihren Ehering unter die Nase. »Reicht das als Eintrittskarte?«

Sie musterte ihn kurz. »Wenn Ihnen Ihr Aufzug nichts ausmacht …?«

»Mein Aufzug?« Er schaute an sich hinunter. Er trug noch die graue Hose vom Nachmittag, darüber zugegebenermaßen allerdings nur ein zum Unterhemd degradiertes weißes T-Shirt. »Mein Aufzug? Sind Sie bekloppt? Was ist denn mit Ihrem Aufzug?« Er deutete auf ihren Stecker. »Soll ich mal dran ziehen?«

»Dann ziehe ich Ihnen auch gleich wo!«

»Himmel!« Er schaute sie an, sie wies mit der einen Hand zum Saaleingang.

»Na, dann viel Spaß!«

»Werde ich brauchen können!« Er marschierte mit großen Schritten darauf zu und blieb unvermittelt stehen.

Nicht weit von ihm entfernt entdeckte er Bettina an einem der aufgestellten Bistrotische. Sie unterhielt sich angeregt mit jemandem, der ihm den Rücken zudrehte. Eine stattliche Figur mit graumelierten Haaren und einem Anzug der Marke »teuer«. Lars war er bereits von hinten zu geschniegelt, und er ging auf Bettina zu, die ihn mit einem erstaunten Ausdruck im Gesicht auch gleich darauf entdeckte.

»Na, so was!« sagte sie, und ihr Begleiter drehte sich zu Lars um.

Dr. Wilkens! Lars dachte, ihn träfe der Schlag. Chefarzt! Natürlich! Daß er da nicht von selbst darauf gekommen war. Ein Schönheitschirurg fotografierte Akte. Das war ja wie im Gruselmärchen.

»Lars, mein Lieber, das ist aber eine gelungene Überraschung!« Sie küßte ihn zur Begrüßung. »Darf ich dir den Initiator und Fotografen dieser Ausstellung vorstellen, Dr. Klaus Wilkens?«

Lars nickte ihm zu. »Nicht nötig, wir kennen uns schon!«

Das war der Wilkens-Tag, dachte er dabei. Am Nachmittag sein Sohn und jetzt der Alte. Gratulation, er hätte sich heute auch besser in die Ferne gebeamt.

»Die Ausstellung wird ein großer Erfolg werden, das zeichnet sich schon jetzt ab«, erklärte Bettina mit fester Stimme, und nur an ihren Augen konnte er erkennen, daß sie gerade dabei war, einen rasenden Zorn gegen ihn aufzubauen.

»Ich führe Sie gern herum und erkläre Ihnen die Exponate!« Klaus Wilkens vertrat nach Lars' Auffassung all die Weißkittel, die sich für etwas Besseres hielten, neben ihren teuer gekleideten Frauen ihr Schwänzchen nach oben reckten und sich heimlich an ihre Krankenschwestern heranmachten, kurz, Klaus Wilkens war für ihn das personifizierte Brechmittel.

»Danke, sehr freundlich«, sagte Lars mühsam, denn sein Job verbot ihm, grob zu werden, »aber ich interessiere mich nicht für gesichtslose Akte. Auch nicht im Wandel der Zeit. Ich wollte nur nach meiner Frau sehen!«

»Das kann ich verstehen«, Klaus Wilkens deutete in Bettinas Richtung eine kleine Verbeugung an. »Sie ist auch wahrlich die Königin hier!«

Wenn du nicht gleich gehst, poliere ich dir die Fresse, dachte Lars, was Wilkens wohl instinktiv spürte. »Ich denke, ich sollte mich noch etwas um die Gäste kümmern!« Er lächelte Lars zu, bevor er ging, und Lars mußte zugeben, daß er unbestritten ein Beau war. Ein wirklich schöner Mann in den Jahren, eitel bis zum Platzen und vermutlich unverschämt reich.

»Du hast sie wohl nicht mehr alle!« zischte Bettina ihn von der Seite her an. »Willst du mich bloßstellen?«

Lars deutete auf ihr kurzes Kostüm, das sie trug. »Bist du doch schon!«

»Du scheinst tatsächlich Ärger zu wollen!« Ihre Augen funkelten.

»Nein, ich habe doch bloß gekocht und auf dich gewartet!«

»Und getrunken!«

»Hab ich nicht!«

»Und ob!«

»Ein bißchen Rotwein ...«

»Ich kill dich!« Sie holte tief Luft. »Die Leute schauen schon her. Entweder mache ich jetzt mit dir die Honneurs, dann schaust du dir die Bilder an und gibst jedem brav die Hand, einschließlich Dr. Wilkens – man muß sich ja für dich genieren –, oder du machst die Fliege und wartest, bis ich nach Hause komme!«

»Wie sprichst du denn mit mir?« Lars runzelte die Stirn.

»Genau so, wie du es verdient hast!«

Er schaute über sie hinweg in den Saal. An schwarzen Stellwänden hingen große Schwarzweißfotos, dazwischen waren Büsten aufgestellt worden und für die Vernissage viele Bistrotische, die alle gesteckt voll waren. Und es stimmte, was Bettina gesagt hatte, einige der Gäste schauten bereits her.

»Es ist mein Job, mich um die Leute zu kümmern«, sagte sie mit Nachdruck. »Auch wenn du das manchmal nicht verstehen magst!«

»Ich dachte, als *meine* Ehefrau sei es dein Job, dich um *mich* zu kümmern!« gab er trotzig zur Antwort.

Sie schnaubte und schüttelte wie ein Stier vor dem Angriff den Kopf. »Du bist nicht nur völlig ignorant, verzogen und größenwahnsinnig, sondern auch bald geschieden, wenn du so weitermachst!«

Er stockte. »Das war deutlich!«

»Ja!«

»Dann warte ich zu Hause auf dich!«

»Tu das!«

Anna kam gerade zur Haustür herein, als das Telefon klingelte. Sie erkannte am Display Rainers Büronummer und nahm ab. Rainer erklärte ihr, daß sein Termin länger dauere als angenommen, und sie war nicht unglücklich darüber, bedeutete es doch, daß sie noch in Ruhe baden und ein Abendessen herrichten konnte.

Als sie das Telefon zurücklegte, sah sie die angebrochene

Flasche Bier stehen, das Glas und einen Zettel, machte sich aber weiter keine Gedanken darüber, sondern ging nach oben, um sich ein duftendes Schaumbad zu gönnen. Sie dachte über den Zufall vom Nachmittag nach, es war wirklich zu bizarr. Ging diese Leuthental doch tatsächlich mit Max, dem Autodieb, fremd. Das war ein Knaller. Sie grinste vor sich hin, als sie in die Wanne steigen wollte, aber als Zutaten zur tatsächlichen Entspannung fehlten ihr noch ein Glas Sekt und das Telefon. Sie mußte dringend Patricia anrufen, die würde aus allen Wolken fallen! Anna lief schnell in die Küche, und während sie eine Flasche Sekt öffnete und sich ein Glas einschenkte, fiel ihr Blick abermals auf das Bier und den Zettel. Und da fiel ihr plötzlich auf, was ihr Unterbewußtsein schon vorher registriert, aber nicht gemeldet hatte: Rainer war schon zu Hause gewesen. Davon hatte er ihr überhaupt nichts gesagt. Anscheinend hatte er den Feierabend eben mit einem Glas Bier einleiten wollen und war mittendrin weggerufen worden. Sie studierte den Zettel. Eine E-Mail-Adresse. Das sah Rainer überhaupt nicht ähnlich, er hatte von solchen Dingen doch überhaupt keinen Schimmer. Sie las »hausfrauen@t-online.de« und wunderte sich. Hausfrauen? Was hatte Rainer mit Hausfrauen zu tun? Eine Organisation, die ihn zur Rechtsberatung brauchte? So eine Art »Hausfrauen e. V. zur Wahrung der Rechte«? Oder gar eine Gewerkschaft? Sie nahm den Zettel und beschloß, der Nummer aus Spaß mal nachzugehen. Schließlich war sie zwischenzeitlich auch Hausfrau, vielleicht konnte sie ja noch was lernen.

Anna legte das Telefon auf den Badewannenrand, stellte das Glas vorsichtig daneben und kletterte langsam in die Wanne. Das war schon eine besondere Wohltat, sie reckte und entspannte sich, pustete in den Schaum, der sich vor ihrem Gesicht aufwölbte, und streichelte über ihren Bauch. Das Leben konnte tatsächlich schön sein! Sie trocknete eine Hand ab, nahm einen Schluck Sekt und griff nach dem Telefon. Aus Versehen kam sie dabei auf die Wiederholungstaste. Das Display zeigte ihr eine Nummer, die sie nicht kannte. Neugierig drückte sie darauf. Ein Anrufbeantworter sprang an. Gudrun Engesser war nicht zu Hause. Gudrun Engesser? Sie überlegte, dann fiel es ihr ein. Ach, die Exfreundin dieses Gewalttäters. Normalerweise rückte Rainer seine Privatnummer an keine Mandanten heraus, aber das war wohl ein anderer Fall. Möglicherweise war Karl Lönitz ja wieder aufgetaucht und hatte sie bedroht, und vielleicht war diese Frau ja auch der Grund, weshalb er nun im Büro sein mußte. Die Dinge gerieten in Bewegung. Steffen Schneider fiel ihr ein. Ob Rainers Beweisantrag schon etwas gebracht hat? Sie würde ihn fragen, sobald er nach Hause kam. Nicht, daß diese Geschichte im Pulk seiner Akten, die sich in der vergangenen Woche sicherlich auf seinem Schreibtisch gestapelt hatten, unterging.

Anna wählte Patricias Nummer und hatte Glück, sie nahm nicht nur nach dem ersten Läuten ab, sondern war auch noch allein und einem Pläuschchen nicht abgeneigt.

»Du liegst in der Badewanne, du Glückliche? Ich hänge am Computer!«

»Im Internet?«

»Ja, geh aber gleich wieder raus. Habe nicht das gefunden, was ich suchte!«

»Kannst du für mich mal schnell was gucken?«

»Klar, wenn du mir die Adresse gibst?«

»Ich habe nur eine E-Mail-Adresse, aber vielleicht gibt es davon ja auch eine Website. Probierst du mal unter www.hausfrauen.de?«

»Was soll denn das sein? Putzanleitung? Wie kriege ich meine Badewanne sauber?«

Anna lachte und planschte etwas mit dem Wasser. »Nee, eine E-Mail-Adresse, die Rainer unten neben einer angebrochenen Flasche Bier und dem Telefon hat liegen lassen, bevor er sich ganz offensichtlich blitzartig aus dem Staub gemacht hat!«

»Denkst du etwa, er geht fremd? Rainer?« Patricia prustete los. »Lachhaft!«

»Komm!« Anna schlug einen beleidigten Ton an. »So unattraktiv ist er nun auch nicht, daß ihn keine haben will!«

Patricia räusperte sich und schwieg kurz, dann sagte sie: »Negativ. Findet nichts Vernünftiges unter Hausfrauen. Hausfrauensex gibt er an, aber das ist ja idiotisch. Was soll denn das sein?!«

»Nun gut. War ja auch nur ein Versuch.« Sie trank einen genüßlichen Schluck und lachte. »So, und jetzt paß auf, halt dich fest. Ich habe heute nachmittag dein Brüderchen getroffen, und jetzt rate mal, mit wem!«

Patricia wollte es erst nicht glauben, aber nach einer Weile sagte sie: »Eigentlich lag's ja auf der Hand. Er war eine leichte Beute für sie, schließlich ist er ihr wie eine Fliege ins Netz gegangen! Wo hätte sie so leicht einen so jungen, gutaussehenden und gutgebauten Kerl hergekriegt, der keinerlei gesellschaftliche Ambitionen hat?«

»Aber stell dir vor, zwei Hotelzimmer nebeneinander. Ist das nicht verrückt?«

»Nehmt doch in Zukunft ein Appartement mit zwei Doppelbetten, das wird auf die Dauer billiger!«

Anna lachte schallend. »Statt daß du dein Brüderchen aus den Krallen dieses Weibes befreist ... oder zumindest den Hauch einer Empörung zeigst ...«

»Kennst du die Spezies der Gottesanbeterinnen?« unterbrach sie Patricia.

»Was soll denn das sein? Eine Sekte?«

»Ein Raubinsekt, eine ziemlich große Heuschrecke! Ihre vorderen Gliedmaßen sind Greifwerkzeuge ...«

»Hört sich toll an ...«

»... und sie frißt nach der Begattung ihren Lover!«

»Wow!!!«

»Ja!!!«

Es war kurz still, Anna nahm einen tiefen Schluck aus ihrem Glas, sie überlegte.

»Du meinst, Friederike Leuthental wird Max irgendwann danach auffressen? Und das sagst du einfach so, du Rabenschwester?«

»Was glaubst du, was sie mit ihm vorhat? Adoptieren?«

Anna wollte antworten, da sah sie, wie sich die Türklinke bewegte. Sie erschrak und schwieg. »Rainer?« rief sie.

»Na, gut«, hörte sie Patricia sagen. »Wechseln wir das Thema. Erzähl mir was – übers Wetter ...!«

»Rainer, bist du's?« rief Anna erneut.

Die Tür ging auf, Rainer kam herein, ein Bierglas in der Hand. Anna atmete auf.

»Was ist denn?« fragte Patricia durch den Hörer.

»Ich glaube, ich schau zu viele Horrorfilme! Also tschüs, meine Süße, ich melde mich wieder!«

Rainer gab ihr zur Begrüßung einen Kuß und setzte sich auf den Toilettendeckel. »Das sieht ja gemütlich aus«, sagte er und wies auf ihr Sektglas.

»Stimmt«, nickte Anna, »bloß jetzt ist es leider leer!«

Während Rainer die Sektflasche holen ging, überlegte sie, wie sie reagieren würde, falls er jetzt Sex wollte. Sie wollte nicht, noch nicht mal als Test, ob's überhaupt noch ging. Sie war satt und zufrieden.

Rainer überlegte sich, als er mit der Sektflasche nach oben ging, ob Anna jetzt wohl einen Liebesakt erwartete. Ihm war nicht danach. Er hatte Angst, ihren Erwartungen nicht zu entsprechen, und außerdem war er viel zu neugierig, was Gudruns Bemühungen ihm bringen würden. Solange er das nicht getestet hatte, war er für den normalen Sex nicht ansprechbar. Die Frage war nur, wie er es verhindern konnte.

Er schenkte Annas Glas nach und betrachtete sie. »Du siehst toll aus, enorm sexy«, sagte er. »Nur blöd, daß ich so rasende Kopfschmerzen habe, ich würde jetzt gern zu dir in die Wanne steigen …«

»Mach dir nichts draus«, beeilte sich Anna zu sagen. »Ich wäre zwar auch ganz scharf darauf, aber ich denke, es ist wichtiger, daß du erst mal gesund wirst!«

Rainer nickte und setzte sich wieder auf den Toilettendeckel.

Anna betrachtete ihn. Er war wirklich nicht der Typ Mann, den man danach auffressen wollte. Er hatte so gar nichts Animalisches an sich. Er war halt ein guter, treuer Ehemann, auch recht. Sie ließ heißes Wasser nachlaufen.

»Gibt's eigentlich was Neues in bezug auf Steffen Schneider?« wollte sie von ihm wissen.

»Ich werde mich morgen darum kümmern!«

»Sonst müßte man ihn vielleicht mal wieder besuchen, wo er doch so allein dort herumsitzt!«

»Ja, Florence!«

»Florence?«

»Nightingale …«

»Sehr witzig!« Sie spritzte ihn mit Wasser an.

»Patricia hat ihn doch bestimmt schon besucht!«

»Warum ausgerechnet Patricia?«

»Aus schlechtem Gewissen. Und wenn nicht ihrem Mann gegenüber, dann ihm gegenüber, weil sie ihn nicht als Zeugin entlasten will, obwohl sie könnte!«

Anna beschloß, sich auf keine Diskussion einzulassen, dazu war ihr der Boden zu glatt.

»Hmmm«, sagte sie, um überhaupt etwas zu äußern. »Und diese Gudrun Engesser? Was ist mit der?« lenkte sie ab.

»Engesser?« fragte Rainer zögerlich.

»Nun, mit der du zusammengeschlagen wurdest und die ...«, sie stockte. Und die du vorhin noch angerufen hast, wollte sie sagen. Oder: Und die du vorhin noch getroffen hast. Aber aus einem unbestimmten Gefühl heraus brach sie ab.

»Ach, die!« sagte Rainer und nahm einen Schluck aus seinem Glas und drehte es anschließend unentschlossen in seinen Händen.

Anna beobachtete ihn. Hatte er eventuell tatsächlich etwas zu verbergen? Rainer?!?

»Die hat die Schläge anscheinend besser verdaut als ich. Aber der Verursacher, Karl Lönitz, konnte bisher noch nicht gefaßt werden!«

Anna entspannte sich wieder. Es war ein reines Hirngespinst gewesen.

»Spurlos verschwunden, der Kerl?«

»Ja«, nickte Rainer. »Anscheinend total in Luft aufgelöst!«

Max war wieder zu Hause und überdachte den Nachmittag. Eigentlich verstand er die Welt nicht mehr, denn alles, was er je über Frauen gelernt zu haben glaubte, war mit Friederike hinfällig. Sie hatte ganz offensichtlich ihre eigenen Ansichten, was Sex betraf, und ging davon aus, daß er ihre Spielregeln akzeptierte. Das Treffen im *Ramses* war dafür geradezu typisch. Sie kamen zunächst nicht einmal bis zum Bett, weil sie die Dusche vorzog, und erst anschließend legten sie sich zur Entspannung hin, woran sie sich aber auch nicht lange hielt. Und wie selbstverständlich war sie während der ganzen Zeit davon ausgegangen, daß auch für ihn nichts anderes in Frage kam.

So schnell schien sie wirklich nichts zu erschüttern, das zeigte ihm der Zusammenstoß mit Anna und Lars ganz deutlich. Eigentlich hatte er erwartet, daß ihr diese Begegnung nicht recht sei, sie sich sogar darüber ärgere, aber sie zeigte sich amüsiert. »Da siehst du mal«, sagte sie im Wagen zu ihm, »nichts ist so, wie es scheint. Oder wußtest du das von den beiden?«

»Nicht den blassesten Schimmer«, entgegnete er. »Wären ja jetzt direkt erpreßbar!« fügte er noch hinzu.

»Für eine Erpressung wäre mir dieser Lars zu groß und zu kräftig!« Sie warf ihm einen schnellen Seitenblick zu. »Für so was würde ich mir an deiner Stelle einen schwächeren Gegner aussuchen. Kleiner, kraftloser, dicker, behäbiger, älter und – vor allem – immens reich!«

»Sprichst du etwa von deinem Mann?«

Sie lachte schallend. »Der würde sich freuen, dich in die Finger zu kriegen!«

»Ist das der Grund, weshalb du gerade mich ausgesucht hast?«

Sie standen vor einer Ampel. Friederike zuckte nicht mit der Wimper, wandte aber auch nicht den Blick von dem roten Licht ab. »Ich verstehe nicht, was du meinst.«

»Wirklich nicht?«

»Das ist Unsinn«, sagte sie schließlich, nachdem die Ampel auf Grün umgesprungen und sie wieder angefahren war. »Schlag dir das aus dem Kopf. Es gibt kein anderes Motiv, als daß du mir gefallen hast, wie du da so hinter meinem Vorhang lauertest.«

»Andere Frauen hätten Angst gehabt!«

»Ich bin nicht *andere Frauen* ...«

Er schwieg, weil sie kurz vor einer Baustelle einen anderen Wagen überholte und es durch die sich plötzlich verengende Fahrbahn bedrohlich knapp wurde. Sie gab Gas und scherte rechts ein, als sei nichts gewesen.

»Stimmt!« sagte Max und ließ die angehaltene Luft heraus.

Der Gedanke, sich mal wieder um Steffen kümmern zu müssen, ließ Anna auch am Dienstag nicht los. Sie rief Patricia deswegen schon frühmorgens an und stieß auf heftige Zustimmung.

»Das ist eine grandiose Idee, ich hatte heute morgen witzigerweise schon die gleiche und habe deshalb auch schon mit Max telefoniert. Er hat mir gleich mal euer gestriges Stelldichein im Hotelgang vom Ramses geschildert, und ich habe ihm bei der Gelegenheit von eurer Telefonaktion am Todestag von Harald Eichmann in Zimmer 416 erzählt.«

»Dem Max? Bist du wahnsinnig? Der schlachtet doch alles aus, was ihm in die Quere kommt. Wer weiß, was er mit so einer Information anfängt ...«

»Nicht mehr als Steffen, der es schließlich auch weiß. Er schreibt Steffen jetzt einen Brief, den wir für ihn mitnehmen werden!«

»Ich weiß nicht, das zieht mir allmählich zu große Kreise.

Es ist doch nur noch eine Frage der Zeit, bis es auch Rainer zu Ohren kommt …«

»Quatsch! Für den bin ich der Sündenbock, nicht du!«

»Dein Wort in Gottes Ohr!« Sie seufzte. »Und wann hast du gedacht? Heute nachmittag?«

Patricia schaute in ihrem Terminkalender nach und stimmte zu. »Fragst du nochmals deinen Mann, ob wir Steffen irgend etwas Neues berichten können? Vielleicht ist dieser Beweisantrag ja jetzt durch …«

»Stattgegeben, meinst du.«

»Beamtendeutsch. Ich meine, daß es bezüglich Todeszeit oder Sperma vielleicht eine Neuigkeit gibt!«

»Ja, Frau Psycho, ich frage natürlich nach!«

Patricia lachte. »Und ansonsten, wenn ihr sowieso immer in diesem Hotel herumgammelt – hast du mal mit deinen Recherchen begonnen? Wer sich damals um die betreffende Zeit noch so alles im Gang vor Zimmer 516 herumgetrieben hat?«

Anna hantierte nebenher, den Hörer zwischen Kopf und Schulter eingeklemmt, an ihrer Kaffeemaschine herum, um sich eine Tasse Cappuccino aufzuschäumen.

»Ehrlich gesagt … ich dachte, ich warte, was dieser Beweisantrag bringt, vielleicht klärt sich damit auch so alles.«

»Für Steffen möglicherweise schon, aber den Mörder hast du damit noch lange nicht.«

Die Milch schäumte, und das Metallrohr zischte.

»Wo steckst du denn?« wollte Patricia wissen. »Hört sich ja gefährlich an!«

»Ist es auch mit dieser Höllenmaschine! Ich versuche, mir eben einen Cappuccino zu machen!«

»Aha!« Es war kurz still. »Du bist gar nicht mehr so scharf drauf, Detektivin zu spielen, stimmt's?«

Anna überlegte. »Mir geht's vor allem um Steffen. Ich weiß halt, daß er es nicht war. Und ansonsten habe ich mir überlegt, daß ich doch zum Journalismus umsatteln könnte. Die sind doch auch wie die Detektive. Schau dir bloß mal die Spendenaffäre um Kohl an …«

»Du darfst dann in Hasenzüchtervereinen herumschnüffeln.«

»Ich dachte eher an den *Spiegel* oder die *Zeit*!«

»Ich nehme an, du sprichst vom Chefredakteursposten.«

»Selbstredend …«

»Na dann, auch die brauchen zuweilen Psychotherapeuten, also bleiben wir in Kontakt?«

Anna lachte. »Zunächst gebe ich dir mal Bescheid wegen Steffen …«

Sie hatte kaum aufgelegt, als das Telefon klingelte.

Rainer beschwerte sich zunächst über ihre Dauertelefonitis und was das alles koste und ließ sie dann wissen, daß der Untersuchungsrichter keinerlei Veranlassung sehe, seinem Beweisantrag zu folgen. Kurz: abgelehnt.

»Gibt's doch nicht!« Anna war ehrlich erschüttert. »Wie kann er das so einfach?«

»Er kann!«

»Und jetzt?«

»Müssen wir auf die Verhandlung warten!«

»Das kann ja noch ewig dauern …«

»Möglicherweise!«

Steffen Schneiders Haare waren um einiges länger geworden, hellblond waren nur noch die Spitzen. Er saß Anna und Patricia im Besucherzimmer des Untersuchungsgefängnisses mit verschränkten Armen und übereinandergeschlagenen Beinen gegenüber. Er schien noch dünner geworden zu sein, seine Gesichtshaut spannte sich um die Kinn- und Wangenknochen, was seine asiatischen Züge noch verstärkte. Er wirkte durch und durch ablehnend, nicht nur durch seine Haltung, sondern auch durch das, was er sagte, nämlich nichts.

Anna hatte ihm auseinandergesetzt, was Rainer ihr mitgeteilt hatte, und ihm erklärt, daß Rainer morgen nachmittag selbst käme, um die Sachlage mit ihm zu besprechen. Steffens Backenmuskeln arbeiteten zwar sichtbar, aber er tat den Mund nicht auf. Erst als ihm Patricia den Brief von Max aushändigte, hellte sich sein düsterer Gesichtsausdruck etwas auf. Er las ihn und reichte ihn anschließend wortlos an Patricia zurück.

»Er gehört Ihnen«, wehrte Patricia ab. Steffen Schneider schüttelte den Kopf, nahm eine Hand hoch, ob ablehnend oder zum Gruß, war der Geste nicht zu entnehmen, und ging zur Tür.

Patricia und Anna standen ebenfalls auf.

»So hören Sie doch«, versuchte Anna ihn umzustimmen. »Wir sind doch auf Ihrer Seite!«

Er drehte sich nach Anna um. »Sie könnten mit einer Zeugenaussage alles ändern, aber Sie sind zu feige. Schein vor Sein. Danke!« Damit war er draußen.

Anna schaute Patricia an. »Er hat natürlich recht! Und dein Bekenntnis bei Rainer, du seist die Zeugin, hat uns auch nicht richtig weitergebracht, es sei denn, Frank würde behaupten, mit dir im *Ramses* abgestiegen zu sein. Das Zimmer lief aber auf meinen Namen, und dann müßtest du Frank über Lars und mich aufklären – und du kannst es drehen und wenden, wie du willst, die Sache kommt zu keinem Ergebnis!«

»Außer du …« Patricia ließ den Satz in der Luft hängen.

»Und Rainer? Und Lars? Und Bettina?« Anna ereiferte sich. »Ich habe doch gar kein Interesse, meine Ehe wegen so einer Geschichte wegzuwerfen!«

»Na ja, das ist es ja, was er dir vorwirft!«

Anna holte tief Luft. »Was würdest du an meiner Stelle denn tun? Vielleicht kommt er bei der Gerichtsverhandlung sowieso frei, dann hätte ich mein Leben für nichts und wieder nichts ruiniert!«

Patricia zuckte mit den Schultern. »Also abwarten?«

»Hast du einen besseren Vorschlag?«

Für Rainer war es wie ein Abenteuer, sich nach Büroschluß in der Kanzlei an den Computer zu setzen und sich über seinen Codenamen »Schnuffi« zu seinem E-Mail-Briefkasten vorzutasten. Unter »Abholen« war tatsächlich etwas eingegangen, und als er als Absender »hausfrauen@t-online.de« las, ging sein Adrenalinspiegel mit ihm durch. Er mußte erst mehrmals durch den Raum laufen, bevor er sich wieder einigermaßen im Griff hatte. So, sagte er sich, als er sich wieder vor den Bildschirm setzte, und wie geht es jetzt weiter? Er versuchte sich alles, was ihm Gudrun gestern erklärt hatte, in Erinnerung zu rufen. Das fiel ihm bei seinem Nervenkostüm jedoch nicht leicht. »Schritt für Schritt«, befahl er sich leise selbst. Erst »Abholen« und »Lesen« drücken und im Anschluß die Anlage öffnen, die zusätzlich angegeben war.

Rainer saß und staunte, es funktionierte. Jetzt konzentrierte er sich auf das, was er vor sich auf dem Bildschirm sah:

Willkommen.

Herzlichen Glückwunsch zu Ihrem Entschluß, bei uns das zu buchen, was Sie wirklich brauchen: Frauen, die mit Ihnen Spaß haben und mit denen Sie Spaß haben.

Testen Sie uns, solange Sie wollen, und wenn Sie sicher sind, werden Sie Mitglied. Ihren Mitgliedsbeitrag können wir, sollten Sie das wollen, unverfänglich als Spende ausweisen. Sie bekommen als Mitglied nicht nur Vergünstigungen, sondern auch regelmäßig die »Hausfrauen-News« per E-Mail ins Haus.

Für Sie, Schnuffi, haben wir gemäß Ihren Wünschen drei Damen ausgesucht, die sich Ihnen in der Anlage vorstellen. Viel Spaß. Sollte Ihnen keine der drei zusagen, können Sie uns das gerne mitteilen, und wir suchen weiter für Sie.

Wir wünschen schöne Stunden,

Ihr »Hausfrauen-Team«

Rainer lehnte sich zurück. Das hörte sich ja gut an. Zwar war ihm Gudrun auch nie unterdrückt vorgekommen, aber seitdem er wußte, daß da ein Zuhälter im Hintergrund war, schmeckte ihm die ganze Sache selbst nachträglich nicht mehr. Für so einen Typen war ihm sein Geld zu schade. Das schien hier anders zu sein, und zudem war die Möglichkeit, den Mitgliedsbeitrag als Spende von der Steuer abzusetzen, schon genial. Das gefiel ihm.

Er klickte »Anlagen« und »Öffnen«. Das war spannend wie an der Börse.

Ein Foto baute sich vor ihm auf. Sie trug wildes, kurzes Haar und grinste frech in die Kamera. Irgendwie erinnerte sie ihn an die sagenumwobenen Amazonen, bloß daß ihr der rechte Busen nicht fehlte, das konnte er sehen – sie trug ein breites Lederband von der Schulter diagonal bis zur Hüfte. Tiefer ließ der Bildschirm den Blick nicht zu. Er öffnete die nächste Anlage, diese war vom Typ her Lizzy sehr ähnlich. Schwarzes, dichtes Haar, Leder bis zum Hals, ein Blick aus grünen Augen, der ihn in der Magengegend zupfte. Das dritte und letzte Foto zeigte eine vollbusige Blonde mit Kriegsbemalung und wilder Lockenmähne, aber sie war ihm zu gestylt, zu unecht. Die Schwarze war's, das fühlte er. Er ging noch mal auf sie zurück und entdeckte jetzt auch, daß er das Bild bewegen konnte. Welche Errungenschaft der Technik, er konnte auch die Beine der Dame sehen. Sie wirkte von Kopf bis Fuß genau so, wie er das brauchte. Zufrieden ging er auf die Anfrage zurück und antwortete: »Ja, Annette ist es! Bitte um Kontakt, Schnuffi.«

Anna haderte mit sich und der Welt. Sollte sie zur Wahrheit stehen und Rainer über die Situation aufklären? Aber selbst wenn sie das tun würde, was brächte es? Er würde sicherlich nicht wollen, daß sie öffentlich über ihre Affäre aussagte, denn immerhin war er nicht nur ihr Mann, sondern auch Steffens Anwalt. Sie stand in ihrer Küche und richtete einen Teller mit Wurst und Käse. Zu mehr hatte sie keine Lust, das Gespräch vom Nachmittag war ihr gewaltig auf den Magen geschlagen. Es kostete Überwindung, überhaupt etwas zu tun. Am liebsten hätte sie sich ins Bett gelegt und die Decke über die Ohren gezogen, aber sie zwang sich dazu, einige tiefgekühlte Brötchen in den Backofen zu schieben und ein Bund Radieschen aus dem Gemüsefach des Kühlschrankes zu nehmen. Anna stellte alles auf den Küchentisch, öffnete eine Flasche Bier und setzte sich hin. Es war schon seltsam. Als ihr damals in ihrer Firma gekündigt worden war, hatte sie das Gefühl gehabt, daß die Welt über ihr zusammenbricht. Ihr! Gekündigt! Arbeitslos! Das war der Horror schlechthin. Irgendwie aber arrangierte sie sich mit den Umständen, mit Rainer, mit ihren Möglichkeiten, sponn ihre Träume, vergaß die Ängste. Und jetzt, wo eigentlich alles wunderbar und harmonisch lief, fühlte sie sich so mies wie nie. Es ging um Moral, aber eben nicht um die Moral einer Fremdgängerin, sondern einer Verschweigerin. Sie fühlte sich schrecklich. Hoffentlich kam Rainer bald, das würde sie ablenken. Sie könnte aber auch Lars berichten, was heute geschehen war. Doch was er sagen würde, war ihr jetzt schon klar. »Was geht's uns an« und: »Die Dinge werden sich schon richten«. Das war auch nicht das, was sie brauchte.

Sie brauchte jemanden, der ihr zuhörte, keinen Lösungsanbieter, zumal, wenn die Lösungen unbrauchbar waren. Sie saß am Tisch, hatte den Kopf aufgestützt und dachte nach. Wie konnte sie Steffen helfen, ohne sich selbst zu verraten? Sie hörte das Handy durch die Störgeräusche in ihrem kleinen Küchenradio, bevor es klingelte. Sie schaute auf das Display, es war Lars.

»Na?« sagte sie.

»Hat dich Max schon erpreßt?« fragte er.

Anna brauchte zwei Sekunden, um zu reagieren. »Wie?« fragte sie. Und dann: »Wieso?« Dann fiel ihr das gestrige Zusammentreffen im *Ramses* wieder ein. Das hatte sie bereits wieder vergessen. »Nein! Dich etwa?«

»Nee, war nur Spaß. Weniger spaßig ist Bettina. Sie zeigt eine neue Katzigkeit, und ich habe fast den Verdacht, daß es mit diesem Widerling Dr. Wilkens zusammenhängt, für den hat sie nämlich eine Fotoausstellung arrangiert, und jetzt fließt sie vor lauter Honneurs fast davon! Wolltest du nicht mal ein Detektivbüro aufmachen? Hier hast du deinen ersten Auftrag!«

Anna hing dem Gesagten noch kurz nach, dann mußte sie lachen. »Ist aber nicht dein Ernst, oder? Deine Geliebte soll deine Frau beschatten und herausfinden, ob sie einen Geliebten hat?«

»Ich finde es nicht so witzig!«

»Aber ich! Das ist der pure Witz!«

»Das ist ja interessant!« Die Stimme kam von der Tür, und Anna fuhr herum. Rainer stand im Türrahmen und hatte den Kopf schief gelegt. Anna spürte, wie sie die Farbe wechselte. Was hatte sie eben gesagt? War es eindeutig? Verfänglich?

»Oh, Rainer«, sagte sie schnell, »ich habe dich gar nicht kommen hören. Lars ist dran wegen des kommenden Freitags, er organisiert mal wieder einen Stammtisch, ich geb ihn dir!« Sie stand auf, drückte Rainer einen Kuß auf den Mund und ihr Handy in die Hand.

Rainer warf ihr einen Blick zu.

»Wer ist deine Geliebte?!« fragte er ins Telefon.

Du lieber Himmel, dachte Anna und holte hastig die Brötchen aus dem Backofen. Waren sowieso schon halb verbrannt.

Hoffentlich fiel Lars auf die Schnelle eine gescheite Ausrede ein. Sie legte die Brötchen in den Korb, stellte eine zweite Flasche Bier auf den Tisch und setzte sich wieder. Rainer hörte noch immer zu. War das ein schlechtes oder ein gutes Zeichen? Wenigstens fiel Lars etwas zu dem Thema ein, das war offensichtlich.

Rainer setzte sich, mit dem Handy am Ohr, ebenfalls, das wertete Anna als Zeichen der Entspannung und schenkte ihm ein Bier ein.

Kurz darauf fing er an zu lachen, und als er Anna zum Schluß fragte, ob sie Lars noch einmal sprechen wolle, war klar, daß Lars die Lage gerettet hatte. Anna schüttelte verneinend den Kopf und war gespannt, was Rainer erzählen würde.

Rainer legte auf und schaute Anna an. »In meinen Ohren hatte sich das eben so angehört, als ob Lars eine Geliebte hätte und Bettina auch. Ausgerechnet Bettina, das ist wirklich eine Schnapsidee!« Er wiegte den Kopf und lachte. »Aber als Thema für eine Kurzgeschichte ist die Idee vielleicht wirklich brauchbar. Ich verstehe nur nicht, warum du Lars und nicht mich fragst. Als ob ich keine Geschichten auf Lager hätte!« Rainer zog die Augenbraue hoch. »Und so oder so, bedenke, daß bei einem Kurzgeschichtenwettbewerb bestimmt Tausende mitmachen. Lohnt sich die Mühe da überhaupt?«

»Irgendwo muß man ja mal anfangen«, gab Anna zur Antwort und stand auf, um die Pfeffermühle zu holen. Sie befürchtete, schon wieder rot zu werden.

»Nach dem Freitag hat er mich jetzt übrigens nicht gefragt«, hörte sie Rainer aus dem Hintergrund sagen.

»Dann hat er es wahrscheinlich vergessen!«

»Der Kerl ist wahrhaftig ein Komiker!«

Friederike dachte zum erstenmal in ihrem Leben über Scheidung nach. Sie saß am späten Mittwochnachmittag in ihrem Wohnzimmer, hatte sich einen Tee gemacht und überlegte, wie sie ihre Zukunft weiter gestalten wollte. Nicht, daß sie sich ernsthaft in Max verliebt hätte und eine echte Bindung mit ihm anpeilte, dazu war sie zu realistisch. Sie hatte ihren Spaß mit ihm, er war gutgebaut, war jung und ein exklusives Spielzeug. Auf der anderen Seite zeigte er ihr aber, wie aufregend das Leben sein konnte, sie begriff endlich, was sie in ihrem Dornröschendämmerschlaf alles verpaßt hatte. Sie war Mitte Vierzig und sah plötzlich keinen Grund mehr, weitere zwanzig oder dreißig Jahre an der Seite eines Mannes auszuharren, den sie nicht mehr liebte und der sie höchstwahrscheinlich auch nicht mehr liebte. Ein Arrangement, eine Gütergemeinschaft, aber kein Lachen, keine Nähe, kein Sex. Freudlos. Friederike stand auf, ging in ihre Küche, um sich Rum zu holen. Das tat sie selten, aber jetzt war ihr nach einem etwas kräftigeren Tee zumute. Sie überdachte die Begegnung im *Ramses*. Ausgerechnet der Frau dieses zusammengeschlagenen Anwalts war sie begegnet. Eigentlich konnte das doch kein Zufall sein!

Sie rief kurzerhand Max an und ließ sich Name und Telefonnummer von Rainer geben. Max war zwar erstaunt, fragte aber nicht weiter. »Ich vermisse deine Katzenaugen«, sagte er statt dessen.

Friederike lächelte. So nannte er ihre Brüste, seitdem er auf dem Fußboden des Hotels *Zur Moorleiche* entdeckt hatte, daß ihre Brustwarzen schielten. »Ein Gruß deines Vaters, sozusagen, paßt zum schrägen Ambiente«, hatte Friederike gespöttelt und ihn auf der Heimfahrt über die Todfeindschaft zwischen ihrem Mann und Max' Vater aufgeklärt. »Ich denke, wir könnten uns morgen sehen«, stellte sie in Aussicht. »Oder hast du was vor?«

Sie lächelte in sich hinein, während sie darauf lauschte, wie er tat, als hätte er etwas zu überdenken.

»Dürfte gehen«, sagte er schließlich und gleich darauf in einem jungenhaften Vorfreudeton: »Für dich würde ich jeden Termin sausen lassen!«

»Ich melde mich«, sagte sie, legte auf und wollte eben

die Nummer von Rainers Kanzlei wählen, als ihr ein Anruf zuvorkam. Es war noch einmal Max.

»Du weißt, daß Rainer Leicht der Anwalt meines Freundes Steffen ist?« fragte er atemlos. »Der wegen dieser Geschichte im *Ramses* in Untersuchungshaft sitzt?«

Friederike überlegte kurz. »Nein, das hast du mir noch nicht erzählt!«

»Bislang war's ja auch unwichtig – aber wenn du mit Rainer ...«, er stockte. »Darf ich fragen, was du von Rainer willst?«

»Einen Termin. Ich möchte mich mal pro forma über eine Scheidung aufklären lassen.«

»Achduje!« Es war zu hören, daß es Max spontan herausgerutscht war.

»Achduje?« wiederholte Friederike fragend.

»Warum gerade Rainer?«

»Weil bei jedem anderen Anwalt in Hamburg mein Mann sofort informiert werden würde – Männerconnection, sozusagen!«

»Hmm, verstehe.« Max überlegte. »Aber Rainer gegen deinen Mann, den Oberstaatsanwalt. Das ist, entschuldige, bizarr! Der macht ihn doch kaputt!«

»Wer wen?«

»Dein Mann Rainer. Rainer ist ein Sensibelchen, da krieg ich ja jetzt schon Mitleid mit ihm!«

»Sensibelchen als Anwalt? Gibt's das? Und so einer soll einen angeblichen Mörder verteidigen? Wie soll das denn gehen?«

»Das fragen wir uns eben auch. Ein Pflichtmandat, das zudem nicht weitergeht, wie ich gestern von meiner Schwester erfahren habe. Alle Beweisanträge abgelehnt, selbst die, die Anna beweisen könnte, wenn sie reden könnte!«

»Kann es jetzt sein, daß ich nichts mehr verstehe?«
»Kann sein. Ich erklär's dir! Setz dich!«

Rainer war mehr als erstaunt, als sich ausgerechnet die Frau des Oberstaatsanwalts bei ihm meldete und um einen Beratungstermin bat. »Können Sie mir schon sagen, worum es geht?« wollte er wissen und kam sich dabei seltsam indiskret vor.

»Um Scheidung!«

Rainer wäre fast der Hörer aus der Hand gefallen. »Scheidung?« echote er, um einen sachlichen Ton bemüht.

»Eine formelle Beratung, ein Informationsgespräch, weiter nichts. Nichts Konkretes!« Sie stockte und fügte ein »Noch nicht« hinzu.

»Eilt es?« fragte Rainer, um Frau Schenk gleich einen Hinweis geben zu können.

»Dürfte noch in diesem Jahr sein!«

Rainer war sich nicht sicher, ob es zynisch oder witzig gemeint war. Als er auflegte, hatte er für Freitag einen Termin mit Frau Leuthental. So viel war ihm klar, es war die Frau, deren Auto von Max Wilkens geklaut worden war. Und es war auch klar, daß noch eine Anzeige gegen Max lief. Und ganz sicher wußte seine Frau, wo sich Max aufhielt. Mußten ausgerechnet hier in seinem Büro Fäden zusammenlaufen, die er überhaupt nicht haben wollte?

Das, was er wollte, wartete in seinem Computer auf ihn, aber er traute sich nicht, seinen E-Mail-Briefkasten vor Büroschluß zu leeren. Frau Schenk war einfach zu flink, sie tauchte immer dann auf, wenn man nicht mit ihr rechnete. Gudrun Engessers Auftritt war schon heiß gewesen, aber eine Domina auf dem Bildschirm hätte sie sicherlich vollends aus dem Gleichgewicht gebracht.

Er schlug sich die restliche Stunde noch mit Akten herum, die er längst hätte bearbeiten sollen, die ihm aber keinen Spaß machten und die er deshalb immer vor sich her geschoben hatte.

Als endlich alle gegangen waren, sprang er auf, ging zum Kühlschrank, entdeckte eine Flasche Prosecco, öffnete sie tollkühn, schenkte sich ein Glas ein und ging beschwingt zum Computer zurück.

Jetzt würde er mal sehen!

In seinem E-Mail-Briefkasten fand er tatsächlich Post, eine Nachricht war für ihn eingegangen. Rainer grinste vor sich hin, das fand er klasse. Ein Abenteuer im Büroalltag, wer hätte das gedacht. Seine Favoritin, Annette, hatte ihm direkt geschrieben. Keine Vermittlung mehr, nichts dazwischen, so funktionierte das also, es war unglaublich! Sie erklärte ihm, daß sie sich über sein Interesse freue und ihm hiermit einen Schnuppertermin vorschlage. Für beide. Sollten sie sich aus irgendwelchen Gründen gegenseitig nicht zusagen oder der eine dem anderen nicht, sollte das nicht zum Problem ausarten. Sagen und sein lassen. Der einmalige Schnupperpreis betrage dreihundert, jeder weitere Termin ab fünfhundert Mark. Sie schlug ihm ein sofortiges Kennenlernen vor und gab dazu ihre Handynummer an.

Rainer überlegte, die Bedingungen erschienen ihm fair. Er griff zum Telefon und wählte die angegebene Nummer.

Annette meldete sich sofort. Sie hatte eine angenehme Stimme und schlug Rainer ein sofortiges Treffen vor. »Wozu hinauszögern? Wir wollen es doch beide wissen«, sagte sie, und Rainer schluckte. Schon die Formulierung bewegte seine Sinne.

»Stimmt«, antwortete er und notierte ihre Adresse.

In einer Stunde, schlug sie vor.

Er stimmte zu und lehnte sich in seinem Stuhl zurück. Das Leben war schön. Er hatte zwar von einem Widerling eines auf den Kopf gekriegt, aber ansonsten war doch alles perfekt. Er hatte Anna und jetzt vielleicht noch Annette dazu – alle Nischen seiner Vorlieben und Sehnsüchte waren besetzt. Er trank sein Glas langsam leer und nahm sich vor, völlig gelassen und offen zu diesem Meeting zu gehen.

Anna war über Rainers Anruf etwas erstaunt. Diese Abendtermine schienen zuzunehmen. Das war überhaupt nicht Rainers Art. Früher hatte er großen Wert darauf gelegt, den Abend für sich und Anna zu haben. Kein Termin kann so wichtig sein, daß er mir das nehmen kann, war seine Devise gewesen. Und jetzt wurden Termine anscheinend immer wichtiger. Wichtiger als sie, Anna! Das konnte nicht angehen. Sie rief Patricia an, um sich zu beschweren. Patricia beschwerte sich gleich mit, denn Frank hetzte in letzter Zeit von einem Fortbildungsseminar zum nächsten und verbrachte kaum einen Abend in der Woche zu Hause.

»Es sieht bei uns aus …«, sagte Patricia und klang genervt. »Nichts passiert! Die Küche ist noch nicht fertig, die Kisten stehen kreuz und quer herum, das einzige, das schon aufgebaut wurde, ist das Bett. Bezeichnend! Ich glaube, ich muß bald selbst mal zu mir in Therapie, sonst raste ich noch aus! Von wegen junges Eheglück! Ich fühle mich wie frisch geschieden!«

»Na also! Da komme ich ja gerade recht! Zwei Männer auf Abwegen!«

»Drei!« korrigierte Patricia.

»Drei?«

»Lars doch auch, oder etwa nicht?«

»Hoffentlich auf anderen Abwegen ...«

»Vier!«

»Vier?«

»Max hat auch einen eher außergewöhnlichen Weg eingeschlagen.«

Anna seufzte. »Gibt's überhaupt noch so etwas wie eine normale Beziehung?«

»Da geht's halt schon los. Was ist normal? Jeden Abend zu Hause vor dem Fernseher Händchen halten?

»Aber in den Mann, mit dem du zusammen bist, auch so richtig verliebt zu sein, und das über Jahre, das wäre doch himmlisch!«

»Ich bin's, und er ist nicht hier. Wenig himmlisch!«

»Ich bin's nicht, und er ist meistens hier!«

Sie mußten beide lachen, bis Anna fragte: »Und was machen wir jetzt mit dem angebrochenen Abend?«

Anna machte ein paar Vorschläge, bis Patricia plötzlich rief: »Halt! Ich hab was!«

»Und was?« fragte Anna neugierig.

»Das einzige, was bei uns hier funktioniert, ist der Internetanschluß. Magst du kommen, und wir gehen mal rein und schauen, was es so Neues gibt? Oder spüren nochmals ein bißchen dieser Hausfrauengeschichte nach, die du kürzlich angesprochen hast? Du bist doch so ein Hackerprofi. Ich richte dafür ein paar Häppchen zum Sekt!«

Anna fand es eine tolle Idee, in Patricias Chaotenhaushalt gemeinsam durchs Internet zu surfen. Sie kannte sich durch ihren früheren Beruf tatsächlich sehr gut damit aus, aber seit ihrer Kündigung hatte sie keinerlei Verlangen mehr nach Bildschirmkommunikation.

Dreißig Minuten später klingelte sie, mit einer Sektflasche in der Hand, an Patricias Wohnungstür. Die strahlte, als sie ihr aufmachte. »Das nenne ich mal eine klasse Eingebung«, sagte sie und nahm Anna die Flasche ab.

»Ich auch!« Anna folgte ihr, um gleich darauf mitten im Raum stehenzubleiben. »Wir können aber auch den Computer vergessen und Möbel rücken, Regale zusammenschrauben, Teppiche ausrollen, was du willst!«

Patricia zuckte die Achseln. »Darauf wartet Frank ja nur. Er hofft, daß irgendwann ein Doofer hier steht, der alles für ihn macht. Mitnichten. Dieser Mann wird jetzt domestiziert, sonst lernt er es nie mehr!«

»Hat auch was!« Anna ging in die Küche. Sie sah einen Gartentisch und wilde Konstruktionen, aber keinen herkömmlichen Schrank, geschweige denn eine Küchenzeile. »Wo sind Gläser?«

»In der Geschirrspülmaschine. Wenn du Glück hast, sind sie frisch, sonst müssen wir sie halt schnell selbst spülen!«

»Wie wär's, wenn man dich mal domestiziert?«

»Jetzt werd aber nicht frech! Der Computer steht im Schlafzimmer, dort habe ich auch schon die Häppchen hingestellt!«

Patricias Schlafzimmer war perfekt. Ein großer, heller Raum mit einem weißen Bett mit hoher, stoffüberzogener Rückenlehne und einem mit Rauchglastüren versehenen Schrank, der sich über die ganze Seitenlänge zog. Verrückte Lampen, die wie bunte gläserne Eiszapfen wirkten, schmückten den Raum, verborgene Lichtquellen an allen Ecken, dazu ein modernes Sideboard mit Fernseher, Stereoanlage und Computer.

»An eurer Stelle würde ich mich überhaupt nur hier aufhalten!«

»Was glaubst du, was wir tun?«

Patricia zog zwei Korbstühle an den Computer und schaltete ihn ein.

»Das ist nur ein Provisorium«, sagte sie erklärend.

»Ach!« antwortete Anna.

Patricia grinste. »Du kannst ja schon mal anfangen!« Sie zog einen niedrigen Beistelltisch heran, auf dem tatsächlich eine Platte mit belegten kleinen Baguettebrötchen wartete, und öffnete Annas Flasche.

»Hast du die auf dem Dach hergefahren? Die ist ja eisig!«

Anna warf ihr einen schrägen Blick zu, während sie ins Internet ging.

»Ich befürchtete, du könntest keinen Kühlschrank haben!«

»Kühlschrank, Waschmaschine und Geschirrspülmaschine sind nun eben mal unverzichtbar! Wie Mann und Staubsauger!«

Anna suchte sich ein Brötchen aus, bevor sie fragte: »Und was sagt ein Mann, der bis zu den Hüften im Wasser steht?«

»Keine Ahnung, sag's!«

»Das geht mir jetzt aber über den Verstand!«

Annette wohnte in einem der modernen Wohnkomplexe, die nicht mehr quadratisch wuchsen, sondern verschachtelt angelegt waren und aus verschiedensten Materialien und Farben bestanden. Das Ganze war nicht höher als vier Stockwerke. Es wirkte freundlich durch viele parzellierte kleine Gärten mit Büschen und Sträuchern und den ersten Frühjahrsblumen, aber auch reglementiert durch Schilder wie »Häufchen in den nächsten Abfalleimer« oder »Rasen betreten verboten«. Alles hatte seine Ordnung, dagegen kamen auch die italienischsten unter den deutschen Architekten nicht an.

Rainer brauchte eine Weile, bis er Annettes Haustür gefunden hatte. Sie wohnte in einem der hinteren Häuser, die schräg zur Seite blickten. So sah sie nicht auf die Grünflächen zwischen den einzelnen Häusern, sondern auf die etwas entfernt liegende vierspurige Zufahrtsstraße.

Rainer studierte die fünf Namensschilder, fand ihren Nachnamen im Parterre und klingelte. Es wurde gleich geöffnet, und als Rainer in den in hellem Marmor gestalteten Flur trat, ging vor ihm die Tür auf. Rainers Herz schlug laut.

Annette trat vor, und er hörte sein Blut rauschen. Sie war tatsächlich atemberaubend. Ihre grünen Augen, die schwarzen Haare und die Figur übertrafen das Computerbild bei weitem. »Hallo, Rainer«, sagte sie mit einer kehligen Stimme, die ihn sofort Whisky riechen und Peitsche sehen ließ.

Er ging wie hypnotisiert auf sie zu. »Guten Abend, Annette!«

Sie schenkte ihm einen eisigen Blick, schloß hinter ihm die Tür und ging voraus zu einer Treppe, die in den Keller führte. Unten öffnete sie das Schloß einer schweren schwarzen Eisentür und zog zusätzlich einen breiten Riegel zurück. »Dein Leben liegt in meiner Hand!« raunte sie, und Rainer fühlte eine wohlige Wärme aufsteigen. Das Tor schwang zurück, und Rainer blickte in ein dunkles Verlies mit Ketten, Streckbank, Käfigen und einer Eisernen Jungfrau. Die Wände waren mit unbehauenen Steinen verkleidet worden, darin steckten brennende Fackeln, die ein unruhiges Licht warfen. Rainer fand es schaurig-schön und drehte sich zu Annette hin. Sie trug jetzt eine schwarze Augenmaske aus

Leder und hielt ihm ein zusammengelegtes dunkles Tuch hin. »Umbinden«, sagte sie knapp und: »Auf die Knie!« Rainer gehorchte bebend und fühlte, daß er heute den Kick seines Lebens bekommen würde.

Anna hatte sich verbissen. Wie immer, wenn sie an einem Problem herummachte, wollte sie eher sterben, als es nicht zu lösen. »Ich komme diesem Hausfrauenkram noch auf die Spur«, sagte sie, und es war eher der blanke Ehrgeiz als persönliches Interesse.

Patricia saß neben ihr, konnte den Schritten, die Anna machte, aber nicht mehr folgen. Zwischendurch sagte sie: »Ich schenke uns noch was ein«, oder fragte: »Magst du noch was essen?«, aber sie bekam kaum Antwort.

»Das ist ja eine langweilige Party«, beschwerte sie sich schließlich, da hörte sie, wie Anna die Luft einsog und anhielt.

»Wow!« sagte sie und ließ sie langsam wieder heraus. »Ich bin in ihrem System drin. Ich hätte es ja nie geglaubt!« Sie schaute Patricia an, als hätte sie soeben den Nobelpreis gewonnen, und ließ sich langsam, mit hochgereckten Armen in den Sessel zurücksinken. »Ich hab's tatsächlich geschafft!«

»Toll!« Patricia reckte wenig begeistert den Kopf. »Und was haben wir jetzt da? Eine Hausfrauenorganisation, die Bohnerwachs und Silikonbusen anpreist?«

»Sei nicht so zynisch, meine Liebe, nur weil du keine Hausfrauenambitionen und auch keine Spur von Begabung dazu hast!«

»Aber du!«

Anna antwortete nicht darauf.

»Dieses Hausfrauenbrimborium ist eine Deckorganisation, meine Liebe. Im Moment bin ich nicht sicher, ob hier eine Detektivin oder eine Journalistin sitzt!«

»Probier's doch mal mit Ehefrau. Und Hausfrau!«

»Du bist nicht würdig …«, begann Anna, aber Patricia rückte ihren Stuhl neben sie.

»Dann laß doch mal hören. Klingt interessant!«

Anna zeigte ihr eine schier endlose Liste mit Namen, Adressen, Bankverbindungen, Vorlieben.

»Was ist denn das?!« Patricia tippte auf den Bildschirm. »Halt doch mal an. Was steht da? Bevorzugt schlanke, knabenhafte Typen, kurzhaarig, hellhäutig und kaum behaart.« Patricia schaute Anna an. »Spinn ich? Wo bist du denn da gelandet?«

Anna griff nach ihrem Glas. »Sieht irgendwie nicht mehr unbedingt nach Hausfrauen aus, wie?«

Sie spulte die Namen langsamer ab und nahm einen tiefen Schluck, da spie sie die Hälfte mit einem gegurgelten »Öfff« wieder aus. Sie hustete sich fast die Seele aus dem Leib, während Patricia ihr eifrig auf den Rücken klopfte.

»Schau da!« Aufgeregt wies sie zum Bildschirm. »Mein Gott, das ist ja brandheißes Material!«

Siegmund Leuthental stand da. *Oberstaatsanwalt, fünfundfünfzig Jahre alt, eines der ersten Mitglieder (bevorzugt zu behandeln) und einer der besten Kunden. Stufe eins! Vorlieben: eher drall, auf jeden Fall dickbusig. Typ naive, anhimmelnde Blondine, auf keinen Fall eine herbe, selbstbewußte Frau. Spielt vorher gern den großen Maxe, hat aber keinen. Steht auf Fellatio. Stammcrew: Luise, Gerlinde, Sabine.*

Anna war blaß geworden, während Patricia aufgeregt hin und her wippte. »Das ist ja nicht zu fassen! Was ist denn das???«

Anna zog die Augenbrauen hoch. »Sieht irgendwie gefährlich aus!«

»Aber immerhin«, Patricia wies mit dem Finger auf den Bildschirm. »Der feine Herr Oberstaatsanwalt«, sagte sie. »Da schau mal an! Und alles mit Machtstreben kompensieren. Typisch! Raketen bauen, wenn man selbst zu kurz gekommen ist, das erhärtet meine These.«

»Haben nicht auch die kleinsten Männer die größten bissigen Hunde?«

»Auch so ein Phänomen, völlig richtig. Ausgleichen, was man selbst nicht hat oder ist.« Sie stockte. »Anna, das ist ungeheuerlich!«

Anna saß steif vor dem Bildschirm. »Ich glaube nicht, daß die Polizei ein solches Register hat!«

»Sicherlich nicht«, bestätigte Patricia.

»Ich glaube auch, daß eine Organisation, die so etwas aufzieht, überhaupt kein Interesse daran hat, daß andere das mitbekommen.«

Patricia nickte. »Richtig!«

Anna bewegte sich noch immer nicht. »Ich glaube, daß wir in Lebensgefahr sind!«

»Wie?« Patricia schaute sich schnell um.

»Wenn die draufkommen, wer ihr System geknackt hat, möchte ich nicht wissen, was passiert!«

Patricia rieb sich die Arme. »Können die das denn?«

»Theoretisch nicht. Aber wenn sie einen Spezialisten haben?!«

»Du meinst so eine Seele wie dich?«

»Denk an den Film *23*, die Hacker waren schon zu unserer Schulzeit international aktiv, da lasen wir noch *Bravo*-Heftchen!« Anna ließ die Namen weiterlaufen. »Das ist alles real hier, die Leute gibt es wirklich. Stell dir mal vor, hochangesehene Persönlichkeiten. Wer weiß, wen wir noch alles finden!«

»Max könnte damit die halbe Stadt erpressen«, warf Patricia ein.

»Es muß bei euch in der Familie liegen!« Anna schüttelte den Kopf. »Hast du einen Schnaps im Haus? Ich glaub, ich brauch jetzt was. Übrigens, merkst du? Es geht alphabetisch.«

Patricia war aufgestanden, blieb aber stehen. »Wart mal, dann kann ich ja gezielt nach meinen Kollegen schauen!«

»Hol mir ruhig erst mal den Schnaps, wenn du ihn findest. Ich klopfe mal die Obrigkeit ab. Bürgermeister, Banker, Pfarrer und so weiter!«

Patricia wühlte gerade in der Küche herum, um eine der Schnapsflaschen aus den Weihnachtsbeständen zu finden, als sie ein Schrei ins Schlafzimmer zurücklaufen ließ.

»Ich sollte es dir vielleicht gar nicht sagen«, wehrte Anna ab. »War töricht von mir, so zu reagieren!«

»Wer?!« Patricia starrte sie an. »Frank?«

»Dein Vater!«

»Papa?«

»Da!« Anna wies mit dem Zeigefinger auf den Bildschirm.

»Tatsächlich! Ich glaub's nicht!« Sie warf Anna einen schrägen Blick zu. »Schau weg! Die Vorlieben meines Vaters gehen dich gar nichts an.« Sie stutzte. »Oder hast du's vielleicht schon gelesen?«

»Ich?« Anna hob die Schwurhand. »I wo!«

Patricia beugte sich näher an den Bildschirm heran.

Liebt Frauen mit adeliger Ausstrahlung, braucht den Kick, uneinnehmbare Festungen zu stürmen, las sie laut vor. *Möchte als vollkommener Sieger das Feld verlassen, nachdem er den vermeintlichen Widerstand des Burgfräuleins oder der Amazone gebrochen hat! Crew: Erbprinzessin Susanna und Herzogin Petrusia!*

Patricia ließ sich auf den Korbsessel sinken. »Ich glaub's nicht. Ich glaub's einfach nicht! Kneif mich mal! Mein Alter braucht ein Burgfräulein! Wenn ich das nächstemal nach Hause komme, stelle ich mich ihm als«, sie hob die Stimme, »Erbprinzessin Susanna vor.«

Anna lachte. »Wer hätte gedacht, was aus diesem Abend wird. Nicht zu glauben! Wo ist der Schnaps?«

»Schnaps? Gleich! Schau mal nach Rainer!«

»Was? Rainer? Du spinnst wohl!« Sie runzelte die Stirn.

»Hä!« triumphierte Patricia. »Du traust dich wohl nicht!«

»Und ob!« Sie spulte bis zu Leicht, fand auch einen Mark Leicht, aber Rainer Leicht fehlte in der Kartei.

»Und Lars?«

»Das wäre ja ein Ding!«

Sie fanden Lars nicht und auch nicht Frank. Ganz am Ende der Namensliste kam eine Rubrik mit Novizen. Sieben Codenamen standen da, als letzten las Anna »Schnuffi« vor.

»Schnuffi braucht eine Domina, weil er zu Hause keine Chance gegen seine Frau hat.« Sie lachte. »Armer Schnuffi! Ist ja wirklich ungeheuerlich!«

»Und weiter?« drängte Patricia. »Was ist weiter mit diesem Schnuffi?«

»He, nicht so gierig!« Anna hob tadelnd den Zeigefinger. »Na, denn!« Sie veränderte ihre Stimme, gab ihr einen schwulen Touch: *Bisher eher weiche Erfahrung, kann aber härter rangenommen werden. Versuchsweise Käfig, Streck-*

bank und an die Wand ketten, Augenbinde und Siebenschwänzige.

»T-t-t-t!« Patricia schüttelte den Kopf. »Steht da auch irgendwo, was die Kerle dafür bezahlen?«

»Nein, nicht direkt. Hat wohl was mit den Kategorien zu tun!«

»Was stand denn bei meinem Vater?«

»Kategorie eins!«

»Der verhurt unser Erbe, der Schuft. Und bei diesem Schnuffi?«

»Nichts. Der übt wohl noch!«

»So einen kannste auch in der Pfeife rauchen.«

»Was machst du, wenn du so einen Mann zu Hause hast?« wollte Anna wissen. »Wenn wir jetzt Frank da drin gefunden hätten?«

»Hätte ich ihn die nächsten Tage und Nächte so rangenommen, daß er nur noch auf allen vieren aus dem Haus gekrochen wäre!« Sie nickte grimmig. »Und du mit deinem Rainer?«

»Hätte ich ihm auf die Schultern geklopft und zu seiner Potenz gratuliert!«

Patricia schüttelte den Kopf. »Das hättest du nicht wirklich getan!«

»Ich muß über so was wirklich nicht nachdenken. Seine Libido ist nicht sonderlich ausgeprägt, ich denke, er ist froh, wenn ich nicht öfter als am Samstag mit ihm will.«

»Und du hast zum Ausgleich ja Lars!«

»Eben!«

»Ich glaube, ich hol uns jetzt den Schnaps!«

Rainer hatte schon, während er auf der Streckbank lag, beschlossen, daß Annette ihr Geld mehr als wert sei und daß er ihr bereits heute den vollen Preis bezahlen würde. Es war ihr recht. Sie nahm es mit stahlblauem Blick und zuckte nicht mit der Wimper, als sie ihm bescheinigte, daß sie ihn hiermit als Kunden akzeptierte. Er fühlte sich geschmeichelt, vor allem deshalb, weil sie ihm klarmachte, wie hoch ihre Maßstäbe und wie groß deshalb diese Auszeichnung sei. Rainer nahm sich vor, sie das nächstemal nach ihren Kriterien zu fragen, aber jetzt erschien ihm eine solche Frage zu eitel.

Sie ging vor ihm die Treppe hoch, und er betrachtete dabei ihren Rücken. Sie sah aus wie ein Panther, ihre Bewegungen waren geschmeidig, ihre Körperformen in dem engen Leder atemberaubend. Sie war tatsächlich eine Traumfrau, die einem herrliche Alpträume bescherte. Er lächelte über diese Wortspielerei, als ihm der Atem wegblieb. Im Spiegel, der gegenüber des Treppenaufgangs im Flur hing, entdeckte er an Annettes Rücken vorbei eine Gestalt, die ihm bekannt vorkam. Er stand seitlich an der Wand, wohl, um von dem Kunden nicht gesehen zu werden, hatte aber ganz offensichtlich den Spiegel vergessen. Rainers erster Impuls war stehenzubleiben, aber hinter Annette fühlte er sich irgendwie sicher, und er ging weiter hinauf.

In dem Moment, als Rainer hinter Annette auftauchte, erkannte Charly ihn auch. Er starrte ihn an. »Du kannst es wohl nicht lassen!« fuhr er Rainer an.

»Hören Sie auf, meine Kunden zu beschimpfen! Dazu sind Sie nicht da!« maßregelte ihn Annette.

»Schnauze!« Charly plusterte sich auf. Er hatte die Haare geschnitten und dunkel gefärbt und steckte in einem dunkelgrauen Anzug, trotzdem hätte ihn Rainer überall auf dieser Welt sofort erkannt. »Es stinkt mir«, fuhr Charly drohend fort, »daß du mich ständig ausfindig machst!«

Rainer zuckte die Achseln und ging vorsichtshalber langsam in die Nähe der Haustür.

»Wie machst du das eigentlich?«

Rainer öffnete die Haustür und drehte sich nochmals nach ihm um. »Meine Frau ist Privatdetektivin«, antwortete er und zog die Tür hinter sich zu.

Charly hatte in seinem Leben schon vieles erlebt, aber nicht, daß ihm eine Frau sein Geld verweigerte.

»Es ist eine bodenlose Frechheit, wie Sie sich hier benehmen«, Annette nahm ihre Augenmaske ab. »Ich werde das melden. Zum Kundenvergraulen habe ich Sie nicht engagiert. Zum Aufpassen, falls einer durchdreht! Das ist Ihr Job!«

»Der Kerl hat mich schon mehrmals beschissen!« rechtfertigte sich Charly.

»Und wenn er Sie vollends in die Jauchegrube geworfen hätte! Solange Sie von mir bezahlt werden, pöbeln Sie meine Kundschaft nicht an, damit es klar ist. Das war Ihr letzter Job bei mir, und Geld bekommen Sie auch keines, damit wir uns gleich verstehen!«

»Was ist denn das?!« Charly nahm Maß. Seine Gesichtshaut verfärbte sich bereits rot, er spürte, wie sich sein Kamm aufstellte.

»Eine Organisation. Und Sie sind das kleinste Rädchen im Getriebe. Und wenn Sie jetzt glauben, hier gegen mich auftrumpfen zu müssen, dann sollten Sie sich das besser gut überlegen!«

Charly trat zurück und ließ seine geballten Fäuste sinken.

»Einer wie Sie ist eine Gefahr, keine Hilfe!« sagte Annette langsam und wies auf die Tür.

Charly kochte vor Wut, aber er ging. Draußen hätte er am liebsten gegen die Tür getreten oder diesem Idioten noch eine geballert. Schnaubend ging Charly den Weg entlang, führte alle zwei Schritte Boxschläge aus.

Langsam senkte sich sein Blutdruck, und er konnte wieder klar denken. Charly, bezähm deinen Jähzorn, sagte er sich. Der Job ist gut, du hattest bisher bei keinem einzigen Auftrag mehr zu tun, als im Anschluß deinen Schein zu kassieren. Laß diese Kuh und diesen Heini. Die Gewißheit, ihm rein körperlich eins draufgeben zu können, wenn er nur wollte, tröstete ihn. Jetzt wollte er nur nicht, das war alles. Er sah auf seine Armbanduhr. Noch ein paar Wochen, und er würde sie wieder gegen eine echte eintauschen, und irgendwann würde er sich auch wieder nach einer neuen Wohnung umsehen können. Er stieg in seinen alten Chevy und fuhr zu seiner Pension. Jetzt würde er sich umziehen und in einem anständigen Kiezdreß noch einen aufs Parkett legen.

Dreißig Minuten später war er verhaftet. Er hatte auf dem Parkplatz vor seiner Pension geparkt, war ausgestiegen und wollte eben seinen Wagen abschließen, als plötzlich drei Männer in Zivil ihn in ihre Mitte nahmen. Der eine hielt ihm die Pistole in den Rücken, der andere seinen Dienstausweis vor die Nase, und der dritte tastete ihn nach einer Waffe ab und ließ die Handschellen zuschnappen.

»Wieso denn?« wollte er wissen, erntete aber nur einen gelangweilten Blick des Polizisten, der neben ihm stand.

»Wie wär's mit schwerer Körperverletzung?« sagte er und schob ihn wie ein gebündeltes Paket auf den Rücksitz des Polizeiwagens.

Charly starrte geradeaus. Das kam nicht von ungefähr, das war ihm klar. Hatte tatsächlich die Kleine von diesem Typen, den er zusammengeschlagen hatte, seine Adresse herausgefunden? Was hatte der Kerl vorhin noch gesagt? Sie sei Privatdetektivin? Wenn er wegen dieser Kuh wieder sitzen mußte, hatte sie einen lebenslangen Feind, das würde er ihr noch beibringen müssen. Oder war es bereits die Reaktion der Organisation auf Annettes Beschwerde? Er konnte es nicht einordnen, da piepte sein Handy zweimal. Eine SMS, er schaute zu dem Beamten an seiner Seite. »Darf ich?« Der zuckte die Schulter. Charly fummelte sich, durch die Handschellen behindert, mühsam sein Handy aus dem Jackett. Eine Kurznachricht war eingegangen. Und keine sehr erfreuliche: »Einen Störenfried in unseren Reihen können wir nicht gebrauchen!«

Rainer erfuhr am nächsten Morgen im Büro von Karl Lönitz' Verhaftung. Das war ihm überhaupt nicht recht, denn wenn er Pech hatte, würde der jede einzelne Begegnung vor Gericht beichten. Bei Gudrun mochte das ja noch angehen. Da war er der Anwalt, der eine Mandantin schützen wollte. Aber bei Lizzy? Und jetzt auch noch bei Annette? Er überlegte, wie er seinen Kopf retten konnte. Nur, wenn er gleichzeitig Karls Kopf retten würde, das bedeutete, er mußte die Anzeige gegen Karl Lönitz zurückziehen. Er überlegte sich, mit welcher Begründung er seine Entscheidung vor Anna vertreten konnte. Aber mußte sie es überhaupt erfahren?

Auf der anderen Seite war ein Karl Lönitz hinter Gittern auch ein tröstlicher Gedanke. Er konnte den Kerl einfach nicht mehr sehen. Und ganz offensichtlich blieb ihm dieser Anblick nicht erspart, solange Lönitz auf freiem Fuß war. Er beschloß, es darauf ankommen zu lassen. Lönitz hinter Gittern, das war schließlich auch ein kleiner Sieg.

Anna und Patricia hatten beschlossen, die Sache zunächst einmal geheimzuhalten. Anna fiel es zwar nicht leicht, weil sie am gestrigen späten Abend mit Rainer noch ein Glas Wein getrunken und über den Tag geplaudert hatte, aber sie beherrschte sich. Es war ein Abenteuer, und sie liebte es, war sich aber auch bewußt, daß es ungeahnte Dimensionen annehmen konnte.

Aber dann erzählte ihr Rainer kurz vorm Zubettgehen, beiläufig beim Zähneputzen im Badezimmer, von Friederike Leuthentals seltsamem Anruf und ihrer Bitte um einen Termin. Anna hielt sich gerade die Mundddusche in den Mund und glaubte, sie habe einen elektrischen Schlag bekommen, so durchfuhr sie die Mitteilung. Sie verschluckte sich heftig, ließ sich von Rainer auf den Rücken klopfen. Das war ja der Hammer. Wenn sich Friederike von ihrem Mann trennen wollte, würde ihr die Information über ihren süßen Oberstaatsanwalt Tür und Tor öffnen und Max die Freiheit schenken. Sie mußte sich darüber sofort mit Patricia besprechen. Anna überlegte, wie sie das jetzt noch bewerkstelligen könnte, ohne daß es Rainer mitbekäme. Es fiel ihr aber keine Lösung ein. Wohl oder übel mußte sie, aufgeregt, wie sie war, ins Bett und Müdigkeit vortäuschen. Oder sollte sie Rainer anfallen? Das würde sie ablenken, und danach war sie vielleicht wirklich müde. Aber als sie ins Schlafzimmer kam, hatte er sich auf seiner Seite schon in die Decke eingerollt. Sie betrachtete ihn und zog ihren Schlafanzug an. Sie hatte eine sexuelle Sparflamme geheiratet, aber das hatte sie schließlich schon vor der Hochzeit gewußt.

Anna hauchte ihm einen Gutenachtkuß auf die Wange und legte sich auf ihre Seite.

Patricia überlegte den halben Vormittag, ob sie ihre Mutter über die Neigungen ihres Mannes aufklären sollte. Die Formulierung ließ sie nicht los. *Braucht den Kick, uneinnehmbare Festungen zu stürmen.* Sie sah es bildlich vor sich, wie er den Grandseigneur und falschen Charmeur spielte. Und die Namen der beiden sogenannten Crewmitglieder klangen noch in ihrem Kopf. Erbprinzessin Susanna und Herzogin Petrusia. Völlig idiotisch!

Aber dann sah sie ihre Mutter vor sich. Was hatte sie ihrem Mann schon entgegenzusetzen. Sie hatte es in den letzten dreißig Jahren nie getan, sie würde es auch in Zukunft nicht tun. Es war das alte Lied von der Fassade. Hauptsache, das äußere Bild stimmte.

Sie dachte an ihren Bruder. Was würde Max mit diesen Informationen tun? Sein Leben verspielen, dessen war sie sich sicher. Er war ein zu großer Kindskopf, viel zu hitzig und viel zu unüberlegt, um mit so etwas umgehen zu können.

Als erstes würde er wahrscheinlich seinem Vater vor der gesamten feinen Hamburger Gesellschaft die Meinung stoßen und anschließend dem Herrn Oberstaatsanwalt Steffens Freilassung verordnen. Patricia war sich sicher, daß es da ein ganzes Netz von Herren gab, die es voneinander zwar nicht wußten, aber insgesamt der Sache dienten, wer immer auch dahinterstecken mochte.

Anna saß während dieser Zeit wie auf heißen Kohlen, denn ausgerechnet heute ließ sich Rainer Zeit. Er frühstückte, las die Zeitung und ließ sich auch nicht irritieren, als Anna mehrmals demonstrativ zur Uhr sah.

»Was tust du denn so hektisch?« fragte er sie schließlich, und Anna gab sich einen Ruck.

»Du bist schon spät dran, mußt du nicht los?« versuchte sie ihn diplomatisch zum Aufbruch zu bewegen.

»Ich genieße gerade mein Leben«, erklärte er hinter der Zeitung. »Dazu gehört auch, ganz einfach mal später zu kommen!«

»Ah! Toll!« Anna rutschte auf ihrem Stuhl hin und her. Mußte er gerade jetzt damit anfangen? »Und wenn jetzt schon ein Mandant wartet?«

»Es wartet keiner.«

Als er um zehn endlich ging, stürzte Anna sofort zum Telefon.

Patricia wollte ihr erzählen, worüber sie den halben Vormittag nachgedacht hatte, aber Anna unterbrach sie sofort.

»Du glaubst es nicht«, sprudelte sie los. »Friederike Leuthental hat einen Termin bei Rainer. Morgen. Sie will sich scheiden lassen – oder sich zumindest über Scheidungen informieren, stell dir vor!«

»Ach nein!« Patricia stand in der kleinen Teeküche ihrer Praxis, der nächste Patient würde gleich kommen. »Das ist ja ein Ding!«

Sie kam zum gleichen Schluß wie Anna. Max konnte man solche Dinge nicht anvertrauen, aber Friederike Leuthental würde ihre Information sicher gezielt einsetzen.

»Wie sagen wir es ihr?« fragte sie. »Ich kenne sie ja nicht!«

»Ich habe sie auch nur einmal auf dem Gang im *Ramses* gesehen«, gab Anna zu bedenken.

»Ja, prima«, Patricias Stimme klang erleichtert, »so was verbindet. Ruf du sie an.«

»Und am Telefon soll ich ihr … ist das nicht ein bißchen derb?«

»Lote es aus, wirst schon sehen.«

Friederike hatte sich gerade ausgehfertig gemacht, um sich mit ihrem Mann zum Mittagessen zu treffen, als das Telefon klingelte. Zuerst wollte sie das Gespräch nicht annehmen, weil sie sowieso schon zu spät dran war, aber dann schaffte sie es doch nicht, das Klingeln zu ignorieren. Möglicherweise war es ja wichtig. Sie war schon im Mantel an der Tür, ging aber in die Halle zurück und nahm ab. Es war Anna. Sie stellte sich vor, und Friederike erinnerte sich sofort. »Ich habe morgen bei Ihrem Mann einen Termin«, sagte sie, »sicherlich hat er es Ihnen erzählt ...«

»Ja, deshalb rufe ich an. Sie können den Termin streichen. Wenn Sie mir glauben, was ich Ihnen jetzt erzähle, können Sie etwas für sich und auch für Max tun. Und egal, was Sie tun oder von Ihrem Mann fordern, er wird akzeptieren und nichts dagegen unternehmen wollen!«

Friederike schaute auf eine der Plastiken, die in der Eingangshalle standen, ein Adonis aus weißem Marmor, und bedachte, was sie eben gehört hatte. »Das hört sich ... unglaubhaft an, um es vorsichtig auszudrücken«, sagte sie und löste ihren Blick von den Bauchmuskeln der kopflosen Figur.

»Es ist eigentlich auch zu delikat, um es am Telefon zu besprechen ...« Seit gestern war Anna von dem seltsamen Gedanken erfaßt, sie könnte abgehört werden.

»Wollen wir uns treffen?« fragte Friederike, und ihr interessierter Ton ließ Anna aufhorchen. »Ich fahre eben in die Stadt, um mit meinem Mann zu Mittag zu essen. Wie wär's danach?«

Zwei Stunden später saßen die beiden Frauen am Tresen eines Champagnerstands in einer Einkaufspassage. Friederike war etwas größer als Anna und ein völlig anderer

Typ. Naturblond, in ausgewaschenen Jeans, dunkelblauem Blazer, Seidentuch um den Hals und flachen Mokassins entsprach sie dem Bild sportlicher norddeutscher Frauen. Anna wirkte dagegen fraulicher, sie betonte ihre Rundungen mit einem ausgeschnittenen Pullover und trug enge schwarze Hosen zu Stiefeletten mit hohem Absatz. »Kaffee, oder brauchen wir ein Glas Champagner?« fragte Friederike und hielt Anna die Hand zum Gruß hin.

»Es ist eine schlechte und eine gute Nachricht. Wobei, angesichts Ihrer Situation«, Anna lächelte entschuldigend, »die gute die schlechte überwiegen dürfte. Entscheiden Sie selbst!«

Friederike setzte sich auf den Barhocker. »Hört sich irgendwie nach Champagner an.« Sie lächelte Anna verschmitzt zu. »Zwei fremdgehende Ehefrauen sollten überhaupt nur noch Champagner trinken ...«

Ihr männlicher Nachbar zur Linken warf ihr einen interessierten Blick zu, Anna grinste. »Also dann.« Sie orderte zwei Gläser Taittinger und beugte sich zu Friederike vor. »Aber fallen Sie nicht in Ohnmacht!«

»Mein Nachbar wird mich gern auffangen, habe ich das Gefühl, also keine Sorge.«

Anna nickte und begann leise, Friederike von ihrem gestrigen Abend mit Patricia zu erzählen. Per Zufall, kürzte sie ab, seien sie in diese Seiten geraten und hätten im Mitgliederstamm dieser Organisation unter anderem einige Namen prominenter Männer entdeckt.

Friederike ließ sich den Wortlaut über die Vorlieben ihres Mannes zweimal erzählen. Ihr Gesicht hatte sich versteinert, sie war blaß geworden. Schließlich räusperte sie sich. »Jetzt muß ich tatsächlich erst einmal etwas trinken!«

Anna griff ebenfalls zu ihrem Glas. »Tut mir leid, ich weiß nicht, wie ich es hätte schonender machen können!«

»Schlimm genug, daß eine«, Friederike schaute sie an, »entschuldigen Sie, fremde Person Einblick in das Sexualverhalten meines Mannes bekommt, aber noch schlimmer ist natürlich«, sie trank das Glas in einem Zug leer, »daß dieser verlogene Bock zu Hause so tut, als sei ich an allem schuld, und woanders die Sau rausläßt!« Sie hatte lauter als beabsichtigt gesprochen, und ihr Nachbar musterte sie erneut. »Noch ein Glas, bitte«, rief sie dem Kellner zu, korrigierte sich mit Blick auf Annas Glas aber sofort: »Bitte zwei!«

Anna beobachtete sie. Sie behielt glänzend die Fassung, das mußte sie ihr zugestehen. Sie wußte nicht, wie sie reagiert hätte, wenn eine wildfremde Frau sie am hellichten Nachmittag über die Sexspielchen ihres Mannes aufgeklärt hätte. Wahrscheinlich wäre sie tatsächlich vom Stuhl gefallen. Und dann hätte sie eine Knarre gekauft.

Die neuen Gläser wurden bereits auf den Tresen gestellt, was Anna wunderte, denn so schnell war sie hier noch nie bedient worden. Anscheinend war Friederike hier keine Unbekannte.

»Sorry«, Friederike holte neben ihr tief Luft. »Ich muß das erst einmal verdauen und mich sammeln, bevor ich zurückschlagen kann. Aber Sie haben natürlich recht. Mit so einer Information brauche ich keinen Anwalt mehr, da kann ich ihm diktieren, was ich will. Auch schön«, sie wiegte den Kopf und hob das Glas. Ihr Mund, der noch eben verletzlich weich gewirkt hatte, straffte sich wieder, und sie warf den Kopf zurück. »Nicht zu fassen!« sagte sie laut und hielt Anna ihr Glas hin. »Stoßen wir auf die Unwahrscheinlichkeiten dieses Lebens an!«

Der Trinkspruch gefiel Anna, und sie tranken, bis Friederike absetzte und ihr direkt in die Augen blickte. »Und warum erzählen Sie mir das alles?«

»Weil Ihr Mann anscheinend die Macht hat, Dinge zu bewegen. Sicherlich kann er auch etwas für Max tun, er ist immerhin fast wie ein Bruder für mich. Diese Anzeige wegen Autodiebstahls lähmt ihn. Die muß endlich vom Tisch!«

Friederike fuhr sich mit einer Hand durch ihre nackenlangen Haare. »Dazu bräuchte ich noch nicht einmal meinen Mann, denn die Anzeige stammt ja von mir. Bloß, wenn ich sie zurücknehme, wird die Versicherung aufschreien.«

»Dann muß aus der Anzeige gegen Max Wilkens eben eine Anzeige gegen Unbekannt werden!«

»Hmm!« Friederike überlegte. »Ich habe darüber, ungeachtet der Sexgeschichten meines Mannes, auch schon nachgedacht. Dazu bräuchte Max aber ein Alibi. Und nicht zu vergessen, er ist ja nicht nur mit meinem Wagen verschwunden«, sie schüttelte den Kopf, »sondern hat gleichzeitig auch seine Praktikantenstelle hingeschmissen, ohne ein Wort zu sagen. Das heißt, er gilt seit diesem Zeitpunkt, genau wie mein Auto, als verschollen.«

Anna schaute sich um, während sie nachdachte. Erstaunlich, wer alles am Nachmittag Zeit hatte, sich zu einem Plausch, einem Glas Champagner, einigen Meeresfrüchten oder auch einem Cappuccino zu treffen. Die Tische waren alle besetzt, selbst die Barhocker am Tresen. Von hier aus ließ sich das Treiben in der Passage herrlich beobachten, ein Platz zum Lästern und Genießen. Sie nahm einen Schluck. »Ich hab's«, sagte sie und stellte ihr Glas schwungvoll ab. »Max muß aus dem Fahndungscomputer der Polizei verschwinden. Und die Versicherung wird wohl nicht auf eigene Faust recherchieren, so wichtig kann denen so ein Turbo auch nicht sein, da gibt es sicherlich ganz andere Fälle. Die werden auf die Polizei vertrauen und damit basta!«

Friederike fand die Idee nicht schlecht. Aber ob sie bei ihrem Mann für den Sohn des verhaßten Wilkens etwas erreichen konnte, mochte sie noch bezweifeln. »Er ist einfach sein Erzfeind!«

»Daß er einen zu Kurzen hat, steht schwarz auf weiß in seinen Sexakten«, erklärte Anna. »Was will er dann noch?«

»Es ging nicht um die Länge, es ging um die Behäbigkeit seiner Spermien«, korrigierte Friederike gelassen.

»Um so besser!« Anna zuckte mit den Schultern. »Welche Peinlichkeit für ihn, auf anhimmelnde Blondinen zu stehen, weil er vor seiner eigenen selbstbewußten Frau Angst hat, man stelle sich vor, ein Oberstaa...«

»Psst!« Friederike legte den Finger auf den Mund und rollte mit den Augen.

»Können Sie mir dieses ... Zeugs ... ausdrucken? Dokumentiert macht sich's besser!«

»Bei nächster Gelegenheit, klar doch!«

»Gut, und ich schau, was ich für Max tun kann!«

Anna prostete Friederike zu. »Wunderbar«, sagte sie und nahm noch einen Schluck. »Der seltene Fall, daß ein Ehemann etwas für den Liebhaber tun muß!«

»Blöde Zicken«, sagte ihr Nachbar von der linken Seite laut und deutlich. »Da kann es einem ja schlecht werden!«

Friederike und Anna schauten sich verblüfft an und mußten beide lachen. Friederike drehte sich zu ihm um. »Bei manchen Männern kann es einem auch schlecht werden«, erklärte sie ihm sachlich. »Vor allem, wenn sie lauschen!«

»Sie beschallen ja den ganzen Platz mit Ihrem ordinären Geschwätz«, rechtfertigte er sich.

»Sie sind der erste, der sich beschwert!« Friederike musterte ihn. Ein Mann ohne Erinnerungsmerkmale. Sie würde ihn vergessen haben, sobald sie aus der Passage draußen war.

Er wand ihr demonstrativ den Rücken zu, und Friederike drehte sich kopfschüttelnd wieder zu Anna um.

»Vergessen wir das! Aber Ihre Idee mit Max ist gut. Es dürfte für Siegmund kein Problem sein, einen seiner Rotarierfreunde von der Polizei zu überzeugen. Oder – noch einfacher – durchforsten Sie doch die Liste nach einschlägigen Namen von Gesetzeshütern, dann drücke ich ihm das auch in die Hand, und eins, zwei, drei ist Max frei – reimt sich.« Sie lächelte spitzbübisch. »Oder sagen wir mal, ein unbelasteter Mann.«

Anna hatte Patricia gleich über das Gespräch informiert, und Patricia fand es klasse, daß sich eine Chance für Max auftat. Andererseits gefiel ihr das alles nicht so richtig. Seit gestern nacht war vieles anders geworden. Es hatten sich Dinge in ihr Leben, ja, sogar in ihr Schlafzimmer geschlichen, die sie nie für möglich gehalten hätte. Patricia fuhr früher nach Hause als gewöhnlich, weil sie es in der Praxis nicht mehr aushielt. Kaum war der letzte Patient gegangen, verabschiedete sie sich für diesen Tag von ihren Kollegen. Sie fühlte sich von Kopf bis Fuß von einer seltsamen Unruhe gepackt und fing, gleich, nachdem sie zu Hause angekommen war, gegen ihre innere Überzeugung an, Kisten auszupacken. Sie brauchte irgendeine körperliche Betätigung. Anna hatte ihr versprochen, gegen sechs Uhr bei ihr zu sein, so blieben ihr noch gut vierzig Minuten. Sie ging ins Schlafzimmer und schaltete den Computer schon einmal ein, und weil sie schon dabei war, schaute sie auch nach eingegangenen E-Mails. Eine war da, sie las sie zunächst im Stehen, dann mußte sie sich setzen.

Kleine Warnung an Unbefugte, stand da. *Hat euch vielleicht Spaß gemacht, aber jetzt ist der Spaß zu Ende. Solltet ihr weiter in unserem Programm herumspielen wollen, werden wir recht schnell Ernst machen. Also laßt die Finger weg und vergeßt es!*

Patricia schluckte trocken, las es noch mal und raste ans Telefon.

»Anna«, sagte sie aufgeregt, kaum daß Anna den Hörer am Ohr hatte, »jetzt ist es passiert. Sie haben's gemerkt! Wie konnten sie das merken?«

»Woher weißt du das?«

»Sie haben uns eine E-Mail geschrieben!«

»Eine E-Mail? Das ist seltsam! Der muß ganz schön gut sein.«

»Jetzt hör auf!« Patricia befürchtete, aus dem Häuschen zu geraten. »Hör auf, über das Wie nachzudenken. Sie ist da, das ist Fakt. Sie drohen uns!«

Anna kam frisch von ihrem Massagetermin und war noch nicht so schnell aus der Ruhe zu bringen. »Das ging aber schnell!«

»Ja, verdammt! Es ist wie ein Einbruch in meine Wohnung, ich fühle mich observiert und keine Sekunde mehr sicher. Als nächstes stehen vier maskierte Schläger vor der Tür! Komm sofort her!«

»Du wirst ja hysterisch! So kenne ich dich überhaupt nicht!«

»Ahhh!« Patricia knallte den Hörer hin und ging zum Computer zurück. Sie las den Brief nochmals und drückte auf »Antworten«. Sie schrieb: *Haben nicht die Absicht, Ihre Interessen zu kreuzen. War purer Zufall. Haben's schon vergessen!*

Sie sandte die Message sofort ab und ging in die Küche, um sich ein Bier einzuschenken. Sie brauchte dringend etwas für ihre Nerven. Baldrian wäre noch besser gewesen, aber sie besaß nichts dergleichen, und wenn sie es besessen hätte, hätte sie es auf die Schnelle sicherlich nicht gefunden. Sie verfluchte das Tohuwabohu und nahm sich vor, Frank am Wochenende in der Wohnung einzuschließen. Jetzt war es wirklich an der Zeit, dem Chaos Herr zu werden.

Bis sie zu ihrem Computer zurückkam, war die Antwort da. Ihr wäre vor Schreck fast das Glas aus der Hand gefallen, aber jetzt sah es tatsächlich so aus, als würde sich zwischen ihr und dieser ominösen Organisation ein Briefwechsel entwickeln. Das durfte doch nicht wahr sein, sie betrachtete den Bildschirm, der ihr irgendwie feindlich vorkam, setzte sich dann aber doch davor und las.

Na also, ist doch machbar. Im Gegenzug ein kleines Angebot: Arbeitet mit, für gutes Geld und zu hervorragenden Arbeitsbedingungen. Ihr bestimmt, wen ihr haben wollt und wen nicht. Es gibt auch gute Typen im Angebot – was für den Spaß: groß, breitschultrig, blauäugig!

Patricia kniff die Augen zu, las den Brief erneut und drehte sich blitzartig um. Irgendwie hatte sie den Eindruck, es stünde bereits jemand hinter ihr. Woher, in drei Teufels Namen, wußte diese Organisation, daß sie eine Frau war? Und – noch schlimmer – derer gleich mehrere? Sie hatten »arbeitet mit« geschrieben. Nicht »arbeite mit«. Das war unheimlich.

Patricia stand langsam auf und ging wieder zum Telefon. Diesmal nahm sie es mit. Sie drückte die Wiederholungstaste, aber bei Anna zu Hause meldete sich nur der Anrufbeantworter.

Sie wählte die Handynummer.

»Ja, ich bin gleich bei dir«, sagte Anna ansatzlos. »Kannst schon mal die Tür aufmachen und einen Kaffee aufsetzen. Den brauch ich jetzt nämlich!«

»Du brauchst einen Schnaps!«

»Schon wieder? Wieso?«

»Wir kommunizieren!«

»Wie??«

»Die antworten!«

Anna hatte den Kaffee vergessen, als sie fünf Minuten später an Patricia vorbei ins Schlafzimmer stürmte. Sie schaute sich die drei Briefe an und zog sich einen Stuhl heran.

»Seltsam, seltsam«, murmelte sie, und für Patricia sah es aus, als beschwöre sie den Rechner.

»Was ist seltsam?« fragte sie.

»Sie tun, als würden sie uns kennen! Steht ganz Hamburg unter Beobachtung, oder was?«

»Wie meinst du das?«

»Na ja, hier!« Anna wies zum Bildschirm. »*Was für den Spaß – groß, breitschultrig, blauäugig*. Hört sich doch an, als würde sich jemand süffisant auf mein Verhältnis mit Lars beziehen!«

Patricia schaute sie an und zog eine Augenbraue hoch. »Du spinnst!«

»Ja, danke! Mag sein!«

Patricia holte sich ebenfalls einen Stuhl und setzte sich dicht neben Anna.

»So, dann wollen wir mal«, erklärte Anna und hieb in die Tastatur.

Schön, Sie kennenzulernen, schrieb sie, *wir bedanken uns für Ihr Angebot, das wir nicht annehmen wollen, wundern uns jedoch etwas. Woher wissen Sie, daß wir Frauen sind? Und zudem auch noch mehr als eine?*

Anna brachte die Fragen gleich als Reply auf den Weg. »Jetzt hättest du Zeit, mir einen Kaffee zu machen«, sagte sie zu Patricia.

»Nix da«, Patricia blieb sitzen. »Die antworten gleich, du wirst sehen!«

Tatsächlich, ein einziger Satz kam an: *We are watching you!*

Das klang beängstigend, und Anna schaute Patricia an.

»Ich weiß nicht!« Patricia verschränkte die Arme. »Sollen wir uns da nicht ausklinken? Ich weiß jetzt, daß mein Alter ein Schwein ist und der Oberstaatsanwalt einen Kurzen hat, aber müssen wir unbedingt mehr wissen?«

Was wissen Sie über Harald Eichmann? schrieb Anna und schickte es ab, bevor Patricia reagieren konnte.

»Bist du verrückt? Dieser Computer steht in meiner Wohnung. Wenn die den killen wollen, dem dieser Anschluß gehört, dann kommen die zu mir!«

»Die hätten das Gespräch schon abgebrochen, wenn's so wäre. Wenn es dir zu spannend wird, dann geh doch endlich in die Küche, einen Kaffee machen!«

»Wie redest du denn mit mir?«

Anna zuckte die Achseln. »So halt!«

»Schau!« Aufgeregt deutete Patricia auf den Bildschirm. »Da tut sich was!«

Wir sollten miteinander chatten, das wäre sinnvoller!

»O Gott!«

»Na, da schau her!« Anna nickte langsam mit dem Kopf, dann las sie die neue Botschaft vor: *Es gibt Leute, die wollen zuviel wissen. Und sie glauben, sich gegen mich behaupten zu können. Und sie kämpfen mit den falschen Mitteln und können nicht akzeptieren, daß sie verloren haben. Dann läßt man sie halt zurücktreten. Harald Eichmann ist zurückgetreten!*

Sie lasen es beide und blieben für einen Moment still.

»Druck das aus, Anna. Das ist ein Schuldeingeständnis!«

»Ja, bloß von wem? Und wer verfolgt es? Hast du mal nachgeschaut, ob der der Polizeipräsident nicht auch zufälligerweise in der Liste steht?«

Anna verzog das Gesicht, dann schrieb sie erneut. *Warum erzählen Sie uns das, haben Sie keine Angst vor Folgen?* Sie schaute Patricia an, die nickte, und Anna schickte es ab.

Es dauerte eine Weile, bis die Antwort kam. *Wir müssen keine Angst haben. Wir sind schon zu stark.*

»Warum geben die sich bloß so viel Mühe mit uns?« Patricia wollte den Brief noch ein zweites Mal lesen, aber Anna war schon bei der Antwort: *Steffen Schneider!* schrieb sie.

»Oh, heißes Eisen!« Patricia runzelte die Stirn. »Bin gespannt, ob der Kontakt jetzt abbricht.«

Es schien fast so, denn als nach fünf Minuten noch keine Antwort da war, ging Patricia doch in die Küche, um für beide einen Kaffee aufzusetzen. »Das war's dann wohl«, sagte sie dazu.

Er war eben durchgelaufen, als sie aus dem Schlafzimmer Anna rufen hörte. »Komm schnell, es geht weiter!« Patricia ließ den Kaffee stehen und lief zurück.

Steffen Schneider macht eine unfreiwillige Entziehungs-

kur. Bekommt ihm nicht schlecht. Wenn die Zeit reif ist, kommt er wieder heraus. Reiner Selbstschutz. Und jetzt stelle ich euch mal eine Frage. Was trifft man in einer Singlebar am häufigsten?

»Hä?!?« Patricia kratzte sich am Kopf. »Was soll jetzt das?«

Auch Anna überlegte ergebnislos. Schließlich schrieb sie drei Fragezeichen zurück.

Dieses Mal kam die Antwort schnell. *Verheiratete Männer!*

Anna und Patricia schauten sich an. »Das ist eine Frau!« Patricia nickte ganz langsam vor sich hin. »Klar! Der Kopf dieser Organisation ist eine Frau!«

»Falls wir hier mit dem Kopf reden. Glaubst du, der hat für so was Zeit?« gab Anna zu bedenken.

»Keine Ahnung. Das hier ist jedenfalls eine Frau. Kein Mann reißt einen solchen Witz!«

»Oder es ist ein Mann, der sich als Frau tarnt!«

Patricia holte tief Luft. »Wie auch immer, es ist irre, und ich hole uns jetzt unseren Kaffee!«

Bis sie zurückkam, wollte Anna eben eine neue Frage abschicken. »He! Wartest du nicht auf mich, oder darf ich's nicht lesen?«

»Quatsch. Ich bin mir nur nicht sicher, ob ich nicht völlig auf dem Holzweg bin …«

Patricia stellte die Kaffeetassen auf den Beistelltisch und schaute auf den Bildschirm. *Noch eine Frage von unserer Seite,* stand da. *Sind Sie der Kopf der Organisation?*

Die Antwort kam prompt. *Neugierde zahlt sich nie aus. Manchmal weiß man danach mehr, kann's aber nicht mehr verwenden. Achtet auf euren Kopf.*

Friederike war joggen gegangen. Es war noch kühl, aber der Frühling kündigte sich an. Sie hatte sich nicht die Mühe gemacht, irgendwohin zu fahren, sondern war einfach von zu Hause aus losgetrabt. Auf ihrem Weg sah sie die ersten Blumen in den Vorgärten blühen, Schneeglöckchen und Krokusse und an den geschützten Stellen bereits Osterglocken. Sie versuchte, einen freien Kopf zu kriegen, und als der Punkt kam, an dem ihre Beine bleiern wurden und sie eigentlich aufhören wollte, spürte sie, wie sich etwas in ihr löste. Mit jedem weiteren Schritt wurden die Dinge unwichtiger, und als sie das Gefühl hatte, völlig frei zu laufen und unendlich lang weiterlaufen zu können, war auch Siegmund unwichtig geworden. Was wichtig war, war ihr eigenes Leben. Sie war nicht für ihn geboren worden, sondern für sich selbst, das sagte sie sich mit jedem Schritt. Und genau so würde sie es handhaben. Sie würde den Schmerz über die verlorene Ehe nicht an sich herankommen lassen. Entweder würde er heute abend noch in die Scheidung einwilligen oder nach ihren Konditionen leben. Und Max würde sie ebenfalls freikriegen. Er hatte ihr ihr Lebensgefühl zurückgebracht, was war dagegen schon ein Auto. Im Notfall würde sie das mit der Versicherung auf ihre Art per Scheck lösen. Und dann würde sie schauen, ob sie ihm nicht einen Job besorgen konnte, der ihm Spaß machte. Für einen bloßen Lebemann war er einfach noch zu jung. Und für einen notorischen Dieb und Dealer hatte sie auf Dauer keine Nerven.

Sie kam völlig durchgeschwitzt, aber innerlich aufgeräumt zu Hause an. Es wurde gerade dunkel, im Haus brannte kein Licht. Demnach war ihre Haushaltshilfe schon gegangen, aber Siegmund noch nicht da. Ob er sich bei einer dieser Frauen herumtrieb? Friederike schloß die Tür auf, nahm eine Flasche Mineralwasser und ging die Treppen hinauf zu ihrem Zimmer. Im Badezimmer fiel ihr Blick als erstes auf ihre Schmuckdose. Jedesmal fiel ihr dabei Max ein, und jedesmal mußte sie darüber schmunzeln. Schon seltsam, wie das Schicksal ihr diesen Jungen zugespielt hatte. Mit ihrem Schmuck hinter dem Vorhang. Sie grinste und stellte sich unter die Dusche. Es war herrlich, etwas getan zu haben, sich anschließend heiß und kalt abzustrahlen, kräftig trockenzurubbeln und mit einer duftenden Körperlotion einzureiben. Auch die kleinen Dinge im Leben machten Spaß, manchmal mehr als die großen, sann sie, als sie das Telefon läuten hörte. Sie ging, nackt wie sie war, ins Schlafzimmer und nahm ab. Es war Anna. Sie erzählte ihr, daß sie eben noch bei Patricia sitze und daß die Organisation per E-Mail mit ihnen in Kontakt getreten sei.

»Das ist ja spannend!« Friederike ging mit dem Telefon zurück ins Badezimmer.

»Ja, aber sie drohen auch recht unverhohlen. Wer dahintersteckt, wissen wir nicht, aber sie scheinen sehr gut durchorganisiert und vor allem informiert zu sein.«

Friederike überlegte kurz und schaute sich dabei im großen Spiegel an. »Schielende Zwillinge« nannte er sie, und ein Lächeln glitt über Friederikes Lippen. Sie spürte, daß sie doch eine ganz schöne Schwäche für den Kleinen entwickelt hatte. »Um so besser«, sagte sie. »Keiner wird ein Interesse daran haben, daß die Sache auffliegt. Mein Mann nicht, weil es einen riesigen Skandal gäbe und er wahrscheinlich auch noch Ärger mit diesen Leuten bekäme, und diese dubiose Organisation auch nicht, weil sie wahrscheinlich gern weiterhin im dunkeln arbeitet. Gut zu wissen, Anna, ich melde mich wieder.«

Sie war gerade wieder angezogen und bereitete sich in der Küche einen Toast zu, den sie mit Spargel und Schinken belegen und anschließend überbacken wollte, als sie Siegmunds Wagen die Auffahrt herauffahren hörte. So, jetzt wurde es ernst. Beim Essen stritt es sich besser, deshalb griff sie nach einem zweiten Weißbrot und steckte es in den Toaster. Sie öffnete den Kühlschrank und suchte sich einen Pinot Grigio heraus, öffnete und kostete ihn. Mmmh, das war das Richtige, sie mußte nur aufpassen, daß er ihr nach dem Laufen nicht gleich zu Kopf stieg.

Siegmund kam herein, er trug einen dunkelgrauen Kaschmirpullover über einem hellen Hemd mit roter Krawatte, das zeigte ihr, daß er nach seinem offiziellen Tag noch unterwegs gewesen war. Es war seine »Mach-aus-einem-Bürohengst-einen-Freizeitgigolo-Kleidung«.

»Na, einen anstrengenden Tag gehabt?« fragte er sie zur Begrüßung, und die Art der Frage gab ihr den nötigen Impuls. Diesen Mann konnte sie nicht mehr ertragen, ein Kompromiß war ausgeschlossen.

»Nein, aber sicherlich du. Darf man fragen, ob mit Luise, Gerlinde oder Sabine?«

Siegmund starrte sie so schockiert an, daß Friederike befürchtete, er hätte einen Schlaganfall. Es dauerte eine Weile, bis er seine Gesichtszüge wieder unter Kontrolle hatte.

Dann war ihm anzusehen, daß er überlegte, wie er reagieren sollte.

»Ein Schluck Wein gefällig?« fragte Friederike in demselben Tonfall, mit dem er sie zuvor nach ihrem anstrengenden Tag gefragt hatte.

»Was willst du?« fragte er.

Es war ihr recht, daß er keinen Umweg suchte.

»Die Scheidung von dir nach meinen Bedingungen, und außerdem wird die Anzeige gegen Max Wilkens wegen Autodiebstahls zurückgenommen. Wie du das angehst, welche Connection du dazu bemühen mußt und wie du das mit der Versicherung regelst, ist mir egal. Ich nehme an, du findest einen Weg.«

»Ach, der kleine Drecksack, hast du etwa was mit dem?«

Er versuchte, die Sache umzudrehen, das war ihr klar. Angriff statt Verteidigung.

»Schmier dir das in die Haare«, sagte sie und lehnte sich locker gegen den Küchenschrank. »Wir sind hier nicht vor Gericht. Und merke: Wenn ich mit Max Wilkens etwas hätte, würde das zwei, drei Leute *vielleicht*«, sie betonte das »vielleicht« durch ein künstliches Langziehen des Wortes, »interessieren. Aber ein Oberstaatsanwalt, der dralle, dickbusige Blondinen braucht, die ihn anhimmeln, und der auf Fellatio steht, und dies alles in einer dubiosen Organisation, das dürfte spannend werden.«

Er verschränkte die Arme. »Und woher willst du das alles so genau wissen?«

»Nur für den Fall, daß du dir eben überlegst, ob es aus der Welt geschafft wäre, wenn ich auch aus der Welt wäre, sage ich dir gleich, das nicht. Die Beweise haben ein paar ganz andere Leute in der Hand, die stillhalten, solange du tust, was ich dir sage!«

Sein Gesicht verhärtete sich, die Augen wurden immer kleiner, er sah tatsächlich aus, als denke er über einen Mord nach.

»Und wer garantiert mir, daß diese Leute stillhalten, wenn ich tue, was du willst?«

Es war ihm anzusehen, daß ihm diese Worte schwerfielen. Noch nie während ihrer ganzen Ehe hatte er nur andeutungsweise getan, was sie ihm sagte.

»Wir haben an dieser Information weiter kein Interesse. Weder finanziell noch sonst irgendwie. Rein privat. Wobei«, sie senkte den Ton, »ich mir jetzt verkneife, darüber zu reden, wie es mich trifft, einen Mann zu haben, der mich zur Brustoperation drängt, mich anschließend unbeachtet links liegen läßt und sich dafür dralle Blondinen kauft. Das ist schon harter Tobak!«

»Du hast mich sexuell eben nie richtig angeheizt!«

Friederike nickte. »Die heizt du auch nicht an, lieber Siegmund. Die heizt dein Geld an!«

»Du hast doch keine Ahnung!«

»Ja, eben, weil ich außer dir nie einen anderen Mann hatte, was ein immenser Fehler war, ich sehe es jetzt ein!«

»Weil dieser windige Max da an dir herumfingert? Hat er was, wofür es sich lohnt?«

Friederike schwieg einige Sekunden. Sie spürte, daß etwas zwischen ihnen losbrach, das sie bis vor kurzem nicht für möglich gehalten hätte, was aber unterschwellig schon längst gebrodelt haben mußte – der pure Haß.

»Um das Thema abzurunden, sage ich dir nur noch ganz kurz, was in deiner Datei noch über dich steht. Ich zitiere: ›Spielt gern den großen Maxe, hat aber keinen‹. Können wir damit das Thema beenden? Du weißt, was ich von dir wünsche, und falls du Hunger hast, mache ich dir gern einen Toast. Steht schon bereit.«

Siegmund schluckte, und es war ihm anzusehen, daß er am liebsten auf seine Frau losgegangen wäre. Er deutete mit dem Zeigefinger auf sie: »Okay, du kriegst deine Scheidung, ich kann mit dir sowieso nichts mehr anfangen. Den Jungen kriegst du auch, das kostet mich einen Klacks. Renn in dein Unglück, meinen Segen hast du. Bloß merke dir, so einen wie mich kriegst du nicht mehr, aber das wirst du schon noch feststellen. Was bist du schon ohne mich, eine geschiedene Hausfrau mit schiefem Busen ohne gesellschaftlichen Stellenwert. Kurz: erledigt. Viel Spaß dabei!« Er drehte sich um, ging zur Tür hinaus und knallte sie hinter sich zu.

Friederike holte tief Luft, dann trank sie das Glas Wein auf einen Zug leer. Sie hatte wackelige Knie und setzte sich auf die Anrichte. Das mußte sie erst einmal verarbeiten. Sie hatte alles durchgesetzt, ohne sich groß anstrengen zu müssen, einfach so. Sie spürte das Gefühl des Triumphes noch nicht, eher eine seltsame Leere. Da gingen zehn Jahre dahin, wofür hatte sie die gelebt?

Zehn Minuten später hatte sie sich jedoch soweit gefaßt, daß sie Anna anrufen konnte.

»Er hat alles geschluckt«, sagte sie. »Max bekommt seine Anzeige los, ich bin frei!«

»Na, klasse!« freute sich Anna. »Das ist ja ungeheuerlich. Ging's leicht?«

»Vorhin schon, jetzt nicht mehr!«

»Ja, verstehe. Wollen Sie zu mir kommen? Mein Mann ist auch noch nicht da …«

»Später gern einmal. Im Augenblick muß ich mit mir selbst ins reine kommen, aber danke für das Angebot!«

Patricia und Anna beschlossen, Max nichts von seinem Glück zu sagen. Sollte Friederike ihm das doch selbst beibringen, wenn es soweit war! Sie saßen am Freitag nachmittag wieder vor Patricias PC. Sie hatten sich recht früh getroffen, denn Frank sollte gegen acht Uhr nach Hause kommen, und auch Rainer hatte angekündigt, sich auf einen gemütlichen Abend mit seiner Frau zu freuen. So nahm Patricia zwei Stunden eher frei, und sie richteten sich mit Kaffee und Kuchen auf zwei spannende Stunden ein.

»Ich muß mir diese Liste auf jeden Fall abspeichern«, erklärte Anna. »Blöd, daß ich es vorgestern nicht gleich gemacht habe, hoffentlich komme ich jetzt überhaupt noch mal rein. Friederike braucht ein Beweismittel, und für uns wäre es auch nicht schlecht …«

»Für uns?« Patricia verteilte eben zwei Käsesahnetorten auf zwei Teller. »Wozu?«

»Falls die uns an den Kragen wollen, haben wir die Liste im Banksafe deponiert.«

»Du siehst tatsächlich zuviel fern!«

»Und du offensichtlich zuwenig!«

»Mist!« Die eine Torte war umgekippt und hing nun halb über den Tellerrand. »Zu weich, das Mistding!« Anna schubste sie mit dem Zeigefinger zurück. »Die nehme ich, kein Problem. Bring du den Kaffee!«

Mit den zwei Tellern ging sie voraus ins Schlafzimmer, rückte den kleinen Beistelltisch heran und startete den Computer.

Anna schaffte es, sich die Liste runterzuladen. Zur Vorsicht druckte sie sie auch gleich aus, dann wechselte sie zu den E-Mails. Es war keine neue eingegangen, aber der gestrige Briefwechsel war noch da, und auch den druckte sie aus. Sie lasen das Geschriebene laut im Dialog. Anschließend schauten sie sich an.

»Noch mal!« sagte Patricia, und sie lasen es noch einmal, Patricia die Mitteilungen der Organisation, Anna ihre eigenen Antworten und Fragen.

Wieder schauten sie sich an.

»Ich weiß nicht«, begann Patricia, »aber ich habe ein

ganz seltsames Gefühl. Fast so wie schwanger, obwohl ich's noch nie war. Gleich platzt etwas, drängt zur Geburt!«

Lars war wie immer am Freitag fröhlich nach Hause gekommen. Bettina empfing ihn gutgelaunt an der Haustür, sie küßte ihn überraschend wild und flüsterte: »Überraschung!« Es elektrisierte ihn bis in die Haarspitzen, denn er liebte Überraschungen, zumal wenn sie von »seinen« Frauen kamen. Während er hinter ihr herging und ihren gutgeformten Hintern in der tigergestreiften Hose, die er noch nicht kannte, bewunderte, überlegte er, welcher Art die Überraschung wohl sein könnte. Würde sie gleich einen Strip hinlegen? Ihm die Kleider vom Leib reißen? Quatsch, sagte er sich, das war nicht Bettina, das war Anna. Bettina würde so etwas nicht tun, das entsprach einfach nicht ihrer Mentalität. Sie hatte ihm sicherlich etwas Tolles gekocht.

Er ging hinter ihr her ins Wohnzimmer. Bettina wies wortlos zu einem großen Bild, das an der Wand hinter dem Eßtisch hing und mit einem weißen Seidentuch verhüllt war. Sie hatte einen Lichtspot darauf gerichtet. Auf dem Tisch standen ein silberner Eiskühler mit einer Champagnerflasche und zwei Gläser, dazu brannten drei Kerzen. Sonst nichts. Also handelte es sich um kein außerirdisch gutes Diner, sondern schlicht um ein Bild. Wie schade. Lars versuchte, sein Lächeln zu bewahren. Hoffentlich nicht auch noch so ein moderner Kleckser, den er von nun an immer anschauen und bei dem er auch noch Begeisterung heucheln mußte.

»Taraa«, sang Bettina, umarmte und küßte ihn. »Du wirst staunen!«

Er staunte jetzt schon, denn Bettinas Gefühlsausbruch ließ darauf schließen, daß es etwas ganz Besonderes sein mußte. Ein früher Picasso? Ein später Renoir? Viel mehr fiel ihm dazu nicht ein, außer daß er Picasso vorgezogen hätte, zumal eine seiner sexistischen Zentaurzeichnungen.

Bettina drehte sich aufgeregt im Kreis, ging zur Musikanlage und ließ »Buena Vista Social Club« laufen. Das war schon mal verheißungsvoll, anders als ihre komischen Jazzmusiker.

»Und jetzt …«, Bettina reichte ihm die Flasche, »bitte öffnen!«

Sie lachte, und er fand sie wieder hinreißend. »Das muß ja etwas ganz Überragendes sein«, sagte er.

»Und ob!« Bettina reckte die Arme zur Musik hoch und machte zwei, drei tänzerische Schlangenbewegungen. Lars schaute ihr erstaunt zu, und obwohl er Bettinas Kunstgeschmack mißtraute, kam ihm doch der verrückte Gedanke, es könnte vielleicht ein Akt sein. Das wäre natürlich auch nicht schlecht. Ein schöner Frauenkörper, und das zu einem guten Essen?

Bettina hielt ihm die beiden Gläser hin. Lars schenkte ein und nickte anschließend anerkennend. »Toll siehst du aus«, lobte er. »Die Hose kenn ich überhaupt noch nicht. Ist sie neu? Sieht teuer aus.«

Bettina verzog das Gesicht. »Secondhand, mein Lieber. Bei Männern sollte man immer die erste Wahl treffen, bei Klamotten tut's auch mal die zweite …«

Lars horchte dem Gesagten nach. »Das spricht für mich, wenn mich nicht alles täuscht!«

Bettina lachte und stieß mit ihm an. »So, und jetzt halt dich fest!«

Sie ging zu dem Tuch und riß es mit einer Handbewegung herunter. Es war die Vergrößerung einer Schwarzweißfotografie. Tatsächlich ein Akt, allerdings nur vom

Hals bis zu den Oberschenkeln. Der Kopf und die Beine vom Knie abwärts fehlten. Es war wirklich gut gemacht, das sah er sofort, der Körper war leicht auf die Seite gedreht, Licht und Schatten zeichneten Konturen, die Brustspitzen hoben sich gegen einen hellen Hintergrund ab, kleine Lichtreflexe lagen auf dem kurzgeschnittenen, weich aussehenden Schamhaar. Er stand und schaute, irgend etwas mißfiel ihm, obwohl es gut aussah, und plötzlich schoß es ihm in den Kopf.

»Das bist ja du!« Er schaute sie entgeistert an.

»Ja, mein Geschenk zu unserem heutigen Hochzeitstag, mein Schatz!«

Lars spürte gleich zwei Hammerschläge nacheinander. Er stellte das Glas ab. »Wer hat das fotografiert? Den Kerl bring ich um!« Er schloß kurz die Augen. »Wilkens! Dieser Oberaffe Wilkens, stimmt's?«

»Er hat es sogar signiert, schau!« Stolz deutete sie auf eine verschlungene Unterschrift im unteren rechten Teil des Fotos. »Damit ist dieses Bild richtig was wert!«

Lars fühlte sich einem Ausraster nah. Signiert. Dieser ... Seine Frau zu signieren. Nackt! Das war ungeheuerlich! Er würde ihn killen, jetzt auf der Stelle.

»Du stellst dich nackt vor den hin? Und läßt dich fotografieren? Und was noch?« Er schnaubte. Bettina trank seelenruhig einen Schluck aus ihrem Glas, bevor sie sich von dem Bild abwandte und ihn anschaute.

»Mein Gott, Lars. Jetzt freu dich doch, es ist doch ein gelungenes Foto, oder nicht? Statt daß du dich darüber freust, daß du so einen schönen Körper an deiner Seite ...«

Lars schloß die Augen, er versuchte seine Beherrschung wiederzuerlangen. Am liebsten hätte er ihr eine gescheuert und sich direkt auf die Suche nach diesem Idioten gemacht. Zwei seiner Zähne wären das mindeste, was er bräuchte, um seinen Seelenfrieden wiederherzustellen.

»Lars, dieser Mann ist Arzt. Der sieht täglich so viele nackte Menschen in seiner Praxis, daß er sich dabei nichts mehr denkt!«

»Das denkst du! Dieser Arzt ist ein Mann! So herum wird ein Schuh daraus, du Lämmchen. Erzähl mir nichts über Männer, ich bin selber einer!«

»Das läßt ja tief blicken!«

Lars schwieg. Er nahm das Glas wieder vom Tisch und ging einige Meter zurück, um sich das Foto von weitem anzuschauen.

»Gut. Er hat es gemacht, ich werde ihm dazu noch etwas Passendes sagen, jetzt hängt es hier, du siehst toll drauf aus, und in dieses Haus kommt keiner mehr. Zumindest kein männlicher Gast, oder das Bild wird vorher abgehängt, dafür sorge ich!«

»Lars, du bist einfach blöd!«

»Ja, danke!«

Es klingelte an der Haustür.

»Erwarten wir Besuch?« fragte Lars.

»Nein, ich jedenfalls nicht. Und du kannst jetzt schon mal üben«, sagte Bettina und faltete in aller Ruhe das Seidentuch zusammen.

Lars verzog das Gesicht. »Ich laß keinen rein, ganz einfach!«

Als es aber bereits zum drittenmal klingelte, ging er langsam zur Haustür und spähte durch den Spion.

Anna und Patricia standen davor. Lars zögerte zunächst, weil er eigentlich lieber mit Bettina allein sein wollte, öffnete dann aber.

»Was machst denn du für ein Gesicht?« fragte Patricia. »Stören wir?«

»Hmmm«, machte Lars. »Wir haben heute Hochzeitstag!«

»Sieht man dann so aus?« Anna mußte lachen.

»Ha, ha! Kommt rein!«

Bettina kam grinsend auf sie zu. »Na, so eine Überraschung«, sagte sie und begrüßte beide mit einem Wangenkuß. »Fast habe ich mit euch gerechnet!«

»So?« Patricia schaute sie an. »Brauchst du Unterstützung zu eurem Hochzeitstag?«

»Wenn Anna gerade Zeit hat …?«

Anna warf ihr einen schrägen Blick zu.

»War ein Witz, beruhige dich. Ein Gläschen Champagner? Wir feiern gerade!«

Lars wies auf die Stühle, während Bettina zwei weitere Gläser holte.

»Hey, das sieht ja scharf aus!« Patricia wies auf das Foto.

»Ja«, Lars runzelte die Stirn. »Du sagst es. Es sieht scharf aus, ist auch das Hochzeitsgeschenk meiner Frau!«

»Und wo hängt der Mann?« fragte Anna und sah sich suchend um.

»Mich gibt's nicht als fotografischen Akt«, sagte Lars leise und warf ihr einen vielsagenden Blick zu. »Nur leibhaftig und pur!«

Patricia räusperte sich, und Bettina kehrte mit den Gläsern zurück.

»Dann also!« Lars schenkte ein, und sie stießen an. »Worauf trinken wir eigentlich?« fragte er dazu.

»Auf Frauenpower!« antwortete Bettina wie aus der Pistole geschossen.

»Auf so einen Blödsinn trinke ich nicht. Wenn ich das schon höre, stellen sich mir die Nackenhaare auf! Lauter Schlagworte. Frauenpower, women's lib, Emanzipation, Gleichstellung, Doppelbelastung und Hausfrauenkrieg!«

»Hausfrauenkrieg?« fragte Anna erstaunt. Sie warf Bettina einen Blick zu. Sie gab ihn ruhig zurück und zuckte mit den Schultern.

»Mein Mann fühlt sich eben unterdrückt, ein bißchen Mitleid wäre angebracht, meine Damen!«

Lars verzog das Gesicht. »Ich fühle mich nicht unterdrückt, ich habe Hunger, es ist spät, und auf ein Damenkränzchen war ich nicht eingestellt!«

»Er ist Skorpion, stimmt's?« Patricia lächelte ihm süffisant zu.

»Ja, einen Stachel habe ich auch!«

»Er ist es tatsächlich«, sie wiegte den Kopf hin und her. »Skorpionmänner sind ...«

»Habt ihr was dagegen, wenn ich mich an dieser Stelle verabschiede und in genau, sagen wir, dreißig Minuten mit meiner Frau zum Abendessen in irgendein friedliches Restaurant aufbreche? Und zwar allein?«

Die drei Frauen schauten sich an und schüttelten eine nach der anderen den Kopf.

»Nein, haben wir nicht, Liebling«, erklärte Bettina. »Kannst du solange die Garage aufräumen? Sie hätte es nötig!«

Lars warf ihr einen drohenden Blick zu und erhob sich. Kurze Zeit später hörten sie die Haustür zuklappen. »Er läuft ums Viertel, das stabilisiert seinen Hormonhaushalt.«

Anna blickte auf.

»Wobei, Augenblick ...«, Bettina stand schnell auf und kehrte kurz danach mit einer neuen Flasche und einigen bedruckten Blättern zurück. Sie gab die Flasche Patricia zum Entkorken und legte Anna die Seiten vor die Nase. »Ich wollte dich sowieso schon engagieren, in deiner Eigenschaft als Privatdetektivin. Mein Mann hat ein Verhältnis, bring doch bitte heraus, mit wem.«

Anna spürte, wie ihr Puls sich beschleunigte, während sie die Seiten hochnahm. Es waren die Telefonabrechnungen von Lars' Handy. Und zwar Einzelgesprächsnachweise. Fein untereinander aufgelistet stand da, wann, wie oft, wie lange und mit wem Lars zu welcher Zeit telefoniert hatte. Es war nicht schwer, Bettinas Auftrag zu erfüllen. Fast immer lautete die angewählte Telefonnummer gleich. Es war Annas Handynummer.

Anna schlug das Herz bis zum Hals. »Warum hast du nie was gesagt?« fragte sie.

Bettina zuckte die Achseln. »Zuerst tat es mir weh, dann überlegte ich mir, was es brächte, wenn ich euch zur Rede stellte, dann fand ich einen Ausgleich, der mir Spaß machte.«

»Und da behaupten die immer, du hättest keine Ahnung von Technik!« Patricia schüttelte den Kopf. »Einzelgesprächsnachweis. Auf so etwas würde ja noch nicht mal ich kommen!«

»Nicht immer stimmen Bild und Wirklichkeit überein«, sagte Bettina langsam.

Anna nickte. »Wir haben uns vorgestern mit dir unterhalten, stimmt's?« fragte sie langsam.

Bettina schenkte aus der neuen Flasche ein und tauschte sie dann gegen die leere im Eiskübel aus. »Ich habe es euch nicht allzu schwer gemacht!«

»Stimmt. Über deinen allerersten Satz bin ich gestolpert. Typen für den Spaß: groß, breitschultrig, blauäugig. Die

Message hast du an mich gerichtet und auf Lars angespielt, war's so?«

Bettina grinste. »Irgendwann mußte ich es ja auch mal loswerden. Glaub nicht, daß ich nicht weiß, daß ihr euch meistens im *Ramses* trefft.«

Anna wurde blaß. »Es ... ich weiß ehrlich nicht, was ich dazu sagen soll, Bettina. Fast wäre mir lieber, du würdest mich anschreien oder mir eine scheuern, aber so?«

»Dein Mann hurt mit einem meiner Mädchen, ist das Schlag genug?«

Anna sagte nichts, Patricia hielt ihr Glas in der Hand, ohne sich zu bewegen. Beide starrten Bettina an.

»Rainer? Nein!«

»Sagt dir Schnuffi was, der Novize?«

Es klirrte, Patricia war das Glas aus der Hand gefallen.

»Entschuldige!« Sie sprang auf, um in der Küche einen Lappen zu holen. »Rainer geht zu einer ... was war das? Domina?« Anna zog die Augenbrauen hoch. »Jetzt verkohlst du mich aber. Ich meine, ich kann's dir nachfühlen, aber das ist einfach nicht zu glauben!«

»Du hast die Liste gelesen, in der Zwischenzeit wart ihr ja nochmals im System drin, wie mir erzählt wurde, also hast du sie wahrscheinlich ausgedruckt zu Hause liegen. Lies nach und frag ihn heute abend im Bett nach seinem früheren Kosenamen. Laß es ihn selbst sagen!«

»Gott im Himmel! Rainer? Zu einer Domina? Da wird's mir ja übel.« Anna griff sich an den Hals. »Das ist ja oberscheußlich! Ich werf ihn raus!«

»Nichts wirst du tun. Er braucht es. Lars braucht dich aus irgendwelchen Gründen ja wohl auch. Und du ihn.«

»Ich kann doch jetzt nicht mehr mit Lars ...«

»Bloß, weil ich's weiß? Ich wußte es von Anfang an. Was ändert das jetzt?«

Anna schluckte. »Du bist gut! Und mit Rainer kann ich auch nicht mehr! Zumindest kann ich's einfach nicht glauben!«

»Tja!« Bettina zuckte mit den Schultern.

Anna schaute sie kopfschüttelnd an. »Ich muß was trinken!« Sie brachte ihr Glas vor Patricia in Sicherheit, die neben ihr die Scherben aufsammelte und den Tisch trokkenrieb. »Ich ersetze dir das Glas natürlich«, sagte sie dazu.

Bettina winkte ab. »Scherben bringen Glück, weißt du doch. Bring dir ein frisches Glas mit, es gibt genug davon.«

Anna holte tief Luft und nahm einen Schluck aus ihrem Glas.

»Wie kamst du dazu?« fragte sie nach einer Weile. Patricia hatte sich wieder dazu gesetzt, und sie schauten sich gegenseitig an. »Ausgerechnet du, die immer so die Kulturmaus gab, die vom realen Leben keine Ahnung hatte.«

»War wohl auch so, bis ich an einem Projekt mitarbeiten konnte. Es ging um Sozialisation. Dabei lernte ich allerhand Brauchbares. Mit Computern umzugehen, das Internet zu nutzen, Menschen einzuschätzen. Im Zuge dieser Arbeit sprach ich mit den unterschiedlichsten Leuten, unter anderem war ich oft auf der Reeperbahn. Ich schaute mir das an und wußte plötzlich, daß das anders ging. Die Frauen dort waren von Männern abhängig, das fand ich nicht nur unwürdig, sondern auch ungerecht. Meine Geschäftsidee war, die Männer von den Frauen abhängig zu machen. Und zwar sauber und anonym über E-Mails. Das schlug ein, schneller als ich dachte. Der Kreis wurde so schnell so groß, daß sich die Konkurrenz regte, deshalb heuerte ich ein paar Männer an, unter anderem übrigens diesen Kerl, der Rainer zusammengeschlagen hat, Karl Lönitz, genannt Charly. Er sitzt jetzt aber, weil er sogar dazu zu blöd war.«

»Und wer ist diese Konkurrenz?« Anna starrte sie fragend an.

»Die gibt's nicht mehr!«

»Wie – die gibt's nicht mehr?!«

»Der Anführer ist tot, Sahit kaltgestellt, und somit ist die Organisation zerschlagen.«

»Der Anführer tot? War das 'ne große Nummer? Ich meine, müßte man den kennen?«

»Groß genug: Harald Eichmann! Zimmer 516!«

Anna und Patricia schauten sich sprachlos an. Anna faßte sich als erste: »Und was hast du damit zu tun?«

»Ich hab ihn umgebracht!« Bettina verschränkte die Arme. »Allerdings war es so nicht geplant. Er hatte eine Hure über den Hausfrauenring gebucht, um etwas über unsere Organisation in Erfahrung zu bringen. Ich bin natürlich selbst hingegangen, um den Spieß umzudrehen. Und als wir gerade dabei waren, klingelte das Telefon. Danach wirkte er so aufgebracht, daß ich Panik bekam. Ich vermutete, es sei ein verabredetes Zeichen, und hab einfach zugestochen!«

Anna war völlig entgeistert. »Das mit dem Telefonanruf war ich! Ich hab die 516 angerufen!«

»Du warst das? Aber wieso? Das verstehe ich nicht!«

»Weil ich mit Lars in Zimmer 416 war und ihr da oben so laut wart!« Sie schüttelte den Kopf. »Das war nur ein Gag!«

Bettina holte tief Luft. »Und dieser Gag hat den Mann das Leben gekostet!«

»Das ist ja nicht zu fassen!« Patricia schnaubte. »Und warum schneidest du dem Kerl dann noch deine Initialen rein?«

»Es hat mich so überkommen. Er hatte genug Frauen auf dem Gewissen!«

Patricia blieb hartnäckig. »Und wegen dir sitzt ein Unschuldiger?«

»Wen von uns beiden meinst du jetzt eigentlich? Mich oder Anna?« Bettinas Gesichtsausdruck bekam etwas Diabolisches.

Anna stand auf. »Ich hab doch den Kerl nicht umgebracht!«

»Indirekt schon, wie sich's jetzt darstellt!« Bettina schaute sie herausfordernd an. »Wir sitzen schlicht in einem Boot!«

»Ja, wunderbar. Wir rudern, und Steffen sitzt, oder was?« Patricia funkelte sie an.

Bettina blieb ungerührt. »Was denkst du denn, weshalb Rainer den Fall übertragen bekommen hat? Gerade schickte er sich an, in mein Spinnennetz zu krabbeln. Wo übrigens schon andere sitzen. Warum sollte der Untersuchungsrichter dem Beweisantrag stattgeben, wenn ihm nicht danach ist? Steffen kommt frei, wenn Gras über die Sache gewachsen ist!«

»Rainer!« Anna schüttelte den Kopf und ließ sich wieder auf ihren Stuhl sinken. »Mir wird richtig schlecht!«

»Ihm würde auch schlecht werden, wenn er wüßte, daß du eine Mörderin bist«, sagte Patricia trocken. »Trotzdem! Bettina als Kopf einer Sexorganisation. Ich glaub's einfach nicht!«

Bettina zuckte mit den Schultern. »Es läßt sich ganz einfach alles am Computer regeln. Zwischendrin muß ich mal ein paar Akten lesen – da platzte mir übrigens mal Lars ganz vor kurzem ganz unpassend dazwischen –, aber im großen und ganzen leite ich das Unternehmen von meinem Arbeitszimmer aus …« Sie deutete mit einer leichten Kopfbewegung nach oben.

»Da mußt du ja eine unglaubliche Kohle verdienen!« Ein Anflug von Bewunderung klang in Patricias Stimme durch.

»Wenn ihr einsteigen wollt?«

»Du spinnst wohl! Dein sogenanntes Angebot im ersten Brief war schon Frechheit genug!«

Bettina schüttelte grinsend den Kopf. »Nicht an der Front – im Management! Der Laden wird mir sowieso langsam zu groß.«

Anna und Patricia tauschten Blicke aus. »Wäre möglicherweise zu überlegen.«

»Und Lars?« fragte Patricia. »Findest du das nicht ungerecht? Du hast all das Geld, und Lars rackert sich ab?«

»Erstens betrügt er mich seit einem Jahr und hat Strafe verdient, zweitens tut ihm seine Arbeit gut, er braucht das für sein Ego. Drittens werde ich ihm irgendwann mal einen satten Lottogewinn vorspielen. Und schließlich«, sie erhob ihr Glas, »ihr wißt doch, Mädels, jede Frau braucht ihr kleines Geheimnis!«

Gaby Hauptmann

Suche impotenten Mann fürs Leben

Roman. 315 Seiten. SP 2152

Wer seinen Augen nicht traut, hat richtig gelesen: Carmen Legg meint wörtlich, was sie in ihrer Annonce schreibt. Sie sucht den Traummann zum Kuscheln und Lieben – der (nicht nur) im Bett seine Hände da läßt, wo sie hingehören. Die Anzeige entpuppt sich als Knüller, und als sie schließlich in einem ihrer Bewerber tatsächlich den Mann ihres Lebens entdeckt, wünscht sie, das mit der Impotenz wäre wie mit einem Schnupfen, der von alleine vergeht.

Gaby Hauptmann ist das Kunststück gelungen, das Thema »Frau sucht Mann« von einer gänzlich anderen Seite aufzuziehen und daraus eine fetzige und frivole Frauenkommödie zu machen, die kinoreif ist.

»Mit Charme und Sprachwitz wird der Kampf der Geschlechter in eine sinnliche Kommödie verwandelt.«
Schweizer Illustrierte

Eine Handvoll Männlichkeit

Roman. 332 Seiten. SP 2707

Das kann noch nicht alles gewesen sein, meint Günther, wohlsituiert und aus den besten Kreisen. Am Abend seines sechzigsten Geburtstags faßt er einen nachhaltigen Beschluß: Eine neue Frau muß her! Auf seiner großartigen Geburtstagsparty sticht ihm die nichtsahnende Linda, die junge, attraktive Freundin des Bürgermeistersohns, ins Auge, das Gegenmodell zu seiner perfekten Frau Marion. Frei nach dem Motto: Hauptsache, er steht, setzt Günther alles daran, Linda herumzukriegen. Außerdem trifft er die notwendigen Vorbereitungen, sein beträchtliches Vermögen vor Marion in Sicherheit zu bringen. Doch Marion kommt ihm auf die Schliche und setzt ebenso unerwartet wie durchschlagend zur Gegenwehr an. Gaby Hauptmann weiß, was Männer mögen – und Frauen gerne lesen.

SERIE PIPER

Gaby Hauptmann

Die Lüge im Bett
Roman. 315 Seiten. SP 2539

Eigentlich will Nina Sven so schnell wie möglich loswerden. Ausgerechnet der ist aber Chef des Fernsehsenders, bei dem sich Nina ihre Brötchen verdient. Deshalb erscheint ihr der Drehtermin in Brasilien wie ein Geschenk des Himmels – *die* Chance, was für die Karriere zu tun und nebenbei auf andere Gedanken zu kommen. Doch wie so oft im Leben kommt alles ganz anders. Hals über Kopf verliebt sich Nina in den smarten Nic: Ihr Puls klopft, ihr Herz rast – nur Nic scheint es nicht zu merken. Als Nina entdeckt, wem seine Gefühle gelten, ist es schon zu spät …
Mit leichter Hand und sprühendem Witz schickt Gaby Hauptmann ihre hellwache und erfrischend durchtriebene Heldin Nina in einen Dschungel der Gefühle.

Nur ein toter Mann ist ein guter Mann
Roman. 302 Seiten. SP 2246

Gaby Hauptmann hat eine listige, rabenschwarze Kriminalkomödie geschrieben: einen frechen und hinterhältigen Roman über eine Witwe, die eine Ehe lang im Schatten ihres mächtigen Mannes stand. Eine Frau, die auf dem Weg zu sich selbst nicht nur ein paar Verehrer unter die Erde bringt, sondern vor allem mit ihrem verstorbenen Gatten abrechnet.

Die Meute der Erben
Roman. 318 Seiten. SP 2933

Wie die Geier fallen Anno Adelmanns geldgierige Töchter in die Villa des alten Herrn ein. Es ist sein 85. Geburtstag, Grund genug, die treue Familie zu spielen. Doch die Sympathien des liebenswürdigen und galanten Anno, einst Großindustrieller, gelten der attraktiven Ina und ihrer kleinen Tochter Caroline. Eine Heirat bahnt sich an – und der Krieg mit der Meute der Erben wird fürchterlich. Doch Ina hat die stärkeren Waffen.